LE SERMENT

DE LADY ADELAÏDE

953. — PARIS, IMPRIMERIE LALOUX Fils et GUILLOT

7, rue des Canettes, 7.

LE SERMENT

DE

LADY ADELAÏDE

ROMAN TRADUIT DE L'ANGLAIS

AVEC L'AUTORISATION DE L'AUTEUR

PAR

LÉON BOCHET

TOME SECOND

PARIS

LIBRAIRIE HACHETTE ET Cie

79, BOULEVARD SAINT-GERMAIN, 79

1878

Droits de reproduction réservés

LE SERMENT
DE LADY ADELAÏDE

CHAPITRE PREMIER

AU RENDEZ-VOUS DES MARINS

Mme Ravensbird ne manqua pas de besogne, cette nuit-là ; mais elle avait toutes les qualités d'une Française et se montra à la hauteur de la situation. Lits, flanelles, boissons chaudes pour les naufragés, elle prépara tout. Rien ne fit défaut.

On n'avait transporté au *Rendez-vous des Marins* que les trois hommes dont il a déjà été parlé. Les autres (en petit nombre, hélas !) furent conduits au corps de garde des douaniers et dans les premières maisons venues. Le canot, on le sait, n'était pas arrivé une seconde fois, jusqu'au vaisseau naufragé.

Le passager le plus âgé fut logé dans la meilleure chambre, belle pièce au premier étage. Pendant qu'on l'y transportait, Mme Ravensbird, d'un seul regard — car Mme Ravensbird avait l'œil perçant — vit un grand vieillard aux cheveux argentés, aux traits pâles enveloppé d'un énorme manteau (prêté par Michel le garde-côtes). Malgré son désir de se rendre un compte plus exact de sa personne, Sophie dut s'en tenir là, car les cheveux trempés d'eau du naufragé pendaient sur sa figure, et le manteau relevé cachait presque entièment ses traits. Il avait, du reste, repris assez de forces pour refuser toute assistance. Une fois arrivé dans sa chambre, il s'enferma.

Ce ne fut qu'après s'être séché auprès du feu et s'être mis au lit dans des draps bien chauds qu'il sonna pour demander une tasse de gruau bouillant et de l'eau-de-vie.

« Monsieur, lui dit la servante, en les lui apportant, le jeune homme sauvé avec vous du naufrage demande s'il peut entrer, ou vous être utile en quoi que ce soit ?

— Non. Ce qu'il a de mieux à faire est de se coucher sans perdre de temps. Qu'il vienne demain matin ; je serai enchanté de le voir. Mais qu'on ne me dérange plus. Si j'ai besoin de quelque chose, je sonnerai. »

Mme Ravensbird, comme la plupart des habitants de Danesheld, resta sur pied toute la nuit, très-heureuse de trouver un prétexte dans son surcroît d'occupation pour ne pas se coucher, quoique le vent, dont elle avait si grande peur, se fût un peu calmé. Elle soigna la tête du matelot naufragé et fit sécher les vêtements du jeune passager, entièrement habillé au moment du sauvetage.

Ces deux passagers étaient les seuls qui eussent été sauvés. Tous les autres avaient péri, ainsi que les officiers. Les deux ou trois autres personnes échappées au naufrage étaient de simples matelots.

Mme Ravensbird, tout en soignant son malade, dont le crâne semblait avoir été coupé et entaillé comme à plaisir, cherchait à le faire parler et à tirer de lui

quelques renseignements sur ses locataires du premier ; mais le matelot était absolument incapable de
satisfaire sa curiosité. Il ne savait rien, excepté que
c'étaient des passagers de première classe. Il ignorait
même leurs noms.

« Sont-ils gentlemen ? demanda Sophie, que probablement son séjour au château de Dane et son contact
avec la haute société avaient habituée à faire de semblables distinctions, ou ne sont-ce que des marchands
ou des gens de cette sorte ?

— Je n'en sais rien. Ce sont peut-être bien des négo-
ciants. Il en voyage beaucoup entre les États-Unis et
l'Angleterre.

— C'est drôle qu'on ait sauvé seulement une poignée
d'hommes et que tout le reste ait péri. On croirait vraiment que c'est un miracle !

— Je ne crois pas beaucoup aux miracles, dit
l'homme d'un air stupide. La cause en serait plutôt
en ce que nous avons pu arriver jusqu'au canot. Il y
avait aussi à bord une embarcation de sauvetage.
Quelques-uns d'entre nous avaient réussi à la lancer
et à s'y embarquer. Au bout de quelques instants, elle
s'engloutissait, et plusieurs personnes avec elle ; mais
ça nous avait toujours rapprochés, vous comprenez,
du bateau venant de terre, et ceux d'entre nous qui
ont eu la force de nager ont pu s'y accrocher et
grimper dedans.

— Quelle bataille ç'a dû être pour s'embarquer dans
ce canot de sauvetage !

— Ah ! bien oui ! une bataille ! c'était au contraire
à qui n'irait pas. Le vaisseau paraissait bien plus sûr.
Le capitaine affirmait que jamais l'embarcation ne
résisterait à une mer pareille, et il avait raison, car
elle n'a pas tenu longtemps... Dites donc, madame, ne
me coupez pas les cheveux plus qu'il ne faut ! »

Le lendemain matin, de très-bonne heure, avant sept heures, le jeune voyageur sonna pour demander ses habits. On les lui porta — ils étaient tout à fait séchés — avec le meilleur linge de M. Ravensbird, mis gracieusement à sa disposition.

Vers huit heures, Sophie, seule dans son arrière-boutique, se livrait, en sa langue maternelle (suivant son habitude), à un accès de mauvaise humeur motivé par quelque sottise de la domestique, quand, tout à coup, elle s'entendit interpeller en un français encore plus pur que le sien. Se retournant toute surprise, elle vit entrer le jeune passager, qu'elle reconnut à ses vêtements, car elle l'avait à peine remarqué, la veille au soir. Dès le premier coup d'œil, Mme Sophie fut frappée de son air sympathique. C'était un beau garçon de vingt-quatre ou vingt-cinq ans, aux traits fins et réguliers, aux cheveux noirs. Sa figure et ses manières étaient singulièrement attrayantes.

« Monsieur est Français? demanda l'aimable Sophie, en faisant une révérence.

— Et vous aussi, d'après ce que j'entends, dit-il avec un sourire, et, de plus, vous n'êtes pas de bonne humeur, paraît-il.

— Ah ! si monsieur tâtait de mes domestiques, pour un jour seulement ! Cette insupportable brute de fille de comptoir ! Toujours occupée de sa jolie personne et de sa toilette, et pas un instant de son ouvrage ?

— Etes-vous forte sur la couture ?» demanda le jeune homme dans un anglais aussi pur que son français.

De plus en plus sous le charme de ces manières distinguées et courtoises, de cette voix sympathique, Mme Ravensbird protesta ne pas connaître de femme au monde plus habile qu'elle-même aux ouvrages d'aiguille. Elle avait passé sept ans dans un couvent en France. « Vous pouvez vous en rapporter aux sœurs, dit-elle, l'éducation qu'elles vous donnent ne laisse rien à désirer, quant à ça. Monsieur aurait-il un bouton à recoudre?

— Ah! s'il ne s'agissait que d'un bouton, répondit en souriant le jeune homme, je vous prie de le croire, je ne vous aurais pas dérangée, et l'aurais recousu moi-même, si vous aviez bien voulu me confier une aiguille et du fil. — J'en avais avec moi, continua-t-il, mais tout cela a sombré avec mes bagages.

— Vous n'avez rien sauvé, monsieur ?

— Absolument rien qu'un portefeuille et quelques papiers qui se trouvaient par hasard dans la poche de ma redingote... Ce que je désirerais de vous demande un peu plus d'habileté qu'il n'en faut pour recoudre un bouton ; je voudrais un abat-jour pour les yeux.

— Comment ! s'écria Sophie, étonnée, en regardant son interlocuteur, avec de beaux grands yeux comme les vôtres, vous avez besoin d'un abat-jour ?

— C'est pour mon camarade de voyage. Je viens de sa chambre. Il demande à grands cris un abat-jour pour ses yeux, dont il a beaucoup souffert pendant tout le voyage. Sa vue est fort affaiblie et la grande lumière lui est excessivement pénible. Il désire, m'a-t-il dit, que l'abat-jour soit très-grand, en carton léger et mince, recouvert de soie bleue ou vert foncé, avec une ficelle pour l'attacher.

— Une ficelle ! s'écria Sophie. Monsieur veut dire un ruban.

— N'importe quoi. Du moment où ses yeux seront garantis, le reste sera de peu d'importance. Je lui ai demandé s'il voulait déjeuner, mais il m'a semblé ne désirer que l'obscurité. »

Sophie eut bientôt réuni tout ce dont elle avait besoin pour la confection de l'objet demandé : une feuille de carton qu'elle trouva dans un coin, et un morceau de soie pourpre, vieux reste d'une robe. Le jeune homme s'assit en face d'elle, sur le bord d'un canapé en crin de cheval, et la regarda travailler. Il avait l'ordre, dit-il en plaisantant, de ne pas remonter sans l'abat-jour.

« Qui est-il ? demanda Sophie ; hier soir, il m'a semblé être tout à fait un vieillard. Est-ce que vous le connaissez beaucoup ?

— J'ai fait sa connaissance pendant la traversée. C'est curieux comme on se lie facilement à bord d'un vaisseau.

— Est-ce un négociant ?

— Je ne crois pas.

— Que vient-il faire en Angleterre ? »

L'étranger se mit à rire...

« Vous le lui demanderez à lui-même, madame Ravensbird, si vous tenez absolument à le savoir. Je n'ai pas été aussi curieux que vous et je vous avoue ne m'en être pas inquiété.

— Je suppose qu'il est Américain, reprit-elle sans se déconcerter. Comment se nomme-t-il ?

— C'est justement la question que je viens de lui faire tout à l'heure, car je n'avais pas entendu prononcer son nom à bord. Il s'appelle Home.

— Monsieur Home, répéta Sophie tout en jetant un coup d'œil satisfait sur l'abat-jour, qui commençait à prendre tournure. J'espère que vous me ferez le plaisir de me dire aussi votre nom, monsieur. Je serais étonnée s'il n'était pas charmant.

— Vraiment ? fit-il en souriant. Je m'appelle Lydney.

— Lydney ?... mais ce n'est pas un nom français.

— Mon père n'était pas d'origine française. Ma mère a quitté son pays pour aller en Amérique, où elle s'est mariée.

— Ah! je m'explique maintenant comment vous parlez également bien les deux langues. Mais alors vous êtes Américain et non Français. Quel dommage!

— Cela pourrait bien être, dit-il, les yeux petillants de bonne humeur.

— Et vous, monsieur, êtes-vous venu pour affaires?

— A vous dire vrai, et, ne vous en déplaise, je crois que ma seule intention, en me mettant en route, était de m'amuser, de voir du pays... n'ayant encore jamais eu l'honneur de faire connaissance avec la vieille Angleterre, continua-t-il gaiement. Combien avez-vous encore de questions à m'adresser, madame Ravensbird ?

— Que voulez-vous, monsieur, c'est ma diable de nature française qui reprend toujours le dessus. Il faut me pardonner.

— Eh bien, permettez-moi de vous faire une question à mon tour. Y a-t-il un tailleur à... comment appelez-vous cet endroit ? Danesheld, je crois ? Regardez-moi un peu. »

Et il montrait sa jambe et son bras. Ses vêtements, que l'eau de mer avait sensiblement raccourcis, semblaient en effet étriqués et manquaient tout à fait d'é-légance. Sophie ne put s'empêcher de rire et se mit à bavarder en français.

« Mais oui, nous avons ici un tailleur charmant, qui sort d'une des meilleures maisons de Londres. Il était tombé malade dans la grande métropole. — On dit que l'air y est étouffant, — et il est venu ici, où habitent des amis de sa femme. Il s'est établi dans une boutique, porte à porte avec M. Wild, le médecin. Sa coupe est parfaite. Lord Dane lui-même lui a fait l'honneur d'une commande la semaine dernière. Monsieur ne connaît pas lord Dane?

— Non. Je suppose que c'est l'homme important du pays?

— Le plus important de tous, et à vingt lieues à la ronde. C'est le seigneur. Il habite le château de Dane. Il était sur la jetée, hier soir, lorsque le canot vous a ramené avec vos camarades... Ah ! bonté divine, quel naufrage c'était ! »

Le front de M. Lydney s'assombrit à ce souvenir ; son visage prit une expression de douleur sincère et profonde.

« Je me suis réveillé trois fois cette nuit, dit-il, et pendant mon sommeil, je n'ai pas cessé d'avoir le cauchemar. Cette horrible scène ne me sortait pas de l'esprit. Je sens que j'en rêverai encore longtemps.

— Vous devez vous estimer heureux d'avoir échappé ; on en a sauvé si peu.

— Oui, fit-il tranquillement. Au moment où l'on mettait la barque à la mer, le gentleman qui est en haut me prit par le bras et me dit : « J'y vais, c'est peut-être une chance qui s'offre à nous. » Je sautai dans l'embarcation après lui, et Dieu sait cependant si je pensais que rien pût nous sauver, pas plus là que sur le vaisseau.

— Mais qu'est-ce qu'il a fait de ses habits ?

— Il était couché au moment du désastre, et il s'est précipité sur le pont sans prendre le temps de s'habiller. Il était seulement enveloppé d'un grand manteau que la mer a emporté.

— Il m'a paru souffrant, hier au soir, autant du moins que j'ai pu m'en rendre compte.

— Il a été très-malade pendant tout le temps du voyage. Quelque maladie intérieure, je crois... Ah ! je vous remercie ! »

Mme Ravensbird lui tendait l'abat-jour complétement terminé. Il le lui prit des mains, en lui adressant force remercîments et compliments sur son habileté et sa promptitude.

« Il n'est pas ce qu'il aurait pu être, dit-elle, si vous
ne m'aviez pas tant pressée. Quand désirez-vous déjeuner, monsieur?

— Tout à l'heure. Voyons d'abord si notre malade a besoin de quelque chose. Il est plus âgé que
moi. »

M. Lydney monta au premier étage avec l'abat-
jour; Mme Ravensbird le regarda s'éloigner en se demandant tout bas à qui il pouvait ressembler. Qu'elle
eût déjà vu quelqu'un que lui rappelaient d'une manière frappante les traits de ce jeune homme, elle n'en
pouvait douter. Mais où et quand? En France peut-
être, avant qu'elle vînt habiter l'Angleterre. Oui...
c'était bien cela. Elle avait dû connaître sa mère,
dans sa jeunesse, en France! « Il a gagné mon cœur
tout de suite, se disait-elle; quel charmant jeune
homme!... Presque un compatriote! »

Dans le courant de la matinée, lord Dane entra au
Rendez-vous des Marins pour s'informer de la santé
des naufragés.

Ravensbird n'était pas à l'auberge en ce moment,
mais sa femme le remplaça avec avantage auprès de
Sa Seigneurie. Elle se souvenait toujours du bon
vieux temps, où le pauvre et obscur Herbert Dane se
plaisait à bavarder avec Sophie Collot, et elle avait
conservé, à son égard, une certaine liberté, une
aisance qu'il n'aurait certainement tolérée d'aucun
de ses inférieurs à Danesheld. Elle lui répéta tout ce
qu'elle avait appris sur le compte des deux passagers,
en y ajoutant çà et là quelques détails de son propre
cru : la brave Mme Ravensbird était de celles qui se
laissent toujours entraîner à broder sur ce qu'on leur
raconte, et prennent ensuite leurs imaginations pour
des réalités.

« Ils viennent d'Amérique, dit-elle; le plus vieux,

un M. Home, voyage pour sa santé... pour une faiblesse des yeux. L'autre, un M. Lydney, voyage pour
son plaisir. Ils se sont rencontrés à bord et se sont
intimement liés pendant la traversée. Le plus jeune
semble éprouver une grande reconnaissance pour le
vieux, car c'est grâce à lui qu'il a sauté du vaisseau
dans l'embarcation et a été sauvé. Il le comble de
prévenances.

— Tous deux Américains, je présume? demanda lord
Dane.

— M. Home, oui, pour sûr... Quant à M. Lydney,
il est moitié Américain et moitié Français. Quel dommage!... Si vous saviez comme j'ai été vexée d'apprendre qu'il était Américain, après l'avoir pris pour
un Français pur sang. De ma vie, je n'ai entendu un
accent pareil, excepté à Paris. Il est impossible de
voir un plus charmant jeune homme! Quelle affabi-
lité, quelles manières aimables! et quel air bon
enfant... Juste comme vous, mylord... dans le temps...
Vous vous en souvenez! »

Et Mme Sophie regardait mylord d'un air presque
effronté.

« Sont-ce des gentlemen? demanda lord Dane.

— Mais certainement; le plus jeune, du moins, en
est un à coup sûr, jusque dans la moelle des os. Si l'on
ne fait pas attention à son pantalon, qui s'est raccourci,
il vous a l'air tout à fait de... ce que vous êtes vous-
même, mylord, d'un noble Anglais. Impossible de s'y
méprendre. C'est un grand seigneur, et rien d'autre ;
et, savez-vous une chose, sa figure me rappelle celle
d'une dame que j'ai dû connaître, dans le temps, en
France; mais j'ai eu beau fouiller dans ma mémoire
toute la matinée, le nom ne me revient pas. Ne se-
rait-ce pas curieux, mylord, si le hasard voulait que
j'eusse connu sa mère?

— Est-il levé déjà? demanda lord Dane, en souriant du bavardage de Mme Ravensbird.

—Levé! ah! il y a longtemps. Il était déjà sur pied à sept heures. Après le déjeuner, il est allé mettre une lettre à la poste, et de là chez le tailleur; et je parierais bien qu'il est en ce moment sur la plage, s'assurant si la mer n'a rien rejeté du naufrage. Il est comme un fou de la perte de ses bagages, et en particulier d'une certaine caisse à laquelle il a l'air de tenir comme à la prunelle de ses yeux. Votre Seigneurie croit-elle qu'il ait des chances de retrouver ces objets?

— On pourra peut-être en sauver quelques-uns; mais c'est bien incertain.

— L'autre n'est pas levé, continua Sophie; je lui ai moi même porté son déjeuner, en lui demandant des nouvelles de sa santé. Il ne m'a pas répondu grand'chose. Je n'ai vu de lui que ses cheveux blancs et l'abat-jour pour les yeux que je lui ai confectionné. Il s'est tenu tout le temps la figure tournée vers le mur, enfoncé dans ses oreillers, sous ses couvertures. Il s'est contenté de me dire, sans se retourner, de laisser le plateau du déjeuner près du lit, et qu'il se servirait lui-même.

— Pauvre homme! Il doit être encore bien épuisé. Voulez-vous lui dire, de ma part, madame Ravensbird, que lord Dane serait heureux de se mettre à sa disposition pour tout ce dont il pourrait avoir besoin? S'il désire même que je lui rende visite, je monterai de suite auprès de lui. »

Madame Ravensbird monta chez le malade et redescendit bientôt, en secouant la tête.

« Je parierais que c'est quelque vieux garçon bougon, s'écria-t-elle. On dirait qu'il a peur de nous regarder. Il ne veut pas vous voir, mylord. Sa ré-

ponse n'a pas même été polie. « Mes compliments à lord
Dane, m'a-t-il dit; mais faites-lui savoir que je suis
un être tout à fait sans importance, ne désirant que
le repos, et peu disposé à faire, quant à présent, connaissance avec qui que ce soit. Je lui présenterai mes
devoirs aussitôt que j'irai mieux. » Il y a de ces Américains qui ignorent la courtoisie, même la plus élé-
mentaire.

— Oh!... très-bien, dit lord Dane, peu satisfait de
voir ses offres de service aussi brutalement repous-
sées. Qu'il soit tranquille, je ne le dérangerai plus.
J'attendrai sa visite, s'il juge à propos de m'en faire
une. Comment va le pauvre marin?

— Il est encore au lit, lui aussi, le paresseux! Mais
tous ces matelots, ça reste toujours couché, quand ça
en a l'occasion. Sa tête m'a donné une jolie peine cette
nuit! J'ai passé au moins une heure à la panser, j'en
suis sûre. Il ne paraît pas savoir comment il a pu se
blesser ainsi. Il a dû se cogner contre quelque angle
tranchant... Vous partez, mylord? Bonjour et merci
pour votre visite. »

Comme lord Dane s'en allait vers la ville, M. Lydney revenait de la plage au *Rendez-vous des Marins*.

« Quel est ce monsieur? demanda-t-il à Mme Ravensbird, qui avait accompagné le lord jusqu'à la porte
de l'hôtel et le suivait des yeux.

— C'est lord Dane, monsieur.

— Lord Dane! répéta le jeune homme d'un air
étonné. Comme il paraît jeune!

— Vous le croyiez donc vieux? »

Après un moment de silence, M. Lydney se mit à
rire.

« Voyez un peu ce que c'est que l'association des
idées, dit-il; vous m'aviez parlé de lord Dane comme

du seigneur de Danesheld, et je m'étais tout de suite figuré un vieillard vénérable, aux cheveux blancs, comme notre ami du premier, et tout d'un coup j'aperçois un grand et beau garçon, presque un jeune homme.

— Les Dane ont toujours été grands et beaux.

— Alors c'est dans le sang?

— Parfaitement. Il était venu demander de vos nouvelles et de celles du vieux monsieur. Il désirait vous voir et vous offrir ses services. J'ai fait sa commission auprès de M. Home, qui a refusé de le recevoir. Sa Seigneurie est partie très-vexée.

— Peut-être le verra-t-il quand il sera en état de se lever?

— Peut-être aussi que non, car lord Dane a dit qu'il ne reviendrait pas, et que si M. Home désirait le voir, il pourrait prendre la peine de passer au château. Avouez, monsieur, que ce n'est pas très-poli, de la part de votre ami?

— La politesse n'a rien à faire là-dedans, madame Ravensbird ; c'est mon avis, du moins. M. Home ne s'est probablement pas trouvé assez bien portant pour recevoir une visite. D'après ses souffrances de ce matin, je n'en serais pas étonné.

— Alors pourquoi ne pas faire venir un médecin?

— C'est la première chose que je lui ai proposée ce matin; mais il a refusé, en m'assurant n'avoir besoin que de calme et de repos. Je pense qu'il a raison, après tout; il n'est ni blessé ni contusionné.

— Et pour son dîner? continua Mme Ravensbird d'un air un peu grognon; je suis entrée moi-même chez lui, avant l'arrivée de lord Dane, pour lui demander s'il aimerait manger une matelote ou un bon petit poulet rôti; mais il a grommelé je ne sais quoi entre ses dents, qu'il ne dînerait pas, je crois...

enfin, il m'a à peine répondu. Si vous essayiez, vous, monsieur ?

— Je vais voir, madame Ravensbird, dit M. Lydney en riant de l'agitation de son hôtesse. Mais peut-être ne réussirai-je pas mieux que vous. En tous cas, ne vous tourmentez pas. »

La chambre qu'occupait M. Home était la plus confortable de l'auberge : elle avait été surnommée par Mme Ravensbird « la chambre d'honneur ». Le lit se trouvait en face de la porte d'entrée, la cheminée à droite. En enlevant le lit, on avait fait de la pièce un charmant salon. On y reconnaissait le goût d'une Française. Meubles en acajou, rideaux de lit et de fenêtres en damas algérien à fond bleu, canapé près de la cheminée, grande table au milieu, fauteuils confortables ; ameublement complet, comme on voit. Une énorme poutre, d'un assez triste effet, traversait le plafond, il est vrai, mais n'enlevait rien au confort réel de la chambre.

L'appartement de M. Lydney, situé de l'autre côté du corridor, ne se composait que d'une seule pièce assez piètrement meublée et fort exiguë. Mme Ravensbird, dans son désir de plaire à ce jeune homme charmant, pour lequel elle ressentait une réelle sympathie, aurait voulu exécuter un véritable chassé-croisé : donner à son protégé la chambre d'honneur, et *fourrer* dans la plus petite le *vieux grognon*, prétendant que ce serait toujours assez *bon pour lui*. Elle dit deux mots de son projet à M. Lydney, qui répondit de son ton le plus gai et avec sa bonne humeur habituelle : « Quand on a goûté du bateau de sauvetage, madame Ravensbird, on se trouve bien partout. Ma chambre me fait l'effet d'un vrai paradis, et j'y resterai. » Cependant, pour ne pas trop chagriner son hôtesse, il voulut bien condescendre à occuper aussi un petit salon dont la vue donnait sur la mer, et où il prit ses repas.

Le malade resta couché toute la journée. Vers le soir, Richard Ravensbird entra et trouva la chambre dans l'obscurité, les rideaux baissés, le feu presque éteint.

Ravensbird remit du charbon de terre dans le foyer, et se préparait à sortir sans bruit, quand M. Home lui dit brusquement :

« Dans quelle espèce de pays sommes-nous ici ?

— Monsieur ?

— Dans quelle espèce de pays sommes-nous ici ? »

M. Ravensbird se demandait probablement en lui-même dans quel sens il devait comprendre la question, mais il se contenta de répondre simplement :

« C'est un pays assez tranquille quand il n'est pas surexcité par un événement comme celui d'hier au soir ou par une lutte avec les contrebandiers et les braconniers. Cependant, depuis quelque temps, la contrebande a presque cessé ; quant au braconnage, c'est autre chose ; avec la longue absence de lord Dane, il n'a fait que croître et embellir.

— C'est le grand homme du pays, ce lord Dane, à ce que m'a dit mon voisin.

— Oh ! certainement, monsieur. Depuis des temps immémoriaux, les Dane sont seigneurs de Danesheld, et ont toujours tenu un grand état de maison. Mais depuis de longues années le château a été fermé ou à peu près, et ç'a été un grand préjudice pour le pays. Le lord Dane actuel ne l'a pas habité.

— Pourquoi donc ?

— Presque aussitôt après avoir hérité le titre, il est parti pour l'étranger, et il n'est revenu que depuis peu de temps Il a bien été absent huit ou neuf ans, peut-être plus. Le temps marche si vite ! On croit qu'il restera parmi nous maintenant. Quant à moi, je n'en doute pas. Il a dernièrement tout réorganisé au château et monté sa maison.

— Il n'est pas marié, n'est-ce pas ?

— Non, monsieur. Sa sœur, miss Dane, habite avec lui à présent, et fait les honneurs au château.

— Mais de qui me parlez-vous ? s'écria le malade après un moment de silence, lo⟩ ⟨Dane n'a pas de sœur !

— Mais si, monsieur ! Elle est avec lui, comme je viens de vous le dire, au château.

— Je vous répète qu'il n'a pas de sœur, reprit-il avec une irritation qui contrastait singulièrement avec le ton calme et abattu, pour ainsi dire, qu'il avait gardé jusque-là ; je me souviens d'avoir rencontré un monsieur Dane à Paris. C'est le pair actuel. Il n'avait pas de sœur à cette époque-là. »

L'habitude invariable de Ravensbird, quand on lui soutenait une chose qu'il savait être fausse, était de ne pas insister ; c'est ce qu'il fit encore cette fois. C'est un obstiné, pensa-t-il, en jetant un coup d'œil de côté sur son locataire, dont le haut du visage était caché par son abat-jour pourpre, et le bas par les couvertures du lit, et il se tut.

« Oui, j'ai rencontré le lord actuel à Paris, et je m'étais même lié avec lui, continua le malade. Depuis, j'ai appris qu'il était devenu lord Dane. J'ai aussi entendu parler de l'accident dont a été victime le plus jeune fils, le capitaine Harry Dane. On n'en a plus eu de nouvelles ?

— De qui, monsieur ?

— Du capitaine Dane. »

M. Ravensbird ne répondit pas de suite. Il se demandait s'il était possible que cet étranger eût connaissance de l'accusation jadis portée contre lui, et lui en parlât avec l'intention de l'insulter. Ravensbird avait toujours été très-chatouilleux sur ce sujet et n'avait jamais souffert qu'on y fît la moindre allusion.

« Auriez-vous, par hasard, entendu raconter les détails de cet accident? demanda-t-il enfin.

— Oui. Mais je ne les tiens pas de M. Dane, Ce fut une terrible chute. A-t-on jamais eu des nouvelles de ce pauvre garçon?

— On a su ce qu'il était devenu, parce qu'on a retrouvé son corps. On l'a enterré dans le caveau de la famille.

— Où l'a-t-on retrouvé?

— En mer. Il y a été repêché par un de nos bateaux. Je crois que sans moi, on ne l'aurait pas reconnu. Je me trouvais sur la plage quand il a été rapporté, et je l'ai reconnu immédiatément à certaines marques sur son corps.

— Pourquoi l'auriez-vous reconnu plus que les autres?

— J'étais son domestique, monsieur. J'étais depuis quelques années à son service.

— Ah! très-bien. Alors, j'ai aussi entendu parler de vous. N'y avait-il pas eu une querelle entre vous? C'est bien là ce qu'on m'a dit, du moins... oui, je ne me trompe pas. »

Richard Ravensbird, convaincu que son locataire, ayant connaissance de l'affaire et du rôle qu'il y avait joué, voulait l'amener peu à peu à lui en dire les détails, se décida à parler. Il le fit avec calme, sans réticences, comme c'était son habitude avec ceux qui connaissaient le fait de son arrestation. Autrement, il préférait garder un silence absolu sur les événements de cette fatale nuit.

« Oui, dit-il, ce fut une misérable lutte et une chute terrible! On n'a pu savoir jusqu'à ce jour quel était son adversaire. C'est encore un mystère. Les soupçons se sont portés sur deux autres personnes; sur moi, entre autres, et l'on m'a arrêté. On a aussi arrêté un colporteur qui avait été vu se disputant avec le capitaine sur les falaises, là peu près au moment du meurtre. Quant à moi, dans mon for intérieur, j'ai soupçonné quelqu'un auquel personne n'a jamais pensé.

— Et qui donc, je vous prie ?

— Ah ! je serais bien fâché de le nommer.

— Sur quoi se fondait-on pour vous accuser ?

— Je m'étais querellé avec le capitaine Dane, le matin même. Il m'avait chassé du château à coups de pied ; et comme le meurtre eut lieu le soir de ce jour-là, les soupçons tombèrent sur moi. C'était assez naturel, du reste, je le reconnais. Mais on se trompait. J'aurais donné ma vie pour sauver celle de mon maître. Je la donnerais encore volontiers aujourd'hui, si ma mort pouvait le faire revivre. Je lui étais profondément attaché et je suis fidèle à sa mémoire.

— Malgré les coups de pied ?

— Allons donc ! répliqua Ravensbird, piqué. Oh !... je vous demande pardon, monsieur. Mais, vraiment, une dispute d'un moment, où nous avions tous les deux perdu la tête, pouvait-elle détruire une amitié de plusieurs années ? Oui, monsieur, j'ose le dire, une amitié ! Lui, il était l'honorable capitaine Dane, et moi, je n'étais que son domestique, et bien qu'il n'ait jamais oublié sa dignité et que je me sois toujours souvenu de la distance qui nous séparait, il y avait pourtant entre nous un sentiment qui pouvait s'appeler de l'amitié. Jamais homme n'eut de serviteur plus dévoué que je ne l'étais à mon maître. »

Un moment de silence. Ravensbird attisa le feu, à moitié éteint. Le malade se retourna, agité, dans son lit.

« Qu'est devenu le cousin, Herbert Dane? On m'en parlait souvent aussi. Ne devait-il pas épouser une jeune personne qui habitait au château? — du moins on croyait à une inclination.

— Lady Adélaïde Errol? » répondit Ravensbird que le bruit des pincettes avait empêché d'entendre distinctement la première partie de la question, « oui, elle l'aimait, mais en fin de compte, elle n'a pas voulu de lui pour mari, et a épousé un gentleman, M. Lester — Squire Lester comme nous disons ici. Ah! ça été encore un autre mystère que cette femme-là !

— Comment cela ?

— Dame... c'était mon idée, à l'époque. Aujourd'hui elle a tout un troupeau d'enfants. Le jeune homme qui s'est si bien conduit hier au soir — et sans lequel vous n'auriez certainement pas été sauvé — est le fils aîné de Squire Lester, — M. Wilfrid Lester. — Il est né d'un premier mariage. Il est dans une triste position, le pauvre garçon.

— Quelle position?

— Oh! il en a plus d'une. Il est sans sou ni maille, mourant de faim avec sa jeune femme... et quand un homme du monde en est réduit là, il lui arrive souvent de ne pas être très-scrupuleux et de ne pas regarder de près aux moyens qui pourront le faire vivre. Enfin il est dans de mauvais draps, et lady Adélaïde en est certainement la cause première.

— Mais, mon cher hôte, vous me parlez par énigmes. »

Ravensbird expliqua en quelques mots les circonstances qui avaient réduit le fils de Squire Lester à sa situation actuelle. Ah! si lady Adélaïde avait pu l'entendre !..

« Pauvre jeune homme ! dit M. Home. Je n'ai pas fait grande attention à lui hier; j'étais trop épuisé;

il m'a paru cependant être un grand beau garçon. Mais nous parlions de M. Herbert Dane. Qu'est-il devenu ? Est-il aussi à Danesheld ?

— Comment ?... Oui, monsieur, il y est revenu. Je vous l'ai déjà dit. Il est au château.

— Au château ? qu'est-ce qu'il y fait ? »

Ravensbird se retourna de nouveau pour tâcher d'apercevoir, sous le rempart de couvertures qui le cachait, le visage de son interlocuteur. Ce fut en vain. Le bout de son nez seul apparaissait au bord du drap. Un beau nez mince, il est vrai, mais insuffisant comme renseignement.

« Ce qu'il y fait ? — Il y habite.

— Lui ! et lord Dane le tolère ?

— Ah ! monsieur, je comprends. Vous ne savez pas : Herbert Dane est le lord actuel. Le lord Dane dont nous avons parlé, et qui est venu ce matin prendre de vos nouvelles, était autrefois Herbert Dane. Il a succédé au vieux lord. »

M. Home s'appuya sur son coude et regarda Ravensbird, de dessous son abat-jour pourpre.

« Mais alors, pour l'amour du ciel, qu'est devenu le fils aîné, Geoffry, que j'ai connu à Paris ? Où était-il donc pour qu'Herbert héritât ?

— Il est mort presque à la même époque que son frère ; avant que l'on eût retrouvé le corps de mon pauvre maître, celui de M. Dane était déjà enterré dans le caveau de famille.

— Où est-il mort ? de quoi est-il mort ? » répéta M. Home, qui semblait incapable de surmonter son agitation.

« De la fièvre pernicieuse, monsieur. Je ne saurais vous dire précisément dans quelle ville, je l'ai oublié. C'était, je crois, dans les environs de Rome, et je sais qu'il a été ramené en Angleterre sur un bâtiment de Civita-Vecchia. Mylady est morte presque à la même époque, et le vieux lord n'a pas survécu plus d'un mois ou deux.

— Je sais, je sais, s'écria l'étranger avec une impatience fébrile. J'ai lu leur mort dans les journaux. J'y ai lu aussi la prise de possession du nouveau pair, Geoffry lord Dane; mais jamais celle d'Herbert.

— Il s'appelle Herbert Geoffry, et dès qu'il eut hérité le titre, il prit le nom de Geoffry. C'est le nom favori de la famille Dane. »

M. Home se renfonça dans son lit en se couvrant de nouveau la figure. Ravensbird, un peu étonné, gardait le silence.

« Ce que vous venez de m'apprendre m'a surpris au dernier point, voyez-vous, mon cher hôte, reprit M. Home après un moment; je comptais renouveler connaissance avec mon ancien ami, Geoffry Dane, ne doutant pas qu'il ne fût le pair actuel. Quand on m'a fait dire ce matin que lord Dane me demandait, j'ai pensé que c'était lui. Mais j'ai préféré ne pas le voir dans l'état où je suis. Herbert, lord Dane! Je puis à peine encore le croire!

— Oh! c'est bien lui, pourtant. Il l'est depuis dix ans.

— Est-il aimé ici?

— Beaucoup. Ce n'est pas qu'il ait encore eu grandes occasions de se faire aimer ou détester, puisqu'il a presque toujours été absent, mais il a su se rendre populaire depuis son retour... et puis, il s'est si bien conduit dans l'affaire du testament de lord Dane! Le testament contenait un grand nombre de legs à diverses personnes, et pour une somme très-importante. Mais mylord est mort avant de l'avoir signé. Il se trouvait donc être nul. Herbert Dane, cependant, en a exécuté toutes les dispositions, absolument comme s'il y avait été obligé par la loi.

— C'est très-bien, cela; c'est très-honorable.

— Près de quatre cent mille francs étaient légués à lady Adélaïde Errol. Une grosse somme, comme vous voyez. Il l'a payée comme le reste.

— Mais pourquoi n'a-t-il pas épousé cette lady Adélaïde? demanda vivement le malade; il était cependant assez riche et assez haut placé, alors?

— Comme je vous l'ai dit, monsieur, elle n'en a pas voulu; elle a tout à coup changé d'idée... Un caprice, une fantaisie inexplicable. Ma femme était, dans ce temps-là, au service de lady Adélaïde, et quand elle sut la chose, elle me la raconta; mais nous n'en avons jamais parlé à personne. En réalité, on ignorait généralement qu'il s'était passé quelque chose entre eux.

— Il n'y avait peut-être jamais eu grand'chose?

— Oh! si; à l'époque où il était tout simplement Herbert Dane. Dans ce temps-là, il ne croyait guère — ni lady Adélaïde non plus — qu'il serait jamais ce qu'il est aujourd'hui, le seigneur de Danesheld.

— Et il n'est pas marié, dites-vous?

— Pas encore. Voilà, jusqu'à présent, le titre sans héritier. Il s'éteindrait avec lui, s'il mourait. On croit que peut-être il se mariera maintenant qu'il est revenu s'installer au château. »

M. Home ne répondit pas. Il se retourna vers le mur, et l'on ne vit plus que ses cheveux blancs et son grand abat-jour.

CHAPITRE II

LA BOITE LAQUÉE

Les falaises de Danesheld présentaient, le lendemain matin du naufrage, un mouvement inaccoutumé ;
on aurait dit un jour de foire, tant les curieux se pres-
saient et se bousculaient sur les hauteurs et sur la
plage : tout Danesheld semblait s'être donné rendez-
vous au bord de la mer.

Le vent, quoiqu'il eût perdu de sa grande violence,
soufflait cependant encore avec assez de force, de
temps à autre, pour qu'il ne fût pas sans danger de
s'approcher trop près du bord des falaises.

Les restes du vaisseau étaient encore à moitié vi-
sibles à marée basse, fortement accrochés, sans doute,
à quelque rocher sous l'eau, son bâbord incliné du
côté du rivage. On voyait flotter çà et là des poutres
et des débris de bois, et la plage était couverte de morceaux de fer. Les mâts, les vergues, le beaupré avaient
disparu ; rien, en un mot, n'existait plus du malheureux bâtiment, excepté sa coque, que la prochaine
marée emporterait vraisemblablement.

M. Bill Gand, une autorité en pareilles matières,
déclarait qu'il ne restait rien dans le navire, c'est-à-
dire que vivres, cargaison, bagages des passagers, tout
avait dû être balayé par la mer. Ce n'était pas certain
cependant. Par instants on voyait surnager des objets
plus effrayants que le bois ou le fer, mais pas assez
près du rivage pour effaroucher les curieux, pour la
plupart du sexe faible.

M. Lydney, dans la foule, semblait en proie à une vive

inquiétude. Il ne cessait, sans souci du danger et de la violence du vent, d'aller et de venir sur le bord des falaises, ne quittant pas des yeux les débris que la mer rejetait à chaque instant sur la plage. Il avait laissé à bord une boîte renfermant des papiers de la plus grande importance, et dont la perte aurait été irréparable.

Près de lui se tenaient — et tout aussi imprudemment, à l'extrémité de la falaise, — miss Bordillion et Maria Lester. Maria, ayant entendu dans la matinée vaguement parler du courage de son frère la veille au soir, s'était empressée d'aller faire part à miss Bordillion de la bonne nouvelle et l'avait entraînée avec elle jusque sur le théâtre des exploits de Wilfrid.

« Marguerite, croyez-vous à ce qu'on raconte? on assure que mon père a donné la main à Wilfrid et l'a supplié de ne pas exposer sa vie?

— Ma chère, répondit tranquillement miss Bordillion, vous m'avez déjà fait trois fois la même question; je ne puis que vous répéter la même chose : Je ne l'ai pas entendu dire.

— Ah! je suis bien inquiète de le savoir. Si ce pouvait être vrai! Songez donc, Marguerite, ce serait peut-être un commencement de réconciliation entre eux deux.

— N'y comptez pas trop. Mes renseignements ne concordent pas avec les vôtres. Voici ce qu'on m'a dit, Maria : Quand Wilfrid est revenu avec la barque et les hommes qu'il avait sauvés, tous, sur la plage, se pressèrent autour de lui pour le féliciter, et lui serrer la main. Il venait d'échapper à une mort presque certaine! M. Lester et lady Adélaïde seuls se tinrent à l'écart et gardèrent le silence.

— C'est très-injuste! » s'écria vivement Maria.

Elle fit un pas en avant, tout en parlant, et trop préoccupée pour s'apercevoir qu'elle s'était rapprochée du bord extrême de la falaise ; une seconde après, entendant au-dessous d'elle, sur la plage, une sorte de tumulte et de bruit de dispute, elle se pencha sans y prendre garde. Au même instant une rafale de vent plus violente que les autres balaya les hauteurs, et Maria...

« Prenez garde, Maria ! » cria miss Bordillion épouvantée.

Le choc du vent, s'engouffrant dans sa robe et dans son châle, fut si violent que Maria allait perdre l'équilibre, quand un bras vigoureux la saisit par la taille et, sans cérémonie, la rejeta vivement en arrière.

Maria s'était aperçue du danger. Blême de terreur, elle se retourna vers son sauveur inconnu, et vit devant elle un étranger, un gentleman, à peu près de l'âge de son frère Wilfrid, aux traits nobles, à la tournure distinguée.

« Je vous remercie du fond du cœur, dit-elle d'une voix tremblante. Je ne croyais pas que le vent fût encore aussi fort.

— Laissez-moi vous remercier aussi, laissez-moi vous remercier, s'écria miss Bordillion avec l'accent de la plus vive gratitude, en serrant les mains du jeune homme, vous venez de lui sauver la vie !... et vous, Maria, oh ! vous avez bien raison de pleurer, allez ! »

La pauvre Maria, vaincue par l'émotion, fondait en larmes et, toute honteuse, aurait voulu s'enfuir.

« Eh bien, c'est comme cela que vous remerciez monsieur ! continua miss Bordillion, qui, trop troublée elle-même, n'avait pas entendu les paroles de remercîment de Maria ; mais il vous a sauvée d'une mort certaine !

— Pas aussi certaine que celle dont j'ai moi-même été sauvé la nuit dernière, » dit M. Lydney en souriant, pendant que Maria levait sur lui ses yeux tout humides de larmes, — et s'apercevant de l'air étonné, des regards interrogateurs de miss Bordillion, il ajouta : « J'étais passager à bord de ce malheureux vaisseau ; je suis un de ceux que l'embarcation de sauvetage a pu recueillir.

— Est-il possible ! s'écria miss Bordillion ; on nous avait dit qu'un vieux monsieur seulement et quelques hommes de l'équipage avaient pu échapper.

— C'est vrai ; mais moi aussi, j'ai été sauvé. Sans un jeune homme qui prit le commandement de l'embarcation et entraîna par son exemple trois ou quatre matelots (c'est ce qu'on m'a raconté), nous aurions tous péri. Tout jeune qu'il était, il a montré plus de courage et plus d'énergie que les vieux loups de mer habitués au danger. Il faut que je sache où il demeure, et que j'aille le remercier...

— Je puis vous dire qui il est !... Je vous mènerai chez lui, interrompit Maria. C'est mon frère... mon bon, mon excellent frère, Wilfrid Lester.

— Lester ? oui, c'est bien ce nom-là que j'ai entendu.

— Je suis miss Bordillion, fit Marguerite, la plus proche parente, après leur père, de Wilfrid Lester et de mademoiselle. Nous ferez-vous le plaisir de nous dire votre nom ?

— William Lydney. »

Au bout de quelques minutes de conversation, ils semblaient se connaître tous les trois depuis des années.

Bientôt, Wilfrid lui-même arriva sur la falaise. Les deux jeunes gens échangèrent une cordiale poignée de main.

« J'ai à vous remercier pour deux, lui dit M. Lydney d'un ton pénétré, pour moi-même et pour l'autre passager que vous avez sauvé avec moi ; s'il n'était pas malade, au *Rendez-vous des Marins*, il vous remercierait, comme je le fais en son nom, et du plus profond de mon cœur. »

Miss Bordillion, l'interrompant, apprit à Wilfrid le danger auquel Maria venait d'échapper, grâce à M. Lyney.

« Alors c'est un prêté pour un rendu, dit Wilfrid gaiement à son nouvel ami, et nous sommes quittes. Si je vous ai sauvé la vie, vous avez sauvé celle de ma sœur, et nous ne nous devons plus rien.

— Je ne l'entends pas ainsi, répondit M Lydney en secouant la tête. Vous avez là une idée folle. Mais je ne veux pas discuter en ce moment ; nous reparlerons de tout cela plus tard. »

Le vent semblait redoubler de violence ; miss Bordillion et Maria sur les représentations de Wilfrid, durent quitter les hauteurs. Marguerite, avant de partir, donna son adresse à M. Lydney, en l'invitant à lui rendre visite. Le jeune homme lui serra cordialement la main. « Je n'aurai garde d'y manquer, » dit-il d'un ton de sincère gratitude, en regardant Maria.

Comme elles traversaient le village, le nouveau tailleur, M. Minn, les aperçut, du seuil de sa boutique, et traversa la rue pour leur parler. C'était un petit homme bavard, vrai bavard de Londres, au nez mince, aux mains maigres, presque décharnées. Depuis qu'un des naufragés avait bien voulu l'honorer d'une commande d'habits, M. Minn ne parlait pas d'autre chose que de la tempête de la veille, dans laquelle il se considérait comme personnellement intéressé, et ne cessait de raconter avec orgueil à ceux qu'il pouvait saisir au passage, la visite de M. Lydney à son magasin.

« Il ne regarde pas au prix, dit il à miss Bordillion, et il a commandé tout ce qu'il y a de mieux. Il tient à l'élégance de la coupe, par exemple ! C'est un des messieurs les plus aimables auxquels j'aie jamais pris mesure ! On ne s'en douterait pas, à le voir. Il a l'air fier.

— Il ne m'a pas produit cet effet-là, monsieur Minn, répondit miss Bordillion. Il a une tournure tout à fait noble et distinguée, et une fort belle tête.

— Oh ! je ne parle pas de l'expression de son visage, m'am ; il est impossible d'en voir une plus avenante ; mais vous savez, ces grands seigneurs ont toujours quelque chose de hautain. Regardez lord Dane par exemple. Il faudrait lui livrer ses vêtements presque dans le temps qu'il faut pour les couper, de sorte que je fais, pour ainsi dire, travailler à la vapeur, quand il s'agit de lui... Tenez, voici son nom, mesdames. »

M. Minn fut d'un seul bond à son comptoir, où il prit son livre d'ordres et revint en indiquant triomphalement du doigt une ligne de sa propre écriture, — véritables pattes de mouches. — D'un rapide coup d'œil, ces dames lurent: « Monsieur William Lydney, *Rendez-vous des Marins.* »

En quittant le petit tailleur, elles rencontrèrent Squire Lester. Il se contenta de saluer miss Bordillion avec laquelle il s'était toujours tenu sur une grande réserve depuis le mariage de son fils, et continuait son chemin, quand Marguerite l'arrêta pour lui raconter l'imprudence de Maria. Elle doit la vie à ce jeune homme, dit-elle. Sans lui, elle était précipitée du haut de la falaise.

M. Lester, quoique souriant d'un air incrédule, allait cependant réprimander sa fille de son imprudence, quand lord Dane arriva et se mêla à la conversation.

« Je suis curieux de savoir qui est ce jeune homme, dit M. Lester. Il me faudra pourtant le remercier.

— C'est un jeune Américain, répondit lord Dane, dont les oreilles tintaient encore des racontars de Mme Ravensbird. Le grand vieux monsieur que nous avons vu dans le canot hier soir est aussi Américain.

— Sont-ils parents?

— Non... non; des connaissances de bord seulement. La plupart des passagers étaient des Yankees, je crois. Je suis heureux que celui-là se soit trouvé près de vous tout à l'heure, miss Lester.

— Sans lui, elle ne serait pas ici maintenant! s'écria avec véhémence miss Bordillion.

— Comment s'appelle-t-il? demanda M. Lester.

— Lindon... quelque chose dans ce genre-là.

— Lydney.

— Ah! oui, Lydney. C'est bien ce nom-là que la femme de Ravensbird vient de me dire il n'y a qu'un instant. J'ai même remarqué que c'était un nom bizarre.

— Ces Américains en ont parfois de si cocasses! » dit négligemment M. Lester en partant.

Les jours s'écoulèrent. Le temps était redevenu calme et Danesheld avait repris son train de vie habituel.

Depuis le lendemain du naufrage, des hommes du port — des plongeurs, comme les appelaient les bonnes gens du village — ne cessaient de recueillir les épaves que la mer rejetait, et de fouiller entre les rochers, là où le vaisseau s'était brisé. Les douaniers restaient en faction, nuit et jour, faisant bonne garde sur ce qu'on parvenait à sauver, et empêchant le pillage. Les efforts des plongeurs, cependant, ne paraissaient pas devoir être couronnés d'un grand succès, et jusqu'à présent le sauvetage n'avait donné que de maigres résultats.

Un homme ne quittait pour ainsi dire pas la plage : c'était le jeune étranger, M. Lydney ; en réalité, il y passait les trois quarts de ses journées, attendant avec une impatience fébrile et avec une anxiété que chaque jour de retard rendait plus vive, que cette boîte dont nous avons déjà parlé fût jetée sur le rivage par la marée ou retrouvée par les plongeurs.

Un jour, Wilfrid, le trouvant là, à son poste habituel, le railla sur son inquiétude.

« On dirait vraiment, Lydney, que cette caisse contenait toute votre fortune ! Elle était donc pleine d'or ?

— Ni or ni billets de banque ; mais elle renferme des titres de la plus grande importance et des documents que son propriétaire ne pourrait pas remplacer.

— Le propriétaire ? Alors, elle ne vous appartient pas ?

— Non. Je n'en étais que le dépositaire. C'est ce qui me rend doublement inquiet.

— Supposez qu'on ne la retrouve jamais ! — est-ce que la perte en serait irréparable ?

— Ma foi ! je ne sais pas trop. On pourrait peut-être remplacer quelques papiers ; mais les autres !... Tenez, j'aime mieux ne pas y penser.

— Dame, que vous dirai-je ?... Je crois que vous avez bien peu de chances de remettre la main dessus ; une sur cent, peut-être.

— C'est vrai ; mais il est dans ma nature de ne jamais me décourager ; et quelque chose me dit d'espérer. On a déjà retrouvé plusieurs caisses, et plus grandes que la mienne.

— De quelle dimension est celle-là ?

— Pas énorme. Quatre pieds carrés peut-être. Mais son contenu la rend lourde.

— Elle est imperméable, je présume.

— Complétement. »

Les deux jeunes gens s'avancèrent jusqu'à l'endroit où travaillaient les plongeurs, et se mirent à examiner les débris qu'avait apportés la dernière marée : débris de toute espèce : une poutre, des morceaux de bois, une chaîne d'or, un petit baril contenant de la viande salée, un nécessaire de voyage, un portefeuille rempli de lettres, quelques boîtes. Un instant, ils crurent qu'on retirait de l'eau un pauvre petit enfant. Ce n'était qu'une grande poupée de cire, en robe de satin et de dentelles. Hélas ! sa petite maîtresse était plus froide et plus livide qu'elle, maintenant !

En apercevant une nouvelle épave, Lydney fit vivement quelques pas pour l'examiner de plus près.

« La trouvez-vous, monsieur ? lui demanda le douanier en s'approchant avec intérêt, — l'inquiétude de M. Lydney n'était un secret pour personne sur la plage. — Comme vous voyez, il y a bien là une boîte vernissée, mais je crains qu'elle ne soit plus grande que celle dont vous m'avez parlé. »

William Lydney releva la tête d'un air découragé.

« Non, dit-il, elle n'est pas là. »

Et prenant le bras de Wilfrid, il se dirigea lentement vers le village. Les deux jeunes gens s'étaient liés d'une étroite amitié et se promenaient souvent ainsi, bras dessus bras dessous, dans la journée, mais jamais Wilfrid n'avait engagé M. Lydney à venir chez lui. La santé de sa femme lui servait d'excuse ; en réalité, sa maison avait, intérieurement, un si misérable aspect, qu'il aurait eu honte d'y introduire un étranger.

La seule maison où M. Lydney eût été reçu, était le cottage de la falaise. S'empressant de répondre à l'invitation de miss Bordillion, il avait, dès le lendemain même, commencé ses visites, et était bientôt de-

venu intime au cottage, où maintenant il se considérait comme chez lui ; il ne se passait pas de jour qu'il
n'y allât deux ou trois fois, y entrant, en sortant sans
façons. Il y vit fréquemment Maria Lester, souvent
même, il l'escorta jusque chez elle, le soir, quand
personne ne se trouvait là pour l'accompagner.

Le temps devait bientôt arriver où miss Bordillion
regretterait amèrement de s'être laissé entraîner à
une semblable intimité avec un étranger dont elle ne
savait absolument rien. Son imprudence, cependant,
ne l'avait pas encore frappée. Il fallait qu'elle eût un
bandeau sur les yeux ! Ce fut là la seule explication
qu'elle donna, par la suite, quand Danesheld lui reprocha sa légèreté avec une aigreur qui la rendit presque folle. Que M. Lydney fût un homme du monde,
bien élevé, instruit, un gentleman accompli, qu'il y
eût dans ses manières, dans toute sa personne quelque
chose de particulièrement attrayant et de sympathique, c'était indiscutable, et miss Bordillion avait,
sans réfléchir, pris toutes ces apparences pour des
preuves de sa bonne foi et de son honneur ; — c'était
là sa seule excuse.

« Combien de temps comptez-vous rester à Danesheld ? demanda Wilfrid Lester, comme ils arri-
vaient au *Rendez-vous des Marins*.

— Dans combien de temps aurai-je retrouvé ma
caisse ? répondit M. Lydney ; je ne puis m'en aller sans
elle.

— En ce cas, mon bon, tu n'es pas près de partir,
pensa à part lui Wilfrid en réprimant un haussement
d'épaules. — Et ce vieil Américain, va-t-il mieux ?
demanda-t-il tout à coup, au moment où M. Lydney
ouvrait la porte de l'auberge.

— M. Home ? il va mieux, mais pas encore tout à
fait bien. Il a souvent des rechutes. Quelque maladie

chronique, je suppose. Il n'est pas encore sorti de sa chambre.

— Au revoir. Meilleure chance, » dit Wilfrid.

Il s'éloigna, et Sophie, toujours friande de bavardage, traversa le corridor en voyant entrer M. Lydney, et l'arrêta au passage.

« Y a-t-il du nouveau, monsieur ?

— Non. Cependant, je ne perds pas courage.

— M. Home a fait demander deux fois déjà si vous étiez rentré et s'il y avait des nouvelles. Minn est monté lui prendre mesure. »

L'espoir tenace de William Lydney, cependant, ne devait pas être déçu. Le jour suivant, au moment où il arrivait sur la plage, de grand matin, selon son habitude, il vit les plongeurs en train de déposer sur le sable une nouvelle épave. Michel, le garde-côtes, était en ce moment de service, et les regardait faire.

« Est-ce votre caisse, monsieur ! »

C'était plutôt une exclamation qu'une question de la part de Michel. Un regard lui avait suffi pour qu'il sût à quoi s'en tenir. La joie intense qu'exprimait le visage de M. Lydney disait assez que la fameuse boîte, tant désirée, était enfin retrouvée. Dans son allégresse, le jeune homme l'enleva à lui seul, malgré son poids, des bras des plongeurs.

« C'est bien celle que vous cherchiez, n'est-ce pas ? dit un des hommes, alors que Lydney, à bout de forces, laissait retomber son fardeau.

— Oui, c'est bien celle-là... Oh ! vous recevrez une bonne récompense, je vous en réponds, mes amis. »

C'était une caisse laquée, d'environ deux ou trois pieds carrés, exactement comme M. Lydney l'avait décrite ; les initiales V. V. V., surmontées d'une croix de Malte étaient formées par des clous dorés. Michel, presque aussi content que M. Lydney, s'approcha pour l'examiner. Depuis le jour où le jeune homme lui avait remis, de la part de M. Home, une honorable gratification, en reconnaissance du manteau prêté la nuit du naufrage, le douanier Michel l'avait pris en réelle affection.

« Mais ce ne sont pas vos initiales, monsieur, dit-il.

— Je ne vous ai jamais dit cela, répliqua en riant M. Lydney.

— La caisse est à vous, cependant?

— Non pas. C'est-à-dire elle est à moi pour le moment, en ce sens qu'elle m'avait été confiée et que j'en avais la responsabilité, tout comme je vous la confie à présent, Michel, ajouta-t-il gaiement; je la laisse à votre garde, pendant que je vais aller prier Ravensbird d'envoyer ici des hommes avec une charrette ou quelque brancard. Prenez en bien soin, elle en vaut la peine.

— Soyez tranquille, monsieur, dit Michel en souriant. Ça me connaît, c'est mon métier. Je ne fais pas autre chose toute la journée. Là où vous la laissez, vous la retrouverez, intacte; personne n'y touchera. »

Vous comptiez sans votre hôte, honnête douanier Michel !

A peine M. Lydney avait-il disparu, se dirigeant vers Danesheld d'un pas rapide et le cœur léger, que lord Dane arriva sur la plage, en costume de chasse, veston de velours noir, pantalon et jambières de couleur sombre. Son garde-chasse l'avait précédé à ses réserves avec les fusils et les chiens, et Sa Seigneurie était en route pour le rejoindre. En passant sur la falaise, il avait fait un détour, selon son habitude depuis le naufrage, pour s'enquérir des résultats du sauvetage.

Michel, comme il l'avait promis, veillait sur les débris, et principalement sur la caisse.

« C'est là tout ! s'écria lord Dane d'un ton de surprise. Je m'imaginais que la moitié de la cargaison au moins avait été sauvée. Ce jeune gars, que vous appelez Shad, je crois, a couru tout à l'heure après moi, pour m'annoncer avec force grimaces que la plage était absolument couverte de débris !

— Une jolie petite canaille, s'écria Michel. Je viens d'être obligé de le chasser d'ici. Il a les doigts tellement crochus qu'il agripperait tout si l'on n'y faisait pas attention. Il faut avoir bon pied et bon œil pour le tenir en respect. Non, mylord, on n'a pas trouvé grand' chose, comme vous voyez ; et je ne crois pas qu'on trouve jamais beaucoup plus. Enfin, ils ont toujours retiré de l'eau cette boîte... vous savez, cette boîte après laquelle soupirait tant ce jeune homme. Ah ! c'est une justice à lui rendre, il n'a pas désespéré un instant.

— Quel jeune homme ? quelle boîte ? demanda lord Dane, auquel les bavardages du pays et les intérêts des locataires du *Rendez-vous des Marins* étaient complétement étrangers.

— Ce charmant jeune homme sauvé dans l'embarcation, et qui reste chez Ravensbird, mylord. Je n'ai jamais vu personne de si inquiet pour une boîte au fond de l'eau, comme si elle était pleine de billets de banque de vingt-cinq mille francs pièce. On l'a trouvée ce matin. Elle est là, derrière vous, mylord. »

Lord Dane, en se retournant, vit la boîte à quelques pas de lui. Il resta un instant à la regarder. Qu'il s'y trouvât quelque chose qui attirât particulièrement son attention, Michel n'en pouvait douter, car il avait l'air pétrifié. Quand il releva la tête, ce fut pour se rapprocher de la boîte, se pencher sur elle, essayer

de la soulever, puis de la secouer ; il fit même des
efforts pour l'ouvrir. On aurait dit un enfant curieux
avec un nouveau jouet ; il semblait qu'il eût été heureux de la mettre en pièces pour voir ce qu'il y avait
dedans.

« A qui dites-vous qu'appartient cette boîte, Michel ?

— A ce jeune Américain, mylord, que le canot de
sauvetage a recueilli. Votre Seigneurie a dû le voir
souvent ici même. Un charmant homme, aimable et
bon enfant. Il s'appelle M. Lydney.

— Lydney... Lydney ? Ah ! oui, je me souviens du
nom, maintenant, dit lord Dane... Lydney ! se répé-
tait-il à lui-même, Lydney ! Je ne me rappelle pas
avoir jamais connu personne de ce nom-là... Et c'est
ce monsieur qui réclame cette boîte, Michel ?

— Certainement, mylord. Ah ! elle lui a assez donné
la fièvre... Les lettres sur le couvercle ne sont pas ses
initiales, continua Michel en remarquant les regards
de Sa Seigneurie avidement fixés sur les clous dorés
et croyant deviner sa pensée ; je lui ai fait observer de
suite que ça ne concordait pas avec son nom, et il m'a
répondu gaiement qu'il ne prétendait pas le contraire.
Il est allé chercher une brouette pour emporter la
chose au *Rendez-vous des Marins.* »

Lord Dane examina les autres épaves, l'une après
l'autre, avec autant d'attention qu'il avait examiné la
caisse, et, son inspection terminée, se retourna vers
Michel.

« Y a-t-il là d'autres objets qui lui appartiennent
aussi ?

— Non, mylord. Rien que cette boîte laquée. Il avait
encore, à ce qu'il m'a dit, bon nombre de bagages à
bord, mais ça m'a paru lui être bien égal. Il ne s'est
jamais inquiété que de cette caisse-là. »

Lord Dane s'éloigna rapidement, laissant Michel continuer sa faction.

Quelques instants après, le douanier, à sa grande surprise, le vit revenir accompagné d'une charrette vide et de deux hommes. La charrette appartenait à un meunier, fermier du château, et se rendait au village pour chercher du blé, quand lord Dane, la rencontrant sur la route, au tournant de la plage, l'avait requise pour son propre compte. La charrette, les deux hommes et Sa Seigneurie s'avancèrent jusqu'à la place même où se tenait Michel au milieu des épaves. Là ils s'arrêtèrent, et lord Dane, indiquant du doigt les objets à terre, dit d'un ton bref aux deux garçons du meunier :

« Placez tout cela dans la voiture. »

Ils obéirent, à l'étonnement toujours croissant de Michel, et eurent en quelques minutes tout chargé sur la charrette. Aucun des objets n'était lourd, excepté la caisse laquée. Quant à la barrique de viande salée et à la poutre, lord Dane leur dit qu'ils pouvaient les laisser sur la plage. La charrette repartit alors avec son contenu. A ce moment seulement Michel recouvra l'usage de la parole.

« Mylord, s'écria-t-il d'un air de consternation indicible, mais il ne faut pas emporter tout cela, et principalement cette boîte. Je suis justement en faction pour empêcher qu'on n'y touche.

— Je fais tout transporter au château, pour plus de sûreté, dit lord Dane.

— Mais la boîte, mylord... Son propriétaire va revenir dans un instant la chercher, et je lui ai donné ma parole qu'il la retrouverait ici intacte et que personne n'y toucherait. S'il se plaint à mon chef, je peux perdre ma place, Votre Honneur.

— Perdre votre place pour m'avoir obéi! repartit

lord Dane d'un ton de bonne humeur, comme s'il voulait rire de la naïveté de Michel. Nous ne savons pas encore à qui appartiennent tous ces objets, et ils seront plus en sûreté au château que sur la plage.

— Mais — j'espère que Votre Honneur me pardonnera mon insistance — cette boîte-là... on sait à qui elle est. Quand ce gentleman va revenir, qu'est-ce que je lui dirai?

— Michel, répondit tranquillement lord Dane, il y a une chose dont vous ne paraissez pas vous douter, c'est que, seigneur du château, j'ai le droit de réclamer comme m'appartenant tous les débris du naufrage que la mer rejette sur la plage ou qu'on trouve sur les côtes, que leurs propriétaires soient vivants ou non. C'est un privilége dont je n'ai pas l'intention d'user, Dieu m'en garde! Mais j'ai décidé de faire transporter et déposer, quant à présent, ces objets au château, où ils seront à l'abri et à la disposition de leurs propriétaires. Vous pouvez le dire à M. Lydney.

La charrette était déjà à moitié chemin, et lord Dane marcha à grands pas pour la rejoindre, laissant le pauvre Michel muet, confondu, absolument consterné. Cette manière d'agir n'était pas le moins du monde de son goût, ni pour ce qui le concernait ni pour ce qui concernait M. Lydney; contrairement à l'opinion et aux assurances du seigneur du château, il n'avait pas une entière conviction qu'aucun désagrément ne résulterait pour lui d'avoir si peu fait respecter un dépôt confié à sa garde. En tout cas, il était certain de la colère de M. Lydney, et il restait là, cloué à la même place, incapable de faire un mouvement, incapable de dire un mot, regardant sans voir, comme hébété.

CHAPITRE III

MYSTÉRIEUSEMENT DISPARUE!

M. Lydney arriva presque aussitôt, accompagné de Ravensbird et d'un homme avec une brouette.

« Eh bien! où est donc ma boîte? s'écria-t-il en regardant de tous côtés. Michel qu'avez-vous fait de cette caisse?

— Je ne sais pas, répondit Michel d'un air ahuri et ne sachant que dire; je n'en ai rien fait; lord Dane est venu et l'a fait emporter, et les autres choses aussi.

— L'a fait emporter? Où ça?

— Au château, monsieur. Il est seigneur du pays, et il a le droit de réclamer ce que la mer rejette sur ses terres. C'est là ce qu'il m'a dit. Il ne prétend pas se les approprier; mais il veut que les objets soient déposés chez lui pour plus de sûreté, jusqu'à ce que les propriétaires prouvent qu'ils leur appartiennent. Je sais bien qu'il n'est pas probable qu'ils se présentent jamais. Après ça, peut-être voulait-il parler de leurs amis.

— Mais les propriétaires de cette boîte s'étaient présentés, Michel! s'écria M. Lydney; lord Dane n'avait aucun droit d'intervenir, pas même de la toucher du doigt. Comment avez-vous pu permettre une pareille chose, Michel? C'est vous qui êtes à blâmer.

— Si vous n'étiez pas un étranger, monsieur, vous ne vous étonneriez certainement pas que je n'aie pu empêcher lord Dane de faire sa volonté. Il est maître de tout ici: de Danesheld et de ses habitants. Il n'était pas plus en mon pouvoir de garder votre boîte, quand lord Dane avait donné l'ordre de l'emporter, qu'il ne le serait d'arrêter la marée.

— Quelle absurdité! dit M. Lydney, qui paraissait très-contrarié; on ne peut cependant pas admettre que lord Dane ait le droit de faire la loi à la terre entière!

— Je ne vous dis pas, monsieur; mais je vous assure qu'il n'y a pas eu de ma faute. Il a passé par hasard sur la plage et a vu les objets. Alors il est parti et a ramené avec lui la charrette de Seel, le meunier, qu'il aura rencontrée; il y a fait charger les objets et l'a renvoyée. Il semblait très-intrigué par votre boîte, monsieur. Il a peut-être trouvé extraordinaire la croix qui est dessus.

— Michel, vous n'auriez pas dû, je vous le répète, permettre même à lord Dane de toucher à ma boîte. Je vous l'avais laissée en dépôt, entendez-vous bien?

— Je suis plus fâché que vous ne pouvez l'être vous-même, monsieur, et je regrette que le hasard ait amené lord Dane de ce côté, répondit le pauvre Michel; mais il vous rendra bien certainement ce qui vous appartient, aussitôt que vous le réclamerez.

— Je n'en suis pas aussi certain que vous, interrompit Ravensbird, qui jusque-là avait écouté en silence.

— Pourquoi? demanda Michel.

— Eh bien... parce que quand lord Dane s'entête au sujet de ses « droits », il est assez difficile de le faire changer d'avis, répondit Ravensbird (il s'était arrêté un instant en hésitant au milieu de sa phrase); puis se tournant vers M. Lydney : « Je ne crois pas que vous rentriez facilement en possession de votre boîte, monsieur. Il faudra agir avec précaution. »

William Lydney se dirigea vers le château, en hochant la tête d'une façon significative, et avec un sou-

rire dédaigneux qui justifiait pleinement l'opinion de
M. Minn sur son caractère hautain.

Il avait donné l'ordre à l'homme à la brouette de
le suivre avec elle. Ravensbird retourna chez lui.

Au coup de sonnette de M. Lydney, le vieux Bruff,
toujours au service du château, vint ouvrir la porte.

« Je désire voir lord Dane.

— Mylord est sorti, monsieur.

— On m'a affirmé cependant qu'il venait de rentrer avec des objets recueillis sur la plage. Laissez-moi
entrer; je vous prie. »

Bruff regarda celui qui osait parler de son maître
et de ses actions dans des termes aussi cavaliers. « Jamais homme, pensa-t-il, ne s'est présenté au château,
ayant à un plus haut degré l'apparence d'un maître. »
Il fit un profond salut et ouvrit la porte à deux battants.

« Mylord, est, en effet, revenu avec des hommes qui
ont apporté les objets, monsieur, mais il est ressorti
aussitôt que tout a été déposé en lieu sûr.

— Parmi ces objets se trouve une boîte que je réclame, continua M. Lydney. Je vous prie de me la remettre.

— Cela m'est absolument impossible, monsieur. Je
n'oserais pas y toucher sans en avoir reçu l'ordre de
lord Dane.

— Je vous répète que je réclame cette boîte, répondit tranquillement M. Lydney. Vous ne pouvez me la
refuser.

— Si vous réfléchissez, monsieur, que je suis au
service de lord Dane, vous comprendriez, j'en suis sûr,
l'impossibilité où je suis, de toucher à rien ici contre
ses ordres.

— Ces objets sont au château.

— Certainement monsieur; Mylord les a fait mettre
dans la chambre de la mort, pour qu'ils y soient en

sûreté. Il m'en a remis la clef, en me recommandant
de n'y laisser entrer personne.

— La chambre de la mort?

— Je vous demande pardon, monsieur, j'aurais dû
dire « la chambre au coffre-fort », comme on l'appelle
maintenant, l'autre nom n'étant pas agréable. Nous
l'appelions autrefois la chambre de la mort, et ce
nom-là me vient plus naturellement à la mémoire.

— Savez-vous bien que vous pouvez me causer un
préjudice irréparable, en refusant de me remettre
cette boîte? poursuivit M. Lydney.

— Je le regrette de tout mon cœur, monsieur, et si
la chose dépendait de moi, je vous restituerais à l'instant même ce qui est votre propriété. Mais c'est pour
moi une question de devoir envers mylord. Je suis son
domestique, je vis sous son toit, il me paye mes gages,
je ne puis que lui obéir. Il m'a enjoint de ne permettre
à personne l'accès de cette chambre, sous quelque prétexte que ce fût; qu'y puis-je faire? »

M. Lydney se sentit vaincu. Le raisonnement de
Bruff était en effet sans réplique; comprenant qu'il
serait inutile de discuter plus longtemps :

« Y a-t-il quelqu'un qui ait de l'autorité au château? se contenta-t-il de dire; à qui pourrais-je m'a-
dresser?

— Miss Dane, la sœur de mylord, est au château,
monsieur. Mais quant à de l'autorité... Du reste, si
vous désirez la voir, rien n'est plus facile. »

L'étranger fit de la main un signe d'aquiescement,
et Bruff le conduisit au salon.

« Quel nom, monsieur? demanda-t-il en s'arrêtant,
la main sur le bouton de la porte.

— M. Lydney. »

Miss Dane jouait en ce moment avec ses serins. Elle
se retourna en entendant la porte s'ouvrir. Elle n'a-

vait pas beaucoup vieilli depuis dix ans. Les lignes
de son visage étaient plus accentuées, et ses cheveux
peut-être un peu moins épais, mais toujours abondants.
On sait qu'elle était plus âgée que son frère.

Sa quarante-deuxième année venait de sonner, mais
elle aurait certainement eu une attaque de nerfs violente si elle eût pu supposer que Danesheld s'en aper-
cevait. Elle avait conservé la mise et les manières
d'une jeune fille de vingt ans. Ses joues étaient toujours roses, quoique moins qu'autrefois, cependant ;
ses traits gentils et délicats. Ses cheveux bruns et
brillants tombaient en boucles sur son col, et ses
yeux bleus osaient à peine affronter le regard de qui
que ce fût... des hommes surtout. Si ce n'eût été sa
vanité et son affectation, la simplicité naturelle de
miss Dane aurait eu quelque chose d'agréable et de
sympathique. Elle portait, ce jour-là, une robe et un
paletot de soie bleu clair, garnis de boutons d'argent.

Au premier abord, William Lydney la prit réellement pour une jeune fille.

« Ai-je l'honneur de parler à miss Dane ? »

Renfermant son canari dans sa cage, miss Dane fit
une révérence, minauda et fit encore une révérence.
Elle n'avait rien perdu de son ancienne manie et de
sa tendance à admirer les étrangers attrayants, et
frappée de la bonne tournure de celui-ci, elle se demanda tout bas si réellement elle en avait jamais
vu de plus séduisant. « Qu'il a l'air noble, » se dit-
elle, et à l'instant, elle se sentit éperdument amoureuse de lui, et caressa la croyance qu'il lui rendait la
pareille.

M. Lydney, beaucoup trop occupé de sa boîte laquée
et de sa disparition pour s'abandonner à de tendres
sentiments en ce moment (en admettant qu'il fût
aussi impressionnable que miss Dane), se contenta

d'exposer succinctement le motif de sa visite, et de demander que des ordres fussent donnés pour la remise de sa boîte entre ses mains.

« Une pareille manière d'agir me surprend au dernier point, s'écria miss Dane de sa petite voix flûtée, en secouant avec affectation les boucles de ses cheveux. Geoffry... mon frère... allant sur la plage, et donnant l'ordre d'apporter ici les objets du sauvetage !... C'est bien là ce que vous dites ? Mais pourquoi avoir fait cela ? à quoi peuvent-ils lui servir ?

— Voilà, précisément, ce que je ne serais pas fâché de savoir, mademoiselle.

— Ils ne doivent pas avoir été apportés ici, cher monsieur. J'ai peine à le croire. Il y a, sans aucun doute quelque erreur. Permettez-moi de sonner Bruff. »

Avant que M. Lydney eût eu le temps de l'arrêter, elle avait sonné ; Bruff parut.

« Bruff, a-t-on amené ici, ce matin, des boîtes et des objets provenant de ce navire naufragé ?

— Oui, miss. » (Miss Dane, quoiqu'elle fut considérée comme la maîtresse de la maison, n'aurait jamais consenti à ce qu'on l'appelât : madame ; cela aurait pu, pensait-elle, lui donner l'air âgé.)

« La boîte de monsieur est-elle ici ?

— Je pense que oui, miss ; si elle se trouvait dans la charrette avec les autres objets, elle a dû être placée avec eux dans la chambre du coffre-fort.

— Il est de la plus haute importance pour moi, mademoiselle, de rentrer en possession de cette boîte. Si lord Dane était au château, il ne s'opposerait certainement pas à ce qu'elle me fût rendue.

— Cela ne fait pas question, monsieur, répondit chaleureusement miss Dane. Bruff, il n'y a pas d'inconvénient à rendre à monsieur ce qui lui appartient.

— Les ordres de mylord sont formels, miss : défense
absolue de toucher à aucun de ces objets, sous aucun
prétexte.

— Oui, je comprends bien. Tant que personne ne
les réclamerait, lord Dane désirait qu'ils fussent en
sûreté. Mais du moment que monsieur demande sa
boîte, et en a besoin, il faut la lui remettre, Bruff.

— Pas sous ma responsabilité, miss. Si vous me
l'ordonnez, naturellement, c'est autre chose.

— Mon Dieu ! Bruff, que vous êtes ennuyeux et mé-
ticuleux, s'écria miss Dane avec son sourire enfantin.
Il est bien certain que lord Dane, en prenant posses-
session de ces épaves, ne pouvait avoir en vue que les
intérêts de leurs propriétaires. Par conséquent, il n'y
a aucun inconvénient à rendre à monsieur ce qui lui
appartient. »

Monsieur Lydney se tourna vers Bruff.

« C'est une boîte laquée avec des initiales et une
croix dorée sur le couvercle. Vous ne pouvez pas vous
tromper. Mais... au fait, pourquoi ne vous accompa-
gnerais-je pas pour vous l'indiquer ? »

Bruff, malgré l'ordre de miss Dane, hésitait encore,
cependant. Ce n'était pas la volonté de donner la boîte
qui lui manquait ; il savait fort bien qu'elle devait être
rendue ; mais il n'osait risquer de s'exposer au mécontentement certain de son maître ; et il restait là,
presque aussi embarrassé que Michel tout à l'heure.

« Miss, dit-il enfin d'un ton de prière, vous savez
ce qu'est mylord, quand on lui désobéit. Je n'ose vraiment pas prendre sur moi de remettre cette boîte. Si
l'ordre m'en venait de vous, ce serait autre chose.

— Mais c'est ce que je fais, Bruff. Je vous donne
l'ordre de la remettre à monsieur.

— Oui, miss, je le sais bien ; mais peut-être vous
serait-il indifférent de venir, en personne, à la cham-

bre du coffre-fort, et d'assumer toute responsabilité. Si vous donnez vous même sa boîte à monsieur, mylord n'aura pas à me blâmer. »

Cela était parfaitement indifférent à miss Dane. L'expédition lui plut même tout à fait lorsqu'elle vit le bel et jeune étranger lui offrir galamment le bras pour l'accompagner.

Ils descendirent le grand escalier, laissant à droite le Hall, et allèrent directement par les corridors à la chambre de la mort, miss Dane ne cessant de minauder et de bavarder. Bruff sortit la clef de sa poche et ouvrit la porte.

La chambre froide et sombre était absolument dans le même état qu'autrefois, avec ses dalles et ses hautes fenêtres; pas le moindre meuble. Par terre, pêle-mêle comme on les y avait jetées à la hâte, les épaves du naufrage.

M. Lydney quitta, en saluant, le bras de miss Dane, et se tournant vers le tas d'objets, les parcourut rapidement des yeux, les uns après les autres. Une expression de sombre colère se répandit sur son visage.

« Ma boîte n'est pas ici ! » s'écria-t-il.

C'était un contre-temps auquel ni miss Dane ni Bruff ne s'attendaient certainement et peut-être ce dernier en éprouva-t-il, au fond du cœur, un certain soulagement. Non, aucune boîte laquée ne se trouvait parmi ces épaves.

M. Lydney se retourna vers le maître d'hôtel.

« Où l'a-t-on portée? » demanda-t-il d'une voix qui, quoique parfaitement calme, avait un ton de commandement dont le vieux serviteur fut atterré.

« Si elle n'est pas ici, monsieur, elle n'a pas été apportée au château, répondit-il vivement; tout a été monté directement de la voiture à cette chambre, et je puis vous affirmer que personne ne s'en est approché depuis.

— On l'a parfaitement apportée au château ; si vous avez vu sortir les objets de la voiture, vous devez vous la rappeler.

— Vous dites : une petite boîte laquée, murmura Bruff, en essayant de rassembler ses souvenirs. Non, je ne me rappelle pas l'avoir vue. Le fait est que je n'ai pas fait grande attention à ce qui se trouvait là. Je puis cependant affirmer qu'on a tout monté dans cette chambre.

— Alors, elle a été emportée depuis. »

Bruff secoua la tête.

« Monsieur, je puis également vous affirmer que c'est tout à fait impossible. La clef ne m'a pas quitté. »

M. Lydney ne répondit rien. Persuadé que sa boîte avait été enlevée de cette chambre, il se mit à regarder de tous les côtés, autour de lui, pour découvrir quelque cachette. Ses yeux tombèrent sur la porte d'un cabinet. La clef était dans la serrure. Il l'ouvrit. Sauf deux tréteaux placés contre le mur, il était complétement vide. Pas de traces de la boîte.

« Mais c'est de la magie ! observa miss Dane. Si la boîte a été positivement apportée dans la charrette, comme vous l'assurez, cher monsieur, on a dû l'y oublier. C'est la seule solution à laquelle je puisse m'arrêter. Peut-être aussi mon frère, en apprenant qu'elle vous appartenait, l'aura-t-il envoyée chez vous. »

Mais Bruff réduisit cette hypothèse à néant en déclarant que la voiture était tout à fait vide à sa sortie du château.

M. Lydney paraissait absorbé dans ses réflexions. Tout à coup, il demanda à quelle heure lord Dane serait visible. Miss Dane et Bruff l'ignoraient. Peut-être rentrerait-il avant l'heure du dîner ; sûrement à ce moment-là, vers six heures.

M. Lydney prit congé de miss Dane, avec force excuses du dérangement qu'il lui avait causé : excuses bien inutiles, car la brave fille aurait souhaité retenir toute la journée au château un jeune homme aussi attrayant.

Il se mit aussitôt à la recherche de la charrette et des hommes du meunier. Bruff lui ayant indiqué où il aurait chance de les rencontrer, il les trouva sans difficulté, mais n'en put tirer aucun renseignement. C'étaient deux rustres, lourds et stupides, de ces paysans idiots, devant lesquels on se demande si réellement ce sont des êtres humains, — possédant tout juste assez d'intelligence pour leur besogne dans un moulin.

Une boîte laquée avec des marques dorées sur le couvercle ? Ils ne savaient pas : mylord leur avait donné l'ordre de ramasser des objets sur les galets, et de les porter au château, et ils avaient obéi. Il ne devait pas manquer de boîtes. Ce n'était pas probable.

« Mais je vous dis qu'il en manque une, dit M. Lydney. Quant à ne pas vous la rappeler, si vous l'avez mise dans la charrette et ensuite transportée de la plage à la chambre du coffre-fort au château, ce n'est pas admissible. La boîte a un aspect tout particulier et est très-lourde. Vous avez dû évidemment la remarquer. »

Les hommes n'avaient pas fait attention. Tout ce qu'ils savaient, c'est qu'ils avaient transporté des objets, mais sans remarquer l'un plus que l'autre. Heureusement pour eux, lord Dane lui-même était présent et ne les avait pas quittés un seul instant.

« Et vous avez tout laissé au château ? demanda M. Lydney.

— Tout. Et nous nous en sommes retournés avec notre charrette vide pour aller chercher nos sacs de blé. »

William Lydney, peu satisfait de ces renseignements, mais comprenant l'inutilité d'une plus longue insistance, reprit le chemin du *Rendez-vous des Marins*.

M. Bruff, de son côté, convaincu que la meilleure politique est encore de « prendre le taureau par les cornes, » sortit du château, après le départ de son interlocuteur inconnu, et se dirigea vers la partie des réserves où il avait le plus de chances de rencontrer lord Dane à la chasse. Quand il l'aperçut (comme par hasard), il alla bravement à lui, et lui raconta ce qui venait de se passer, en insistant sur ce fait que la chambre avait été ouverte sur l'ordre exprès de miss Dane, et malgré ses propres représentations.

Lord Dane était assis sur un tronc d'arbre, en train de goûter. Bruff se tenait humblement devant lui, s'attendant tout au moins à une forte semonce. Il savait que son maître n'admettait pas de désobéissance à ses ordres.

« Comme règle générale, je vous en ai déjà averti, s'écria lord Dane la bouche pleine, ce que je dis fait loi, et je ne saurais tolérer qu'on ne s'y conformât pas. Dans le cas présent, l'affaire n'avait pas d'importance ; mais je parlerai à miss Dane, qui paraît avoir été plus dans son tort que vous même. Avez-vous remis sa boîte à ce jeune homme ?

— La boîte n'était pas dans la chambre, mylord ; du moins celle qu'il cherchait, répondit Bruff, étonné, mais avec un soupir de soulagement. D'après la description qu'il nous en a faite, c'est une boîte laquée avec des initiales dorées sur le couvercle ; nous n'avons rien trouvé qui y ressemblât le moins du monde.

— Alors, que demandait cet intrus? s'écria lord Dane avec humeur. Voilà justement ce à quoi je m'attendais : tout homme, femme ou enfant voudra venir jeter un coup d'œil sur les épaves. C'est pour cela que je vous avais ordonné de tenir la chambre fermée. S'ils veulent absolument satisfaire leur curiosité, qu'ils descendent avec les plongeurs et cherchent au fond de l'eau.

— Le jeune gentleman prétend que sa boîte a été trouvée et apportée au château, mylord, dit Bruff, croyant que lord Dane se trompait sur les faits ; mais comme je le lui ai fait observer, s'il en était ainsi, elle s'y trouverait encore.

— Eh ! naturellement, elle y est encore, répondit négligemment lord Dane en buvant une gorgée ; elle n'a pas pu disparaître à travers les dalles, j'imagine. Elle vous aura échappé, Bruff.

— Si elle m'avait échappé, mylord, le jeune homme l'aurait bien certainement aperçue, lui! Il était trop anxieux de la retrouver. Il reviendra au château, a-t-il dit, pour parler à Votre Seigneurie à ce sujet.

— Il sera le bien venu, fit lord Dane en se remettant en chasse.

Bruff rentra. Un peu avant six heures M. Lydney sonna de nouveau à la porte du château et fut à l'instant introduit dans le Hall — ou, comme on l'appelait maintenant, la salle des audiences. « Lord Dane va descendre à l'instant, monsieur. Il est de retour de la chasse depuis quelques minutes seulement, et est en train de s'habiller, » lui dit Bruff.

Lord Dane entra en effet presque immédiatement et, s'avançant vers l'étranger d'un air franc et courtois, lui dit sans préambule :

« Mon intendant m'a raconté, monsieur, je ne sais quelle histoire à propos d'une caisse qui aurait dis-

paru de la chambre du coffre-fort. La chose est tout
à fait impossible. Si la boîte a été apportée dans cette
chambre, elle doit encore s'y trouver.

— Elle a été certainement placée dans la charrette
pour être transportée de la plage au château; Michel
peut le certifier, répondit M. Lydney d'un ton aussi
dégagé que celui de Sa Seigneurie, mais tant soit peu
plus hautain. (Lord Dane se demandait en lui-même
qui pouvait être ce jeune garçon qui osait le traiter
ainsi d'égal à égal.) La question est de savoir où
elle a été mise après son arrivée au château, ajouta
M. Lydney.

— Michel a-t-il particulièrement remarqué la
boîte ?

— Sans aucun doute; Michel affirme que Votre Seigneurie aussi l'avait remarquée. Ne lui avez-vous pas,
ou ne vous a-t-il pas fait quelques observations à propos des initiales sur le couvercle, comme n'étant pas
celles de mon nom?

— Ah! c'est cette boîte-là qui manque!... celle qui
a des clous dorés formant trois V ! s'écria lord Dane.
Oh! pour celle-là, je suis sûr qu'elle a été placée dans
la charrette. J'ai vu les hommes l'y mettre.

— Pourrais-je demander à Votre Seigneurie pourquoi elle a permis qu'on touchât à cette caisse ?

— J'ai fait tout apporter ici pour plus de sûreté.

— Mais j'avais réclamé tout particulièrement cet
objet, et je l'avais confié à la garde de Michel, pendant que je courais chercher un brancard pour qu'on
le transportât à mon hôtel : Michel vous en a fait l'observation. La chose, il me semble, ne regardait donc
Votre Seigneurie en aucune façon. Quant au « plus
de sûreté », Michel, je le répète, était là pour en
répondre.

— Si vous aviez, comme moi, assisté à beaucoup de

naufrages sur ces côtes, — mais vous en avez assez d'un, n'est-ce pas? dit lord Dane en souriant, — vous sauriez qu'il est à peu près impossible aux douaniers, quelle que soit leur vigilance, d'empêcher le pillage des maraudeurs, toujours aux aguets. — C'était mon devoir, comme seigneur du château, de veiller à ce que les épaves retrouvées restassent intactes, » continua-t-il avec hauteur, pour l'édification de l'Américain, qu'il supposait fort peu au courant des droits des seigneurs de châteaux et même des seigneurs en général.

« Je veux mon bien, répondit M. Lydney.

— Et vous avez parfaitement raison ; aussi êtesvous libre de le prendre ; Bruff aurait pu vous le remettre sans attendre ma permission.

— Mais où est-il? Il ne se trouve pas parmi les objets rapportés de la plage.

— Monsieur, cela devient une mauvaise plaisanterie, répliqua sévèrement lord Dane. Une boîte déposée dans une chambre fermée à double tour ne peut pas disparaître ; elle doit y être encore. Je l'ai déjà dit à Bruff.

— Elle n'y était certainement pas cette après-midi, quand on m'y a fait entrer.»

Lord Dane, ne voulant pas discuter plus longtemps, ouvrit la porte intérieure du Hall, et conduisit son jeune interlocuteur à travers les couloirs jusqu'à la chambre du coffre-fort, après avoir averti Bruff d'en apporter la clef.

Les deux hommes y entrèrent en même temps.

« Votre Seigneurie peut se rendre compte par ellemême que la boîte n'est pas là, » dit M. Lydney, en montrant les différents objets épars sur le plancher.

Lord Dane les regarda tous, les uns après les autres, d'un œil attentif et curieux. Quand il ne put douter

plus longtemps que la caisse eût véritablement disparu, il sembla confondu et prêt à se mettre en
colère. Faisant vivement quelques pas jusqu'à la
porte, il appela Bruff de toute sa voix. Bruff arriva
en toute hâte : il connaissait le ton irrité de son
maître.

« Qui donc avez-vous osé laisser entrer dans cette
chambre, Bruff? La boîte de monsieur a dû être enlevée?

— Je vous jure sur ce que j'ai de plus sacré, mylord,
que pas une âme n'est entrée ici, sauf miss Dane, et
monsieur lui-même, répondit le malheureux Bruff,
tout interdit de la tournure inattendue que prenait la
chose à son égard, la clef n'a pas quitté ma poche. La
boîte n'a sans doute pas été apportée dans cette
chambre.

— Dans quelle autre chambre, alors? demanda tranquillement Lydney à lord Dane.

— Je vous affirme sur l'honneur que chaque objet
sorti de la charrette a été apporté ici, dans la pièce où
nous sommes, et non dans une autre, répondit le pair
d'Angleterre avec tant de solennité et un tel accent de
vérité, que M. Lydney, malgré ses préventions, ne
put douter plus longtemps de sa parole; les hommes
ne sont pas entrés autre part : toutes les autres chambres étaient fermées.

— Je puis corroborer l'affirmation de mylord, monsieur, dit Bruff. Tout a été conduit ici directement
par le couloir extérieur, et non par celui de l'intérieur du château; quand bien même les hommes
auraient essayé d'entrer dans une autre chambre, ils
ne l'auraient pas pu. D'ailleurs je ne les ai pas quittés
un instant, et mylord nous a accompagnés pendant
tout le trajet.

— Voici, probablement, ce qui a dû se passer : les

hommes auront oublié de retirer la boîte de la charrette.

— Non. Je les ai questionnés tout à l'heure ; rien n'a été laissé dans la voiture.

— Mylord, interrompit Bruff, j'assistais au départ de la charrette ; elle était complétement vide.

— S'il en est ainsi, je n'y comprends rien, reprit lord Dane, impatienté. Il faut en finir cependant. Je vous l'affirme une fois de plus, la boîte a été placée dans la charrette ; j'ai vu, de mes yeux, les hommes la soulever de terre, et j'ai même fait une réflexion sur sa lourdeur apparente ; je vous affirme aussi, et je puis vous le jurer, si c'est nécessaire, que tout ce qui se trouvait dans la charrette a été apporté droit à cette chambre ; si votre boîte n'est pas ici, c'est que les hommes l'ont perdue en route.

— Votre Seigneurie a-t-elle remarqué la boîte après l'arrivée de la charrette au château ?

— Non. Je n'ai pas prêté grande attention aux objets à ce moment-là. Le fait est que j'étais impatient de partir, car mon garde-chasse m'attendait depuis quelque temps déjà. Le contenu de cette caisse avait-il une grande valeur ? Vous paraissez y tenir beaucoup.

— Son contenu est en effet d'une grande valeur. Ce sont des documents de la dernière importance, et qui ne pourront se remplacer.

— Est-elle à vous ?

— Non. Mais j'en ai la responsabilité, et son propriétaire, qui me l'a confiée en Amérique, peut m'en demander compte.

— Qui est le propriétaire ? demanda lord Dane d'un ton de curiosité.

— Ceci n'a rien à voir à ce qui nous occupe, » répondit M. Lydney avec hauteur.

Lord Dane sourit.

« Je comprends votre contrariété, monsieur; mais je ne puis que faire des vœux pour que vous retrouviez bientôt cette caisse; il est, du reste, impossible qu'elle soit perdue.

— Elle se retrouvera, s'il existe des lois et une justice en Angleterre.

— Un moment, monsieur. Vous paraissez jeter le blâme sur moi. Cela n'est certes pas juste.

— On prétend que toute vérité n'est pas bonne à dire. Ce n'est pas mon avis, et il est dans ma nature d'être franc, quand même. Je vous avoue donc que, dans mon opinion, Votre Seigneurie est responsable de cette boîte, » répondit le jeune Lidney hardiment.

— Bruff ne pouvait en croire ses oreilles. « Si elle eût été sur la plage, non réclamée, comme les autres épaves, lorsque vous avez donné l'ordre qu'on les transportât au château, j'aurais certainement compris votre manière d'agir; mais vous avez donné cet ordre malgré les affirmations réitérées de Michel qu'elle m'appartenait, et que j'allais revenir dans un instant pour l'emporter au *Rendez-vous des Marins*, où je demeure. C'est là ce qui me paraît louche. Je ne puis donc croire qu'une chose : c'est que vous aviez un motif quelconque pour vous emparer de cette caisse, et que vous l'avez enlevée vous-même de cette chambre.

— Comment! et que supposez-vous donc que je veuille en faire?

— Je n'en sais abolument rien.

— Vous êtes vivement affecté de cette perte, jeune homme; elle est, je l'avoue, désagréable; j'excuse donc votre langage, reprit lord Dane avec douceur. Vous n'avez peut-être pas réfléchi à quel point vos soupçons doivent être nécessairement dénués de fondement. Les épaves ont toutes été apportées ici, dans cette chambre,

je vous l'ai affirmé ; mon intendant vous l'affirme
comme moi, et vous reconnaissez vous-même avoir
interrogé les garçons du moulin. Or cette chambre
est isolée des autres appartements du château, elle
en est même assez éloignée. Je vous demande comment il m'aurait été possible de transporter à travers
ces longs couloirs un objet tellement lourd que je
n'aurais pas seulement la force de le soulever. Vous
êtes peut-être capable de croire que mes gens m'ont
aidé ou l'ont porté d'après mes ordres! Eh bien, je
vous donne de grand cœur la permission de les interroger. Non, monsieur Lydney, soyez-en certain ; tout
a été déposé dans cette chambre, dont j'ai fermé la
porte de mes propres mains, et dont j'ai remis la clef
à Bruff. A partir de ce moment-là, c'est lui qui en a
eu la responsabilité. »

Bruff n'essaya pas de se défendre de nouveau. Il
semblait atterré.

Rien ne retenait plus M. Lydney dans la chambre
de la mort. Il sortit donc, suivi de lord Dane, et Bruff
resta pour refermer la porte à double tour. M. Lydney marchait la tête basse, réfléchissant aux explications de lord Dane, — qu'il trouvait sensées et plausibles, après tout, — mais de plus en plus perplexe. Lord
Dane disait la vérité : soit ; mais alors, où était la boîte?

Il dut retourner au Hall, où il avait oublié ses gants.
Près de la porte de la salle à manger se tenait miss
Dane qui, tout en jouant avec son petit chien favori,
épiait le retour du bel étranger, en l'honneur duquel,
sans doute, elle avait entremêlé les boucles de ses
cheveux de rubans bleus et mis une délicieuse robe de
mousseline blanche.

« Quelle belle salle! s'écria involontairement
William Lydney, sans s'apercevoir, au premier moment, de la présence de miss Dane.

— Oui! en effet. C'est l'orgueil de la contrée. »

Miss Dane s'approcha en affectant l'étonnement et en baissant les yeux et les mains, comme un enfant timide.

« Oh! cher monsieur! c'est vous. Vous voilà revenu? J'espère que vous avez retrouvé cette boîte?

— Non, mademoiselle; malheureusement non. Elle paraît s'être envolée, on ne sait comment, du coffre-fort de lord Dane.

— Envolée... comme les fantômes, alors? fit-elle avec un petit sourire enfantin.

— Absolument. Seulement, on ne croit plus aux fantômes aujourd'hui. Ce temps-là est passé, mademoiselle. »

Miss Dane, quand il la salua pour prendre congé, lui tendit sa main qu'il serra cordialement.

Lord Dane ne put réprimer un geste de dédain. Si sa sœur était absurde, ce jeune homme avait-il le droit de se prêter à ses enfantillages et à ses niaiseries? Il s'en serait bien gardé s'il eût été véritablement un gentleman, pensa-t-il. Quant à lui, il se borna à lui faire un salut hautain, en le reconduisant jusqu'à la porte du Hall, où, sans l'accompagner plus avant, il le remit aux soins de Bruff.

« Sa boîte est-elle donc tout à fait perdue, Geoffry? soupira miss Dane, en secouant doucement ses boucles et ses rubans bleus,

— Perdue! certainement non; mais elle a disparu d'une façon inexplicable.

— Quel dommage!... Geoffry, as-tu jamais vu quelqu'un d'aussi charmant?

— Hum! fit lord Dane en riant... oui; pas mal de figure, après tout.

— Qui te rappelle-t-il, Geoffry?

— Il me rappelle, certainement, quelqu'un que j'ai

connu... oui, il n'y a pas de doute. Mais qui ? J'ai beau chercher, je ne trouve pas.

— C'est tout à fait sa figure ! s'écria-t-elle. Il ressemble à lady Dane, Geoffry.

— Quelle lady Dane ?

— Je n'en ai jamais connu qu'une, Geoffry. La vieille lady Dane, ma tante et la tienne.

— Quelle bêtise, Cecilia !

— Mais non, cher Geoffry, ce n'est pas une bêtise. J'ai rarement vu une aussi grande ressemblance. J'en ai été frappée dès qu'il est entré. »

Pauvre Cecilia ! Lord Dane, en lui prenant amicalement le bras pour la conduire à la salle à manger, pensait au nombre de choses absurdes dont elle avait déjà été frappée dans le cours de sa naïve existence !

— Oh ! tu aurais dû le retenir à dîner, Geoffry !

— Le retenir à dîner, lui ! ma chère Cecilia ?

— Est-ce que ce n'aurait pas été convenable, Geoffry ?

— Certainement non. Je commence à me demander, Cecilia, — et j'ai mes raisons pour cela, — si ce jeune Américain, ce Lydney, n'est pas un aventurier... un homme qui vient peut-être ici pour exercer quelque commerce interlope.

— Oh ! Geoffry !... mais il a une si belle tournure ! On dirait un prince !

— Justement. J'imagine qu'il a l'intention de spéculer sur sa bonne mine. C'est toujours ainsi que les choses se passent. »

Miss Dane semblait profondément mortifiée. Elle savait combien son frère était perspicace, combien son jugement était, en général, droit et sensé. Elle accepta donc son opinion comme parole d'Évangile. Mais, à part cela, elle n'avait jamais vu aucun étranger en qui elle aurait pu avoir autant de confiance qu'en William Lydney.

CHAPITRE IV

LA RECHERCHE DANS LE CHATEAU

Pendant ce temps, Bruff reconduisait jusqu'à la grille du château l'aventurier gentleman.

Le maître d'hôtel se sentait quelque peu mal à l'aise au sujet de la disparition mystérieuse de la caisse, et il crut de son devoir de ne pas laisser partir M. Lydney sans essayer de s'excuser.

« J'espère, monsieur, que vous n'attribuez pas cette perte à une faute ou à une négligence quelconque de ma part.

— Non, répondit M. Lydney sans hésiter. Avouez, cependant, que la disparition de la boîte est étrange au dernier point?

— Je n'y comprends absolument rien, monsieur. J'ai beau retourner la question de toutes les manières, je ne peux parvenir à la débrouiller.

— Lord Dane vous a remis la clef, aussitôt que tous les objets ont été déposées dans la chambre?

— Oui, monsieur, presque immédiatement. Quand les hommes eurent fini leur besogne, je les reconduisis jusqu'à la grille du château, et je les vis s'en aller avec la charrette vide. Je revins ensuite, par le couloir, à la chambre de la mort; mylord m'y attendait, en dehors de la salle, dans le couloir même. Il ferma la porte à double tour, en ma présence, me remit la clef et m'ordonna de ne laisser entrer personne. Il est parti aussitôt et n'est rentré au château que tout à l'heure. Quant à la clef, elle n'a quitté ma poche que pour ouvrir la porte à vous et à miss Dane. Maintenant, monsieur, en admettant même que mylord ait eu, comme vous paraissez le croire, l'intention de porter cette boîte autre part, il est tout à fait impossible qu'il ait eu le temps de le faire lui-même ou de le faire faire par d'autres, et je suis moralement convaincu que la boîte n'est jamais entrée dans le château. Si je vous dis tout cela, monsieur, c'est que, je le vois bien, vous soupçonnez mylord, et que vous le croyez en faute. Il n'aurait jamais fait une chose semblable.

— Dans tous les cas, je ne vous crois pas en faute, vous, Bruff, répondit M. Lydney avec un sourire aimable, en glissant une grosse pièce d'or dans la main du domestique.

—Oh! Monsieur, vous êtes vraiment trop bon. Je... Eh bien, petit espion! pourquoi es-tu là? Qu'est-ce que tu demandes ? »

C'était Shad, se traînant le long des grilles du château. M. Lydney se retourna vivement.. « Quel étrange petit bonhomme, s'écria-il, c'est le plus curieux spécimen de l'humanité que j'aie jamais vu ! »

Bruff leva le doigt avec un air d'autorité, et le gamin s'esquiva.

« N'était la lourdeur de la boîte, dit le maître d'hôtel, je croirais que ce jeune reptile l'a volée. Il a dû se traîner, en rampant, après la voiture, de la plage ici, car je l'ai vu rôder autour des hommes, pendant qu'ils déchargeaient le véhicule. Il est impossible, cela va sans dire, qu'il ait emporté, tout seul, une caisse de cette pesanteur. »

M. Lydney s'éloigna à grands pas, et eut bientôt rattrapé le jeune Shad.

« Comment t'appelles-tu ? demanda-t-il en lui mettant la main sur l'épaule.

— S'il vous plaît, monsieur ? Je m'appelle Shad.

— Shad ?... Shad qui ?... Ton autre nom ?

— S'il vous plaît, monsieur ? Je n'en ai jamais eu d'autre.

— Les plongeurs ont trouvé ce matin des épaves du naufrage, qu'une charrette a apportées depuis au château de Dane. Tu as suivi les hommes, je crois. As-tu vu décharger la voiture ?

— Je n'ai touché à rien.

— Ce n'est pas là ce que je te demande. Peux-tu, une fois dans ta vie, dire la vérité ? »

Shad ne répondit pas; mais sa large bouche s'entr'ouvrit avec une espèce de grimace.

M. Lydney tira de sa poche une petite pièce d'argent et la lui montra.

« Tu vois ceci, Shad ? Je vais te faire une ou deux questions. Dis-moi la vraie vérité, et l'argent sera à toi. Si tu cherches à me tromper, si tu hésites dans une seule de tes réponses, non-seulement tu n'auras pas les dix sous, mais tu recevras même quelque chose de beaucoup moins agréable.

— Oh ! je sais ce que vous allez me demander, s'écria le petit drôle, oubliant son rôle habituel de niais, tant il était fasciné par la vue de cette pièce d'argent ; c'est à propos de votre boîte perdue. Mâtin ! on en parle assez depuis ce matin, de votre boîte, avec ses trois lettres dorées et l'autre machine au-dessus. Je l'ai vue porter dans le château.

— Tu l'as vue ?

— De ces deux yeux que voilà, dit Shad en levant sur M. Lydney son regard rusé et étincelant ; elle est restée presque en dernier dans la charrette, et les deux meuniers l'ont transportée au château. M. Bruff les suivait. Ils ont pris le couloir.

— Où était lord Dane, à ce moment-là ?

— Je ne l'ai pas vu. Je crois qu'il était entré auparavant.

— Pourquoi as-tu suivi la charrette ?

— Parce que Michel m'avait chassé de la plage et que je n'avais rien à faire. Je ne l'ai pas suivie avec de mauvaises intentions. Je suis resté là à flâner pendant qu'on la déchargeait, et je l'ai vue ensuite s'en aller à vide.

— Tu es sûr qu'elle était absolument vide ?

— J'en suis sûr. Il n'y restait rien. Monsieur, je vous ai dit la vérité. Maintenant, l'argent, s'il vous plaît ?

— Si je m'aperçois plus tard que tu m'as menti, il t'en cuira, je t'en réponds, dit M. Lydey en lui donnant la pièce de dix sous. »

Shad, pour toute réponse, se mit à gambader de joie et s'enfuit en gesticulant. C'était probablement la première fois que le petit misérable avait dans sa possession une pièce d'argent honnêtement gagnée.

M. Lydney retourna au *Rendez-vous des Marins*. Il fit immédiatement demander une entrevue à son vieil ami, dont il désirait avoir l'avis sur la conduite à tenir, et pria Ravensbird d'y assister.

M. Home adressa d'abord quelques questions à l'hôtelier, principalement sur le caractère et les habitudes de lord Dane ; puis, après avoir longtemps réfléchi, déclara que, dans son opinion, celui-ci s'était emparé de la caisse, qu'il cachait quelque part. Il était possible cependant qu'elle eût été volée sur la charrette même, pendant le trajet de la plage au château, par quelques-uns de ces mauvais gars qui, au dire de

Ravensbird, infestaient le pays. M. Lydney parta-
geait cette manière de voir.

« C'était une boîte curieuse, et qui a dû certainement attirer l'attention, observa-t-il à M. Home ;
vous comprenez, une croix de Malte et des initiales
dorées ne sont pas choses communes sur une caisse ;
et il est impossible qu'on ne les ait pas remarquées.
Si elle est réellement arrivée jusqu'au château, je ne
m'explique pas que Bruff, le maître d'hôtel, n'y ait
pas pris garde. Lord Dane prétend aussi ne pas se
rappeler l'avoir vue à ce moment-là. Cela m'étonne au
dernier point.

— Si lord Dane a une raison quelconque de cacher
la boîte, naturellement, il ne vous avouera pas qu'il
l'a vue, répondit M. Home. Qu'en pensez-vous, mon
hôte ?

— Je pense, monsieur, que toute la question se réduit à ceci : lord Dane a-t-il, oui ou non, un motif pour
garder la chose ? S'il en a un, il l'a évidemment mise
en sûreté ; si au contraire il n'en a aucun, je serais
porté à croire qu'elle a été perdue ou volée sur la
charrette pendant le trajet.

— Ce qui me paraît surtout suspect dans cette affaire, et ce que je ne puis m'expliquer, dit William
Lydney avec véhémence à M. Home, c'est l'ordre
même de transporter la caisse au château. Michel a
dit à lord Dane qu'elle avait été réclamée par moi, que
je venais de quitter la plage un instant auparavant
pour aller chercher une brouette qui pût la ramener
à l'hôtel. Rien n'y a fait. Il a presque rudoyé Michel,
qui osait lui adresser des observations et n'a pas perdu
une minute pour tout faire enlever. Je parierais ma
tête qu'il a la boîte. »

En admettant la réalité de cette hypothèse, qu'y
avait-il à faire ? M. Lydney ne se dissimulait pas la

difficulté de sa position. Lord Dane était lord Dane,
c'est-à-dire un homme important, qu'on ne pouvait
pas aborder facilement, sous le premier prétexte venu,
et surtout accuser sans raisons suffisantes. De plus, il
ne paraissait réellement rien savoir au sujet de la
caisse. William Lydney se promena longtemps, de
long en large, dans la chambre de M. Home, en proie
à une véritable fièvre d'incertitude.

« Que me conseilleriez-vous ? demanda-t-il tout à
coup.

— Si vous voulez bien vous asseoir, et rester tranquille, — car votre va-et-vient me fatigue horriblement, — je vous donnerai mon avis, répondit M. Home.
Je crois que lord Dane a la boîte... C'est mon avis.
Dans ce cas-là... mais si vous ne vous asseyez pas, il
m'est impossible de continuer. »

Le jeune Lydney ferma la porte et s'assit. Ils étaient
seuls, en ce moment ; Ravensbird avait été appelé
par sa femme dans la salle du rez-de-chaussée.

M. Home discuta la question avec le plus grand
calme, l'examina sous toutes ses faces, et donna son
avis motivé. A la fin de l'entretien, M. Lydney était
plus fermement convaincu que jamais : la boîte se
trouvait au château de Dane, dans une cachette connue seulement de son seigneur. Il ne se demanda même
pas comment la chose était possible, eu égard aux in-
vraisemblances et aux difficultés insurmontables men-
tionnées par Bruff. Sa conviction était absolue, et tous
les raisonnements du monde auraient été impuissants
à l'ébranler.

Dans l'après-midi, il s'achemina vers Danesheld-
Hall, dans l'intention de consulter Squire Lester.

Au moment où il arrivait, M. Lester sortait avec
lady Adélaïde. La voiture était devant la porte.

« Je crains d'être venu à une heure peu favorable, dit

M. Lydney. Je désirerais causer avec vous, monsieur Lester, sur une question d'affaires. »

Lady Adélaïde ne s'était pas encore rencontrée avec le jeune étranger ; elle l'avait simplement aperçu dans la rue, et sa première impression avait été des plus favorables ; elle lui dit avec un gracieux sourire :

« J'espère, monsieur, que cette conférence peut se remettre. M. Lester va sortir avec moi, et nous sommes déjà en retard. Ne pourriez-vous pas revenir ce soir ?

— Mais certainement, madame.

— En ce cas, venez ce soir, monsieur Lydney, ajouta Squire Lester ; à n'importe quelle heure, quand vous voudrez. Lady Adélaïde vous offrira une tasse de thé. »

William Lydney se présenta au Hall exactement, entre huit et neuf heures, le soir même. Au moment où le domestique allait l'introduire au salon, il l'arrêta en lui disant qu'il désirait voir d'abord son maître en particulier. On le fit donc entrer dans la bibliothèque, où M. Lester le rejoignit quelques instants après.

« Ce n'est pas une heure bien convenable pour les affaires, monsieur, dit M. Lydney, comme ils se serraient cordialement la main, et j'ai des excuses à vous faire de vous prendre ainsi votre soirée. »

Ils s'assirent.

« Vous êtes, je crois, juge de paix du comté ? »

M. Lester fit un signe affirmatif.

« Alors, j'ai une demande à vous adresser ; une demande qui... qui vous surprendra peut-être. J'espère cependant que vous me l'accorderez. Je désirerais un mandat de perquisition dans le château. »

On aurait demandé à M. Lester un mandat de perquisition dans sa propre maison, qu'il n'aurait pas éprouvé une plus grande stupéfaction. Pendant quelques instants il ne put que regarder fixement son interlocuteur.

« Des perquisitions dans le château de Dane ! » dit-il enfin.

Le jeune Lydney commença ses explications. La perte inexplicable de cette caisse était déjà sue de M. Lester, comme de tout Danesheld.

« Soyez-en certain, M. Lester, cette boîte est au château, et lord Dane l'y tient cachée, à dessein. »

Si quelque chose pouvait augmenter la surprise de M. Lester, c'était bien certainement une pareille assertion.

« Sur quoi basez-vous votre opinion ? demanda-t-il, choqué de ce ton d'assurance.

— Sur les faits eux-mêmes ! De quel droit lord Dane a-t-il porté la main sur ma caisse ? Michel l'avait averti qu'elle m'appartenait, que j'y attachais le plus grand prix, et que j'avais été chercher du monde pour la faire porter à l'auberge où je suis descendu. Eh bien, malgré tout, il s'en est emparé et l'a envoyée à son château. Je vous le demande, quel pouvait être son but ?

— Je ne vois pas, je l'avoue, qu'il y eût nécessité d'agir de la sorte, répondit M. Lester, après un moment de réflexion ; quant au motif qui a déterminé lord Dane, je me l'explique par le désir — un zèle exagéré peut-être, j'en conviens — d'éviter tout accident aux épaves, et à votre boîte particulièrement. Voyons, quelle raison pourrait-il avoir de garder ou de cacher ce qui vous appartient ? Si la caisse était réellement en sa possession, pourquoi ne serait-il pas très-heureux de vous la restituer ?

— Oui, en effet ! fit M. Lydney d'un air ironique.

— Si je me permettais de hasarder une conjecture, je dirais que la caisse a dû tomber de la voiture sans qu'on s'en soit aperçu, sur la route du château.

— Vous ne feriez pas une pareille supposition, bien certainement, monsieur Lester, si vous saviez combien la boîte est lourde. Il est tout à fait impossible qu'elle soit tombée sans qu'on l'ait vue ou entendue; et d'ailleurs un des hommes marchait derrière la charrette; lord Dane, m'a-t-on dit, ne la quittait pas des yeux. Du reste, il y a un fait qui tranche la question : on a vu transporter la caisse dans le château. »

M. Lester dressa l'oreille. Cette dernière information était nouvelle pour lui.

« On a vu?... qui?

— Un jeune garçon, bien connu dans votre voisinage. Un nommé Shad. Il était là quand le transport a eu lieu. »

Squire Lester l'interrompit d'un grand éclat de rire.

« Pardonnez-moi, monsieur Lydney, mais votre observation prouve combien vous connaissez peu notre pays. Shad! ah! vraiment! il est impossible d'imaginer un garçon plus menteur! Il débite en une heure plus de faussetés que n'importe qui pendant toute sa vie? Je doute qu'il ait jamais dit un seul mot de vérité avec intention.

— Je n'en disconviens pas; je sais tout cela, comme vous. Le propriétaire de mon hôtel m'avait mis sur mes gardes, et d'après le peu que j'ai pu observer moi-même, ce garçon me semble en effet un triste personnage : menteur fieffé par habitude et par système. Cependant, je vous l'avoue, ma conviction est que, dans cette circonstance, il a dit la vérité. Il affirme avoir vu porter la boîte dans le château par les deux meuniers, suivis du maître d'hôtel de lord Dane.

— Mais vous vous êtes assuré vous-même qu'elle n'y est pas. N'est-ce pas cela que vous m'avez dit tout à l'heure ?

— C'est-à-dire, je me suis assuré qu'elle ne se trouve pas avec les autres objets, dans la chambre de la mort, pas autre chose. Quant à avoir été portée au château, je suis certain du fait.

— Alors, qu'est-elle devenue ? Vous ne soupçonnez certainement aucun des domestiques de l'avoir volée ? ajouta vivement M. Lester. Bruff est l'honnêteté même. C'est un homme très-respectable. Il était maître d'hôtel de l'ancien lord.

— Je ne soupçonne nullement les domestiques. D'après ce que j'ai pu comprendre, aucun d'eux, excepté Bruff, ne s'est approché des épaves.

— Alors, qui soupçonnez-vous ? reprit M. Lester en regardant fixement le jeune homme. Pas lord Dane, je présume ?

— C'est là une question délicate, monsieur Lester, et à laquelle je ne suis pas tout à fait préparé à répondre. Je crois que ma caisse est dans le château, cachée, soit par inadvertance, soit à dessein, et c'est pourquoi je vous demande de me délivrer un mandat qui me donne le droit de me livrer aux recherches nécessaires.

— Je ne puis vous l'accorder ; je suis désolé de vous refuser, mais — en laissant même de côté toute autre considération — je crois, en vérité, que ni la loi ni les circonstances ne m'y autorisent. La seule preuve que vous possédiez de l'entrée de la caisse au château vient de Shad ; et il est réellement impossible, sur la parole d'un tel drôle, d'infliger à lord Dane cette insulte d'un mandat de perquisition. De plus, je ne suis pas certain si, comme lord-lieutenant du comté, il n'aurait pas le droit d'annuler, d'un trait de plume, **ma** décision. Jamais vous n'obtiendrez un tel ordre ni de moi ni d'aucun magistrat. Et maintenant, allons prendre le thé. »

Lord Dane était au salon avec lady Adélaïde et miss Lester. Il était venu passer la soirée au Hall.

Comme il s'informait de M. Lester :

« Il est dans son cabinet, causant d'affaires avec M. Lydney, dit lady Adélaïde.

— Avec M. Lydney? répéta Sa Seigneurie... Ah! oui; ce jeune garçon américain qui loge au *Rendez-vous des Marins.* »

Il y avait dans son ton quelque chose de méprisant et de protecteur qui fit monter le rouge aux joues de Maria.

« Quelles affaires peut-il avoir avec M. Lester?

— Je n'en sais absolument rien. Nous lui avons demandé de venir passer une heure avec nous, ce soir.

— Ici, au Hall? ce Lydney?

— Oui. »

Lord Dane eut un plissement de lèvres dédaigneux. Il se demandait mentalement dans quelle sorte de costume de soirée cet Américain allait se présenter devant des dames anglaises.

Ses doutes sur ce point ne devaient pas tarder à être dissipés. M. Lester entra quelques instants après, et son hôte avec lui, en habit noir, en cravate blanche, aussi simple et aussi correct que lord Dane lui-même.

Malgré leur différence d'âge, il y avait entre ces deux hommes une sorte de ressemblance : même haute stature, même beauté noble dans les traits; tous deux vêtus de noir, cravatés de blanc, gantés tous deux de gants gris perle. Le cœur de Maria Lester, cependant, battit quand M. Lydney lui serra la main, comme il n'avait jamais battu pour lord Dane.

Disons-le en passant, lord Dane ne s'était pas encore déclaré à miss Lester. Qu'elle fût instruite de ses

projets, il ne l'ignorait pas, mais peu encouragé par
sa manière d'être à son égard, il avait jugé préférable
d'attendre encore.

Elle portait, ce soir-là, une robe de soie bleu clair,
avec un collier et des bracelets de cristal monté en
or, et une seule rose blanche dans les cheveux : cent
fois plus charmante aux yeux de lord Dane que lady
Adélaïde elle-même au temps de sa jeunesse. Adélaïde
Errol n'avait jamais eu cet air doux, ce caractère aimable qui faisaient de Maria Lester la plus adorable
des femmes.

Une chose irritait au dernier point lord Dane :
c'était les façons de M. Lydney. Loin de paraître
comprendre l'infériorité de sa position, il se tenait,
vis-à-vis de ses hôtes, sur le pied de la plus parfaite
égalité. Il aurait été noble comme lord Dane en personne, que ses manières n'auraient pas été plus ai-
sées. On aurait dit un gentilhomme accompli. Très-
bon musicien, du reste, pianiste de première force, et
chanteur charmant. Lord Dane en conclut qu'il avait
dû être professeur de musique.

« Monsieur Lydney, si vous étiez assez aimable pour
nous chanter ce duo... vous savez ? demanda tout à
coup lady Adélaïde.

— Très-volontiers, si miss Lester veut bien le
chanter avec moi et tenir le piano. »

Maria s'assit et prit la musique,

« Un peu plus vite qu'hier soir, n'est ce pas, dit
miss Lester, avant de commencer de chanter.

— Plus vite ?

— Oui, je crois que ce sera mieux. »

Lord Dane, debout près du piano, entendit ce dialogue.

« Vous avez déjà chanté hier soir ce duo avec
M. Lydney ? ici ? demanda-t-il à Maria.

— Non, pas ici ; chez miss Bordillion, » répondit M. Lydney.

Lord Dane se sentait de plus en plus irrité. Était-il donc convenable pour miss Lester, — pour la fille de Squire Lester... pour la future lady Dane, — de se lier ainsi, sans réfléchir, avec un jeune Américain inconnu, que le hasard d'une tempête avait jeté sur la côte, et qui se donnait des airs de gentilhomme?

« Que savez-vous de lui? dit-il brusquement à M. Lester, à la fin de la soirée, après le départ de M. Lydney.

— Ce que je sais de lui? Rien. Il est venu ce soir me parler de sa caisse perdue, et je l'ai invité à prendre une tasse de thé.

— Est-il très-prudent à vous d'admettre dans votre maison un étranger, sans plus de renseignements?

— Oh! je ne sais pas, répondit d'un air d'indiffé-rence M. Lester, qui avait horreur de la musique et paraissait mortellement ennuyé; une fois n'est pas coutume, et il y a gros à parier qu'il ne remettra plus les pieds ici. Il a tout à fait les façons d'un gentleman.»

Le lendemain matin, M. Lydney, préoccupé d'une des remarques de Squire Lester sur l'impossibilité d'obtenir d'aucun magistrat du pays un mandat de perquisition dans le château de Dane, s'empressa de se rendre au bureau de police, et demanda à parler au chef.

Ce poste de police, nouvellement bâti, spacieux et commode, contenant des cellules pour les prisonniers mutins, se trouvait au cœur du village, juste en face de la boutique de Minn, le tailleur. La pièce princi-pale, dont les fenêtres s'ouvraient sur la rue, était divisée, à mi-hauteur, par une cloison treillagée, for-mant une seconde pièce qui contenait un pupitre et deux chaises.

M. Bent était toujours à Danesheld; jadis officier de police, il avait monté en grade et était devenu inspecteur; il était devenu aussi très-gros et chauve.

« M. Bent? Il est absent pour le moment, dit un des employés inférieurs à M. Lydney, en l'invitant à entrer dans le petit salon; mais si vous voulez bien me dire ce que vous désirez, je pourrai peut être le remplacer. »

M. Lydney expliqua le but de sa visite: une demande formelle de perquisition dans le château de Dane.

Le policeman hochait la tête en souriant. Il ne pouvait, observa-t-il, prendre sur lui de répondre à une semblable requête, mais il la transmettrait à son supérieur, et monsieur ferait mieux de repasser pour s'entendre avec M. Bent.

Il fallait, en vérité, que William Lydney fût bien peu au courant des habitudes du pays et du pouvoir qu'y exerçait lord Dane, pour supposer que la police recevrait une pareille communication sans en faire part à Sa Seigneurie!

L'inspecteur Bent, aussitôt qu'il eut appris la nouvelle, se rendit, en personne, au château, et fit demander à lord Dane un entretien particulier.

« Une perquisition chez moi! rien que cela! s'écria ironiquement lord Dane. Une perquisition, pourquoi? pour cette boîte perdue!... Ah ça, est-ce que cet Américain soupçonne mes domestiques?

— Je le présume, fit M. Bent.

— Il ferait beaucoup mieux de donner des renseignements sur sa personne, ses antécédents et sa position sociale; car, qui est-il, après tout? continua Sa Seigneurie avec colère. Voyez un peu, Bent: voilà un Américain qui est sauvé d'un naufrage, sans autre chose que ce qu'il a sur lui; on lui donne asile dans une auberge; il s'y installe, se fait habiller de neuf des pieds à la tête comme un gentleman... à la dernière mode, et s'introduit dans les meilleures familles du pays. Tout cela est parfait, pourvu qu'il soit un gentleman. Mais qui le prouve? Il est absolument silencieux sur ses antécédents; on lui a posé à ce sujet différentes questions, je le sais pertinemment, et il n'y a pas répondu. Tout cela n'est-il pas louche? Qui nous dit que nous n'avons pas affaire à un aventurier, à un chevalier d'industrie? Quant à moi, c'est ma conviction, et j'ai mes raisons pour le croire. Il a passé la soirée chez Squire Lester. Il s'est introduit partout. »

M. Bent, qui avait acquis dans l'exercice de ses fonctions une grande expérience, et qui, de plus, était un homme passablement fin, semblait frappé de la justesse du raisonnement. Venant de lord Dane, surtout, l'impression devait en être encore plus forte.

« Il est devenu absolument intime chez miss Bordillion... intime, vous entendez bien, continua le lord en appuyant sur chaque mot. Il en est de même, sans doute, dans d'autres maisons. Il a eu l'audace de se présenter ici, de se faire recevoir par ma sœur, avec autant de désinvolture que s'il eût eu les mains pleines de lettres d'introduction.

— Mais comment tout cela finira-t-il, Votre Honneur, si cet homme est réellement un aventurier? s'écria l'inspecteur consterné.

— Cela finira... que nos excellents voisins auront un jour à se repentir de leur confiance; du moins c'est mon opinion... Encore un moment, Bent, ne vous en allez pas. Nous n'en avons pas fini avec sa maudite boîte... une boîte qu'il avoue ne pas lui appartenir!... Entre nous, elle me fait diantrement l'effet d'avoir été la propriété de quelque autre passager qui ne peut pas venir la réclamer, le pauvre homme ! »

Lord Dane sonna Bruff, et tous trois se rendirent à la chambre du coffre-fort. Le maître d'hôtel l'ouvrit, et lord Dane, indiquant de la main les objets sur les dalles :

« Voilà, Bent, tout ce qui a été apporté ici, dit-il; exactement dans le même état, et à la même place qu'hier. Peut-on raisonnablement croire que si cette boîte eût été déposée dans la chambre, elle aurait disparu d'elle-même?... et Bruff vous certifiera que personne au monde n'aurait pu la prendre. La clef n'est pas sortie de sa poche. Tenez! j'y pense : il n'y avait même pas cinq minutes que les épaves étaient là, à ce qu'on m'a dit, quand ce Lydney est venu, a tout examiné par lui-même, et a pu se convaincre de l'absence de sa caisse. Qui sait s'il n'a pas aidé à la voler sur la charrette, et ne fait pas tous ces embarras pour détourner les soupçons de la police. Je n'en finirais pas si j'énumérais toutes les suppositions qui me viennent à l'esprit.

— Un joli monsieur, mylord, pour parler d'obtenir un mandat de perquisition dans le château!

— Je le ferais pendre à la vergue du plus grand des vaisseaux dans le port avant qu'il ait eu le temps de le mettre à exécution, dit Sa Seigneurie d'un air hautain. »

M. Bent fit un signe de tête approbatif.

« Mais, continua lord Dane, je n'ai pas la prétention d'imposer ma manière de voir à la police. Si donc, Bent, pour votre propre satisfaction, vous désiriez visiter chaque chambre du château et en fouiller tous les coins et les moindres réduits, vous êtes parfaitement libre de le faire. Bruff vous accompagnera et vous guidera; ou si vous préférez être seul, c'est comme il vous plaira. Voici le cabinet aux tréteaux, ajouta-t-il, en poussant la porte. Commencez par là.

— Certainement non, mylord, je ne me le permettrai pas. A moins que ce ne soit pour la tranquillité de Votre Seigneurie, » dit M. Bent, une idée lui traversant l'esprit. « Votre Seigneurie, reprit-il à voix basse, n'a de soupçons sur aucun de ses domestiques ? Mes hommes, au bureau de police, ont cru deviner que c'était là la pensée de l'Américain.

— Non, je ne soupçonne aucun de mes domestiques, répondit froidement lord Dane. Mais, vraiment, il est préférable que vous visitiez le château de fond en comble. Vous saurez, au moins, à quoi vous en tenir, et j'espère qu'après cela je n'entendrai plus parler de toute cette affaire dont je commence à être fatigué.»

L'inspecteur Bent, en conséquence, se mit à visiter le château des caves aux greniers. Il examina, fouilla jusque dans les moindres réduits, sans rien trouver.

Les manières de lord Dane étaient tout autres quand l'inspecteur vint prendre congé de lui, et ce fut avec une froideur hautaine qu'il lui dit :

« Faites bien attention, inspecteur. Si cet homme — Lydney ou quel que soit le nom qu'il lui convienne de prendre — se permet encore de venir vous demander un mandat de perquisition dans mon château, priez-le poliment de vouloir bien vous apprendre qui il est et ce qu'il fait ici.

— Je n'y manquerai pas, Votre Honneur.

— Vous me comprenez, Bent, dit Sa Seigneurie d'un ton un peu moins sec; c'est une mission confidentielle que je vous donne là. Je désire savoir au juste qui peut être cet individu. »

M. Bent, tout en retournant à Danesheld, examinait mentalement cette affaire sous toutes ses faces.

Après avoir mûrement réfléchi, il s'en tint à l'opinion de lord Dane : ce jeune Lydney était un homme dont la conduite douteuse devait être surveillée.

CHAPITRE V

APPEL A L'INSPECTEUR BENT.

Maria Lester traversait rapidement les bois de Danesheld, accompagnée de Wilfrid. Une fois encore, transgressant les ordres de son père, elle avait été voir la malheureuse Edith. Cette visite lui avait causé un chagrin qu'elle ne cherchait pas à dissimuler : tout paraissait aller de mal en pis dans cette triste maison, et la réputation de Wilfrid ne s'améliorait pas.

« Ne peux-tu donc trouver une occupation quelconque ? dit tout à coup à son frère Maria, dominée par un sentiment de crainte et de désespoir qui lui rendait le silence intolérable. Essaye de te procurer une place, n'importe laquelle, pourvu qu'elle te fasse gagner la moindre chose. Jette ton orgueil au vent.

— Mon orgueil ? » répéta-t-il d'un air interrogateur, — comme si l'orgueil et lui n'avaient plus rien de commun, et depuis longtemps déjà. « Quelle occupation me conseillerais tu ? ajouta-t-il d'un ton de sarcasme. J'ai pensé à plusieurs emplois, mais rien ne m'a réussi. Je ne puis ouvrir boutique ; les fonds me manquent ; m'engager comme garde chez lord Dane ?... il n'y a pas de vacance. Je ne suppose pas qu'on m'accepterait chez mon père comme domestique, si je me

présentais pour remplacer celui qui a donné son
compte.

— Comment as-tu le courage de tourner ainsi en
ridicule ce que je te dis? Ce n'est pas de ces sortes
d'occupations que je veux parler, tu le sais bien.

— Tu entends sans doute un emploi plus en rapport
avec mon éducation... Eh bien, je ne pourrais le remplir... faute de vêtements.

— Oh! Wilfrid!... est-ce possible?

— Oui; hormis ce costume de velours, dît-il en montrant le pan de son veston de chasse, toutes mes
nippes sont vendues ou en gage; et le temps n'est pas
loin où peut-être je serai obligé de me séparer de
celle-ci, si on veut bien la prendre. Je me promènerai
alors en manches de chemise, au grand scandale de
Danesheld. »

Maria était cramoisie, les larmes tremblaient à ses
paupières. Elle avait soupçonné tout cela et plus encore, mais il était pénible de se l'entendre dire en face,
brutalement. Le ton moqueur, l'air agité de son frère
augmentaient encore le trouble de la pauvre enfant.

« Un petit oiseau est venu murmurer à mes oreilles,
Maria, que tu épouserais probablement lord Dane,
reprit Wilfrid, après un moment de silence, en rede-
venant affectueux et sérieux; est-ce vrai?

— Le petit oiseau aurait pu s'épargner cette peine.

— Je n'ai pas le droit de me mêler de tes affaires,
je le sais; mais, chère Maria, réfléchis plutôt deux
fois qu'une, je t'en supplie, avant de te lier pour jamais à lord Dane. Il a près du double de ton âge.
L'aimes-tu?

— Non, je ne l'aime pas, Wilfrid. J'aime lord Dane
comme ami, mais je ne voudrais pour rien au monde
être sa femme. Du reste, il ne m'a pas encore de-
mandée. »

Ils étaient arrivés à la lisière du bois. Maria dit adieu à son frère, et hâta le pas, car l'heure du dîner allait sonner. L'émotion qu'elle s'était efforcée de contenir pendant cette conversation déborda alors, et elle ne put retenir ses larmes. La mauvaise chance voulut qu'au moment d'arriver au Hall, elle se trouvât face à face, à un tournant de la route, avec William Lydney. Elle s'essuya vivement les yeux.

« Avez-vous retrouvé votre caisse, M. Lydney? » dit-elle en prenant un air gai, pour dissimuler de son mieux l'état d'agitation où il la surprenait.

« Non, répondit-il en rebroussant chemin pour faire route à ses côtés. J'ai fait le pied de grue à ce bureau de police toute la journée, sans parvenir à voir le chef... M. Bent... je crois. On vient de me dire qu'il serait de retour dans une demi-heure et j'essaye de prendre patience en me promenant.

— Je désire pour vous que vos recherches réussissent. L'affaire semble bien extraordinaire, à moins que la caisse n'ait été perdue pendant le trajet de la plage au château..... Son contenu est-il important ?

— De la plus haute importance pour son propriétaire. A proprement parler, ni la caisse ni ce qu'elle contient ne m'appartiennent; je n'en donnerais pas moins jusqu'à mon dernier sou pour qu'on la retrouvât intacte.

— Je vous souhaite bien sincèrement bonne chance, fit-elle, en lui tendant la main, comme il sonnait à la porte du Hall.

— Merci... oui... j'en suis persuadé. « Puis il ajouta à voix basse en la regardant attentivement et en retenant sa main entre les siennes : « Quel chagrin avez-vous? Vous paraissiez triste tout à l'heure. »

Maria rougit.

« Est-ce une peine que je puisse partager ou alléger? continua M. Lydney, voyant qu'elle ne lui répondait pas.

— Non, non; ne m'interrogez pas, dit-elle à la hâte, comme la porte s'ouvrait. Ce n'était pas une inquiétude personnelle, et je ne puis en parler. Je vous remercie du fond du cœur, monsieur Lydney. »

Il savait aussi bien qu'elle d'où venait sa tristesse, car les cancans de Danesheld étaient arrivés jusqu'à lui.

Maria entra.

Décidée à parler à son père et l'apercevant dans son cabinet, au fond de l'antichambre, elle alla droit à lui.

« Mon père, dit-elle, après avoir fermé la porte et en dénouant d'une main fébrile les brides de son chapeau, ne m'aviez-vous pas interdit, en quelque sorte, — quoique cette défense ait été plus tacite que formelle, — d'aller chez Wilfrid?

— Certainement.

— Je viens vous dire, mon père, que j'ai transgressé vos ordres... deux fois. J'y fus d'abord plutôt par accident qu'avec intention, et je n'eus pas le courage de vous l'avouer ce jour-là. J'y suis encore retournée aujourd'hui. »

M. Lester examina sa fille un instant en silence.

« Et pour quelle raison, je vous prie?

— Pour voir Edith, mon père. Je crains qu'elle ne se meure. »

M. Lester gardait le silence.

« Oui... et qu'elle ne meure de faim, continua Maria, que ses larmes étouffaient... Oui, mon père, de faim!

— Ne dites pas d'absurdités, s'écria M. Lester avec colère.

— Il en est cependant ainsi, mon père; Edith ne peut digérer la nourriture grossière à laquelle sa pauvreté la condamne, — du pain et des légumes... et encore! — et elle est épuisée faute de meilleurs aliments. Sally m'a dit qu'elle dépérissait lentement et que le manque de soins, que la misère en étaient cause. Oh! mon père, ne les aiderez-vous pas? laisserez-vous mourir cette malheureuse créature? Ne me permettrez-vous pas de lui porter un peu de notre superflu? »

M. Lester hésita un instant. Peut-être la crainte de déplaire à ladÿ Adélaïde lui traversa-t-elle l'esprit.

« Non, Maria; Wilfrid et sa femme ont, de propos délibéré et en me défiant, fait les choses ce qu'elles sont. Ils en supporteront les conséquences. »

Maria pleurait.

— Si vous vouliez seulement consentir, mon père, à me donner un peu d'argent pour eux; si vous...

— Silence! » interrompit vivement M. Lester.

L'argent de poche était devenu chose rare pour lui, et sa fille le lui faisait désagréablement sentir. Quant au mot : « Famine », il ne le considérait que comme une exagération de Maria.

— Ce ne sont pas vos affaires, dit-il. Je vous le répète, Wilfrid et Edith n'ont à s'en prendre qu'à eux-mêmes de leur situation présente, et je vous défends d'avoir dorénavant aucune relation avec le cottage.

— Oh! je vous en supplie, mon père, ne l'exigez pas de moi! s'écria Maria en sanglotant, car je ne le pourrais pas; — pardonnèz-moi si j'ose vous parler ainsi, — mais, en vérité, je n'aurais pas le courage de vous obéir. Wilfrid est mon frère, et quand tout le monde l'abandonne, mon devoir est de le soutenir de mon mieux... même malgré votre défense. — Ne m'imposez pas de ne plus le voir. Je vous promets de n'y aller que rarement... de n'y aller jamais... à moins que je ne sache ma présence absolument nécessaire. Tenez, si vous le désirez, je m'engage à vous avertir de chacune de mes visites. Notre mère n'est plus. Vous avez d'autres liens, vous. Mais Wilfrid et moi, nous sommes seuls!»

M. Lester ne répondit pas un seul mot. La surprise, sans doute, lui fermait la bouche. Jamais il n'avait vu sa fille dans une si grande agitation.

Après un moment d'attente, Maria se dirigea lentement vers la porte. Elle venait de l'ouvrir, quand il lui dit :

« Si vous étiez résolue à agir à votre guise dans cette affaire, pourquoi m'en avoir parlé?

— Parce que je n'aurais pu me résoudre à vous désobéir en me cachant de vous, mon père. J'ai voulu que vous sachiez pourquoi je suis obligée de mentir. »

Maria sortit de la bibliothèque; mais hélas! sans avoir déchargé son cœur du poids qui l'oppressait. Elle avait pris la résolution de faire part à son père des bruits qui couraient sur Wilfrid, espérant qu'il comprendrait enfin la nécessité de l'aider, ne fût-ce que pour sauver du déshonneur le nom de sa famille. Le courage lui avait manqué.

La cloche sonna le dîner. En montant l'escalier, Maria rencontra lady Adélaïde qui descendait en grande toilette, son éventail et son bouquet à la main.

« Ne comptez-vous pas paraître à table aujourd'hui, miss Lester? demanda-t-elle froidement. On a sonné, je crois. »

Maria avait rabattu son chapeau sur son front pour qu'on ne vît pas ses larmes.

« Je vous remercie, lady Adélaïde. Ne vous occupez pas de moi aujourd'hui, balbutia-t-elle, d'une voix étouffée. J'ai la migraine et je ne pourrais rien prendre. »

Mylady se dirigea lentement vers la salle à manger, et la pauvre Maria monta à sa chambre.

Tiffle sortit alors d'un petit réduit près de la bibliothèque, et jetant un regard de mépris sur la jeune fille :

« Ah! que je voudrais la secouer comme elle le mérite! Je lui apprendrais à se mêler de ses affaires... avec ses Wilfrid et ses meurt-de-faim! Mylady sera instruite de ce complot... et on parle de celui de Guy Fawkes! »

Il est permis de supposer, d'après cette réflexion, que Tiffle avait, par un moyen quelconque, entendu la conversation de tout à l'heure entre M. Lester et sa fille.

Pendant ce temps, M. Lydney était retourné à la station de police; il y trouva enfin l'inspecteur Bent qui, prévenu de sa visite, l'attendait.

Il fut, comme la première fois, prié de prendre un siége dans la première salle, sous le bec de gaz; mais on ne lui offrit pas de place plus confortable. La station avait été éclairée de bonne heure, ce soir-là. L'inspecteur se tenait dans l'ombre, appuyé négligemment contre son haut pupitre, et paraissait écouter d'un air distrait la demande du nouveau venu. En réalité, n'en perdant pas un mot, ouvrant les yeux et les oreilles, il recueillait avidement les moindres détails qui pouvaient échapper à M. Lydney et jeter quelque lumière sur sa personnalité et ses faits et gestes.

« Dois-je comprendre, monsieur, que vous accusez lord Dane d'avoir volé votre caisse? demanda l'inspecteur.

— Je ne l'accuse pas, n'ayant pas contre lui de preuves suffisantes, répondit hardiment M. Lydney. Cependant il est impossible de nier que lord Dane ait fait mettre la caisse dans la charrette ; qu'elle soit arrivée jusqu'au château, il n'y a pas à en douter ; et même, dans mon opinion, elle y est entrée. Alors, où est-elle ? Lord Dane ne me la rend pas, néanmoins. De deux choses l'une, ou il ne le veut pas, ou il ne le peut pas. Je n'ai plus, par conséquent, qu'une ressource : une descente de police au château.

— Mais réfléchissez donc, monsieur. Quelle insulte pour lord Dane ! N'oubliez pas, je vous prie, qu'il est pair d'Angleterre, juge de la province, seigneur du manoir. Un homme enfin d'un caractère élevé...

— Oh... oh... d'un caractère élevé ! interrompit le jeune homme.

— Comment ?... mais certainement, et très-élevé même, répondit M. Bent en le regardant en face avec étonnement. Avez-vous quelque chose à lui reprocher ?

— Oui certes. Il s'est emparé de ce qui m'appartient.

— Assez, dit sèchement l'inspecteur... Monsieur, avant de consentir à recevoir une telle plainte contre lord Dane, — en admettant que vous pensiez à la porter, — il me faudrait savoir qui vous êtes.

— Quelle importance cela peut-il avoir dans l'affaire ?

— Une fort grande, et vous la comprendrez facilement. Si un vaurien inconnu s'imaginait de porter contre lord Dane une plainte inventée à plaisir, nous le mettrions nettement à la porte. Mais si la même plainte venait d'un homme d'une position et d'une réputation connues, elle pourrait, cela va sans dire, avoir un certain poids à nos yeux. Saisissez-vous la différence ? »

La différence était en effet très-évidente, et M. Lydney ne pouvait manquer de la saisir.

« Je suis un gentleman, monsieur, puisque vous désirez le savoir, et j'ai une position dans le monde.

— Pouvez-vous m'en donner la preuve ?

— Vous avez ma parole, et cela doit vous suffire. »

L'inspecteur eut un sourire peu flatteur pour M. Lydney. Quoique froissé du ton et de l'air de l'agent, le jeune homme continua tranquillement.

« C'est une parole dont on n'a encore jamais douté.

— J'en suis convaincu, monsieur. Mais les paroles ne comptent guère devant la justice, à moins qu'elles ne soient corroborées par des preuves. Vous êtes Américain, à ce que j'ai cru comprendre.

— Quant à cela, je suis né en Amérique, mais rien de plus. Mon père était Anglais, et ma mère Française. La famille de mon père est connue en Angleterre, et peut soutenir ses droits. »

Les oreilles de l'inspecteur s'ouvraient de plus en plus grandes, et sa réponse était toute prête.

« Dans quelle partie de l'Angleterre habite-t-elle ? Lydney... Lydney... ce nom ne me rappelle pas une famille connue.

— Je ne saurais vous fournir de plus amples renseignements. La chose est telle que je vous la dis, et vous devez vous en tenir à ma parole.

— Mais pourquoi ne pas vous expliquer plus catégoriquement ?

— Ceci est mon affaire.

— Fort bien, monsieur. Je ne m'attendais pas à une autre réponse. Vous affirmez être un personnage ; votre famille, prétendez-vous, est de haut rang, et quand je vous en demande la preuve, vous refusez de la donner. Croyez-vous, bonnement, que nous allons

perdre notre temps à écouter vos accusations contre
lord Dane ? »

Lydney le regardait en silence, absorbé dans ses
réflexions.

« Seriez-vous assez bon pour me dire ce que vous
faites dans ce pays, et combien de temps vous comptez
y séjourner ?

— Ce que je fais dans ce pays? La mer ne m'y a-
t-elle pas jeté? Quant au temps que j'y passerai, s'il me
plaît de m'établir ici, il n'existe pas de loi, j'imagine,
pour m'en empêcher. Je puis dès à présent vous avertir d'une chose, cependant, c'est que je ne partirai
pas avant que mon coffre ne soit retrouvé.

— Notre conférence est terminée, monsieur, dit
l'inspecteur. Mon temps est précieux.

— Alors, je dois comprendre que la police me refuse
assistance dans mes efforts pour rentrer en possession
de mon bien ?

— Non pas, reprit M. Bent en s'adoucissant tout à
coup; nous serions enchantés de retrouver votre caisse,
pour notre propre satisfaction, mais nous refusons
d'agir d'une manière blessante envers lord Dane, surtout, ajouta-t-il en appuyant sur chacune de ses paroles, quand c'est un inconnu, étranger au pays, et
refusant de donner la moindre explication sur son
compte, qui vient nous en requérir. Cependant, monsieur, je ne suis pas aussi méchant que j'en ai l'air, et
si cela peut vous faire plaisir, la caisse n'est pas au
château, je vous le certifie.

— Vous ne pouvez en être sûr.

— Je ne certifie jamais que ce dont je suis sûr. J'ai
fait moi-même aujourd'hui des recherches au château.

— Vous !

— Oui, moi. Une visite minutieuse et complète ; il
n'y a pas d'espace grand comme ça, dit M. Bent en

levant deux doigts de sa main, que je n'aie exploré.
Ce matin, quand vous parlâtes de demander une visite
domiciliaire, nous pensâmes qu'il était temps d'avertir
lord Dane, et je me rendis au château vers midi. Mylord fut indigné, comme on devait s'y attendre, et
s'écria qu'il vous enverrait promener, et qu'il ferait
beau voir que vous vous introduisiez dans sa maison.

« Au bout de quelques minutes, cependant, il se calma
et me donna la liberté de visiter le château, pour ma
satisfaction personnelle, si cela pouvait me faire plaisir. J'ai profité de son offre gracieuse, et je vous jure,
monsieur, que votre boîte n'est pas au château. Le
moindre endroit où il serait possible de cacher une
caisse m'a été ouvert par le maître d'hôtel, qui paraissait aussi désireux que vous d'arriver à un résultat
satisfaisant. Je vous le répète, monsieur, votre boîte
n'est pas au château de Dane et, dans mon opinion,
n'y a jamais été.

— Où peut-elle être alors ? s'écria M. Lydney, tout
à fait surpris de ce renseignement. Qu'est-elle devenue ?

— Je n'en sais, ma foi, rien. La chose est fort
extraordinaire, je suis obligé de le reconnaître. Il y
a cependant une chose qui me chiffonne, c'est la présence de ce petit drôle, Shad Bean, près de la voiture
pendant qu'on la déchargeait. Ce misérable est capable de mettre la main sur tout ce qui se trouve à sa
portée, et une boîte laquée, provenant d'un naufrage, serait une aubaine inespérée pour lui. Néanmoins, je ne veux trop m'arrêter à cette probabilité,
car il est plus que certain qu'il ne l'a pas emportée
lui-même — d'abord à cause de son poids, et ensuite
parce que, quand la voiture est repartie, après avoir
été déchargée, il a couru ; après les mains vides, j'en
ai la preuve.

— Vous vous êtes déjà renseigné, je le vois.

— Sans doute. Quand des objets disparaissent, et surtout aussi mystérieusement, notre devoir est de nous en occuper, et dès hier, tous les détails de l'affaire nous étaient connus.

— Et quelle conclusion en tirez-vous ? Vous faites-vous une idée quand et comment la soustraction a eu lieu ?

— Pas la moindre. C'est une des affaires les plus embrouillées dont j'aie eu à m'occuper. Cette boîte vous appartient, m'avez-vous dit, je crois ? ajouta négligemment l'inspecteur en jetant sur Lydney un regard rapide et scrutateur.

— Je n'ai jamais dit cela. Elle m'avait été confiée, et j'ai le droit de la réclamer comme m'appartenant ; mais ni la boîte ni son contenu ne sont à moi.

— Puis-je savoir à qui elle appartient ?

— Quand elle sera retrouvée, répliqua M. Lydney, dont la circonspection semblait de plus en plus étrange à l'inspecteur. Je puis compter sur vous, alors, pour m'aider dans mes recherches ?

— Oui... par des moyens licites. Nous ferons de notre mieux. »

M. Lydney sortit. L'inspecteur le suivit longtemps des yeux, sur le seuil de la station de police, jusqu'à ce qu'il eût disparu dans l'obscurité du soir.

En convenant que l'affaire était embrouillée, M. Bent exprimait exactement le fond de sa pensée. En ce moment, maintenant qu'il avait vu le plaignant, qu'il lui avait parlé, il rejetait bien loin l'idée de lord Dane sur le mystérieux et le louche de sa conduite. L'allure, la conversation de ce jeune homme étaient celles d'un honnête homme et d'un gentleman, et M. Bent s'était peu à peu laissé entraîner à être moins bref et moins cassant avec lui qu'il n'en avait d'abord eu l'intention.

« Je veux être pendu s'il n'y a pas en ce jeune homme un je ne sais quoi qui me rappelle l'ancien lord Dane, se dit tout à coup l'inspecteur en sortant de sa rêverie. C'est tout à fait le même port noble et fier. — Quant à la caisse... Allons ! monsieur, vous voilà de retour ?

— J'ai pensé qu'il pourrait être utile d'offrir une récompense à celui qui me ferait retrouver ma caisse, dit M. Lydney. Quel est votre avis ?

— Oui... oui, certainement, cela serait peut-être utile. J'étais justement en train de réfléchir à toute cette affaire, et je me disais que le vol a dû se commettre pendant le trajet de la plage au château. C'est la seule probabilité admissible ; je n'en vois pas d'autre. Nous avons deux ou trois mauvais gars à Danesheld — j'en sais quelque chose — plus âgés et plus vigoureux que Shad, et pour peu qu'il s'en soit trouvé un sur le passage de la charrette, le coup a fort bien pu se faire. Dans ce cas là, une récompense offerte nous rendrait très-probablement la boîte.

— Veuillez alors avoir la bonté de vous occuper des démarches nécessaires pour l'annoncer. N'épargnez ni le temps, ni les peines, ni la dépense. Vous serez remboursé.

— Très-bien, monsieur. Quelle somme promettrons-nous ?... cent francs, deux cents francs ?

— Offrez vingt mille francs.

— Monsieur ! s'écria l'inspecteur en reculant d'un pas, tant il était abasourdi.

— Vingt mille francs, payables à celui qui rapportera la boîte intacte, continua M. Lydney avec le même calme que s'il avait promis vingt francs.

— Vingt mille francs ! répéta l'inspecteur tout troublé de la munificence de cette offre. La boîte doit, en effet, avoir une grande valeur... Vous êtes donc bien riche ?

— La boîte, comme vous dites, a une grande valeur
pour son propriétaire, et quant à l'argent, il sortira
de sa poche et non de la mienne.

— La dixième partie de cette somme ferait rapporter toutes les boîtes possibles, quel que fût leur contenu, par les tristes sires dont le pays est infesté, et
dont la principale occupation est le braconnage et la
contrebande.

— Et, poursuivit M. Lydney, puisque vous m'avez
fait remarquer que j'étais un inconnu, je crois devoir
vous en prévenir, toutes les garanties pour le payement
de la somme seront déposées entre vos mains, quand
vous le désirerez, en gage de la bonne foi de mon
offre. »

Sur ce, il tourna les talons et partit. M. l'inspecteur
Bent le suivit des yeux, ayant peine à se remettre de
son étonnement.

« Je disais bien que tout cela était étrange, abso-
ment incompréhensible, pensait il. Vingt mille francs !
que diable cette boîte peut-elle bien contenir ? »

CHAPITRE VI

UNE BATAILLE ROYALE

M. Lydney s'éloigna à pas lents, profondément
pensif. Cette affirmation, cette assurance de M. Bent
que la caisse n'était pas au château, renversait toutes
ses idées. Il commençait à craindre d'avoir mal jugé
lord Dane, et à croire que la supposition de l'inspec-

teur était la seule plausible, la seule acceptable : l'enlèvement de la caisse durant le trajet de la plage au
château.

S'il en était ainsi, quelqu'un avait dû nécessairement être témoin du vol, — et ce quelqu'un était
Shad.

Il fallait donc ne pas perdre un instant pour mettre
la main sur le petit drôle, et le questionner de nouveau. M. Shad nierait tout, sans doute, mais un regard trop rusé, un mot imprudent, le trahiraient peut-
être. En tous cas, la chose valait la peine d'être
tentée.

William Lydney ne savait pas exactement quel
chemin il devait suivre pour arriver en ligne directe
à la hutte de la vieille mère Bean ; il avait cependant
une vague idée qu'elle se trouvait sur la lisière du
bois, quelque part dans les environs du cottage de
Wilfrid Lester. Il se mit donc rapidement en marche,
à la clarté des étoiles, en se dirigeant de ce côté. En
passant devant le cottage, il s'arrêta, comme frappé
d'une idée subite.

« Il me semble que j'aurais dû suivre la route jusque chez miss Bordillion, et prendre ensuite à gauche.
Si je demandais à Lester ? »

Il ouvrit la grille et pénétra sous le porche ; mais,
à sa profonde surprise, au moment où il allait entrer,
la porte s'ouvrit tout doucement et une femme, se
saisissant de lui, l'entraîna jusque dans un corridor
sombre. Cette femme, de grande taille, n'était autre
que Sally.

« Dieu soit loué, lui dit-elle à voix basse et sans le
lâcher, vous n'êtes pas encore parti ! Oh ! il est inutile
de chercher à m'échapper ! — Je vous ai tenu tout
enfant sur mes genoux, monsieur Wilfrid, et pour
rien au monde je ne vous laisserais sortir ce soir. Je

sais que les gardes-chasse doivent être à l'affût cette nuit, et il y aura certainement du sang répandu, aussi vrai que j'existe, si les braconniers font des leurs. Vous ne sortirez pas, je vous dis!... Vous voulez donc tuer votre femme! Elle commence à se douter de quelque chose, quoique je vienne de lui jurer que vous êtes dans la cuisine à fumer votre pipe. Voyons, rentrez, mon bon maître, et laissez-moi fermer la porte à clef. Venez, venez!

— Ma brave femme! s'écria Lydney, dès qu'il put se dégager de l'étreinte de Sally, et reprendre haleine, pour qui diable me prenez-vous? Je suis M. Lydney. Votre maître est-il chez lui? »

Sally s'appuya contre le mur, sans avoir la force de prononcer une parole. M. Lydney répéta sa question.

« Je ne suis qu'une folle, pas autre chose, dit-elle enfin en s'efforçant de rire pour donner le change ; j'attendais un ami ce soir, et je croyais que c'était lui Il faut m'excuser, monsieur... Mon maître? Non monsieur, il n'est pas à la maison. Il est sorti, je crois. Je descends de la chambre de ma maîtresse malade ; je l'ai cherché partout.

« Oh! peu importe. J'étais entré seulement pour demander qu'on m'indiquât la hutte de Goody Bean. Suis-je dans le bon chemin?

— Oui, monsieur, toujours tout droit, puis vous appuierez sur la gauche, quand vous serez arrivé au champ triangulaire qui divise le bois. Vous n'aurez plus alors que quelques minutes de marche. Vous verrez une petite maison, toute basse, cachée au milieu des arbres. — Excusez-moi, monsieur, de ma méprise de tout à l'heure. Vous ne m'en voudrez pas, j'espère ; n'en dites rien à personne.

— Vous pouvez être tranquille, dit en riant M. Lydney. Mes compliments à votre maître. »

William Lydney n'avait pas été dupe du subterfuge de Sally; et malgré le ton gai et rieur qu'il affecta, il se sentit péniblement impressionné par cette révélation involontaire. N'était-elle pas, en effet, la confirmation des rumeurs qui couraient sur Wilfrid, et des accusations qu'on n'osait encore se répéter qu'à voix basse?

Après quelques minutes de marche, il se trouva en face d'une espèce de petite maison basse — plutôt une cahute qu'une chaumière — qui, à n'en pas douter, devait servir de domicile à Goody Bean. Tout était hermétiquement fermé, et sans le bruit qu'il entendait à l'intérieur, il aurait pu croire que Shad et sa grand' mère étaient couchés. Tantôt une voix de vieille femme poussait des cris aigus de rage, et tantôt celle de Shad hurlait désespérément, dominant encore de ses lamentations les cris de l'autre.

M. Lydney frappa d'abord à la porte, puis aux volets; mais le bruit était si violent à l'intérieur qu'il y avait peu de chances que ses appels, quoique réitérés, fussent entendus.

« Misérable petit bancal! criait la femme en entremêlant ses injures des plus horribles imprécations, voler à sa grand'mère ses économies gagnées si péniblement! Va! tu finiras aux galères, gredin!

— Ce n'est pas à vous, répondit Shad exaspéré, rendez-la moi. C'est le nouveau monsieur qui me l'a donnée hier pour l'avoir renseigné sur sa caisse. Je vous le jure. Allons! aboulez!

— Vil menteur! Avec ça qu'on irait te donner une pièce de dix sous en argent!... Vas-tu partir, à la fin? Tu devrais déjà être aux aguets depuis une demi-heure.

— Non. Je ne partirai pas. Je ne bougerai pas d'ici tant que vous ne m'aurez pas rendu mes dix sous. J'en ai besoin pour acheter le lapin gris de Ned Long. »

Une nouvelle lutte s'ensuivit, mêlée de cris et de coups ; mais tout se termina bientôt par la victoire du jeune Shad, qui s'écria d'un ton triomphant : « Ah ! je la tiens ! » M. Lydney frappa violemment aux volets.

Silence soudain. Les combattants étaient évidemment troublés par cet appel. M. Lydney entendit un bruit sourd dans la chambre ; il lui sembla qu'on fermait une porte. Il frappa de nouveau.

La fenêtre à droite s'entr'ouvrit avec précaution. La chaumière avait deux chambres, toutes deux au rez-de-chaussée ; une tête de vieille femme, rouge, ridée, parut dans l'entrebâillement des volets. C'était la grand'mère Goody Bean, son bonnet tout déchiré — probablement dans la lutte qui venait d'avoir lieu — et son corps tremblant si fort qu'on aurait dit qu'elle grelotait la fièvre.

« Est-ce que vous assassinez quelqu'un ici ? demanda M. Lydney.

— Je disais mes prières tout haut, fit la vieille. Que vous faut-il ? que désirez-vous ? »

L'audace de la réponse ferma un instant la bouche à M. Lydney. A quoi bon interroger une pareille mégère ? « Je demande Shad, dit-il.

— Shad ! Ah ! je ne vais pas aller le réveiller ce soir. Il est couché et endormi depuis longtemps.

— Allons ! vieille audacieuse créature ! comment osez-vous mentir aussi effrontément ? Vous et Shad, vous vous arrachiez les cheveux et vous mangiez le nez pour une pièce de dix sous, il n'y a qu'un instant. Laissez-moi vous dire, par parenthèse, que cet argent est bien à lui. C'est moi qui le lui ai donné hier.

— Comment ! c'est vrai alors ; c'est vous, monsieur ! Oh ! quel bon et généreux gentleman, dit la vieille en changeant tout à coup de ton, comme par enchante-

ment. En avez-vous une autre sur vous pour faire la
charité à une pauvre veuve abandonnée et mourant
presque de faim. Je prierai le bon Dieu pour vous.
Oh! vrai, monsieur, je ne vous oublierai jamais dans
mes prières.

— J'en aurais cinquante dans ma poche, que je ne
vous en donnerais pas seulement l'ombre d'une, vieille
drôlesse; et quant à vos prières, je n'imagine pas
qu'elles fassent jamais beaucoup de bien ni à vous ni
à d'autres. C'est de Shad que j'ai besoin, je vous le
répète.

— Shad est couché et endormi, je le jure, mon bon
monsieur, et je ne voudrais pas le réveiller. Un pauvre enfant délicat et souffrant comme lui a besoin de
tant de repos !... C'est mon soutien et ma seule conso-
lation; si je le perdais, j'en mourrais de chagrin. Re-
venez dans la matinée, monsieur, à l'heure que vous
voudrez, quand il sera bien reposé, et vous serez le
bien venu. Je l'ai porté dans son petit lit, pauvre
ange, il y a déjà une heure, et il dort comme un
amour.

— Je ne crois pas avoir rencontré dans ma vie de
plus impudente menteuse que vous! Shad est couché
comme moi ; et vous vous battiez à vous tuer tout à
l'heure, dans cette chambre où vous êtes en ce moment.
Vous devriez être honteuse de mentir ainsi, ayant déjà
un pied dans la tombe !

— Ah ! on entend quelquefois des bruits si étranges
près de nos huttes ! On l'a dit bien souvent, reprit la
vieille en reniflant, et on a raison. Ce sont les sorcières
qui se disputent dans les buissons. C'est ça que vous
avez entendu... à moins que ce ne soit moi, quand je
disais mes prières.

— M'enverrez-vous Shad, une fois pour toutes?

— Ah! je vous obligerais volontiers... un si aimable monsieur! mais je ne voudrais pour rien au monde déranger mon pauvre petit enfant malade... Non, quand même vous m'offririez les cinquante pièces de dix sous.

— C'est bon, c'est bon, — portez vous bien, vieille sorcière, » dit M. Lydney, qui comprit l'inutilité d'insister davantage. Il fallait renoncer à voir Shad jusqu'au lendemain matin !

Lydney fit le tour de la chaumière, pensant trouver de l'autre côté un chemin qui le mènerait plus directement au *Rendez-vous des Marins*. Au bout de quelques pas, il s'arrêta un instant, par curiosité, pour examiner cette étrange masure, et aperçut une porte de derrière. « Ah! ah! s'écria-t-il, M. Shad et sa respectable grand'mère se sont ménagé double sortie ! »

Il continua sa route par un sentier plus étroit qu'il ne l'avait supposé, et encombré çà et là de broussailles épaisses. Quoique la nuit fût étoilée, sous bois il faisait très-sombre. Tout à coup, il lui sembla que quelqu'un cherchait à se frayer un passage au milieu du fourré. Il se colla contre un arbre, et retenant son haleine, regarda attentivement à travers les branchages.

C'était Wilfrid Lester. Essoufflé, l'air effaré, il fuyait précipitamment, à angle droit de la place où se trouvait en ce moment Lydney. D'un bond, franchissant l'espace à ciel ouvert de la route, il s'enfonça de nouveau dans le bois du côté opposé, et disparut bientôt au milieu des broussailles, dans la direction de son habitation.

M. Lydney ne songea pas un moment à le suivre. Il aurait été, dès les premiers pas, arrêté par l'épaisseur des fourrés, et d'ailleurs, il ne connaissait ni les chemins ni les sentiers de traverse de la forêt. Il se demandait ce que pouvait signifier cette fuite affolée ; les paroles échappées à la servante, lorsqu'elle l'avait évidemment pris pour un autre, tout à l'heure, lui revenaient à l'esprit, et lui faisaient craindre quelque malheur. Il fut brusquement tiré de ses réflexions.

Rampant, pour ainsi dire, dans le sillon tracé par Wilfrid Lester au milieu des bois, se traînait à quatre pattes monsieur Shad, comme un jeune chien de chasse qui flaire le gibier. Une fois arrivé à la route, ne se doutant pas qu'il pût être vu et entendu, il s'arrêta.

« Ah ! dit-il en se parlant à haute voix à lui-même, et en regardant dans la direction qu'avait suivie Wilfrid, il sera rentré au gîte. C'est inutile de le surveiller plus longtemps ce soir. Je vais aller le lui dire. Il faut qu'*elle* le sache. »

M. Lidney avait déjà avancé le bras pour saisir le petit drôle, mais il se ravisa tout à coup. « Mieux vaut le suivre et tâcher de découvrir quelle trahison se trame, pensa-t-il. Il est évident que ce malheureux Wilfrid est espionné, qu'un complot s'ourdit contre lui, et qu'on veut sa perte. Du reste, le pauvre garçon conspire suffisamment contre lui-même, et ce ne sera pas de sa faute s'il ne tombe pas dans le piége. »

Shad, après un moment, poursuivit sa route dans la direction opposée à l'habitation de la vieille Bean ; puis, quand il eut atteint la lisière du bois près de la maison de Squire Lester, il tourna court à droite, entre les arbres. M. Lydney le suivait, de loin. Mince et agile, il pouvait se glisser aussi facilement que Shad à travers les buissons, et il régla sa marche sur la sienne. Quand Shad s'arrêtait, il s'arrêtait.

Shad resta un instant dans sa position favorite : accroché comme un serpent au tronc d'un arbre qui bordait la route. M. Lydney s'approcha assez près pour être à portée de tout voir et de tout entendre. Il se demandait avec anxiété ce qui allait se passer, et quelle était *celle* dont Shad servait les intérêts avec tant de vigilance et de dévouement.

Le jeune gars siffla doucement, et une femme, entr'ouvrant avec précaution une grille basse, de l'autre côté de la route, — cette grille menait directement à l'entrée des communs de la maison de Squire Lester, — traversa la route en rampant, comme Shad lui-même tout à l'heure, s'élança entre les arbres, et s'arrêta à un rond-point au milieu du taillis. M. Lydney reconnut la femme de charge du Hall, l'aimable Tiffle.

« Eh bien? dit-elle sèchement.

— Il est retourné droit chez lui, répondit Shad. Quand je suis arrivé, ça chauffait dur entre lui, Beecher, Drake et un autre, que je crois bien être Bill Nicholson. Lester leur reprochait de vouloir attaquer de front les gardes, et leur disait qu'il y aurait du sang versé. Ils se sont disputés, et Lester a juré qu'il renonçait à rien faire dorénavant avec eux. Il a pris ses jambes à son cou, et est retourné au cottage. Dites donc, madame Tiffle, s'il se met à caponner, inutile que je le file, à présent.

— Comment ont-ils découvert où les gardes les guettaient?

— Je n'en sais rien; je n'ai entendu que la fin de leur conversation. Je n'étais pas au commencement.

— Alors tu es arrivé trop tard, mauvais garnement, propre à rien, petit misérable!

— Oui, je suis arrivé trop tard, et c'est la faute de grand'mère, dit effrontément Shad. Elle s'est acharnée après moi, et m'a presque tué. Il faudrait vous cacher un jour dans le four, pour la voir quand elle est déchaînée. On dirait la vieille mère du diable qu'on a laissée échapper. Tenez, voilà où elle m'a mordu et où elle m'a donné des coups de pied, et où elle m'a égratigné et arraché les cheveux à poignée. »

Shad montrait en même temps les parties endommagées de ses bras et de sa figure, en pleurant piteusement. Tiffle s'attendrit tout à coup et, au grand étonnement de M. Lydney, qui ne pouvait en croire ses yeux, se mit à presser le jeune garçon entre ses bras et, avec les démonstrations de la plus vive affection, à couvrir de baisers ses meurtrissures.

— Mon pauvre enfant ! ta grand'mère est une véritable hyène quand elle s'y met. Elle aura affaire à moi. Pourquoi t'a-t-elle battu ainsi ?

— C'est une vieille cafarde et une vieille hypocrite ! » répondit Shad, auquel les caresses de Tiffle ne paraissaient pas causer le moindre plaisir, et qui se dégagea de son étreinte aussi vivement que possible; « elle fouille dans mes poches, et ce soir, elle y a trouvé une pièce de dix sous. Alors elle m'a juré que l'argent était à elle, que je le lui avais volé, et elle me l'a chipé. Ah ! bien... moi ! j'ai tapé dessus. Il y a eu bataille, quoi ! et puis, au milieu de tout ça, un grand tapage aux volets. — Je les ai rattrapés, tout de même, mes dix sous, dit gaiement Shad, en tirant de sa poche la petite pièce d'argent, qu'il montra à Tiffle d'un air de triomphe. Ah ! la vieille sorcière, elle peut se fouiller ! »

Tiffle, cependant, ne prit pas la chose aussi bien que M. Shad l'aurait cru. Persuadée que si la pièce de dix sous ne sortait réellement pas de la poche de Goody Bean, elle avait dû être volée à quelqu'un d'autre, elle changea brusquement de ton, et s'écria avec colère :

« Mauvais petit polisson ! si tu commences déjà à voler de l'argent dans les poches du monde, tu finiras tes jours aux galères. Où as-tu pris cet argent, drôle ?

— Eh bien, en voilà une forte, par exemple! Vous
êtes encore pire que grand'mère. Je serais un chien
enragé que vous ne me traiteriez pas autrement :
Pourquoi ne pas me prendre, vous aussi, mes dix
sous?... C'est un monsieur qui me les a donnés... donnés et bien donnés, entendez-vous?

— Donnés? Pourquoi?

— Pour l'avoir renseigné sur sa caisse. C'est cette
grande allumette qui est descendue au *Rendez-vous
des Marins*. Il m'a demandé si j'avais vu les choses
qu'on a emportées au château et je lui ai dit que oui.
Alors il m'a dit que, si je lui avouais la vérité, rien
que la vérité, si j'avais vu la caisse entrer au château, il me donnerait dix sous. Alors je lui tout raconté, et il me les a donnés.

— As-tu vu transporter la caisse? demanda vivement Tiffle.

— Comment ne l'aurais-je pas vue? puisque j'étais
là à regarder.

— Et on l'a positivement introduite au château?

— Pour sûr. Si jamais quelque chose y est entré,
c'est ça. Les deux garçons meuniers l'ont transportée
comme le reste, et ce grand flandrin de M. Bruff l'aurait vue comme moi, s'il avait fait attention. Seulement, il causait avec une dame qui passait par là en
ce moment.

— Ce jeune homme s'appelle Lidney, Shad, et...

— Je sais... oh! je sais.

— Eh bien, si tu sais, je désire que tu tiennes tes
yeux ouverts sur ce Lydney. Suis tous ses mouvements, et ne le perds pas plus de vue que Wilfrid
Lester. Il a l'air d'un gentleman, mais il pourrait
bien être aussi un de ces beaux messieurs à la piste
des montres, des chaînes d'or et des bagues. J'ai entendu mylord Dane parler de lui avec défiance. Tâche

de découvrir ce que tu pourras; j'ai mes raisons. Fais en sorte, dès aujourd'hui, de te rappeler toutes les fois où tu le verras avec miss Lester, et de m'en informer.

— Merci mille fois de l'intérêt que tu me portes, adorable Tiffle, se dit M. Lydney, dans sa cachette.

— Je les ai déjà vus assez souvent ensemble, reprit Shad. Tenez, pas plus tard que ce soir, il l'a reconduite jusqu'au Hall; et puis il s'est mis à battre le bois dans tous les sens, ce Lydney... A propos, madame Tiffle, miss Lester a encore été chez son frère, ce soir.

— Je le sais bien, fit Tiffle d'un ton bourru. Allons, pour cette nuit, tu n'as plus rien à faire dehors, Shad. Prends tes jambes à ton cou et vas te coucher au plus vite.

— Oui, mais si grand'mère me tombe encore dessus, dit Shad en recommençant à pleurer.

— Ça, c'est mon affaire, ne t'en occupe pas. »

Sur cette rassurante réponse, M. Shad rentra dans le bois, et Tiffle, après avoir jeté de tous côtés des regards circonspects, traversa lestement la route. Au moment où elle allait ouvrir la grille conduisant aux dépendances du Hall, elle s'aperçut qu'un homme marchait rapidement dans la direction du cottage de la falaise. C'était lord Dane, qui, revenant probablement de la station du chemin de fer, située un peu au delà du chalet de miss Bordillion, avait pris cette route comme la plus directe pour rentrer au château. Tiffle, en le reconnaissant de loin, l'attendit devant la grille.

« Comment! c'est vous, Tiffle! s'écria gaiement Sa Seigneurie. Nous faisons donc une petite promenade au clair de la lune?

— Oh! mylord, vous aimez à plaisanter. Le temps des promenades au clair de lune est depuis longtemps

passé pour moi. Je laisse ça aux jeunes gens, maintenant. Chacun son tour.... Et les jeunes gens ne se font
pas prier pour prendre le leur. Ainsi ce soir j'ai vu
miss Lester se promener si gentiment, à la clarté des
étoiles ! et ça m'a rappelé mon jeune temps, Mylord.
Elle avait l'air si sentimental avec ce gentleman naufragé ! »

Si Tiffle eût lancé cette apostrophe en plein jour,
elle n'aurait certes pas osé fixer sur lord Dane un
regard aussi ardent. Mais ce soir, elle pouvait impu-
nément s'en donner à cœur joie. Sachant que la flèche
qu'elle lançait percerait un cœur, la misérable voulait
l'y voir pénétrer.

« Les naufrages jettent à la côte des coquins aussi
bien que des gentlemen, répondit Sa Seigneurie d'un
air de profond mécontentement. Un Américain que
personne ne connaît n'est pas précisément celui que
miss Lester devrait choisir pour l'accompagner dans
ses promenades, le soir. Bonne nuit, Tiffle. »

M. Lydney, toujours dans sa cachette, n'avait pas
perdu un seul mot de ce dialogue. La route en cet
endroit n'était, à vrai dire, qu'un chemin de peu de
largeur, et le calme profond de la nuit permettait
d'entendre distinctement le moindre bruit.

Lord Dane continua son chemin, et Tiffle disparut.
Mais M. Lydney craignant qu'elle ne fût encore aux
aguets, préféra ne pas s'avancer sur la route, de peur
d'être aperçu, et s'enfonça de nouveau dans les pro-
fondeurs du bois pour gagner un sentier de traverse
qui le conduirait directement à Danesheld.

Cette nuit-là semblait devoir être jusqu'à la fin une
nuit d'aventures et de rencontres pour M. Lydney, car
il avait à peine pénétré dans les taillis, qu'il se trouva
tout à coup face à face avec un homme se glissant
mystérieusement entre les arbres : un homme jeune,

autant qu'il put en juger au premier abord, qui, faisant vivement un bond en arrière, le coucha en joue.

« Eh! là-bas! l'ami! Eh bien, qu'est-ce qui vous prend? demanda Lydney tranquillement, sans se déconcerter; ayez la bonté d'abaisser votre fusil, je vous prie.

— Si vous ne dites pas qui vous êtes et ce que vous faites ici, je vous tue.

— Je vous suis fort obligé! Avez-vous plus que moi le droit de vous promener dans ces bois? Je serais heureux de le savoir. »

Lydney parlait avec la politesse la plus exquise. L'homme le regarda un instant attentivement et parut se rassurer. Il avait sans doute cru se trouver en présence d'un garde-chasse.

« Êtes-vous là pour m'espionner? s'écria-t-il.

— Pas le moins du monde. Mais avouez que je serais en droit de vous adresser la même question. J'ignore qui vous êtes; c'est la première fois de ma vie que je vous vois; pourquoi vous espionnerais-je? Ah ça, véritablement, vous sortez d'une maison de fous!»

L'homme abaissa son fusil.

« Excusez-moi; je vous avais pris pour un autre; au fait, est-ce qu'on peut s'attendre à rencontrer autre chose que de mauvais gars dans les bois, à cette heure de nuit, quand ce ne serait que ces maudits gardes-chasse — que le ciel confonde! — toujours prêts à faire pendre un innocent. »

M. Lydney ne put retenir un éclat de rire. Il était d'un caractère et d'un âge à s'amuser d'une aventure aussi piquante.

« Avez-vous bien compris la portée de ce que vous venez de me dire? Autre chose que des mauvais gars! Vous voulez sans doute parler des braconniers?

— Et aussi des gardes-chasse, grommela l'homme.

— Parfait. Mais je ne suis ni l'un ni l'autre ; et soyez tranquille, ce n'est pas moi qui vous empêcherai jamais de vous promener du premier janvier au trente et un décembre, un fusil d'une main et un filet de l'autre, si telle est votre fantaisie. Sur mes terres, ce serait autre chose.

— Vous n'irez pas, au moins, crier sur les toits, demain, que vous m'avez rencontré ici avec un fusil ?

— Comment pourrais-je vous dénoncer, ne connaissant ni votre figure ni votre nom ? Mais si vous désirez une parole en règle, je vous la donne bien volontiers. La vie est courte, mon brave, et mieux vaut encore l'employer à faire le bien que le mal, surtout à ceux dont on n'a pas à se plaindre. »

Le braconnier, surpris de ce ton, de ce langage auxquels il était si peu habitué, se sentait fasciné malgré lui, dominé en quelque sorte par un sentiment dont il lui était impossible de se rendre compte.

« Vous êtes, je crois, monsieur, le gentleman qui demeure au *Rendez-vous des Marins*, et dont la malle s'est égarée. Elle a manqué de m'attirer une mauvaise affaire hier, votre caisse !

— Comment cela ? dit vivement M. Lydney.

— En m'en retournant chez moi, j'ai passé devant le château au moment où l'on déchargeait la voiture, et je me suis arrêté à regarder pendant quelques instants. Les gens de la police l'ont appris, je ne sais comment, et que je sois pendu s'ils ne m'ont pas fait venir à leur bureau. Ils s'imaginaient peut-être que j'avais emporté la caisse sur mon dos ou que je l'avais vu emporter par un camarade. Je leur ai ri au nez. Le petit Shad et deux ou trois autres moutards étaient là, comme moi, devant le château. Ils peuvent certifier que je ne me suis pas approché assez près du véhicule pour toucher à rien.

— Avez-vous remarqué la caisse? Vous devez au moins en avoir entendu faire la description ?

— Je ne l'ai pas remarquée, monsieur, mais si, comme on le prétend, elle était sous les autres colis, ce n'est pas étonnant que je ne l'aie pas vue. Je ne me suis arrêté que quelques minutes auprès de la charrette, et l'on commençait seulement à la décharger.

— Vous ne soupçonnez pas où elle a pu être portée, ou qui l'a prise?

— Pour ça, non. Du reste, je ne m'en suis guère occupé. Ce Shad est aussi adroit qu'une pie; mais on dit que la caisse était trop lourde pour qu'il lui ait été possible de la soulever.

— Je donnerais une bonne réeompense à celui qui me la ferait retrouver intacte.

— Vrai? dit avidement le braconnier, comme si ces mots étaient pour lui la plus douce des musiques.

— Un billet de mille francs.

— Mille francs! s'écria l'homme, aussi ébahi que l'inspecteur Bent, lors de l'offre des vingt mille francs.

— Oui, mille francs, et sans adresser de questions, pourvu que la caisse me soit rendue avant demain soir. Passé ce délai, la récompense sera peut-être plus forte, mais on fera des questions et... des serrées, j'en réponds.

— Sapristi! ça vaut la peine de s'en occuper. Je connais un ou deux bons garçons qui... sont experts dans la matière... pour le travail des doigts, j'entends... et je... je vais leur tomber dessus. Alors, monsieur, c'est convenu; si je retrouve la caisse, vous l'aurez aux conditions ci-dessus... Ah! mais, pas de blagues, hein?

— Sur mon honneur, foi de gentilhomme, les mille francs seront payés, sans qu'on adresse une seule

question. J'ai idée que vous pourrez avoir des renseignements auprès de vos amis. »

M. Ben Beecher cadet (car c'était lui) était trop
sous le charme de cette vision dorée, pour apporter
la moindre attention à ce que la dernière remarque de
M. Lydney avait de peu flatteur pour lui.

Ben Beecher cadet offrit à M. Lydney de lui montrer un chemin plus court qui, traversant le bois en
diagonale, le mènerait droit au *Rendez-vous des Marins*, et le conduisit, par des sentiers à lui connus, jusqu'à la grand'route. Une fois là, le jeune braconnier
rentra vivement sous les arbres, et allait disparaître
quand M. Lydney le rappela.

« Vous ne me manquerez pas de parole, au moins ?

— Comptez sur moi. Si la caisse peut se retrouver,
vous l'aurez. Mais, j'y pense, ne pourriez-vous me
donner rendez-vous ici, dans le bois ? Toute réflexion
faite, je ne tiens pas à ce qu'on me voie vous parler
au *Rendez-vous des Marins*. »

Depuis une ou deux minutes, un tiers, dont les deux
interlocuteurs étaient loin de soupçonner la présence,
assistait à leur conversation : lord Dane en personne.
Lord Dane, en quittant Tiffle, s'était détourné de son
chemin pour aller s'enquérir de la santé de son garde
Cattley, blessé, comme on le sait, dans une lutte avec
les braconniers, et dont la guérison ne progressait que
lentement. Après être resté quelques instants auprès
de lui, il rentrait en toute hâte au château, quand il
entendit tout à coup un bruit de voix, sur la lisière
du bois.

Croyant reconnaître celle de M. Ben Beecher, lord
Dane pensa de suite aux braconniers qui lui causaient
tant d'ennuis maintenant, et son premier mouvement
le porta à se jeter de côté au milieu du taillis, avec
autant de précautions, pour ne pas faire de bruit,

qu'en aurait pris M. Ben Beecher lui-même. Une fois
là, il put regarder tout à son aise. Oui, c'était bien,
en effet, Ben Beecher, le fusil à la main. Lord Dane
ne pouvait apercevoir le second personnage, qu'un
arbre lui cachait à moitié; il crut reconnaître cependant, à la taille, Drake, ou plutôt Bill Nicholson. Il
retint sa respiration, car ce dernier adressait, en ce
moment même, la parole à son camarade.

« Pourquoi n'y viendriez-vous pas? »

Lord Dane se rappela confusément avoir déjà entendu cette voix-là, mais ce n'était certainement pas
celle de Nicholson.

« Parce que j'ai mes raisons, répondit Beecher. Je
préfère qu'on ne vous sache pas d'accord avec moi
dans cette affaire, monsieur; je ne sais pas si vous
me comprenez.

— Je le pense parbleu bien, monsieur Beecher!
se dit en lui-même lord Dane.

— Je serai au rond-point des Fées — là où nous
venons de passer — demain soir, à huit heures, continua Beecher; cela vous convient-il?

— Très-bien, reprit la voix qui intriguait tant lord
Dane; j'y serai, heure militaire. Au revoir.

— Très-bien... parfait, répéta mentalement lord
Dane; il y a quelqu'un d'autre dont vous ne vous dou-
tez pas, mes bons amis, qui y sera aussi. A demain
soir, c'est dit. Mais, où diable ai-je déjà entendu cette
voix? — et avançant un peu la tête, il chercha de
noùveau à apercevoir l'individu qui venait, en ce moment, vers lui. Il recula stupéfait. »

Lydney!

Sa Seigneurie se frotta les yeux pour s'assurer qu'elle
ne rêvait pas. Jamais il ne serait entré dans son esprit que la présente entrevue et le rendez-vous du
lendemain pussent avoir rapport à autre chose que

le braconnage. Il ne revenait pas de son étonnement.

Ce Lydney était donc un personnage encore plus vil et plus méprisable qu'il ne l'avait soupçonné! « Je parierais ma tête qu'il a volé cette caisse, s'écria-t-il; peut-être est-ce pour échapper à la justice, qu'il s'est enfui d'Amérique en l'emportant avec lui. »

M. Lydney était déjà loin, se hâtant de rentrer au *Rendez-vous des Marins*. Il alla droit, dès son arrivée, au petit salon de Mme Ravensbird. Sophie finissait de souper. Il s'assit à côté d'elle et commença à bavarder ou, pour mieux dire, se contenta de la mettre en train par deux ou trois paroles et la laissa bavarder tout à son aise; puis, insensiblement, amena la conversation sur les Beecher, et en particulier sur le jeune Ben.

« Ah!... ça n'est pas grand'chose de propre, ces Beecher! dit-elle en secouant la tête. Le père était contrebandier, le fils est braconnier. Une jolie famille!

— Le fils est un tout jeune homme, n'est-ce pas?

— Pas beaucoup plus de vingt ans. Le vieux Beecher ne s'est pas marié jeune.

— Il paraît être supérieur à sa position... Il m'a fait cet effet-là du moins, ce jeune homme.

— Oh! il aurait pu l'être, certainement, reprit Sophie d'un ton de profond dédain. Sa mère était une très-respectable femme. Oui, vraiment, très-brave femme; elle avait une pension viagère. Le vieux Beecher l'épousa loin d'ici, et l'on prétend qu'il l'a trompée sur sa position et ses moyens d'existence. Tant qu'elle a vécu, son fils a été bien élevé... envoyé à l'école, etc. Mais depuis sa mort, tout a marché de mal en pis, et le mauvais drôle est devenu d'une fainéantise honteuse!

— Ah! très-bien. » William Lydney s'expliquait

maintenant la supériorité relative du langage et des manières de Ben Beecher, qui l'avait si fort étonné de la part d'un homme de son espèce.

CHAPITRE VI

UNE RÉVÉLATION POUR WILFRID LESTER

Le lendemain matin de cette nuit si accidentée, M. Wilfrid Lester, assis dans son modeste petit salon, s'occupait à préparer des mouches artificielles pour la pêche. Son esprit cependant travaillait plus que ses mains. Il semblait absorbé par le souvenir des événements de la nuit.

Si Wilfrid eût été plus observateur, il aurait certainement remarqué l'air troublé et inquiet de sa femme, qui, à demi étendue sur le canapé en face de lui, ne le quittait pas des yeux. Pauvre Edith ! comme elle était changée ! Les traits amaigris, les joues d'une pâleur de spectre, les yeux caves et brillants de fièvre, elle paraissait encore plus épuisée qu'à l'ordinaire, et dans ce grand peignoir blanc dont elle était enveloppée et qui ajoutait encore à sa pâleur, on l'aurait prise plutôt pour un fantôme que pour une malade. Deux ou trois fois, elle ouvrit la bouche, comme si elle eût voulu parler sans en avoir la force... et surtout le courage. A la fin, cependant, faisant un effort désespéré, elle hasarda d'une voix tremblante :

« Où as-tu été cette nuit, Wilfrid ? »

M. Wilfrid Lester jeta sur elle un regard rapide et inquiet.

« Où j'ai été cette nuit?... Oh! nulle part, que je sache.—Le diable emporte cette corde à boyau! — J'ai flâné, par-ci, par-là, j'ai causé avec l'un, avec l'autre... rien de particulier.

— Tu me répètes toujours la même chose, Wilfrid, » et elle ajouta, en baissant la voix et en frissonnant : « Tu avais pris ton fusil cependant.

— Oui, c'est vrai. Le chien s'est détraqué, et je voulais le montrer au serrurier, mais la boutique était fermée. » Et il se mit à siffler les premières mesures d'un air en vogue.

Le plus grand malheur qui fût encore arrivé peut-être à Edith Lester était d'avoir involontairement entendu quelques jours auparavant certaine conversation qui avait été pour elle une terrible révélation.

Sally pendait du linge dans la cuisine, devant la fenêtre ouverte, quand un habitant de Danesheld, passant devant le cottage, s'était arrêté pour causer un instant, et Edith avait, de la pièce à côté, entendu des remarques, ou plutôt des questions sur son mari, qui firent courir dans ses veines un frisson d'épouvante et d'horreur. « Était-il vrai que M. Lester fût un des principaux assaillants dans la lutte où Cattley avait été laissé pour mort? Était-il vrai qu'il sortît régulièrement chaque nuit? S'il en était ainsi, il ne pouvait manquer d'être arrêté et déporté un de ces quatre matins, aussi vrai qu'un crabe est un crabe, et une pomme une pomme. »

Ces remarques, assez pénibles déjà pour cette pauvre jeune femme, avaient été rendues plus poignantes encore par les dénégations exagérées de la servante. Le zèle de Sally l'entraîna trop loin. Elle défendit son maître par des mensonges. Elle protesta de la manière la plus impudente que M. Wilfrid Lester ne sortait jamais après le coucher du soleil, qu'il restait continuellement à la maison, faisant la lecture à sa jeune femme malade, jusqu'au moment où ils se couchaient tous deux. La grand'mère Bean n'aurait pas menti plus audacieusement.

Une horrible crainte s'empara de la malheureuse Edith : elle vit son mari arrêté, condamné ; elle se vit seule, abandonnée, maudite, et quand, brisée de désespoir, elle se traîna jusque dans la cuisine pour interroger timidement Sally, la fidèle domestique nia complétement avoir tenu de pareils propos, jurant à sa maîtresse qu'elle devait avoir rêvé.

Mais le mal était fait.

« Pourquoi choisis-tu toujours la nuit, de préférence, pour sortir, Wilfrid ?

— Oh ! je ne sors que pour me dégourdir les jambes, » dit-il, cessant de siffler et recommençant aussitôt.

Il eût mieux valu peut-être qu'il prît plus au sérieux les remarques de sa femme, car son indifférence affectée produisit un effet tout opposé à celui sur lequel il comptait. L'imagination d'Edith n'en fut que plus vivement frappée. La pauvre femme, rejetant ses cheveux en arrière, se leva presque affolée en poussant un cri, et saisit le bras de son mari.

« Eh bien ! Edith, que t'arrive-t-il donc ? s'écria-t-il tout interdit.

— Oh ! Willy ! dis-moi la vérité ! étais-tu avec ces braconniers, quand ils ont attaqué Cattley ?

— Certainement non, répondit énergiquement Wilfrid (et, en vérité, il semblait sincère en ce moment). Folle... folle que tu es ! qu'inventeras-tu encore pour te tourmenter ? Je n'oserais pas plus attaquer un garde que je n'oserais t'attaquer toi-même.

— As-tu... jamais... aidé à tendre les filets ? « demanda-t-elle d'une voix haletante d'émotion.

Il partit d'un grand éclat de rire.

« Lord Dane n'aurait que ce qu'il mérite si je lui jouais ce tour-là, car il m'a mis sur la paille depuis son retour ici. Mon père aussi n'aurait que ce qu'il mérite si je ne lui laissais pas une pièce de gibier pour sa table et celle de lady Adélaïde. Allons, calme-toi, ma chérie, ne t'agite pas ainsi : tu n'as rien à craindre, va, ni moi non plus.

— Willy, si quelque malheur t'arrivait, j'en mourrais !... Est-ce vrai, réponds-moi, ce qu'on dit ?

— Non, ce n'est pas vrai ! fit-il rapidement et comme si les mots lui brûlaient la langue. Pour l'amour de Dieu, n'aie plus de ces folles idées, Edith, ou tu te rendras tout à fait malade. Si ce n'était à cause de toi, oui, j'aimerais à me jeter dans quelque aventure désespérée. Mon père aurait peut-être honte alors de ce qu'il me fait souffrir, et il réfléchirait. Ce n'est que pour toi, pour ne pas te rendre malheureuse, que je me tiens tranquille. »

L'émotion avait épuisé les forces d'Edith. Elle retomba sur le sofa, pâle, triste, et doutant encore.

« Voyons, mon Edith, envisage un peu les choses avec calme ; est-ce que si je faisais fortune en braconnant, je te laisserais ainsi manquer du nécessaire ?

— J'ai tout ce qu'il me faut, dit-elle vivement. Oh ! Willy ne te préoccupe pas de moi. Je reprendrai bientôt mes forces. Les temps sont durs pour nous, c'est vrai, mais patientons, et tout s'arrangera, tu verras... Oh ! j'en suis sûre, moi. Prenons patience, mettons notre espérance en Dieu. On dit que nous sommes punis de notre désobéissance, et que nous ne pouvions pas nous attendre à autre chose ; c'est vrai peut-être ; mais tout finira bien, Wilfrid. »

Que tout dût finir... et bientôt même, Wilfrid le

savait ; quant à un bon résultat, il n'en était pas aussi convaincu.

Il continua à arranger ses amorces, gai et tranquille en apparence, mais le cœur saignant pour cette jeune femme qu'il adorait, l'esprit plein de révolte et de rage contre son père et lady Adélaïde.

Au bout d'un instant, il interrompit son travail et son chant pour aller chercher dans la cuisine un outil qui lui manquait. Sally, assise devant la table, épluchait des fèves.

« Ah ! voilà ma pince. Bon... Sally, où est donc la bouteille de gomme ?

— Sur la planche, monsieur, mais il n'y a plus rien dedans. Dites donc, monsieur, continua familièrement Sally en montrant les fèves, qu'est-ce qu'on va faire aujourd'hui pour madame ? Elle ne peut pas manger de ça.

— Il y a un perdreau dans le garde-manger.

— Pour vous dire le vrai, monsieur, madame en a assez, des perdreaux. Elle a essayé d'en manger un morceau par-ci par-là, dernièrement ; mais elle est comme moi, elle est dégoûtée du gibier. Quand on est malade, on n'est pas maître d'aimer ou de ne pas aimer les choses. C'est plus fort que vous. Et vous savez, monsieur, que depuis un mois, madame n'a eu que du gibier pour tout potage. J'ai essayé de l'accommoder de toutes les manières pour la tenter ; je l'ai rôti, je l'ai fait cuire à l'étuvée, j'en ai fait des fricassées, je l'ai frit, et même un jour je l'ai arrangé en hachis et mis en boulettes, mais ça n'a servi à rien. C'était toujours du perdreau, et il n'en fallait pas davantage pour la dégoûter. Elle s'efforce d'en manger une bouchée devant vous ; mais maintenant c'est inutile, son estomac s'y refuse, et elle ne peut plus dissimuler. »

Wilfrid Lester resta immobile devant la table, sombre et inquiet. Comment se procurer d'autres aliments pour Edith ? Personne ne voulait plus faire crédit, et le boucher n'aurait pas consenti à envoyer une seule côtelette sans en avoir reçu d'avance le prix.

« Ne pouvez-vous lui arranger des œufs pour aujourd'hui ?

— Ah ! certainement... si j'en avais ! Mais on ne me donne pas plus d'œufs qu'autre chose sans argent... Et puis, maître... ce qui est plus grave encore, nous sommes à la fin du charbon. »

Wilfrid, sans rien répondre, rentra au salon prendre ses engins de pêche.

Edith avait les yeux fermés et semblait dormir.

Tout à coup un bruit inaccoutumé se fit dans la cuisine, dont Wilfrid avait laissé la porte ouverte. Sally élevait la voix comme dans une dispute. Wilfrid tourna la tête, Edith ouvrit les yeux et les oreilles.

— Je vous dis qu'il n'est pas à la maison, et de plus qu'il ne rentrera même pas aujourd'hui. Ainsi, partez, je vous prie; il est inutile d'attendre.

« Je vous dis qu'il y est, dit la voix bourrue d'un homme, je viens de le voir, de mes deux yeux, tout à l'heure, par la fenêtre de cette cuisine même, et je ne bougerai pas d'ici avant de lui avoir parlé. J'ai quelque chose de *particulier* à lui communiquer, à lui *seul*, entendez-vous bien ? »

Wilfrid Lester n'avait pas reconnu la voix; mais il fut frappé des mots « quelque chose de particulier à lui communiquer ». Plus d'une fois, il avait reçu des avis confidentiels dont il ne se serait pas soucié que d'autres personnes que lui, et tout particulièrement Sally, eussent connaissance. Il jeta donc de côté ses mouches artificielles et, en deux enjambées, fut dans la cuisine. Sally, armée des pincettes, se tenait de-

vant l'étranger et lui barrait le passage d'un air me-
naçant. L'homme mit tranquillement un papier dans
la main de M. Lester et sortit en riant. Sally jeta les
pincettes à terre, et se retournant avec colère :

« Qu'est-ce que vous aviez besoin de vous montrer ? A quoi ça me sert-il alors de faire cent mensonges par jour pour vous sauver — que Dieu me les
pardonne ! — si vous venez tout bouleverser de cette
façon-là ? Je savais bien de quoi il s'agissait. Aussi
longtemps qu'il n'aurait pas pu vous remettre le commandement en mains propres, vous n'aviez rien à
craindre.

— C'eût été pour demain au lieu d'aujourd'hui,
voilà tout, dit Wilfrid en dépliant le commandement.

— Non. Il n'aurait pas pu. Vous l'auriez évité...
Ah ! grand Dieu ! madame, qu'est-ce qu'il y a ? »

Edith venait d'entrer dans la cuisine, tremblante
comme une feuille, le visage empreint d'une terreur
mortelle. D'un mouvement nerveux, elle prit la main
de son mari.

« Que se passe-t-il ? Quel est ce papier ? montre-le-
moi... oh ! Wilfrid, montre-le-moi.

— Ma chérie, ne t'agite pas sans raison, dit-il en
cherchant à lui donner le change, et en froissant le
papier entre ses doigts, ce n'est qu'une note. »

Sally essaya de saisir le commandement, que Wilfrid ne voulut pas lâcher, et dans la petite lutte
d'un instant qui s'ensuivit, le papier se déchira,
et la moitié en resta entre les mains de la servante.

— Tenez, madame, voyez ! s'écria-t-elle en le mettant tout ouvert sous les yeux de sa maîtresse, vous
pouvez-vous convaincre que ce n'est qu'une demande
d'argent... Vous ne vous étiez donc pas aperçu, ajouta-

t-elle à demi-voix et d'un ton de reproche à Wilfrid, qu'elle craignait quelque chose de pire? »

La vieille servante ne se trompait pas. Edith avait en effet attribué la visite de cet homme aux accusations de braconnage et de luttes avec les gardes, et une affreuse vision de menottes, de procès criminel, et... de mort, peut-être, lui avait tout à coup traversé l'esprit.

Sally, cependant, commençait à être véritablement épouvantée, non-seulement des bruits de plus en plus alarmants qui couraient sur son maître, mais aussi de l'état de détresse toujours croissante du cottage. Wilfrid, plein de compassion pour sa pauvre jeune femme, de ressentiment contre la société, devenait de plus en plus sombre et agité et, dans l'opinion de Sally, si quelque secours efficace n'était pas apporté à Edith, il se livrerait à quelque acte de désespoir. Elle résolut donc d'aller, ce jour-là même, confier ses inquiétudes et ses craintes à son ancienne maîtresse, miss Bordillion.

« Je ne saurais prendre plus longtemps la responsabilité de vous cacher ce qui se passe, madame, lui dit-elle sans préambule, en arrivant; ce serait mal à moi. »

Et elle lui exposa en détail toute la situation.

« Eh bien, ma pauvre Sally, qu'y a-t-il à faire ? demanda tristement miss Bordillion.

— Mais, madame, il me semble que si M. Lester ne veut décidément pas les aider, on pourrait l'y forcer.

— L'y forcer !» se répétait à elle-même miss Bordillion, après le départ de Sally.

Miss Bordillion resta longtemps plongée dans ses réflexions, se demandant ce qu'elle avait à faire et où était son devoir.

Elle avait connaissance d'un fait qui, s'il était
connu de Wilfrid, pourrait changer pour lui la face
des choses. Mais, en le divulguant, elle agirait contre
les intérêts de M. Lester et se rendrait coupable d'une
immixtion dans des affaires qui, après tout, ne la
regardaient pas. Et cependant... en bonne conscience,
pouvait-elle donc laisser mourir de faim ces malheureux enfants ? — Au bout d'une heure d'hésitations,
d'inquiétudes, de véritables tourments, elle se décida
à envoyer un mot à Wilfrid, en le priant de venir la
trouver.

« Vous êtes surpris, sans doute, que je vous aie prié
de venir chez moi, Wilfrid, lui dit-elle dès qu'il entra
(c'était la première fois depuis son mariage que Wilfrid franchissait le seuil du cottage de la falaise); mais
vous serez plus surpris encore de ce que j'ai à vous
apprendre. Vous savez combien j'estime M. Lester,
continua-t-elle en rougissant légèrement, et combien
j'ai pris soin, dans vos discussions avec lui, de ne jamais prononcer un mot de blâme sur sa conduite ou
sur celle de lady Adélaïde... »

— Marguerite, je vous en supplie, ne parlons pas
de lady Adélaïde, car je pourrais ne plus être maître
de moi, interrompit Wilfrid. Maudit soit le jour où,
pour notre malheur à Maria et à moi, mon père épousa
cette misérable ! »

Marguerite pensa en elle-même que quelqu'un
d'autre avait peut-être aussi le droit de ne pas bénir
ce jour-là; après un instant d'hésitation, elle reprit :

— Vous a-t-on jamais dit que Mme Hesketh vous
avait légué une somme d'argent payable à votre majorité?

— Non, je ne crois pas.

— Je ne parle pas d'une somme insignifiante, dont

il était question dans son testament, et que M. Lester devait vous remettre quand il le jugerait à propos, mais bien d'une somme de trente mille francs. Mme Hesketh était votre marraine, vous le savez, et le jour même de votre baptême, elle apporta un acte de donation — je me le rappelle comme si c'était hier — qu'elle jeta sur les genoux de Catherine, — j'aurais dû dire : votre mère, Wilfrid ; — une donation de trente mille francs. L'argent fut immédiatement déposé entre les mains de M. Lester. Il doit y être encore. L'acte disait que cette somme vous serait payée, sans retenue d'aucune sorte, le jour de votre majorité, et que jusque-là, votre mère en recevrait les intérêts pour subvenir aux frais de votre éducation. »

Les beaux yeux bleus si profonds de Wilfrid brillèrent d'un éclat qu'on n'y voyait plus depuis bien longtemps.

« Où est cet acte?... où est l'argent?... qu'est-il devenu? s'écria-t-il avec agitation.

— M. Lester est en possession de l'acte. Je lui parlais de l'argent dernièrement, quand les choses commençaient à se gâter pour vous et Edith, et il m'a répondu que la somme entière vous avait été payée sous forme de pension ; que, dans l'impossibilité de vous donner de l'argent sur ses propres revenus, il s'était servi du vôtre pour subvenir à vos besoins. Il me semble, à moi, que M. Lester n'avait pas le droit d'agir ainsi. Mon opinion est qu'il aurait dû vous payer la somme entière à votre majorité, en observant toutes les formalités légales. S'il en était ainsi, la somme vous serait encore due, et vous auriez le droit, je pense, de la réclamer sans délai.

— C'est honteux! dit Wilfrid en se levant.

— Ecoutez, Wilfrid! Il peut se faire que, comme le prétend M. Lester, il ait été strictement et légalement dans son droit en vous payant, comme il l'a fait, par à-compte. En tout cas, il serait aujourd'hui, j'en suis certaine, dans l'impossibilité de vous rembourser tout d'un coup; il serait aussi incapable de se procurer trente mille francs en ce moment que je le serais moi-même. Je vous conseille donc d'aller le trouver, avec des dispositions conciliantes, et de lui demander amicalement ce qu'il veut ou peut faire. S'il vous donnait deux ou trois mille francs pour commencer, ce serait toujours ça. »

Deux ou trois mille francs ! Quelle mine d'or pour un malheureux homme réduit à la misère !

Dans le premier mouvement de sa joie, Wilfrid voulait partir sans perdre une minute, mais Marguerite, le prenant par la main, le fit rasseoir à côté d'elle et le retint jusqu'à ce qu'elle lui eût expliqué les faits dans leurs moindres détails et eût discuté avec lui la ligne de conduite qu'il devait suivre. Elle le supplia, avant tout, de ne pas se quereller avec son père, et de rester calme, puisqu'il avait le bon droit de son côté.

Dans l'après-midi, Wilfrid se rendit à Danesheld-Hall, et fut introduit dans le cabinet de son père. Poliment, respectueusement, il lui demanda de lui accorder quelques minutes d'entretien. A sa grande surprise, M. Lester les lui accorda sans faire aucune observation.

Wilfrid s'assit, et entrant de suite en matière, expliqua avec calme l'objet de sa visite, sans dire toutefois comment il avait appris ce fait, ignoré de lui jusqu'à ce jour.

Squire Lester ne sourcilla pas. Si la communication le surprenait, il n'en laissa, du moins, rien paraître; il ne se départit pas un seul instant de son attitude froide et réservée, laissa parler son fils sans l'inter-

rompre même d'un geste, et quand il eut fini, se borna
à lui répondre que cet argent lui avait été payé.

« Je ne le pense pas, monsieur, répondit Wilfrid.
Cette somme aurait dû m'être remise suivant les
formes légales, et vous savez fort bien que rien de
semblable n'a eu lieu. Vous ne m'avez même jamais
dit que vous eussiez reçu cet argent pour moi.

— Miss Bordillion vous a mis au courant, je le vois.
Je n'ai qu'une réponse à vous faire : l'argent vous a
été payé sous forme de pension annuelle. Si vous
l'avez dépensé, c'est votre affaire.

— Mais il ne devait pas m'être remis de cette manière. D'après ce qui m'a été dit, les termes de la donation étaient fort précis.

— Vous vous trompez, Wilfrid.

— Avez-vous l'acte ?

— Oui, je l'ai. Il est là, fit M. Lester, en indiquant
de la main un petit coffre-fort, dans un coin de la
chambre.

— Voulez-vous me permettre de le lire, monsieur ?

— Certainement non. Pourquoi le lire ? dans quel
but ? Vous pouvez me croire sur parole, j'imagine.
Après vous avoir remis toute la somme sous forme de
pension annuelle, je vous le répète, un doute s'éleva
dans mon esprit, et pour m'assurer si j'avais agi légalement ou si, au contraire, je n'avais pu me libérer
ainsi envers vous, j'ai soumis le cas à l'appréciation
d'un homme de loi...

— Eh bien ? » s'écria vivement Wilfrid, car M. Lester s'était arrêté court.

« Eh bien, voici quelle fut son opinion : l'acte
n'était pas rédigé aussi clairement qu'il aurait dû
l'être, et l'interprétation que je lui avais donnée, en
payant la somme d'une manière tant soit peu différente
de celle y indiquée, était parfaitement justifiée. »

Il y eut un moment de silence.

« Il faut me laisser voir cet acte, monsieur.

— Je ne vous le montrerai pas. Dans quel but demandez-vous à en prendre connaissance ?

— Afin de me convaincre par mes propres yeux que je n'ai le droit de rien réclamer.

— Ma parole doit vous suffire. Je vous ai dit la vérité. »

A l'attitude ferme, déterminée de son père, à la dureté de son ton, Wilfrid comprit qu'il serait inutile d'insister davantage. Jamais, du consentement de M. Lester, il n'aurait connaissance de cette donation !

« Monsieur, dit-il en s'efforçant de conserver son calme, je ne suis pas venu avec l'intention de vous mettre dans l'embarras, et la pensée ne m'est jamais entrée dans l'esprit de vous demander de me compter *hic et nunc* la somme entière. Si vous étiez assez bon pour me donner seulement un à-compte de deux ou trois mille francs, je m'en contenterais, quant à présent. »

M. Lester éclata de rire.

Wilfrid, en proie à une vive agitation, essaya d'attendrir son père ; il lui parla de sa misère, de sa femme presque mourante, manquant non-seulement de soins, mais des choses les plus nécessaires, de son dénûment absolu ; il montra le commandement qu'il avait reçu le matin, et finit par lui demander ces deux mille francs comme un secours, comme une faveur, sinon comme un droit.

« Vous deviez savoir que tout cela vous arriverait. Mais vous l'avez voulu. A quoi pouviez-vous vous attendre en contractant un pareil mariage ?

— Alors c'est de mon mariage que vous voulez me punir ?... Permettez-moi de vous dire que ce n'est là qu'un prétexte, et qu'au fond de votre cœur, vous ne me blâmez pas, s'écria hardiment Wilfrid. Mon père, j'ai l'intime conviction que, dans les mêmes circonstances, vous auriez agi comme moi; oui, sans l'influence de lady Adélaïde, qui a toujours été mon ennemie et s'est placée entre nous deux, du jour où elle est entrée dans cette maison, vous auriez approuvé ma conduite, au lieu de m'en faire un crime, et de m'en punir!

— Assez, pas un mot de plus, » dit M. Lester.

Wilfrid se leva.

Ses lèvres tremblaient, et ses yeux se tournèrent vers son père avec un regard étrangement suppliant.

« Aidez-moi un peu, mon père! Moins que rien. Ces malheureux deux cent cinquante francs pour lesquels je vais être saisi, je vous les demande... au nom d'Édith! »

Une expression de pitié — Wilfrid le crut, du moins — se répandit sur le visage de M. Lester.

Ce père allait-il enfin se laisser attendrir, et secourir son fils?... Peut-être. Mais à ce moment, la porte s'ouvrit, et lady Adélaïde entra, impérieuse et hautaine. Elle releva dédaigneusement sa robe en passant près de Wilfrid, et s'approcha de son mari, qu'elle regarda en face.

« On m'avait dit que votre fils était ici, mais je n'avais pas voulu le croire. Comment avez-vous consenti à le recevoir, monsieur Lester. Que penseront mes enfants des devoirs filiaux, si vous justifiez ainsi la révolte de votre fils contre vous?

— Il n'est pas ici avec mon approbation, lady Adélaïde, et je l'ai même déjà congédié. Voici la porte, monsieur! Pourquoi ne sortez-vous pas? » ajouta-t-il d'un ton bref, en lui montrant la porte, pendant qu'il s'empressait d'approcher un fauteuil pour lady Adélaïde.

Wilfrid remit le commandement dans sa poche et sortit en jurant. Il courut chez Marguerite, lui rendre compte de sa défaite. Il était dans un état de rage indicible, et quand il arriva au cottage de la falaise, il éclata en reproches furieux contre son père et lady Adélaïde. Lydney et Maria se trouvaient en ce moment auprès de miss Bordillion. Wilfrid n'y fit même pas attention.

« Marguerite, il veut me frustrer de mon argent ; c'est infâme ! Il a refusé de me laisser voir l'acte, quoiqu'il n'eût qu'à étendre la main pour le prendre dans sa caisse ! Je lui ai dit que ma femme mourait de faim, je lui ai que je ferais quelque coup de tête..... qu'il m'arriverait malheur. Ah ! c'est un homme sans cœur et sans entrailles !... Tenez, je lui ai montré ça, continua-t-il en jetant le commandement sur la table, je l'ai supplié comme un mendiant de me faire l'aumône de quelques cents francs et de me sauver de la prison... Eh bien, non. Rien, rien !

— Oh ! Wilfrid ! que se passe-t-il ? s'écria Maria épouvantée, quel est ce papier ?

— Bah ! fit Wilfrid, en remettant le protêt dans sa poche... Marguerite, je crois qu'il se serait laissé attendrir, et m'aurait peut-être un peu aidé, si lady Adélaïde, en entrant tout à coup, ne l'en avait empêché... Ah ! s'il y a une justice au ciel !... — Eh bien, Maria, qu'est-ce qui te prend ? Veux-tu bien ne pas me tirer comme ça !

— On devrait vous mettre la camisole de force, Wilfrid, dit miss Bordillion ; si vous continuez, vous me ferez peur, à moi aussi, tout comme à Maria.

— Je veux être pendu s'il ne m'a pas ri au nez, en me disant que je n'avais pas les reins assez forts, quand je l'ai menacé de lui faire un procès, continua Wilfrid, que sa colère empêchait de rien entendre...

Mais, j'en fais serment, j'aurai l'acte, dussé-je m'introduire dans la maison pendant la nuit. L'argent est à moi. Je ne me laisserai pas voler !

— C'en est trop, Wilfrid, je ne saurais supporter un tel langage, chez moi, dit miss Bordillion d'un ton d'autorité.

— Très-bien ! je vois que vous êtes tous contre moi. Il ne me reste plus qu'à me donner au diable. Que ce qui arrivera retombe sur vous tous. »

Et saisissant sa casquette, il sortit comme un fou ; miss Bordillion courut après lui sur la route, sans même prendre le temps de mettre son châle et son chapeau.

Cette scène avait tout appris à M. Lydney. Maria, confuse, embarrassée, terrifiée, balbutia quelques mots d'excuses de ce que tout ceci se fût passé devant lui... un étranger !

« Un étranger ! s'écria M. Lydney. Ah ! miss Lester, j'osais espérer que vous ne me considériez plus comme tel.

— C'est vrai, murmura-t-elle, nous ne vous considérons pas ainsi ; et cependant, quand je pense combien il y a peu de temps que nous vous connaissons, je suis tout étonnée, car nous semblons être de vieux amis... Mais c'est peut-être bien hardi de ma part de dire cela ? »

Il sourit, et son sourire fit monter la rougeur aux joues de Maria.

« Je désire être pour vous un ami, dit-il à voix basse, et avec une émotion pénétrante, un véritable ami ; et aussi celui de votre frère, miss Lester. Voulez-vous me permettre de vous parler à cœur ouvert, à ce sujet. »

Un ami, — Ah ! c'était là, ce dont son cœur avait le plus besoin, car elle sentait le désespoir la gagner,

quand elle pensait à son avenir et surtout à celui de
son frère. Elle leva sur M. Lydney un regard triste et
suppliant... et ce fut sa seule réponse.

« Que craignez-vous ?

— Je crains... le sais-je, moi, ce que je crains, murmura-t-elle.

— Vous craignez que, se révoltant enfin contre la
misère et contre l'injustice des hommes, Wilfrid ne
se laisse entraîner à quelque action peu honorable pour
le fils et l'héritier de squire Lester. »

Le fils et l'héritier ! Était-ce une moquerie ? Les yeux
de Maria se remplirent de larmes.

« Ayez confiance en moi, continua M. Lydney, en
se penchant vers elle, et en lui prenant les deux mains
dans la sienne, tout ce qu'il est humainement possible
de faire, je le ferai pour votre frère. Il m'a sauvé la
vie, je le sauverai de tous ses tourments.

— Je l'aime tant, ce pauvre Wilfrid ! dit-elle,
comme si elle eût voulu s'excuser de ses larmes. J'ai
toujours eu comme une sorte de vénération pour lui.
Il a quatre ans de plus que moi, et depuis la mort de
notre mère, depuis que notre père est devenu presque
un étranger pour nous, nous n'avons eu que notre
affection mutuelle pour nous consoler et nous soutenir.

— Ayez confiance en moi, miss Lester. »

Il tenait toujours les deux mains de Maria dans la
sienne. Maria rougissait, intimidée, confuse. Sa voix
tremblait quand elle reprit :

« Il est si impétueux, si violent !... Vous l'avez vu
tout à l'heure... Il pense qu'on est injuste pour lui...
et puis, il est si horriblement inquiet pour sa jeune
femme. Oh ! monsieur Lydney, si vous pouviez l'aider,
je ne saurais comment vous remercier... Jamais, je ne
parviendrais à m'acquitter envers vous. »

Il ne lui répondit que par un sourire ; mais elle lut dans ses yeux profonds ce qui se passait dans son cœur, et sentit tout son être frémir d'une sensation inconnue.

Miss Bordillion rentra quelques instants après.

CHAPITRE VII

LE RENDEZ-VOUS DANS LES BOIS

M. Lydney s'était empressé de se mettre à la recherche de Wilfrid Lester.

Il le trouva appuyé contre la grille de son cottage, la tête penchée sur sa poitrine, dans un état de sombre abattement, de prostration indicible. Toute sa fureur s'était évanouie ; la réaction, qui suit toujours les grandes colères, produisait son effet, et le malheureux homme, après un espoir d'un moment, — si vite déçu, hélas ! — n'avait plus devant les yeux que l'horrible réalité.

Lydney lui posa doucement la main sur l'épaule.

« Voyons, Wilfrid, secouez votre tristesse, reprenez courage, que diable ! de quoi s'agit-il, après tout ?

— De quoi il s'agit ! je vous trouve superbe ! n'étiez-vous pas là, tout à l'heure, chez miss Bordillion ?

— Mais pourquoi jeter ainsi le manche après la cognée ?

— Quand on n'a ni sou ni maille, que tout vous manque : crédit, assistance, amis, que diable voulez-vous qu'on fasse? Je suis un homme perdu... et, ma foi ! je me moque qu'on le sache; la honte est pour d'autres, et non pour moi.

— Si je connais vos embarras, il ne faut vous en prendre qu'à vous-même d'en avoir parlé devant moi. Pardonnez-moi, si je...

— Je me moque qu'on les connaisse, vous dis-je! interrompit Wilfrid avec impatience. Je voudrais monter sur des tréteaux pour les proclamer au monde entier; mais quelle utilité pour vous de revenir sur ce sujet?

— Aucune utilité... à moins cependant que je ne puisse vous aider à en sortir, comme je crois en être capable, si vous voulez seulement vous conduire en homme raisonnable. Lester, continua-t-il, d'un ton sérieux et pénétré et avec une sincère émotion, je vous dois la vie. Sans vos efforts courageux pendant cette terrible nuit, je ne serais plus de ce monde. Vous m'avez sauvé la vie en risquant la vôtre. C'est une dette dont je ne pourrai jamais m'acquitter envers vous; mais laissez-moi, au moins, vous prouver ma reconnaissance, en me permettant de vous traiter comme un ami, comme un frère.

— Risquer ma vie! dit Wilfrid avec un sourire amer, ah ! elle ne m'est pas assez précieuse, je vous en réponds, pour que je tienne à la prolonger.

— Elle peut être précieuse à votre femme, en tous cas. Laissez-moi, Lester, être pour vous ce que serait votre frère, si vous en aviez un. On vous a injustement frustré de votre fortune; j'ai plus d'argent qu'il ne m'en faut, moi. Permettez-moi d'être votre banquier.»

Wilfrid Lester sentit le rouge lui monter au visage. Il était aussi susceptible que son père sur les questions d'argent. Voyant qu'il ne répondait pas, M. Lydney continua :

« Empruntez-moi, comme un ami fait à un ami, comme on vous a probablement emprunté à vous-même, dans le temps, comme j'ai pu emprunter moi-même. Vous me rembourserez, vous savez, quand tout ira mieux pour vous.

— Quand tout ira mieux! répéta ironiquement Wilfrid. Jamais rien n'ira mieux pour moi!... Ah! ces trente mille francs!... ah! je le jure! je n'y renoncerai pas sans combat!

— À quoi bon y penser, maintenant? Voyons, combien vous prêterai-je?

— Est-ce sérieusement que vous me faites cette offre?

— Sérieusement!... pourquoi me dites-vous cela? est-ce donc quelque chose de si extraordinaire que vous puissiez douter ou hésiter?

— Alors, vous êtes un brave garçon, Lydney, et personne n'en a jamais fait autant pour moi. Je prendrai deux cent cinquante francs pour me débarrasser de ce maudit commandement.

— Quel enfantillage! Deux cent cinquante francs! Il faut...

— Pas un centime de plus... Non, pas plus! interrompit Wilfrid, en rougissant de nouveau; sauvez-moi de la prison, et je vous remercierai du fond de mon cœur; mais je n'ai besoin de rien pour moi. »

M. Lydney lui dit à voix basse, en le regardant en face :

« D'autres, peut-être, ont besoin, sinon vous.

— Pas un centime de plus, je vous le répète, dit Wilfrid avec impatience. Si ce n'était pour éviter la prison... si je n'étais nécessaire à Edith, je n'accepterais rien.

— Oh! Lester! pourquoi ne pas me traiter en ami?

— Je vous traite comme un ami, en prenant autant, et je vous remercie cordialement, Lydney. Je vous rembourserai aussitôt que je le pourrai... Quant à un secours plus important, non, mille fois non! »

Ce refus catégorique mit fin à la discussion.

Le lendemain, Wilfrid se rendit chez M. Apperly, l'avocat.

M. Apperly avait été autrefois l'homme de confiance de Squire Lester; mais à la suite d'une discussion d'intérêt, le maître de Danesheld-Hall avait rompu avec lui et chargé de ses affaires un autre avocat, son rival dans le pays. M. Apperly en conservait un profond ressentiment.

« Vous donner des renseignements sur l'acte de donation! s'écria-t-il en réponse à la question de Wilfrid. Que vous dirai-je? Voici, je crois, le fait exact : Quand M. Lester vous fit une pension annuelle avant votre majorité, il n'avait pas la moindre intention de la prendre sur votre fortune personnelle, mais quand l'époque de l'exigibilité de ces trente mille francs arriva, il était dans de tels embarras d'argent qu'il saisit le premier prétexte venu pour se tirer d'affaire. C'est alors qu'il inventa cette belle histoire de vous avoir payé la somme sous forme de pension annuelle. Tel est le fait, dans sa triste vérité, et je ne me gênerais pas pour le lui dire en face.

— Il prétend me l'avoir payée après ma majorité; c'était là la pension qu'il me servait, dit-il, pendant que j'étais dans la garde.

— Ah! c'est là son dire? Je vous avais mal compris. Du reste, cela revient à peu près au même.

— Avait-il le droit d'agir ainsi, — légalement?

— Il faudrait avoir le texte de la donation.

— Ne l'avez-vous jamais lue?

— Si. Je l'ai lue à l'époque où elle a été faite, quand vous étiez encore un baby. Mais il y a si longtemps que les termes n'en sont plus présents à ma mémoire. Cependant, mon impression est qu'ils étaient formels, et que M. Lester n'avait pas le droit de s'en écarter.

— Dans ce cas-là, je pourrais aujourd'hui le forcer à me payer ces trente mille francs?

— Sans aucun doute, et même à vous en payer les intérêts depuis le jour de votre majorité. Je ne vous donne cette opinion « qu'à condition », ajouta M. Apperly. Tout dépend du texte même de l'acte.

« Voulez-vous vous charger de cette affaire pour moi? »

M. Apperly réfléchit un moment. Il était loin d'approuver les récentes escapades de Wilfrid Lester. Selon lui, les hommes n'étaient pas plus excusables d'être pauvres que de contracter mariage sans avoir de quoi vivre. Il ne pardonnait donc à Wilfrid Lester ni son mariage, ni sa pauvreté. Mais il aimait par-dessus tout la justice, et de plus, n'aurait pas été fâché d'administrer une bonne pilule à Squire Lester.

« Avant de vous répondre oui ou non, il me faudrait d'abord prendre connaissance de la donation.

— Mais il ne veut pas la communiquer.

— Alors, je ne puis vous aider, fit l'avocat en fronçant les sourcils. »

Wilfrid tournait et retournait tristement entre ses doigts son vieux chapeau de feutre râpé, se demandant en lui-même si décidément le monde entier conspirait contre lui.

« Tenez, monsieur Apperly, voulez-vous faire seulement ceci pour moi : écrivez à mon père, et priez-le de vous laisser examiner l'acte : examiner en mon lieu et place, comme mon avocat?

— Soit. Je n'y vois pas d'objection. S'il y consent, je pourrai alors vous dire mon opinion sur la suite que vous devrez donner à cette affaire. »

La chose fut ainsi convenue, et après le départ de Wilfrid, M. Apperly écrivit à Squire Lester.

Les faits s'étaient réellement passés comme le supposait l'avocat. M. Lester, au milieu de ses embarras d'argent toujours croissants, n'avait pris aucune disposition pour payer la somme due à son fils lors de sa majorité. Wilfrid ignorait absolument qu'un legs lui eût été fait, et personne ne pouvait se mettre en avant pour forcer Squire Lester à s'exécuter. Plus tard, quand sa conscience lui cria qu'à tout moment il serait exposé à une demande de remboursement, il prit la résolution de soutenir, s'il était jamais questionné à ce sujet, qu'il avait payé la somme au moyen de la pension annuelle. Rendons cependant justice à M. Lester : il ne s'y décida qu'après avoir consulté un homme de loi. Un jour, ayant chez lui un de ses amis, un jeune avocat, tout nouvellement entré dans la basoche, il lui parla de l'affaire, lui montra la donation, et lui demanda si la loi n'était pas d'accord avec sa manière de voir. Quelle qu'ait été l'opinion du jeune avocat, il vit clairement ce que son hôte désirait qu'elle fût; peut-être aussi n'en avait il pas lui-même une bien arrêtée. C'était là, avait-il répondu, une question qui lui semblait assez délicate, et il ne pouvait y répondre immédiatement d'une manière positive; mais, à première vue, il croyait cependant que M. Lester avait la loi pour lui.

M. Lester, qui ne demandait qu'à être rassuré, s'était contenté de la réponse, et remettant le parchemin dans son coffre-fort, n'y avait plus pensé depuis cette époque.

La nuit était claire, les étoiles brillantes, quand M. Lydney se mit en route pour se rendre à son rendez-vous avec Ben Beecher, le braconnier.

L'endroit fixé — un rond-point au milieu du bois,

sans arbres, tapissé d'une mousse épaisse et moelleuse,
ce qui lui avait valu sans doute son surnom de « rond-
point des Fées » — était certainement ce que M. Beecher pouvait choisir de plus retiré et de plus favorable
à une conversation sans témoins.

Néanmoins M. Lydney et sa nouvelle connaissance
de la veille n'y étaient pas seuls. Quelqu'un d'autre
assistait aussi au rendez-vous, dont ils ne soupçon-
naient certes pas la présence : lord Dane.

Soyons juste envers le seigneur de Danesheld :
écouter aux portes, faire le métier d'espion, n'entrait
pas, généralement, dans ses habitudes ; et même dans
cette circonstance, quoiqu'il considérât comme un
devoir envers la société d'éclaircir ses soupçons sur
M. Lydney, il lui avait répugné d'user de subterfuge.
D'un autre côté, cependant, ces braconniers avaient,
en vérité, dépassé les bornes de la plaisanterie, et tolérer plus longtemps leurs déprédations aurait été
montrer une faiblesse dont lord Dane, malgré sa
bonté et son indifférence habituelles, ne voulait pas
donner l'exemple. S'il avait pu faire mettre en prison
tous ces mauvais drôles, et M. Lydney avec eux, pendant deux ou trois ans, c'eût été, pensait-il, un bon
débarras pour le pays.

« Chou-blanc ! dit à voix basse Ben Beecher, en
guise de bonjour, comme il se faufilait avec les plus
grandes précautions entre les arbres pour arriver jusqu'à M. Lydney, le premier au rendez-vous. La caisse
n'a pas été volée.

— Non ? » s'écria M. Lydney, désappointé.

Lord Dane écoutait de toutes ses oreilles, retenant
sa respiration pour ne pas perdre un mot.

Mais, hélas ! tout semblait conspirer contre lui ! Au
lieu de se tenir du côté où il se trouvait, les deux conspirateurs restèrent de l'autre. Caché au milieu du

plus épais fourré, Sa Seigneurie n'osait faire un mouvement, de peur d'attirer leur attention. Ce Beecher
avait l'oreille si fine que le moindre bruissement des
feuilles lui aurait fait tourner la tête! Lord Dane,
cependant, ne perdit pas patience. Lydney et Beecher
se promenaient par instants de long en large dans le
rond-point, et la mousse amortissant le bruit de leurs
pas, il espérait pouvoir saisir au passage quelques
bribes de leur conversation. De temps à autre, en effet,
deux ou trois mots arrivèrent jusqu'à lui. Du reste, il
n'avait pas besoin d'entendre, pour être convaincu que
les mauvais drôles conspiraient pour anéantir jusqu'à
la dernière pièce de son gibier.

« J'ai vu les hommes qu'il fallait, monsieur, et je
puis vous l'affirmer, ils ne savent rien de la caïsse,
continua Beecher; ils croient que c'est dans le château
qu'il faut chercher.

— Quelles raisons ont-ils de le croire?

— Ma foi, je ne m'imagine pas qu'ils en aient beaucoup; mais enfin, telle est leur opinion. Ce sont des
malins, monsieur, et leur opinion n'est pas à dédaigner. Si la caisse avait été volée, disent-ils, ils le
sauraient. Le jeune Shad déclare qu'elle est entrée au
château.

— On ne peut pas faire grand fond sur la parole
de Shad.

— Il ne tromperait pas ces hommes-là, dit Beecher
d'un air significatif. Dans tous les cas, monsieur, si la
caisse n'est pas dans le château, ils n'ont aucune idée
de l'endroit où elle peut être. »

Ben Beecher parlait avec un grand accent de vérité,
Mais M. Lydney n'ignorait pas que ces messieurs
n'étaient guère plus dignes de foi que le jeune Shad.

« Croyez-vous que l'offre d'une plus forte récompense ferait retrouver la caisse? demanda-t-il.

— Non ; pas même si vous offriez toute une banque
pleine, pas même si vous offriez vingt mille francs,
répondit Beecher, indiquant ainsi, sans s'en douter,
la somme même qui devait être offerte le lendemain ;
ce qu'ils n'ont pas, ils ne peuvent le donner. Vous
devez chercher dans le château. La caisse s'y trouve
certainement. Ils ne sortent pas de là.

— Mais lord Dane dit qu'elle n'y est pas, De plus,
la police le dit aussi. Elle y a fait des recherches.

— Lord Dane a-t-il un intérêt quelconque à cacher
ou à garder cette caisse? » demanda tout à coup Ben
Beecher.

Lord Dane entendit ces audacieuses paroles. Les
deux hommes se trouvaient en ce moment tout près
de lui.

« Pourquoi me demandez-vous cela ?

— Parce que, à ce qu'on prétend, le château est
plein de cachettes où l'on peut parfaitement dissimuler
des objets, et où la police ne les découvrirait jamais,
— non... pas même avec les lunettes les plus grossis-
santes. Je parlais, ce matin, de cette affaire-là à mon
vieux bonhomme de père, et il m'a répondu : Si lord
Dane veut tenir cette caisse cachée, et bien cachée,
ça ne lui sera pas difficile. Il faut vous dire, monsieur,
que dans le temps, les contrebandiers — ce sont des
histoires qu'on raconte, vous savez — cachaient leurs
marchandises au château (personne n'aurait eu l'idée
de venir les chercher là), et que lord Dane, le grand-
père du feu lord, était de connivence avec eux. »

Quel régal pour les oreilles de lord Dane !

M. Lydney parut surpris; mais il n'ajouta pas grande
foi à cette confidence.

« Votre père sait-il où se trouvent ces cachettes ?

— Pas seulement l'ombre d'une. Il n'est pas même
sûr qu'elles existent. C'est comme une espèce de lé-

gende dans le pays. Personne n'oserait braver la colère de lord Dane en parlant de ça tout haut.

— Il n'aime pas qu'on lui tienne tête, n'est-ce pas?

— Tous les Dane sont comme ça. Le capitaine lui-même n'était pas commode, et cependant, c'était le meilleur enfant de tous. Il a été assassiné, le pauvre garçon !

— Oui, j'ai entendu parler de lui depuis mon arrivée ici. Le propriétaire de mon hôtel a été son domestique, n'est-ce pas? Un homme vif, à ce qu'il m'a dit, mais généreux et bon.

— Ravensbird a été arrêté comme coupable, mais on l'a relâché presque aussitôt. On a eu des soupçons sur un colporteur, qu'on n'a jamais pu retrouver.

— N'a-t-on pas soupçonné le lord Dane actuel... M. Herbert, comme on l'appelait alors, à ce que m'a raconté Ravensbird? demanda M. Lydney négligemment.

— Grand Dieu, non ! s'écria le braconnier d'un ton de profonde surprise. Qu'est-ce qui a pu vous donner une idée pareille, monsieur?

— Mon bon ami, ne vous méprenez pas sur mes paroles. C'est une simple question que je vous adresse, pas autre chose. Vous savez, les gentlemen sont exposés à se disputer et à se battre, tout comme vous autres, et au milieu d'une lutte, le capitaine Dane aurait pu tomber accidentellement.»

Ben Beecher secoua la tête d'un air de doute, et lord Dane, de sa cachette, vit distinctement le mouvement.

« Il n'y a pas eu l'ombre d'un soupçon contre lui, monsieur. Aucun motif pour en avoir, du reste. Tiens, à propos, vous m'y faites penser. A cette époque un camarade nous dit un jour qu'il croyait avoir vu M. Herbert Dane revenir en courant des falaises, à l'heure de l'accident, mais si vite, si vite, qu'il n'avait pas pu le distinguer parfaitement. Nous l'avons fait taire.

— Qui disait cela ?

— Oh! c'était une espèce de demi-frère que j'avais ; il est mort depuis longtemps, et... »

Le bruit d'une détonation interrompit la phrase de Beecher.

Le braconnier tourna la tête, écouta un instant, puis traversa rapidement le rond-point. Quand il fut de l'autre côté, sous les arbres, il regarda attentivement à travers le taillis. M. Lydney l'avait suivi.

Tous deux se trouvaient en ce moment trop loin pour que lord Dane entendît leurs voix.

« S'il était plus tard, je croirais à une ruse pour donner le change aux gardes, dit Beecher. Ces animaux-là sont comme des enragés depuis le retour de lord Dane au château. Ah! c'était le bon temps, pendant son absence! Hier soir, j'ai bien cru que ça allait chauffer. Il ne s'en est pas fallu de l'épaisseur d'un cheveu.

— Quel plaisir pouvez-vous trouver dans cette vie de lutte contre la société ? Elle est pleine de dangers.

— Il faut bien vivre.

— Mais pourquoi ne pas vivre honnêtement ?

— Ah! voyez-vous, monsieur, une fois qu'on s'est lancé dans ces sortes d'affaires, et qu'on s'en est fait une carrière, il est bien difficile d'en sortir. Qui aurait confiance en nous? qui nous aiderait en nous donnant un travail honnête ?

— Moi, pour commencer. Si un homme était assez courageux pour rentrer dans le bon chemin après s'en être écarté, je l'aiderais de tout mon pouvoir, et... de ma bourse.

— Ah! monsieur, c'est bien facile à dire. Je suis fâché de n'avoir point réussi à retrouver votre caisse. Ce billet de mille francs aurait été d'un bien grand secours pour quelques-uns d'entre nous.

— Ayez toujours l'œil ouvert ; qui sait ? vous finirez peut-être par la découvrir. En attendant, voici pour vous dédommager de vos peines. »

Ben Beecher croyait rêver, en se voyant une pièce d'or dans la main. « Écoutez, monsieur, s'écria-t-il dans un élan de reconnaissance, si nous avions affaire à des gens comme vous dans ce Danesheld de malheur, nous ne serions pas longtemps à nous bien conduire. Merci, monsieur ; en vous souhaitant le bonsoir de tout mon cœur. ».

Lorsque la route fut libre, lord Dane sortit de sa cachette, en s'essuyant le front, comme un homme terrifié.

« Quel complot du diable ces gars-là sont-ils en train de tramer ? se dit-il. Des cachettes dans le château !... En vérité, mes maîtres ! Si jamais homme a mérité la corde, c'est bien ce misérable Lydney. Tous ces braconniers sont des gentlemen, auprès de lui ! »

Lord Dane avait entendu seulement des fragments de cette conversation. Mais dans ces quelques mots, pour ainsi dire saisis au vol, confusément et sans suite, il n'était question que de lui. Il avait donc toutes espèces de raisons pour se former une déplorable opinion de M. Lydney. Cette question seule : M. Herbert fut-il soupçonné d'avoir été l'adversaire du capitaine Dane ? était assez insolente par elle-même pour porter l'indignation de lord Dane à son comble, et il n'eut plus qu'une idée fixe : trouver les moyens de débarrasser le pays d'un personnage aussi taré.

Le lendemain matin, une affiche contenant la description de la caisse perdue, et promettant une récompense de vingt mille francs à quiconque la rapporterait intacte, fut apposée sur le mur de la station de police.

Cette annonce fut pour Danesheld comme un coup de foudre. La foule qui s'arrêtait, en ouvrant de grands yeux étonnés, devant la station, augmentait de minute en minute, bruyante d'exclamations et de commentaires, et la circulation fut bientôt interrompue.

Lord Dane s'était rendu en ville de bonne heure, ce matin-là ; apercevant de loin une agitation inaccoutumée devant le bureau de police, il s'approcha pour en connaître la cause. Quand il lut l'affiche, il resta d'abord muet d'étonnement, ne pouvant en croire ses yeux. Il crut rêver. Il traversa enfin la foule et entra dans la station.

« Que signifie cet avertissement, Bent ? demanda-t-il à l'inspecteur en train d'écrire derrière le grillage.

— Un joli rassemblement que ça nous attire, n'est-ce pas, mylord ? dit l'inspecteur en s'avançant respectueusement pour recevoir son noble visiteur ; tous ces gens-là sont-ils assez bêtes ! Voyez un peu quels badauds. On dirait vraiment qu'ils n'ont rien de mieux à faire.

— C'est à cette récompense que je faisais allusion. Qu'est-ce que cela signifie ?

— On l'offre, mylord. Les affiches étaient déjà prêtes hier dans l'après-midi ; mais M. Lydney a désiré qu'elles ne fussent posées que ce matin. Nous les faisons coller sur tous les murs et sur les vitres des boutiques. Il faut que cette caisse ait une bien grande valeur, pour qu'on offre ainsi une récompense de vingt mille francs.

— Mais qui l'offre, cette récompense ? demanda lord Dane étonné. Qui vous a autorisé ?

— M. Lydney.

— Prenez garde à ce que vous faites, Bent. Rien de plus facile que d'offrir une grosse somme d'argent, en

paroles. Je pourrais, moi aussi, offrir vingt millions ;
mais les payer, c'est autre chose. Ce Lydney est aussi
incapable de vous compter vingt mille francs que Ben
Beecher lui-même.

— Mylord, il a avoué franchement que la caisse ne
lui appartenait pas, et que l'argent sortirait de la
poche de son propriétaire et non de la sienne. Il a offert de nous déposer des garanties pour le payement.

— Si vous l'aviez pris au mot, vous auriez vu ce
que valait sa parole. Vous souvenez-vous de la mission que je vous ai donnée, Bent, de faire tous vos
efforts pour découvrir qui est réellement cet homme,
et ce qu'il vient faire ici ?

— Oui, mylord ; et je lui ai posé quelques questions ;
mais je n'ai pu en tirer rien de satisfaisant. Il est,
m'a-t-il dit, d'origine anglaise, d'une très-bonne famille. Il a borné là ses explications. Quand je lui ai
demandé ce qu'il faisait ici, il s'est contenté de me répondre que la mer l'y avait jeté, et qu'il y resterait
jusqu'à ce qu'il eût retrouvé sa caisse. Il m'a fait l'effet
d'un gentleman, mylord.

— Un gentleman ! répéta dédaigneusement lord
Dane. Pendant que vous le questionniez, Bent, moi,
de mon côté, je ne perdais pas mon temps ; et j'ai découvert, sur ce monsieur Lydney et ses faits et gestes,
beaucoup plus qu'il ne le désirerait, probablement. Un
hasard m'a mis sur une piste, et je l'ai suivie jusqu'au
bout. »

Le ton, l'attitude de lord Dane avaient quelque
chose de singulier. M. Bent, en l'entendant baisser la
voix et parler presque mystérieusement, se rapprocha
de lui.

« Il s'est associé avec les braconniers. C'est un
braconnier lui-même ; pas autre chose. Je l'ai suivi
hier dans les bois. Ils étaient là, Ben Beecher et lui,

conspirant tous les deux, comme de véritables voleurs qu'ils sont. Ils y étaient déjà la veille au soir, je le sais positivement. En somme, ils ont chaque nuit des rendez-vous, c'est sûr... Eh bien, votre homme de bonne famille! votre homme aux vingt mille francs qu'en dites-vous maintenant?

—Est-ce possible! murmura l'inspecteur. Peut-être ferais-je bien d'enlever les affiches.

—Ceci vous regarde, et ne regarde que vous, fit lord Dane avec hauteur, comme s'il eût dédaigné de s'occuper de cet infime détail; je désire seulement que vous compreniez bien une chose, Bent : ce que je viens de vous dire est une confidence, et vous devez me garder le secret. En agissant prudemment, nous pourrons arriver à un résultat satisfaisant. Mon but est de délivrer le pays de la présence de cet individu; et le mettre sur ses gardes ne serait pas le moyen d'y réussir. Pour le chasser d'ici ou le faire emprisonner, il nous faut la preuve qu'il a violé la loi. Les bois sont ma propriété, mais les chemins en sont ouverts au public, et l'on ne peut arrêter un homme sous le prétexte qu'il s'y promène, si mauvaises que puissent être ses intentions. Attendons donc, et faisons bonne garde. Nous finirons, un jour ou l'autre, par le prendre sur le fait. Vous m'avez compris, Bent?

— Parfaitement, mylord. »

Lord Dane sortit, laissant M. Bent tout rêveur. L'inspecteur ne savait que penser : non pas qu'il doutât des informations de lord Dane, mais ce jeune homme lui avait paru être un gentilhomme si accompli — et M. Bent croyait s'y connaître — qu'il hésita au moment de déchirer l'affiche. Peut-être serait-il plus sage, pensa-t-il, de parler d'abord à M. Lydney, car, en définitive, des garanties avaient été offertes, le fait était incontestable. Il envoya donc un mot au

Rendez-vous des Marins, priant M. Lydney de venir lui parler de suite.

Le résultat de l'entrevue fut qu'avant la fin de la journée, un répondant se présenterait pour la garantie du payement des vingt mille francs. Ce répondant n'était autre que l'hôtelier de M. Lydney, Richard Ravensbird.

En apprenant le fait, lord Dane, profondément surpris, crut de son devoir d'avertir Ravensbird, quoiqu'il n'eût pas grande sympathie pour lui, et qu'il eût souvent été froissé de ses manières brusques et indépendantes. Il se rendit donc dans la journée au *Rendez-vous des Marins*, où Ravensbird lui-même le reçut dans le petit salon de Sophie.

« Je suis venu vous entretenir d'une petite affaire, Ravensbird, dit lord Dane en prenant le siége que lui offrait l'ancien serviteur de sa famille, debout respectueusement devant lui, et tout à fait par intérêt pour vous. Vous vous êtes porté garant, m'a-t-on dit, du payement des vingt mille francs offerts par votre locataire, M. Lydney. Est-ce vrai ?

— C'est la vérité, mylord.

— Avez-vous réfléchi, Ravensbird ? Si cette caisse se retrouvait, par hasard, vous pourriez être forcé de payer la somme.

— Il la payera lui-même. La police a cru devoir prendre ses précautions, et elle a eu raison. Mais je n'ai répondu de l'argent que pour la forme, pour satisfaire les scrupules de M. Bent.

— Prenez garde ! je vous le répète, vous pourriez être forcé de payer la somme.

— Non, mylord, je n'ai rien à craindre de ce côté-là. Ce jeune M. Lydney m'a montré des documents et des papiers qui m'ont prouvé sa solvabilité.

— Quels documents ?

— Des obligations et des actions de chemins de fer.
M. Lydney avait d'abord pensé à les déposer à la police même, mais il a réfléchi qu'il serait plus simple et plus vite fait de me les montrer, et que je répondisse pour lui. Naturellement, Bent me sait bon pour vingt mille francs, ajouta Ravensbird en souriant.

— Voyons, Ravensbird, » reprit lord Dane d'un ton amical, — il désirait réellement rendre service à l'hôtelier, « je suis venu vous trouver avec l'intention de vous donner un bon conseil dans cette affaire ; vous feriez bien de reprendre votre parole, pendant qu'il en est temps encore. C'est une bien grande imprudence de votre part de vous être ainsi engagé pour un étranger.

— Mais, mylord, j'ai vu, de mes yeux, ses obligations et ses actions.

— Ce sont des titres faux..., faux ou contrefaits, quelque chose dans ce genre-là, pour tromper le monde, j'en répondrais. Tenez, Ravensbird, — mais ceci doit rester entre nous,—j'ai découvert que ce Lydney est un triste sire. Il complote avec les braconniers, braconnier, sans aucun doute, lui-même, un aventurier auquel tout est bon pour gagner sa vie. Retirez votre parole, Ravensbird, sans perdre une minute, et ensuite, chassez-moi au plus vite cet individu de votre maison.

— En vérité, mylord, cela m'est impossible ; tant qu'il lui plaira d'y rester, je n'ai aucune raison pour le renvoyer.

— Comment ! impossible ?... est-ce qu'il vous paye ?

— Oui, il me paye régulièrement. Il a encore réglé avec moi ce matin.

— Ravensbird, vous m'obligerez, *moi*, en vous débarrassant de lui, dit lord Dane d'un ton péremptoire. Il n'y a pas d'indulgence à avoir pour de pareils drôles. Quant à moi, je n'en montrerai jamais, et je n'admets pas qu'on hésite à les traiter comme ils le méritent : si celui-là ne vous doit rien, ce qui m'étonne, renvoyez-le sous un autre prétexte.

— Cependant, mylord, je ne puis pas mettre un gentleman à la porte de cette façon-là. Tant qu'il se conduira convenablement chez moi, tant qu'il me payera ses dépenses, je...

— Avec un gentleman, sans aucun doute, vous ne pourriez pas agir ainsi, mais avec un imposteur, c'est une autre affaire, interrompit lord Dane. Cet homme s'est introduit ici dans les meilleures familles, et... et sachant de lui ce que je sais, je me sens, pour ainsi dire, responsable des conséquences fâcheuses qui en résulteront, inévitablement, un jour ou l'autre. Est-ce un homme à garder dans votre maison, Ravensbird ? »

Ravensbird secoua la tête : il n'y avait pas au monde d'être plus obstiné que lui, une fois qu'il avait adopté une idée.

« Ce que fait M. Lydney en dehors de mon auberge, les visites qu'il lui plaît de rendre, là où il se trouve bien reçu probablement, tout cela ne me regarde pas, mylord, et je n'ai pas le droit de m'en occuper. Je n'ai rien vu, par moi-même, de répréhensible en lui, et personne ne s'est jamais plaint de sa conduite. Ici, dans mon auberge, il se comporte comme un véritable gentleman : tranquille, bien élevé et honnête. C'est tout ce q'il me faut, et je n'ai pas le droit de lui en demander davantage. Ma femme raffole de lui.

— Je désire tout particulièrement avoir satisfaction sur ce point, Ravensbird. Vous êtes mon locataire, et il faut me rendre ce service.

— Mylord, je suis votre locataire, en effet, mais je vous paye le loyer de votre maison, et je suis maître

chez moi. En vous louant le *Rendez-vous des Marins*,
je ne me suis pas engagé à abdiquer ma volonté. Je
serais très-heureux d'obliger Votre Seigneurie de
toute autre manière, et de lui prouver mon respec-
tueux attachement; mais quant à mettre à la porte de
mon auberge un homme inoffensif (autant que je puis
en juger), c'est tout à fait impossible.

— Dites que vous ne voulez pas, Ravensbird.

— Soit, mylord, je dirai que je ne veux pas, si
vous le préférez, répondit Ravensbird, en conser-
vant pourtant le ton de la plus parfaite politesse. Si
ce M. Lydney se conduisait mal en ma présence, ce
serait différent.

— Avez-vous oublié, s'écria lord Dane irrité enfin
de cette grande indépendance de langage, avez-vous
oublié que je puis rompre votre bail, et vous mettre à
la porte de votre hôtel d'ici à six semaines?

— Non, mylord, je ne l'ai certainement pas oublié.
Je n'ai jamais compris pourquoi vous aviez inséré une
pareille clause dans mon bail.

— Vous vous exposez, je le crains, à ce que je la
mette à exécution.

— Comme il plaira à Votre Seigneurie, bien entendu. »

Ravensbird n'avait rien perdu de son calme habituel; jamais il ne s'était montré plus inébranlable
dans son opinion. Il n'avait pas cédé un pouce de ter-
rain, et soutenait, sans baisser les yeux, le regard de
lord Dane.

« Je serais désolé de quitter cette auberge, car
elle me convient ; mais, après tout, il y en a d'autres
à Danesheld. »

Lord Dane se dirigea vers la porte, en mettant son
chapeau.

« Ravensbird, dit-il en se retirant, je n'ai pas

lieu d'être satisfait de ma visite ici. Quand je pense que vous avez été autrefois notre domestique, Ravensbird, je m'étonne que vous n'ayez pas cru de votre devoir d'agir autrement. »

Le visage blême de Ravensbird se couvrit d'une vive rougeur.

« Je vous demande pardon, mylord; j'ai été domestique de l'honorable Harry Dane, et non de M. Herbert. »

Lord Dane s'éloigna d'un air hautain, sans relever cette dernière impertinence. Ravensbird le reconduisit jusqu'à la porte, respectueusement.

A ce moment, le jeune commis du médecin entra, une petite bouteille à la main.

« Pour M. Home, dit-il. »

Ce nom rappela à lord Dane l'autre passager sauvé du naufrage.

« M. Home est donc encore ici? fit-il en se retournant vers Ravensbird.

— Oui, mylord. Il ne s'est pas trouvé assez bien portant jusqu'à ce jour pour partir, et nous avons dû faire venir le docteur Green en consultation. Et puis, il attend aussi des traites, à ce qu'il dit. »

Lord Dane sortit sans demander d'autres explications.

CHAPITRE VIII

TIFFLE TROUVE A QUI PARLER

Quelque temps s'écoula sans apporter aucun changement dans l'état des choses à Danesheld. On était en octobre. Les grandes affiches concernant la récompense de vingt mille francs s'étalaient toujours aux endroits les plus en évidence de la ville, mais personne n'y prenait plus garde ; la boîte laquée semblait définitivement perdue, et M. Bent, lui-même, était tenté quelquefois de se ranger à l'opinion de lord Dane, que Lydney l'avait retrouvée depuis longtemps, sans en rien dire.

Le braconnage dans les réserves de lord Dane continuait audacieusement. Les braconniers trompaient, chaque nuit, la surveillance des gardes-chasse, et abattaient le gibier par douzaines. On aurait dit qu'ils avaient le champ libre ; et les gens portés à l'ironie prétendaient en effet que les gardes avaient soin de se tenir toujours à l'affût là où ils savaient ne devoir rencontrer personne, qu'ils évitaient toute occasion de lutte, et que leur paisible existence pendant les dix années de l'absence de leur maître les avait rendus timides.

Lord Dane, irrité de tous ces propos, mécontent de ses gardes, perdait patience. Il aurait volontiers offert, lui aussi, vingt mille francs pour faire une rafle générale de tous ces braconniers, — surtout si Lydney s'y était trouvé compris.

Mais que faire contre ce maudit étranger ? Il n'avait pas encore donné prise contre lui, malgré la plus active surveillance. Lord Dane savait bien qu'il se promenait souvent le soir dans les bois, très-familier avec les braconniers, presque toujours accompagné de Wilfrid Lester; mais ce n'étaient pas là des méfaits suffisants pour arrêter un homme !

Quant à Wilfrid, — hélas ! qu'en dirons-nous ? — il semblait aussi peu soucieux de la loi que les braconniers eux-mêmes. Les sentiments les plus amers, nés du désespoir, de la rage des injustices qu'il avait subies de la part de son père en particulier et de la société en général, s'étaient violemment emparés de ce malheureux jeune homme.

Squire Lester avait immédiatement répondu à la lettre de M. Apperly, en refusant de lui laisser prendre connaissance de l'acte de donation. « L'argent avait été payé à son fils, disait-il ; par conséquent la lecture de l'acte ne serait d'aucune utilité ». Malheureusement pour Wilfrid, l'avocat fut forcé de partir pour la France dans l'intérêt d'un de ses clients, et son séjour s'y prolongea. Wilfrid Lester, du reste, ne fut pas seul à être contrarié de l'absence de M. Apperly. M. Lydney attendait aussi son retour avec une vive impatience. Il s'était tardivement décidé à le consulter sur la marche à suivre au sujet de sa caisse perdue, mais en se présentant à son cabinet, il avait appris, à son grand désappointement, son départ depuis la veille.

Cependant, les choses semblaient prendre une meilleure tournure chez Wilfrid Lester, quant aux affaires domestiques. Sally s'était adressée à un de ses parents de province, qu'elle appelait son oncle par alliance, et en avait reçu un peu d'argent comptant. A force de promesses et de supplications, elle obtint aussi une continuation de crédit chez différents marchands. « Mais que se passerait-il quand il faudrait payer toutes ces notes? » pensait tout bas Mme Lester en pleurant. Quant à Wilfrid, il s'abandonnait à cette suprême in- différence de l'avenir que donne quelquefois le déses- poir; et Sally aurait engagé son crédit pour des mil- liers de francs, qu'il ne s'en serait pas préoccupé davantage. Tout lui était indifférent; il n'avait qu'une pensée, une pensée dont rien ne pouvait le détourner : cette donation que son père refusait de lui laisser lire, convaincu que l'acte prouverait la légitimité de ses droits et que de là venait le refus obstiné de M. Lester d'en donner connaissance. Wilfrid ne ces- sait de proférer des menaces de vengeance, criant, tempêtant, et jurant que, dût-il employer n'importe quel moyen, il saurait bien s'emparer de cet acte.

Danesheld devenait de jour en jour plus réservé et plus froid à l'égard de M. Lydney; non pas que lord Dane eût rien révélé de ses doutes et de ses soupçons, mais la sympathie que, dans les premiers temps, on s'était laissé aller à éprouver pour le jeune naufragé, s'était peu à peu calmée, et en y réfléchissant, on s'était enfin aperçu qu'en définitive il ne disait rien sur lui-même et sur sa famille. Les principaux habi- tants du pays, qui s'étaient empressés de l'accueillir, remarquaient avec étonnement son silence à ce sujet. Plus son intimité avec eux augmentait, plus il se tenait sur la réserve, relativement à ses affaires personnelles. Il évitait toujours, et sans rien perdre de son calme, de répondre aussi bien aux allusions détournées qu'aux questions les plus directes. N'était-il pas étrange que ce jeune homme se fût ainsi introduit dans les familles, sans jamais dire un seul mot ni de lui, ni de ses parents, ni de sa position sociale? Qui était-il? quels étaient ses moyens d'existence? d'où sortait-il, et que comptait-il faire? Il ne pouvait pas cependant demeurer perpétuellement à Danesheld, dans cette hôtellerie de Ravensbird, sous le prétexte d'attendre une caisse soi-disant perdue.

Quand on parlait de M. Lydney en présence de lord Dane, celui-ci se contentait de faire un geste de tête hautain, à la façon des Dane, et un sourire méprisant effleurait ses lèvres, et cela, joint au soin évident qu'il prenait d'éviter M. Lydney, suffisait à fixer l'opinion publique.

M. Lydney semblait, du reste, avoir conscience de ces sentiments de défiance, et ne cherchait pas à remonter le courant. Cessant peu à peu de fréquenter les familles où il avait été reçu, il s'en tenait à de simples politesses quand par hasard il se rencontrait avec elles au dehors; mais tout se bornait là. La seule maison qu'il fréquentât encore assidûment était celle de miss Bordillion et, par occasion celle de Wilfrid Lester. A de rares intervalles, il rendait aussi visite à Danesheld-Hall. Lord Dane ne se hasardait pas à l'attaquer en face. Il attendait des preuves évidentes.

Une ou deux semaines plus tard, Danesheld apprit, en s'éveillant par une belle et claire matinée, une terrifiante nouvelle. Une rencontre avait enfin eu lieu, la nuit précédente, entre les braconniers et les gardes. La fatalité semblait s'acharner contre ces malheureux gardes-chasse. Ils avaient encore été repoussés avec perte, l'un d'eux sérieusement blessé par un coup de feu ; et les braconniers avaient une fois de plus tiré leur épingle du jeu. Lord Dane enrageait. Il jura de se venger ; et tout le monde crut à Danesheld qu'avant la fin de la journée, les misérables seraient arrêtés.

Pauvre Maria Lester! Elle saisit au passage quelques mots colportés par Tiffle, et sentit renaître plus violentes ses craintes pour son frère. Tremblante, bouleversée, dans un état d'indicible agitation, elle s'attendait à tout moment à apprendre la confirmation de la terrible nouvelle. A la fin, cette incertitude lui devint intolérable, et elle résolut de se rendre à Danesheld, espérant pouvoir y recueillir quelque renseignement qui confirmerait ou calmerait ses craintes. Elle trouva un prétexte pour motiver sa sortie du Hall, et afin d'arriver plus vite, prit, à travers le bois, un chemin de traverse, étroit, mais très-fréquenté pendant la journée.

Elle hâta le pas, sans soupçonner qu'elle était suivie par Tiffle, qui, ayant justement une course à faire à Danesheld à cette heure-là même, profita de l'occasion pour exercer une fois de plus son aimable surveillance. Maria, à peu près à moitié chemin, approchait du rond-point des Fées, quand elle vit venir, du côté opposé, M. Lydney, marchant très-vite. Dans un premier mouvement de joie, elle se précipita vers lui. En la voyant si troublée, si agitée, il lui prit tendrement les mains et s'efforça de la rassurer.

Que le mutuel et sincère attachement que, dès leur première rencontre sur la falaise, ils avaient éprouvé l'un pour l'autre, fût devenu peu à peu un amour fervent, passionné, ils le savaient tous deux, sans se l'être jamais avoué. Cependant ce n'était pas d'amour, mais de crainte que tremblait en ce moment la voix de Maria, en murmurant quelques mots à peine intelligibles sur les événements de la nuit.

« C'est la première chose dont j'aie entendu parler ce matin, dit-il en souriant doucement, sans lui abandonner les mains.

— Savez-vous... savez-vous... » elle était tellement troublée, que les paroles ne pouvaient sortir de ses lèvres « quels hommes... étaient là?... avez-vous entendu nommer... quelqu'un en particulier?

— Non. Toutes sortes de rumeurs circulent ; mais je crois que ces mauvais drôles ont encore eu leur chance habituelle et se sont échappés sans être reconnus. J'ai vu moi-même l'un d'eux se glisser hors du bois vers une heure du matin. Mais ce ne sont pas là mes affaires. — Je revenais de chez votre frère, où j'avais passé la soirée. »

La physionomie de Maria changea tout à coup. La pauvre fille l'avait écouté, haletante, la bouche entr'ouverte. Elle laissa échapper un soupir de profond soulagement.

« Je ne sais trop comment Mme Lester va me recevoir et si elle me pardonnera d'être resté avec son mari jusqu'à une heure aussi indue, continua Lydney, sans paraître remarquer la joie de Maria ; je retourne au cottage avec ceci, que j'ai promis à Wilfrid de lui apporter aujourd'hui. »

Et il tira à moitié de la poche de son habit un petit livre, comme s'il eût voulu prouver à Maria qu'il ne la trompait pas.

« Alors, c'est donc vrai ! » s'écria-t-elle, incapable de se contenir et de dissimuler plus longtemps. « Vous ne me dites pas cela pour me rassurer ? Est-ce bien sûr que vous avez passé avec lui toute la soirée ?

— Je ne vous ai jamais dit que la vérité, Maria, fit-il en lui serrant les mains. Tout est vrai... et tout va bien. J'étais chez Wilfrid hier soir, et tout en causant, nous avons oublié l'heure. Le temps a passé si vite qu'il était plus de minuit quand je suis parti. »

Maria savait que la rencontre avec les gardes avait eu lieu à onze heures et demie.

« Que vous êtes bon ! dit-elle.

— En quoi suis-je bon ? répondit-il en riant. Est-ce pour ce que je viens de vous apprendre, ou pour avoir

retenu Wilfrid si tard et m'être exposé peut-être aux
reproches de Mme Lester?

— Oh! vous êtes bon de toutes manières, je crois!
s'écria-t-elle, le visage radieux et les yeux brillant à
travers ses larmes; sans vous... »

M. Lydney leva vivement la main comme pour
l'avertir de prendre garde, et Maria regarda autour
d'elle, surprise.

En deux bonds, Lydney atteignit le jeune Shad, qui,
collé contre un gros arbre, dans son attitude favorite,
écoutait de toutes ses oreilles. Le saisissant d'une
main par les cheveux, de l'autre par le bras, il le
traîna jusque sur la route, malgré ses hurlements de
douleur.

Maria dit adieu à M. Lydney et continua sa route,
laissant Shad se tirer d'affaire comme il pourrait.

Le petit drôle poussait des cris de rage, se débattait
des pieds et des mains, se tordait, écumait; mais
M. Lydney ne lâchait pas prise. Tiffle entra tout à
coup en scène.

« Seigneur Dieu! je n'ai jamais entendu pareil tapage! s'écria-t-elle d'un air innocent. Je croyais qu'une
jeune panthère s'était échappée d'une ménagerie am-
bulante. Qui est donc là? On dirait le Shad de la vieille
mère Bean.

— Il va me tuer!... Il veut m'étrangler!... Il m'arrache! gémissait Shad; faites-le me lâcher!

— Laissez-le aller, monsieur, s'il vous plaît, dit
Tiffle. Vous êtes trop gentleman, j'en suis sûre, pour
frapper un pauvre petit garçon sans défense.

— Ah! je regrette de n'avoir pas eu ma canne. Tu
en aurais tâté, mauvais polisson. Mais écoute-moi
bien, maître Shad: si jamais je te reprends à épier
mes pas ou ceux de miss Lester, je te réponds que je
te ferai passer l'envie de recommencer. Quant à vous,

mistress Tiffle, vous êtes arrivée à propos, ajouta-t-il en lâchant le gamin.

— Pour vous empêcher de le battre ? demanda Tiffle, en jetant autour d'elle des regards sournois.

— Non, mais pour être témoin de ma promesse. La première fois que cet horrible petit gredin s'avisera de recommencer, il aura affaire à moi, quoique ce soit pour votre compte qu'il fasse ce joli métier. Je vous conseille, en conséquence, ma brave dame, d'y regarder à deux fois avant de lui donner de nouveau l'ordre d'épier les gens.

— Oh ! s'écria Tiffle en feignant une grande indignation, quelles horreurs me racontez-vous là, monsieur ? Moi ! je lui donne l'ordre d'épier les gens ! Qu'ai-je à faire avec lui ? Suis-je un agent de police ?

— Vous avez plus affaire avec lui qu'on ne le croit généralement, et de différentes façons, à moins que je ne me trompe fort, dit M. Lydney à demi-voix et d'un ton significatif. Maintenant, chère madame, envoyez-le encore m'espionner, si le jeu vous plaît. Vous êtes avertie. »

La malheureuse Tiffle devint tour à tour rouge et livide. Elle lui montra le poing, dans un accès de fureur impuissante, comme il continuait son chemin à travers les bois.

« Oh ! je le jure, je me vengerai de toi, misérable ! murmura-t-elle.

— Je connais un bon moyen, s'écria Shad. Je l'ai vu la nuit dernière, juste après la bataille. Je crois qu'il en était.

— Où l'as-tu vu ?

— Il sortait de chez Wilfrid Lester. Je l'ai vu de mes deux yeux. Il pouvait être une heure du matin. Ils venaient peut-être de se reposer un instant, au cottage, après le combat.

— As-tu vu aussi Wilfrid Lester, Shad ? Était-il dans le bois avec les braconniers ?

— Non, je n'ai pas vu le Lester, mais je suis sûr qu'il en était. Je n'ai pas pu distinguer tous ceux de la bande ; peut-être Lester avait-il été blessé, et celui-là l'avait-il ramené chez lui. En tous cas, je puis jurer qu'il en sortait, comme les horloges sonnaient une heure. Dites donc, Lester n'a pas encore paru ce matin. »

Tiffle, après avoir donné ses instructions à Shad, continua sa route vers Danesheld, dans un état de rage intérieure inexprimable.

En sortant d'une boutique, elle aperçut lord Dane de l'autre côté de la rue, et n'hésita pas à l'aborder.

« Ah ! bonjour, Tiffle... et comment allez-vous ? dit lord Dane de son air de bonne humeur habituel, quoiqu'il s'étonnât un peu que cette femme se mît ainsi sur son chemin.

— Ah ! pas trop bien, mylord — je vous demande pardon de vous parler ainsi — mais quand j'entends les affreuses histoires qu'on raconte ici, dans chaque boutique où j'entre !... Est-il vrai, mylord, qu'un de vos pauvres gardes ait été coupé en deux ?

— Pas précisément, répliqua lord Dane, en s'efforçant de garder son sérieux ; il a une forte blessure à la tête, et c'est bien assez. Ah ! je donnerais beaucoup pour qu'on arrêtât le gredin qui la lui a faite !

— Mylord, dit Tiffle, en baissant la voix et en regardant de tous côtés pour s'assurer que lord Dane seul pourrait l'entendre, quelqu'un de très-digne de foi, mais que je ne dois pas nommer, l'a vu à une heure du matin à la porte de M. Wilfrid Lester. On croit, continua-t-elle, que M. Wilfrid en était aussi, qu'il a été blessé, et que l'autre l'a rapporté chez lui. Si Votre Seigneurie pouvait faire condamner ce Lydney à la dé-

portation, ça rendrait service à bien des gens à Danesheld, y compris miss Lester.

— Pourquoi nommer particulièrement miss Lester ?
fit lord Dane avec hauteur.

— Parce qu'il y a de bonnes raisons pour cela. Elle
s'est laissé entortiller par lui... oui, entortiller, mylord, vous pouvez en être sûr. Je viens de les rencontrer ensemble dans le bois. Miss Lester marchait un
peu devant moi, et je la suivais respectueusement,
sans penser à rien, quand il arriva en se dandinant.
— Il a un balancement régulier dans sa démarche, ce
Lydney, un dandinement insolent comme lui-même,
et que je n'ai jamais vu à personne ici, excepté aux
Dane. — Eh bien ! mylord, il lui a pris les deux mains
dans les siennes, comme s'il était son amoureux. »

Le visage de lord Dane se rembrunit.

Tiffle s'arrêta une minute pour laisser le temps à
son venin d'agir ; puis, au moment de partir, elle
ajouta :

« On dit que personne n'a encore vu M. Wilfrid
ce matin. Ce n'est pas étonnant... s'il est blessé, mylord. »

Lord Dane s'éloigna rapidement. La confidence de
cette femme l'avait profondément irrité, du moins, la
partie, qui concernait miss Lester. Non pas qu'il
craignît que Maria se fût « laissé entortiller », comme
le disait Tiffle, mais il trouvait peu convenable qu'elle
s'arrêtât sur les routes pour causer avec un pareil
homme.

A dire vrai, lord Dane, absorbé depuis quelque temps
par toutes ces affaires peu agréables de gardes et de
braconniers, avait un peu négligé son amour, et quoiqu'il eût reçu de M. Lester la permission de s'adresser
à Maria, il ne s'était pas encore déclaré.

Ce n'était pas une raison cependant pour mettre

une sorte de hâte [désespérée à aborder enfin cette question avec elle.

En quittant Tiffle, il prit soudain son parti, courut à la recherche de Maria, et suivant précisément le même sentier où elle avait rencontré tout à l'heure M. Lydney, la rejoignit au moment où elle allait rentrer au Hall. Il la salua avec un gracieux sourire, lui serra affectueusement la main, et se mit à marcher à ses côtés. Alors, précipitamment, sans préambule, sans préparation, il lui demanda si elle voulait être sa femme.

D'une voix hésitante et émue, Maria bégaya un « non » timide. Elle aimait sincèrement lord Dane comme un ami, comme un frère, et souffrait de la douleur qu'elle savait lui causer.

« Pourquoi me repoussez-vous ? dit-il, mortifié.

— En vérité, je n'ai pas de raison particulière, si ce n'est que je ne vous aime pas assez pour devenir votre femme, répondit-elle en rougissant.

— Ah ! je le vois, j'ai parlé trop tôt, murmurat-il entre ses dents... Eh bien, Maria, laissons les choses comme elles sont pour quelque temps. C'est à moi de me faire aimer de vous. J'essayerai. — Avez-vous vu votre frère ce matin ? Savez-vous comment il va ?

— Je viens de rencontrer Sally, leur servante, à Danesheld, tout à l'heure ; elle m'a dit que son maître et sa maîtresse allaient bien, tous deux, répondit Maria d'un air distrait, comme si ses pensées eussent été ailleurs.

— Alors, il n'est pas vrai qu'il ait été blessé ? »

Elle le regarda avec étonnement. Lord Dane comprit sa maladresse.

« Je l'avais entendu dire. Je ne doute pas que ce soit un faux bruit.

— J'en suis certaine, fit-elle, en se mordant les
lèvres pour y rappeler le sang ; M. Lydney m'a dit
avoir passé la soirée hier avec Wilfrid au cottage, et
y être resté jusqu'à une heure du matin, à causer et à
discuter, sans s'apercevoir de l'heure.

— Je n'en doute pas, dit lord Dane d'un ton méprisant, et je ne m'étonne pas qu'ils soient restés si
longtemps ensemble. Qui se ressemble s'assemble ! Je
serais cependant désolé de confondre Wilfrid Lester,
malgré toutes ses folies et toutes ses fautes, avec un
homme tel que ce Lydney.

— M. Lydney est un gentilhomme, dit Maria à voix
basse.

— Permettez-moi, miss Lester, de vous adresser
une simple question. Quelle preuve en avez-vous, en
dehors de sa propre assertion ? »

Qu'aurait-elle pu répondre ? Miss Lester marchait
en silence, la tête légèrement rejetée en arrière, quelque
chose de dur dans l'expression de son visage, le cœur
battant de dépit.

Lord Dane se mit à parler de M. Lydney comme
il n'avait pas encore osé le faire jusqu'à ce jour ;
il dit ses soupçons, vagues d'abord, mais bientôt con-
firmés par les faits, les rendez-vous dans les bois, les
conciliabules avec Ben Beecher. Maria l'écoutait sans
répondre ; toutes ces paroles glissaient sur elle,
sans ébranler sa foi en celui qu'elle aimait. Elle
aurait douté du monde entier plutôt que de lui.

« M. Lydney m'a dit un jour, observa-t-elle enfin,
que ses recherches de cette boîte perdue l'avaient mis
en contact avec quelques hommes de mauvaise réputation ; il en riait lui-même.

— En vérité, voilà une excuse plausible ! répondit
lord Dane d'un ton ironique. »

A ce moment, ils aperçurent de loin Wilfrid Lester,

marchant très-vite, plus alerte qu'il ne l'avait jamais été, et qui, ne désirant probablement pas se rencontrer avec eux, sauta lestement par-dessus une palissade et disparut dans le taillis.

Ce n'était pas là, certes, un homme blessé la veille au soir.

Maria regarda lord Dane.

« Oui... oui, je vois que ce bruit-là, au moins, était faux ! Ne pourrais-je pas lui obtenir quelque emploi du gouvernement, continua-t-il à demi-voix, comme s'il se parlait à lui-même ; il y a des places où le travail est facile et les appointements fort convenables : dix mille, quinze mille, vingt mille francs même. Il serait à souhaiter qu'il quittât Danesheld. »

A souhaiter ! — à souhaiter pour Wilfrid de changer sa vie actuelle de pauvreté, de mauvais renom, de danger, — cette vie qui bouleversait nuit et jour le cœur de la pauvre Maria, — contre une existence confortable et honorée !

« Oh ! vous vous intéresserez à lui, n'est-ce pas ? s'écria-t-elle vivement, en levant sur lui des yeux brillant d'espérance.

— Oui, très-volontiers, à condition que *vous*, vous vous intéresserez aussi à moi. »

Ces mots lui échappèrent sans qu'il en eût calculé la portée. Rendons-lui cette justice, il était absolument incapable d'une pensée indélicate. La pâleur subite qui couvrit les joues de Maria l'avertit de la fâcheuse impression de ses paroles sur elle et de la fausse interprétation qu'elle pouvait leur donner.

« Je plaisantais, Maria ; quant à Wilfrid, je vais m'occuper de lui trouver un emploi, si cela est possible. Le malheur, c'est d'être obligé d'attendre si longtemps, quelquefois, une position qui en vaille la peine. »

Ils entrèrent au Hall. Lady Adélaïde était seule dans le salon. Lord Dane se fit annoncer, et Maria courut se renfermer dans sa chambre. Elle sentait le besoin de se recueillir, de réfléchir. Aucune jeune fille ne reçoit sans trouble une demande en mariage, et quoique Maria se fût, depuis quelque temps déjà, attendue à celle-là, elle l'avait toujours redoutée. Elle n'avait pas laissé échapper une occasion de décourager lord Dane, espérant toujours qu'il entendrait à demi-mot et renoncerait à son projet. Hélas ! il n'y avait pas renoncé, et Maria comprenait en ce moment, comme si elle la voyait tout à coup dans un miroir, la cause de sa secrète répugnance et de ses terreurs : son amour, son cœur tout entier appartenaient à William Lydney et ne seraient jamais qu'à lui !

Et elle se sentait envahie d'un effroi mortel. Qu'était-ce, après tout, que cet homme qu'elle aimait de toutes les forces de son âme, sinon un étranger, un inconnu, qu'une tempête avait jeté sur la côte, dont on ne savait rien, et dont tous paraissaient se méfier ?

Lady Adélaïde était étendue languissamment sur le canapé du salon, les yeux à demi fermés, et comme dans une vague rêverie. Son attitude trahissait un suprême ennui... Elle ne put réprimer un tressaillement de frayeur en entendant ouvrir la porte, et se leva, toute rougissante, pour recevoir lord Dane.

« Oui, en effet, je ne sais pourquoi, mais je suis triste à en mourir, dit-elle en réponse à une remarque du lord. Je crois, sur ma parole, que je me suis endormie après le départ de M. Lydney. »

Lord Dane resta un instant interdit. Comment ! il venait au Hall ! « J'avais compris... je m'imaginais que vous ne le receviez plus.

— Oh ! il est venu pour je ne sais quelle affaire, fit-elle d'un air indifférent. Il a parlé, je crois, d'un document américain à faire légaliser par un magistrat. Non, en effet, nous le voyons à peine, maintenant.

— Ce n'est probablement pas un malheur pour vous. Un étranger, sans références, ne doit pas inspirer grande confiance, lady Adélaïde.

— C'est vrai. On prétend que c'est là son cas, je crois. Ce qui m'avait plu en lui, c'est sa ressemblance avec les Dane.

— Sa ressemblance avec les Dane! répéta Sa Seigneurie avec indignation.

— Il y a réellement un certain air de ressemblance dans sa personne en général. Cela ne vous a jamais frappé ?. Il me rappelle ma tante et mon oncle, et aussi — mais beaucoup moins — Harry Dane. »

Elle avait hésité avant de prononcer ce dernier nom ; lord Dane s'approcha de la fenêtre pour se donner une contenance, et regarda au dehors, sans répondre.

Même après un si long temps écoulé, le nom d'Harry Dane éveillait en lui des souvenirs douloureux... et presque aussi désagréables que l'insistance de lady Adélaïde sur cette ressemblance... qu'il n'avait jamais remarquée, du reste.

CHAPITRE IX

LORD DANE AUX RUINES DE LA CHAPELLE

Par une nuit sombre de novembre, trois hommes étaient réunis dans un mystérieux entretien. Ils se croyaient seuls. Le jeune Shad, cependant, couché à plat ventre comme un serpent, écoutait de toutes ses oreilles... ; il écoutait et ses cheveux se dressaient sur sa tête. Ce n'était pas, en effet, d'une battue générale à organiser contre les faisans de lord Dane qu'il s'agissait en ce moment, mais du plus horrible plan de vol avec effraction qui eût jamais été comploté. Shad était épouvanté, non-seulement de ce qu'il entendait, mais encore du danger qu'il courait lui-même. Il ne faisait aucun doute que si quelque accident imprévu trahissait sa présence, il serait à l'instant criblé de balles, et cette épouvante l'empêchait de saisir tous les détails de la conspiration. Les hommes, du reste, ne parlaient qu'à voix basse. Il était question de pénétrer violemment la nuit dans une habitation et d'enlever l'argenterie. Shad comprit enfin qu'il s'agissait du château de Dane, mais que la nuit n'était pas encore fixée.

Il attendit que les hommes se fussent séparés — il n'osa pas bouger auparavant — et, quand il n'entendit plus le bruit de leurs pas, il se leva et s'enfuit de toute la vitesse de ses jambes jusqu'à l'endroit où il avait l'habitude de rejoindre Tiffle tous les soirs. Personne. Tiffle s'était probablement lassée d'attendre. Shad ne savait quel parti prendre. Il n'aurait pas osé s'approcher de la maison de M. Lester — Tiffle le

lui avait formellement interdit — mais il avait hâte
de se délivrer de son secret. Il se décida, enfin, et se
glissant furtivement jusqu'à l'entrée des domestiques,
il demanda, en baissant les yeux et en tremblant, à
parler à mistress Tiffle.

« Comment! s'écria Tiffle avec une explosion de
vertueuse indignation, quand la commission lui fut
faite, le Shad de la mère Bean me demande!... moi?
ce doit être un malentendu! »

Elle sortit, cependant, tout en maugréant. Quand
elle aperçut Shad, son premier mouvement fut de le
rudoyer.

« Ah! bien! si vous commencez à me maltraiter
avant de savoir d'où je viens, » cria-t-il — et il se mit
adroitement hors de sa portée. « J'ai entendu parler
de meurtre... La sueur m'en coule encore dans le
dos.

— Parler de meurtre! répéta Tiffle.

— On doit pénétrer de force dans le château, assassiner lord Dane et voler l'argenterie. Ils étaient eux
trois, Drake, Ben Beecher et Nicholson. Je suis
resté le nez par terre, depuis qu'il fait nuit, à les
écouter, n'osant pas respirer. Je vous dis qu'ils vont
assassiner. »

Tiffle était toute déconcertée. En réalité, tant qu'il
ne s'agissait que de nuire à son prochain, de commettre des méchancetés et de petites infamies, Tiffle
se sentait dans son élément; mais les grands crimes
n'étaient pas son affaire, et le mot meurtre lui
causait autant d'horreur qu'au commun des mortels.
Elle reçut donc cette communication avec une grande
réserve. Elle refusa d'y croire. Shad, cependant, avait
l'air sérieux, il semblait sûr de son fait, et Tiffle
savait qu'il ne manquait ni de jugement ni de finesse.

« C'est plutôt pour assassiner que pour voler l'ar-

genterie qu'ils iront, continua-t-il. Ils disaient : « Oh !
pendant que l'affaire se fera, nous trouverons bien une
minute pour forcer l'armoire à argenterie. Ils ont
répété cela deux ou trois fois. Je me disais, tout en
écoutant : Qu'est-ce que c'est que l'affaire dont ils
parlent, puisqu'il ne s'agit pas seulement de l'armoire
à argenterie? ce doit être d'assassiner lord Dane.

— Brave garçon ! s'écria Tiffle, fière de la justesse
du raisonnement de son élève. Lydney en est-il, Shad ?

— Il en est, pour sûr. Ils ont prononcé son nom
une fois. Un d'eux, alors, a fait : Chut ! et après, ils
l'ont appelé « L. » Mais je savais bien de qui ils parlaient. C'est lui qui a conseillé l'affaire. Je les ai entendus le dire. Voilà ce qui a été convenu : pendant
que « L. » ira en avant et fera l'affaire, ils s'empare-
ront de l'argenterie. Dites donc, ne faudrait-il pas
prévenir lord Dane? Regardez donc, mistress Tiffle,
l'un d'eux a perdu ça en s'en allant...

— Comment ! c'est vous, madame Tiffle ! vous allez
attraper froid... Tiens, mais c'est le jeune Shad, Dieu
me pardonne ! »

C'était un des valets de chambre du Hall qui se rendait à Danesheld. M. Lester et lady Adélaïde dînaient
à la *Grande-Croix*, et leur absence laissait une sorte
de liberté aux domestiques.

« Oui, il est venu me demander un peu de mon
onguent pour les rhumatismes de la mère Bean, répondit Tiffle en fourrant précipitamment dans sa poche
le papier que Shad lui avait remis; son dos est presque plié en deux, tant elle souffre, ce soir, à ce qu'il
dit. Avez-vous apporté une bouteille, jeune Shad ?

— Elle gémit que toute la maison en tremble ! » fit
le petit drôle, qui, pour un peu, aurait éclaté en sanglots de compassion pour les souffrances de la mère
Bean... « Ah ! je vous demande pardon, madame, c'est

que je suis tombé en venant; je pleurais tellement que je ne voyais plus clair, et la bouteille s'est cassée.

— Quel imprudent garçon vous êtes! Je vais vous en chercher une. Attendez un instant. »

Tiffle envoya la drogue ou quelque chose qui passa pour tel, et, mettant son châle et son chapeau, dit, de manière à être entendue des domestiques, qu'elle avait une course à faire pour sa maîtresse à Danesheld. Ce ne fut pas cependant vers la ville qu'elle se dirigea, mais bien vers le château de Dane.

Mistress Elisa Tiffle avait ses rêves ambitieux. Devenir la femme de charge d'une importante maison comme le château, avec un maître célibataire et n'entendant par conséquent pas grand'chose aux dépenses et aux comptes, était depuis quelque temps le but de ses aspirations. La femme de charge actuelle du château, vieille et presque impotente, serait avant peu, vraisemblablement, hors d'état de continuer ses fonctions, et Tiffle espérait obtenir sa place. Si donc le fil de l'existence de lord Dane devait être tranché d'une façon aussi sommaire que Shad le donnait à entendre, c'en était fait à jamais des projets de la digne femme, et cette haute et lucrative position sociale, objet de ses plus ardents désirs, s'en allait en fumée.

Elle alla droit au château et fit demander, par Bruff un moment d'entretien à lord Dane.

Lord Dane était seul dans la salle à manger, tournant le dos à la table, richement servie, brillamment éclairée, et regardant le feu de la cheminée, tout rêveur.

« Tiffle!... Que diable peut-elle me vouloir? dit-il tout haut. Faites-la entrer, Bruff.

— Oh! mylord s'écria Tiffle, du seuil même de la porte, rejetant son chapeau en arrière et levant les

bras au ciel, quel affreux complot! Le château doit
être pillé, et Votre Seigneurie assassinée ignominieu-
sement dans son lit! »

Lord Dane n'avait jamais eu une plus grande envie
de rire! Sa première pensée fut que l'honorable Tiffle
s'était probablement laissée aller à user un peu trop
du vin de son maître.

« Asseyez-vous, Tiffle, asseyez-vous. Vous paraissez
légèrement surexcitée.

— Mylord, la chose peut vous sembler absurde. Il
n'y a pas de doute qu'au premier moment ça ne fasse
cet effet-là; mais c'est pourtant vrai comme l'Évangile.

— Quoi? expliquez-vous, Tiffle. »

Elle s'assit, d'un air timide, sur le bord de sa chaise,
reprit haleine, se calma peu à peu, et raconta enfin
son histoire : ce que Shad lui avait appris et ce qu'elle
y ajouta de son propre cru. Tiffle avait un défaut
commun à bien des gens : les nouvelles qui passaient
par sa bouche s'augmentaient toujours pendant le
trajet d'une foule de détails.

Lydney devait pénétrer de vive force dans le château
pour assassiner Sa Seigneurie, et Ben Beecher, Drake
et Bill Nicholson s'emparer de l'argenterie, pendant
ce temps-là, pour leur propre compte. Tiffle fut obligée
de recommencer une seconde fois son récit, avant que
lord Dane pût en comprendre le premier mot. Elle
insista particulièrement sur ce fait : l'expédition
avait pour chef M. Lydney.

« Est-ce vous qui avez entendu ce beau complot?
demanda lord Dane.

— Moi, mylord! Comme si je courais les bois la
nuit, au risque de compromettre ma réputation! »

Il eut de la peine à réprimer un sourire, en regardant cette figure de vieille sorcière. Il toussa légèrement.

« Qui l'a entendu, alors ?

— C'est ce que je ne puis révéler à Votre Seigneurie.

— Vous auriez mieux fait, en ce cas, de ne rien me révéler du tout. Que diable voulez-vous que je m'inquiète de propos en l'air ?

— Mais, mylord, soyez certain que la catastrophe arrivera ! s'écria Tiffle, alarmée. Il y a évidemment quelque chose à faire.

— Sans aucun doute ; et c'est justement pour cela que votre devoir est de me mettre en communication avec cette personne, quelle qu'elle soit ; autrement, je déposerai une demande d'enquête, dès demain, entre les mains de Squire Lester. »

Tiffle ne s'attendait pas à cette solution où elle ne trouvait nullement son compte. Que faire ? Elle n'aurait pas voulu mentionner le nom de Shad, mais comment l'éviter ? Lord Dane était là, devant elle, la regardant d'un œil sévère. Pas moyen d'échapper.

« Mylord, ce n'est pas que j'aie aucun motif particulier de cacher qui c'est, — et Votre Seigneurie pourra lui parler, cela va sans dire ; — seulement, je ne voudrais pas que ce fût connu. Il m'est utile pour un tas de petites choses ; je lui donne de temps en temps deux sous par charité, ou une paire de vieux souliers, et alors, vous comprenez, ça me l'a attaché, et quand il apprend quelque chose, il vient me le répéter sans qu'on s'en doute. Mais j'espère que Votre Seigneurie ne le trahira pas.

— C'est convenu, fit lord Dane qui devinait la pensée de Tiffle au milieu de toutes ses réticences.

— C'est ce malheureux petit garçon, mylord, dont personne ne sait rien, ni qui il est, ni d'où il vient, et s'il n'est pas sorti tout d'un coup de terre... le Shad de la mère Bean.

— Shad!... ce petit misérable! répéta lord Dane. Allons donc! chaque mot qui sort de sa bouche est un mensonge! »

Tiffle se rapprocha de la table, et la lumière du candélabre éclaira en plein son visage. Lord Dane fut frappé du sérieux étrange de son expression. Il ne l'avait jamais vue ainsi.

« Shad, cette fois-ci, dira la vérité, et rien que la vérité, mylord, j'en réponds sur ma vie. Il a moins de défauts et plus de bon sens qu'on ne le croit généralement à Danesheld.

— C'est bien. Je lui parlerai. Quand dites-vous que ces messieurs comptent faire leur coup?

— Mylord, ils ne le savent pas eux-mêmes. Pas avant plusieurs nuits, j'imagine. Ils attendent quelque chose, mais Shad n'a pas pu entendre le mot qu'ils ont dit. Peut-être attendent-ils qu'il ne fasse plus clair de lune.

— Très-bien, envoyez-moi Shad, et ne parlez de tout ceci à personne au monde. Une indiscrétion pourrait entraver l'action de la justice. »

Tiffle fit un signe emphatique d'assentiment. Entraver l'action de la justice dans une affaire où M. Lydney allait être compromis n'était certes pas son désir. Comme elle se levait pour sortir, elle remit à lord Dane un morceau de papier à moitié déchiré. Elle avait gardé le meilleur morceau pour la bonne bouche.

« Un des conspirateurs a laissé tomber cela juste sur la tête de Shad, mylord. »

C'était un fragment de lettre. La fin seule restait intacte. Lord Dane lut :

Impossible de vous rejoindre ce soir; mais demain, vous pouvez m'attendre sans faute.　　　　　　　W. L.

« C'est de Lydney, dit Tiffle. J'ai vu de son écriture sur des morceaux de musique chez nous, et aussi un billet de lui à miss Lester. C'était seulement une ligne ou deux à propos d'un livre, mais l'écriture ressemblait à celle-ci comme deux gouttes d'eau. J'en jurerais, mylord. C'est exactement le même parafe à la fin des W. L., qui sont l'abréviation de William Lydney. »

Lord Dane mit le bout de papier dans son portefeuille, et Tiffle sortit en faisant remarquer que l'affaire était maintenant entre les mains de Sa Seigneurie, et que, quant à elle, elle n'avait plus rien à y voir.

Sa Seigneurie se trouvait, pour dire la vérité, assez embarrassée de la conduite à tenir, maintenant qu'il avait, en effet, l'affaire entre les mains. Devait-il, oui ou non, croire à toute cette histoire? Quel pouvait être le motif d'un pareil projet d'attaque contre le château? Dans quel but l'assassiner, lui? Quelque fâcheuse que fût la réputation des trois hommes nommés par Tiffle, braconnant le gibier, faisant la contrebande de quelques bouteilles d'eau-de-vie, ils étaient certainement incapables de se lancer dans une aventure aussi dangereuse. Quant à Lydney, il ne ressemblait à rien moins qu'à un voleur par effraction et à un assassin.

Plus lord Dane réfléchissait, moins il comprenait. Il fit prévenir sa sœur par Bruff de ne pas l'attendre pour le thé, et, prenant son chapeau, sortit du château avec le dessein, encore vague dans son esprit cependant, de s'adresser confidentiellement à M. Bent.

Le temps avait changé. Le vent, tournant à l'est, chassait les nuages bas et sombres dont le ciel était couvert depuis quelques jours. La lune apparaissait brillante à l'horizon. Il y avait dans l'air pur et vif une menace de gelée.

Comme lord Dane était encore à la grille du parc, hésitant, il s'aperçut tout à coup que quelqu'un s'approchait avec d'excessives précautions et des mouvements incertains. Il reconnut Shad. Tiffle, qu'il avait guettée à sa sortie du château lui avait donné l'ordre d'aller trouver immédiatement Sa Seigneurie.

Lord Dane le conduisit sur les hauteurs, de l'autre côté de la route, où il était sûr que personne ne pourrait l'entendre, et lui ordonna de parler.

Shad débita son histoire d'un ton plus sérieux qu'à l'ordinaire, oubliant pour une fois de jouer son rôle habituel de niais, et lord Dane, tout surpris de ce changement de manières, commença à réfléchir que cette révélation était peut-être moins à dédaigner qu'il ne l'avait cru d'abord. Il congédia le jeune garçon en lui recommandant le silence, et traversa de nouveau la route, de plus en plus perplexe. Lydney surtout le préoccupait. Il ne parvenait pas à se l'expliquer. Cet homme était-il donc, réellement, un scélérat fieffé? Lord Dane avait peine à le croire. Il le jugeait bien plutôt un de ces chevaliers d'industrie froids et adroits qui, tout en vivant de leurs escroqueries, s'arrangent toujours pour tirer leur épingle du jeu et ne jamais se compromettre. Quel pouvait être son motif en organisant cette attaque nocturne? Voulait-il prendre part au butin de l'armoire à argenterie?... Si son but était de le tuer, — mais sur ce point lord Dane restait absolument incrédule, — n'eût-il pas mieux valu lui faire tirer un coup de fusil dans quelque coin écarté du bois, par quelque misérable? c'eût été plus sûr. Pour dire la vérité, c'était surtout cette absence de motif chez Lydney pour un si exécrable dessein, qui faisait douter lord Dane de la vérité de toute cette histoire.

Allant et venant de long en large, à pas lents, devant la grille du château, lord Dane se demandait s'il lui fallait mettre M. Bent dans la confidence. Il n'avait pas lieu d'être satisfait de la police depuis quelque temps. Malgré son insistance à faire retirer les affiches relatives à la récompense de vingt mille francs (à moins que M. Lydney ne donnât la preuve de ses ressources *personnelles*), ses observations étaient restées sans résultat, et M. Bent avait persévéré dans cette voie fâcheuse, au risque de voir l'imprudent Ravensbird perdre son argent; de plus, M. Bent... Tout d'un coup, une réflexion traversa l'esprit de lord Dane avec la rapidité d'une révélation : le motif de Lydney! Le seigneur de Danesheld s'arrêta court et se mit à rire. Il riait en pensant combien c'était évident et combien il avait été obtus de ne pas avoir deviné dès le premier moment : *pénétrer de vive force dans le château pour y rechercher sa boîte!*

« C'est limpide comme le jour! où avais-je donc l'esprit? » s'écria-t-il.

Tout s'expliquait maintenant. Ce n'était pas le meurtre qu'on méditait, à moins, peut-être, s'il tentait de résister, qu'une lutte ne s'engageât; mais le château serait mis à sac pour trouver cette misérable caisse, et l'armoire à argenterie visitée en guise d'entr'acte lucratif pendant l'action. Lord Dane n'avait pas oublié le renseignement du braconnier Ben Beecher à Lydney sur l'existence de cachettes dans le château.

« Le misérable! murmura-t-il, les yeux brillants de colère, il mérite d'être pendu! entraîner ces pauvres diables dans une pareille aventure! Ah! le gueux! et c'est cet homme que tous ces imbéciles ont admis dans leurs salons comme un égal! Quand je pense qu'il s'est faufilé dans l'intimité de Maria Lester! »

Une espèce de remords s'empara soudain de lord Dane. N'avait-il pas gardé le silence pendant qu'il surveillait ce Lydney ? ne s'était-il pas contenté de ne pas le perdre de vue, espérant toujours le prendre la main dans le sac, mais sans faire part de ses soupçons à personne ? Il se demandait maintenant s'il n'avait pas eu tort, et si on n'aurait pas le droit de le blâmer.

Une autre pensée lui vint aussi, — et il s'étonna de ne pas l'avoir eue plus tôt : — Cet homme n'espérait-il pas entraîner miss Lester à l'épouser, et s'emparer ainsi de sa fortune ? Plus lord Dane y réfléchit, plus il se sentit convaincu qu'il devait en être ainsi. Il se reprocha son coupable silence envers M. Lester; et sans se donner le temps d'une plus longue réflexion, il prit, à pas précipités, le chemin de Danesheld-Hall.

M. Lester et lady Adélaïde rentraient à l'instant de la *Grande-Croix*, et Maria se trouvait seule au salon. Elle vint à lui en souriant, et lui tendit la main.

« C'est à votre père que je voudrais parler, Maria.

— Il va descendre immédiatement. Voulez-vous l'attendre, ou le ferai-je avertir ?

— Oh ! ne prenez pas cette peine. J'attendrai. »

Maria s'assit, silencieuse et préoccupée. Elle éprouvait toujours un certain embarras en sa présence depuis cette demande en mariage.

« Si j'avais su que vous fussiez seule aujourd'hui, j'aurais amené Cecilia pour vous tenir compagnie une partie de la journée.

— Oh ! j'ai passé presque toute l'après-midi chez miss Bordillion. Nous avons essayé un nouveau jeu dont on lui a fait cadeau : un steeple-chase de salon. Y avez-vous jamais joué ?

— Non. Combien demande-t-il de joueurs ?

— Oh ! je crois qu'on peut être autant qu'on veut. Nous étions quatre.

— Vous, miss Bordillion, et... »

La malheureuse Maria se sentait devenir cramoisie sous la fixité de son regard. Lord Dane attendait qu'elle continuât l'énumération commencée par lui.

« Et la jeune Mme James, qui se trouvait là en visite, et... M. Lydney, dit-elle, en hésitant un peu avant de prononcer le nom. »

Se rappelant ce qui s'était passé entre elle et lord Dane au sujet de M. Lydney, se rappelant ses propres sentiments, ayant conscience de l'état de son cœur, Maria fut incapable de dissimuler sa confusion. Elle baissa les yeux ; la rougeur de ses joues gagnait son cou et ses bras ; ses doigts tremblaient d'un mouvement nerveux. Lord Dane s'approcha et, se penchant vers elle, lui dit doucement :

« Je ne voudrais pas vous dire un seul mot qui pût vous affliger, Maria ; pour rien au monde je ne le voudrais ; mais j'avais espéré que vous écouteriez mes avertissements et éviteriez à l'avenir un tel homme. Il n'y en a pas de pire.

— Oh, lord Dane ! ne parlez pas ainsi. »

Il continua plus vivement, en lui prenant la main :

« Je vous dis la vérité et rien que la vérité, Maria ; et dans peu de jours, vous, comme tout le monde à Danesheld, vous pourrez juger si je me suis trompé. Il m'est impossible de vous en dire davantage en ce moment ; je n'ajouterai qu'un mot : défiez-vous ; soyez sur vos gardes. »

M. Lester entrait. Lord Dane le pria de passer avec lui dans son cabinet, et là, lui fit part de ses craintes au sujet de M. Lydney. Le squire, parfaitement insouciant, reçut cet avertissement avec une indifférence exaspérante. Lord Dane, à bout d'arguments, se dé-

cida enfin à le prévenir qu'il était temps pour lui
d'ouvrir les yeux, s'il voulait éviter un grand malheur
dans sa famille, car cet homme recherchait secrète-
ment la main de Maria et sa fortune. « J'en ai la presque certitude, dit-il en terminant, et à moins que je
ne me trompe grossièrement, je puis vous affirmer
qu'il projette d'entraîner votre fille dans quelque en-
gagement inconsidéré. »

M. Lester fut comme foudroyé. Chercher à séduire
sa fille et à s'emparer de sa fortune!... Ces trois cent
cinquante mille francs dont l'abandon serait sa ruine,
à lui!

De larges gouttes de sueur s'échappaient par tous
les pores du malheureux squire.

Lord Dane ne dit pas un seul mot qui pût attirer le
moindre reproche à Maria ; il ne parla même pas du
jeu de steeple-chase de salon. Il ne fit pas davantage
allusion à l'attaque projetée du château; mais il insista
sur le penchant de ce faux gentleman pour le braconnage, sur ses antécédents douteux ; et quand il prit
congé, il laissa M. Lester absolument convaincu qu'un
pareil misérable ne pouvait finir qu'entre les mains
du bourreau.

Quand le moment de prendre le thé arriva, M. Lester rejoignit dans la salle à manger lady Adélaïde et
Maria. Il s'était à peine assis qu'on entendit le coup
de sonnette d'un visiteur à la porte du Hall, et une
minute après, la voix de M. Lydney. Squire Lester se
leva en sursaut, pâle de colère, se précipita comme un
fou dans l'antichambre et, dans les termes les plus
injurieux, ordonna au jeune homme de sortir de chez
lui à l'instant. Lady Adélaïde était restée clouée à sa
place, consternée. Maria tremblait de tout son corps.
Les domestiques, attirés par les éclats de voix de leur
maître, regardaient curieusement.

« Qu'est-il arrivé ?... qu'ai-je fait ? demanda M. Lydney, qui ne pouvait en croire ses oreilles.

Mais le squire ne voulut condescendre à aucune
explication. Tempêtant, jurant, frappant du pied,
gesticulant, il ne cessait, dans sa rage furieuse, d'in-
vectiver M. Lydney, qui, tranquille, impassible absolument calme, ne bougeait pas.

« Une explication !... à vous ! rugit le squire. Vous
osez me demander une explication !... Voici la porte,
monsieur, et si vous ne sortez à l'instant, si vous
ajoutez un seul mot, mes domestiques vous jetteront
dehors... Et n'ayez jamais l'audace de passer de nouveau le seuil de cette maison !... Allez-vous sortir à
la fin ? »

M. Lydney resta encore une minute, la tête haute,
presque souriant, l'air noble et digne, comme s'il eût
été tellement au-dessus d'une pareille insulte qu'il ne
s'en sentît pas même atteint. Enfin, faisant un salut
plein de courtoisie à lady Adélaïde, s'inclinant devant
miss Lester, prête à s'évanouir, il se retourna et fran-
chit la porte, qu'un domestique tenait toute grande
ouverte. Et M. Lester regarda s'éloigner son hôte
avec une sorte d'ébahissement, car il avait été tout à
coup frappé de sa ressemblance en ce moment avec
celui qui venait de le dénoncer.

Celui-là, lord Dane, retournait à son château, absorbé dans ses pensées, délibérant sur le parti qu'il
devait prendre au sujet de cette menaçante attaque
de nuit. Agité, fiévreux, il continua son chemin jus
qu'aux falaises, espérant que l'air de la mer le calme
rait peut-être, et il resta debout sur le sommet d'un
rocher, dans la claire atmosphère, humant la brise
qui s'élevait et contemplant le vaste horizon. Il était
là depuis quelques minutes à peine, quand une sorte
de sentiment d'effroi le fit soudain tressaillir, et il se

recula vivement. Il venait de s'apercevoir qu'il était
à l'endroit même d'où était tombé son cousin, Harry
Dane, et péniblement impressionné par ce souvenir, il
retourna sur ses pas.

Juste sur son chemin — il lui aurait fallu faire un
détour pour les éviter — se trouvaient les ruines de
la chapelle.

La lune n'avait jamais été plus brillante, et sa lueur
se jouait capricieusement sur les murs écroulés, sur
les enchevêtrements du lierre sombre, sur les fenêtres
béantes. Lord Dane n'avait jamais franchi le seuil de
ces ruines depuis le temps, déjà si loin de lui, où, jeune
et amoureux, il rencontrait là, chaque soir, lady
Adélaïde.

En y pénétrant, le souvenir des jours passés lui
revint vivement à l'esprit. Comment en aurait-il pu
être autrement ? Là, tout était resté comme autrefois :
les débris d'autels, les pierres sépulcrales froides et
grises, la mousse humide, les fenêtres démantelées
avec leurs grands vides tout noirs. Lord Dane se rappelait chaque place, chaque pierre. Rien n'avait
changé : jusqu'aux ombres qui se projetaient aux
mêmes endroits !

Insensiblement, tous les événements de sa jeunesse
lui apparurent, non comme une fugitive fantasma-
gorie, mais comme une vivante réalité : son amour si
passionné, si profond pour lady Adélaïde ; le refus
soudain et mystérieux qu'il avait dû subir sans le
comprendre ; leur mutuelle imposture envers Harry
Dane, et l'horrible mort...

Lord Dane s'arrêta en frissonnant.

Il ressentait un sentiment de malaise indéfinissable
chaque fois que ces souvenirs lui revenaient à l'esprit ;
et ce lieu solitaire, tout peuplé, selon la croyance
populaire, de revenants et de fantômes, ce lieu témoin

de la catastrophe, augmentait encore son trouble. Il
est possible aussi que, quoique peu accessible, comme
tout homme sensé, aux superstitions, il fût en ce moment sous l'influence de quelque pensée pénible. Quoi
qu'il en soit, il se disposait à sortir, quand une forme
humaine parut en dehors de l'ouverture de la fenêtre
la plus proche, et resta immobile, au clair de lune,
regardant dans l'intérieur des ruines, — le regardant,
lui, à ce qu'il lui sembla.

Lord Dane resta comme cloué à sa place, frappé de
stupeur, les yeux avidement fixés sur cette figure qui
se détachait en pleine lumière dans l'embrasure de la
fenêtre ; et à mesure que les traits s'en précisaient à
ses regards, la sueur lui sortait à grosses gouttes par
tous les pores ; un cri à demi étouffé s'échappa enfin
de ses lèvres : car ce visage était celui du mort, — de
Harry Dane.

Ils se touchaient presque, ce visage et le sien. Ces
traits, — qui lui avaient été jadis si familiers, — il les
voyait là, à quelques pas de lui, distincts à la clarté
de la lune... Tellement distincts qu'il était impossible
de les confondre avec ceux d'aucun autre homme. Une
horrible sensation d'épouvante superstitieuse le fit
reculer jusqu'au milieu des ruines, et il jeta autour de
lui un regard effaré, comme pour implorer protection.
Il ne détourna qu'un instant les yeux de la fenêtre ;
mais quand il là regarda de nouveau, la vision avait
disparu.

Recouvrant aussitôt sa présence d'esprit, il s'élança
au dehors par la porte la plus rapprochée. Rien, personne. Il fit le tour des ruines, en cherchant de tous
côtés. Ce n'était pas un fantôme, cependant ; c'était
bien un homme qu'il avait vu ! Il en était certain ; il
l'aurait juré ! — Personne. Aucun vestige, aucune
trace d'une créature humaine. Si quelqu'un avait été

là, tout à l'heure, il lui aurait été impossible de traverser les hauteurs, dans n'importe quelle direction, sans qu'il l'aperçût... et lord Dane finit par croire que l'esprit de son cousin lui était apparu !

Oui, il le crut ! — C'était un homme d'un âge mûr, un Anglais intelligent, un homme pratique... un pair du royaume par-dessus le marché — et cependant il le croyait (malgré lui, certes) et il ne s'épargna ni les plaisanteries ni les railleries sur sa crédulité, mais, en dépit de tout, il le croyait, parce qu'il ne pouvait faire autrement, et que cette conviction superstitieuse était plus forte que tous ses raisonnements.

Il se secoua pour s'assurer qu'il ne rêvait pas ; il ôta son chapeau et essuya son front trempé de sueur ; il fixa les yeux sur les étoiles, sur le disque de la lune pour se convaincre qu'il était bien éveillé. Il eut beau se dire qu'il pensait à son cousin au moment même où il avait cru le voir, et que l'imagination est sujette à de curieuses illusions. Tout fut en vain. Il ne put chasser ni la certitude de l'apparition ni la crainte qu'elle lui avait laissée, et il se dirigea vers le château avec une fiévreuse rapidité.

Bruff se trouvait, devant la grille, prenant l'air, suivant son habitude. En s'écartant pour laisser passer lord Dane, naturellement il le regarda, et fut frappé de stupeur.

Dans ces traits contractés et livides qu'éclairait la grande lanterne du château, dans ces yeux épouvantés et hagards, Bruff pouvait à peine reconnaître son maître.

« Il a l'air d'avoir vu un revenant ! » s'écria-t-il involontairement.

Heureusement pour lui, lord Dane ne l'entendit pas.

CHAPITRE X

LE BANQUIER DE LONDRES.

Lord Dane adressa une dépêche télégraphique au directeur général de la police à Londres, qui s'empressa d'y répondre par l'envoi d'un agent supérieur, en personne. Quand un pair du royaume réclame de l'administration aide et protection, il est promptement obéi.

L'agent, un des plus habiles de Scotland-Yard, arriva au château de Dane le lendemain matin, et se fit annoncer sous le nom de Blair.

C'était un homme de bonne tournure, élégamment vêtu, bien élevé, instruit, aimable causeur, tout à fait distingué. Rien en lui n'aurait pu faire supposer ce qu'il était réellement, excepté peut-être l'attention froide avec laquelle il écoutait parler et l'habitude de regarder les yeux à demi fermés.

Miss Dane, curieuse de connaître cet étranger qui devait déjeuner en tête-à-tête avec son frère, le guetta au passage pendant qu'on le conduisait à l'appartement préparé pour lui en toute hâte, et vit un homme d'une quarantaine d'années environ et d'aspect fort agréable. Elle suivit son frère.

« Oh! mon cher Geoffry, dis-moi qui c'est!... Est-il marié ? »

Lord Dane répondit oui à tout hasard, à cette dernière question. Quant à la première, il murmura quelque chose d'indistinct au sujet d'un « homme d'affaires ».

« Est-ce ton banquier de Londres ? demanda Cecilia,

pour laquelle le mot « affaires » n'avait pas d'autre signification que « argent ».

— Oui, c'est à peu près cela, répondit négligemment lord Dane, qui, ne se souciant pas de laisser soupçonner la véritable position sociale de M. Blair, s'empressa de saisir au vol la supposition de sa sœur.

Miss Dane se contenta du « c'est à peu près cela » et, persuadée que le banquier de Sa Seigneurie était venu de Londres pour lui faire visite, annonça confidentiellement à sa femme de chambre la nouvelle, dont, cela va sans dire, tout le château eut bientôt connaissance, et qui se répandit de là dans Danesheld, avec la rapidité de l'éclair.

Une seule chose intriguait miss Dane. C'était la durée interminable du déjeuner. Elle n'aurait jamais imaginé qu'on pût rester aussi longtemps à table... un banquier surtout!

Ce n'était pas le déjeuner, cependant, qui se prolongeait, mais la conversation. Dans cet élégant cabinet, d'où la vue s'étendait sur Danesheld et jusque sur la mer, au loin, lord Dane mettait Blair au courant de la situation.

Il lui raconta comment Lydney avait été sauvé du naufrage, comment il avait réclamé une boîte laquée, trouvée par les plongeurs, puis disparue mystérieusement, comment il s'était faufilé dans les maisons les plus recommandables du pays ; il lui dit ses relations secrètes avec les braconniers et autres individus mal famés, et son intention probable de s'emparer de la fortune de miss Lester, la fille du squire de Danesheld-Hall. En dernier lieu, pour la bonne bouche, vint la communication principale : le projet de Lydney d'attaquer de nuit le château.

M. Blair écouta tout ce récit en silence. Peut-être ne s'expliquait-il pas encore très-bien la nécessité d'un agent de police spécial pour cette affaire; il n'en fit cependant pas l'observation.

« Le nom de votre inspecteur à Danesheld est Young, je crois, dit-il.

— Non, Bent. Young a été envoyé à la *Grande-Croix*, il y a quelque temps déjà, et Bent l'a remplacé ici. Bent a toujours été une espèce d'entêté; je puis me tromper, mais il me paraît prendre le parti de ce Lydney; c'est pour cela que je vous ai fait demander.

— Si je comprends bien les intentions de Votre Seigneurie, vous aimeriez mieux qu'on n'empêchât pas l'attaque contre le château, afin que toute la bande pût être prise la main dans le sac.

— Précisément. Il faut que le pays ouvre enfin les yeux sur les atroces agissements de ce Lydney; il faut que personne ne puisse plus conserver aucun doute. Il est donc nécessaire que l'attaque ait lieu. J'en suis fâché pour les autres, que j'aurais volontiers épargnés; mais il n'y a pas moyen, et ils partageront le châtiment. Ces drôles-là ont été, je le reconnais, beaucoup trop portés à s'emparer de mes lièvres et de mes faisans, ils ont trop souvent défié mes gardes, — les ont même blessés quelquefois; — ils ne se gênaient pas pour faire un peu de contrebande... mais quant à être capables de comploter un coup comme celui-ci... jamais!... pas plus que moi : c'est ce Lydney qui les a entraînés!

— J'ai peine à suivre Votre Seigneurie, dit M. Blair. Vous croyez que le but de Lydney en pénétrant de vive force et la nuit dans le château n'est pas le pillage?

— Non. Ce n'est pas son but principal. Il prendra certainement sa part du butin; mais l'important pour lui, je le crois, c'est la recherche de sa boîte.

— Ce jeune garçon dont vous m'avez parlé, Shad,

a donné à entendre, cependant, qu'on vous attaque-
rait personnellement.

— Il a dû mal comprendre, répondit lord Dane
sans hésiter. Soyez sûr qu'ils seraient heureux si je
pouvais dormir, ne rien entendre, pendant leur expédition, et ne me réveiller qu'après leur départ avec
l'argenterie. »

M. Blair semblait suivre une piste.

« Cet homme, Lydney, ne vous a-t-il pas accusé de
détenir sa boîte ?

— Il m'en a insolemment accusé, dès le principe,
devant et derrière moi. Mon opinion est que la caisse
ne lui a jamais appartenu, pas plus qu'elle ne lui a
été confiée. La pensée a dû lui venir de la réclamer
en la voyant sur le rivage, et sachant que son véritable propriétaire ne sortirait pas du fond de l'eau
pour le démentir.

— Il a cependant offert vingt mille francs de récompense à qui la retrouverait, remarqua tranquillement
l'agent.»

Lord Dane fit une moue dédaigneuse.

« Oui, et il a profité de la crédulité de son auber-
giste pour l'amener à répondre de la somme. Bent a
abordé avec moi cette question des vingt mille francs
dans notre dernier entretien, et m'a tout simplement
dit en face que tout était bien ainsi.

— Si j'ai bien compris Votre Seigneurie, Bent aurait fait lui-même des recherches dans le château ?

— Oui, immédiatement après les premières récla-
mations de ce Lydney. Je le lui permis, car il semblait croire que la boîte pouvait avoir été cachée par
un de mes domestiques, — ce qui, du reste, était
impossible.

— Et pourquoi Bent n'a-t-il pas averti Lydney qu'il
avait lui-même visité le château du haut en bas ?

— Bent le lui a dit. Il le lui a dit tout de suite.

— Alors, excusez-moi, lord Dane, mais je ne saisis pas très-bien ce que vous attendez de moi. Si Lydney a reçu de la police l'assurance que sa caisse n'est pas au château, comment supposez-vous qu'il veuille y pénétrer de vive force pour la chercher ? »

Lord Dane ne répondit pas pendant quelques instants. Il ne se souciait nullement de répéter ce bruit scandaleux, murmuré par Ben Beecher, sur l'existence de cachettes ayant servi autrefois à la contrebande des seigneurs de Dane ; il aurait été honteux d'en faire part même à M. Blair. Il n'avait pas le moindre doute que l'attaque projetée par Lydney n'eût pour objectif de découvrir ces cachettes, mais il ne lui convenait pas de l'avouer à cet agent.

« Soyez certain, monsieur, que la recherche de la boîte est le motif qui fait agir Lydney, se contenta-t-il de dire d'un ton de parfaite assurance. Je ne nie pas, cependant, que l'argenterie ne doive avoir aussi un certain attrait pour tous ces gens-là.

— Avez-vous des raisons de penser que cet Américain soit poussé par quelque mauvais sentiment à votre égard ? » demanda M. Blair après avoir réfléchi une minute ou deux.

« Non ; excepté peut-être l'irritation provenant de ce ridicule soupçon que je garde sa boîte... et puis il sait que j'ai connaissance de sa conduite tortueuse ; Ravensbird lui a dit probablement que je l'ai prévenu de se défier. J'ai averti aussi Squire Lester. »

M. Blair était visiblement préoccupé. « Où est votre station de police ? demanda-t-il.

— Au cœur même de Danesheld. Je vais vous y accompagner.

— Votre Seigneurie s'en rapporte entièrement à moi, n'est-ce pas, pour la conduite de cette affaire ?

— Sans aucun doute.

— Alors, vous me permettrez d'agir à ma manière. Je préfère aller seul au bureau de police. Tout ce que Votre Seigneurie a à faire, maintenant, est de se tenir tranquille.

— Et quel est votre plan ?

— Je n'en ai pas encore d'arrêté. Il ne sera certainement pas difficile de s'emparer de la bande quand aura lieu l'attaque du château ; mais savoir qui est au juste cet Américain et connaître ses antécédents ne sera peut-être pas aussi aisé, et c'est là, je présume, ce que vous attendez surtout de moi ?

— Parfaitement. La police de Danesheld aurait eu sans peine raison de l'attaque du château ; mais ils ne sont pas capables de découvrir les traces du passé de ce Lydney. »

M. Blair se leva.

« Votre Seigneurie comprend, cela va sans dire, que personne ici ne doit être mis dans la confidence, et que tout le monde doit ignorer qui je suis et le but de ma venue.

— Votre avertissement était inutile, répondit en riant lord Dane. Vous êtes un de mes amis, en visite chez moi, monsieur Blair. »

M. Blair se dirigea vers la ville, et trouva sans peine le bureau de police.

Sur la porte, était encore placardée la grande affiche offrant les vingt mille francs de récompense contre la remise de la boîte laquée. M. Blair la lut rapidement avant d'entrer, et sans avoir l'air de s'arrêter. La description de cette boîte lui parut assez curieuse : trois V sur le couvercle, surmontés d'une croix de Malte !

Perché sur un haut tabouret, derrière le treillage dont nous avons déjà parlé, trônait M. Bent. L'admi-

nistration de la police à Londres avait souvent reçu
des rapports de M. Bent, et le tenait pour un agent
très-habile, en dépit de ses innombrables fautes d'or-
thographe et de style. M. Blair alla droit à lui, et
sans plus de façons, se mit à lui adresser une série de
questions sur Danesheld et ses habitants, sur le bureau
de police et une foule d'autres choses. L'inspecteur —
qui se croyait un personnage important et n'aimait
pas à être contrôlé, sauf par les magistrats du comté
ou par lord Dane — sentit la moutarde lui monter au
nez.

« Je serais curieux de savoir de quel droit vous entrez ainsi dans mon bureau, et qui vous êtes pour vous
mêler de mes affaires ! s'écria-t-il d'un ton irrité.

— En vérité ? fit tranquillement l'étranger. Je suis
M. Blair.

— M. Blair ? répéta Bent, en cherchant à se rappeler
où il avait entendu ce nom, qui, certainement, ne
lui était pas inconnu.

— De Scotland-Yard. Je suis venu pour une affaire. »

Tout s'expliquait maintenant, et l'inspecteur s'é-
lança de son tabouret, avec un léger battement de
cœur.

« Mille pardons... monsieur !... J'étais loin de supposer... Veuillez passer dans mon cabinet. J'espère...
je suis sûr que rien dans notre conduite n'a pu déplaire
à l'administration.

— Rien que je sache, dit M. Blair, en entrant dans
le petit salon, d'où un agent, entrain de lire tranquillement les journaux, fut à l'instant congédié. »

Il s'assit, et désirant tout d'abord s'assurer s'il pourrait se fier à l'inspecteur et compter sur sa discrétion, il
commença par causer familièrement avec lui, sans s'attacher à aucun sujet particulier et en appliquant toute

sa finesse à l'étudier. Quand il eut acquis la certitude qu'il avait affaire à un homme sûr et habile, il aborda franchement la question :

« Maintenant, monsieur Bent, j'ai besoin de renseignements de votre part. Qui est cet Américain résidant en ce moment à Danesheld, un nommé Lydney ?

— Vraiment, je n'en sais pas le premier mot, répondit confidentiellement M. Bent. Nous n'avons pu rien savoir de lui, monsieur. Il a tout à fait l'air d'un gentleman, dans ses paroles, dans ses manières ; en un mot, nous ne doutons pas qu'il ne soit un grand seigneur, tant il en a les façons. Peut-être pourtant n'avons-nous été amenés à avoir cette idée-là que par sa ressemblance frappante avec les Dane. »

M. Blair releva vivement la tête.

« Avec lord Dane?

— Oui, avec lord Dane, une vague ressemblance ; mais particulièrement avec [quelques membres de la famille, morts aujourd'hui. Le fait nous a, je pense, prévenus en sa faveur. D'un autre côté, il fréquente des braconniers et des gens sans aveu, se rencontre avec eux dans les bois, la nuit, loge dans une auberge, et... bref, nous ne savons que croire ; nous sommes très-embarrassés. C'est un charmant jeune homme, on ne peut plus séduisant, et il plaît à tout le monde.

— La boîte perdue lui appartenait-elle?

— Il dit que non. Il n'a pas cessé d'être dans une espèce de fièvre à propos de cette perte, et a promis vingt mille francs de récompense...

— Quand, probablement, il n'a pas cent sous. Si on avait rapporté la boîte et réclamé la récompense promise, vous vous seriez trouvés fort embarrassés avec votre grande affiche. Vous autres, provinciaux, vous êtes si imprudents!

— Nous n'avons cependant pas été imprudents en

cette affaire, au moins, quoique provinciaux, répondit
M. Bent en toussant légèrement. J'ai l'argent.

— Les vingt mille francs ! s'écria M. Blair.

— Oui, monsieur, en billets de banque. Lord Dane
et quelques autres personnes ayant semblé me blâmer
d'avoir accepté la garantie de l'hôtelier Ravensbird,
j'en ai parlé à M. Lydney, qui m'a, quelques jours
après, apporté les billets. Je les ai là.

— Ils sont bons, je présume, dit négligemment
M. Blair. »

Bent fit un signe affirmatif. « Je lui ai, cela va de
soi, signé un reçu, et il peut réclamer son argent
quand il lui plaira de retirer l'offre de récompense.

— Lord Dane ne sait rien de ce dépôt ?

— Personne n'en sait rien que moi. M. Lydney a
exigé une promesse de secret absolu. Lord Dane est
convaincu qu'il est en possession de sa boîte, mais...

— Mais non, vous vous trompez.

— Je puis vous assurer que cela est.

— Et moi, je puis vous assurer que cela *n'est pas*, fit
M. Blair d'un ton qui n'admettait pas de réplique ; si Sa
Seigneurie vous l'a dit, c'est qu'elle avait ses raisons. »

L'inspecteur se garda bien de contredire plus longtemps son supérieur ; il se tut et attendit.

« Avez-vous entendu parler d'un complot pour attaquer le château la nuit ? demanda M. Blair en baissant la voix.

— Non ! s'écria Bent dans la plus grande surprise.
Quel complot ?... Qui en est ? »

M. Blair ne raconta que ce qu'il jugeait strictement
nécessaire à la réussite de son plan. « Le principal
but que Lydney paraît poursuivre, dit-il en terminant,
est la recherche de la caisse. Le vol de l'argenterie
n'est qu'un accessoire dans l'attaque. C'est pour cette
affaire que j'ai été appelé ici par lord Dane.

— Jamais je n'ai été plus étonné de ma vie ! s'écria Bent quand il fut capable de rassembler ses idées. Lydney, pénétrer dans le château pour voler l'argenterie ! Mais c'est impossible ! Je n'y comprends absolument rien, monsieur.

— Moi non plus, à vous dire vrai, maintenant que vous m'avez déclaré avoir en mains les vingt mille francs. Avant, c'était assez clair. Mais comment supposer qu'un homme offrant une pareille récompense pour retrouver une petite boîte, et déposant l'argent, soit capable de s'introduire dans une maison, avec effraction, pour voler de l'argenterie ?... Qu'est-ce qu'il y avait donc dans cette boîte ?

— Des papiers... des documents, à ce qu'il dit. Il a toujours paru convaincu qu'elle était dans le château. Mais quant à s'exposer ainsi à se faire prendre et condamner pour la retrouver, je ne puis le croire.

— En définitive, personne n'a vu, à l'affirmer d'une manière positive, la boîte dans le château même.

— Un mauvais gars seulement, nommé Shad, le vrai cousin du diable pour débiter des mensonges quand il y trouve son compte. Il dit l'y avoir vue, le petit serpent ; et, dans le cas présent, je ne sais vraiment pas pourquoi il l'affirmerait avec tant d'assurance si ce n'était pas. Je donne ma langue aux chiens, ma parole d'honneur, ajouta M. Bent, comme si l'affaire était décidément au-dessus de son intelligence. Jamais je n'ai eu à débrouiller un pareil imbroglio ! »

M. Blair commençait à partager cette opinion.

« Où pourrais-je trouver ce Shad ? demanda-t-il. Je voudrais le rencontrer, — accidentellement, vous comprenez.

— Oh ! il ne vous sera pas difficile de le trouver dans le bois. Il ne cesse d'y rôder du matin au soir, et même la nuit. »

L'inspecteur accompagna ce renseignement d'une description du personnage, assez détaillée pour qu'il n'y eût pas à s'y méprendre, et M. Blair sortit pour se mettre immédiatement à sa recherche.

Squire Lester n'avait pas perdu une minute pour aller faire part à miss Bordillion de la communication confidentielle de lord Dane, et l'avertir de rompre toute relation avec M. Lydney.

L'avis ne la surprit pas outre mesure. Elle y était déjà, pour ainsi dire, préparée depuis quelque temps, car elle n'avait pas manqué de s'apercevoir que sa maison était presque la seule maintenant où M. Lydney fût cordialement reçu; elle commençait déjà à sentir, elle-même, sa confiance ébranlée, des doutes s'élever dans son esprit; elle ne put cependant réprimer un soupir — de regret peut-être pour ses illusions perdues — en promettant à M. Lester que sa recommandation serait religieusement suivie à l'avenir.

Dé quelques jours, elle n'eut pas l'occasion de tenir sa parole, car Lydney ne se présenta pas au cottage. Mais dans cette matinée même, pendant que M. Blair était au bureau de police, la bombe éclata.

« Mademoiselle est sortie, monsieur, dit la servante Mary, » en rougissant de son mensonge.

Par un hasard étrange, à ce moment-là, miss Bordillion parut à la fenêtre, à quelques pas seulement de la porte. M. Lydney la regarda, puis regarda la domestique en souriant.

« Qu'est-ce que vous me racontez là?

— Ce n'est pas ma faute, monsieur, si je ne vous ai pas reçu. Je ne pouvais qu'obéir.

— Comment! miss Bordillion vous a donné l'ordre de ne pas me recevoir?

— Oui, monsieur. Certainement, je suis bien fâchée d'être obligée de vous faire une pareille commission. »

Il déchira une feuille de son carnet et écrivit ces quelques mots qu'il pria la servante de porter à l'instant à sa maîtresse : *Permettez que je vous voie quelques minutes. Je vous le demande en grâce.*

Miss Bordillion ne pensa pas qu'une dernière entrevue d'un instant pût tirer à conséquence.

« Je vous remercie de m'avoir reçu, dit-il en entrant et en lui tendant la main, qu'elle prit comme à l'ordinaire; que je ne sois pas en faveur à Danesheld depuis une semaine ou deux, je ne m'en suis que trop aperçu; mais j'avais espéré, miss Bordillion que vous, au moins, vous ne partageriez pas ces injustes préventions. Vous m'avez toujours traité en ami; je vous demande de me traiter encore comme tel maintenant. Dites-moi, si vous le pouvez, quels sont les bruits qui courent sur moi, quelle forme ils prennent, ce qu'on me reproche, enfin. »

Miss Bordillion, troublée, hésitait.

« Vous savez, sans doute, que M. Lester m'a mis à la porte de chez lui, continua Lydney, voyant qu'elle ne répondait pas. »

Miss Bordillion fit un signe de tête affirmatif.

« Je lui ai demandé le motif de cette insulte inqualifiable, mais il a absolument refusé de me le faire connaître. Hier, j'ai croisé dans la rue le capitaine Duff et sa femme, ils ont eu l'air de ne pas me reconnaître; quand plus tard j'en ai demandé la raison au capitaine, il a éludé poliment ma question. J'ai le droit, cependant, il me semble, de savoir ce que tout cela signifie, et c'est à vous que je m'adresse, miss Bordillion. Un homme ne doit pas être accusé sans qu'on lui dise au moins ce dont on l'accuse.

— Ce sont des propos, des rumeurs vagues qui courent sur votre compte, et ce serait folie, à moi, de prétendre les ignorer, répondit-elle enfin; mais je crois qu'il dépend surtout de vous de les faire cesser.

— De quelle manière?

— Vous devriez, il me semble, déclarer qui vous êtes réellement. Vous avez dit être de bonne famille, d'une famille tenant un haut rang en Angleterre. Quant à moi, j'ai cru pleinement votre assertion, et je suis certaine que d'autres l'ont crue comme moi. Cependant le temps s'est écoulé, et vous n'avez donné aucune preuve.

— Ah! ah! je comprends dit M. Lydney sur un ton de gaieté dont miss Bordillion fut choquée; ils ont compulsé, je présume, la liste des pairs et des barons d'Angleterre et tous leurs autres livres rouges pour y chercher le nom de Lydney!

— C'est à peu près cela, je crois; vous ne devez pas vous en étonner, monsieur Lydney; si vous n'aviez pas dit que votre père était d'une des premières familles du royaume on n'aurait pas soulevé la question. Personne ne s'inquiète de la noblesse d'un Américain.

— Qui a, dans le principe, soulevé ces doutes?

— Je ne sais pas.

— Lord Dane, selon toute apparence. Miss Bordillion, je n'aurais jamais cru que vous consentiriez à me fermer votre porte.

— Je ne puis faire autrement, » dit-elle, tout à fait peinée du tour que prenait la conversation et cependant sentant la nécessité de s'expliquer franchement et une fois pour toutes; « il m'est impossible de rompre en visière à tout le pays; d'abord les circonstances ne le justifient pas; en second lieu, mes amis du Hall, les Lester, ne me le pardonneraient certainement pas.

— Ah! répondit-il en appuyant sur les mots, je sais qu'entre autres horribles crimes, je suis accusé de convoiter la fortune de miss Lester!

— Où avez-vous entendu dire cela? s'écria-t-elle surprise.

— Oui, on croit que je cherche à entraîner miss Lester à un mariage secret pour m'emparer de ses trois cent cinquante mille francs, continua Lydney en éludant la question. Permettez-moi, miss Bordillion, de vous assurer que si jamais je me marie, je ne me préoccuperai pas de savoir si ma femme possède trois cent cinquante mille francs ou seulement trois cent cinquante sous.

— Je vous en supplie, ne parlez pas de choses semblables, s'écria-t-elle; il m'est pénible de les entendre. Pour ma part, je ne puis m'empêcher d'avoir confiance en vous. Il y a en votre personne quelque chose dont je ne me rends pas compte, qui m'a attirée vers vous dès le premier moment où je vous ai vu et qui m'attire encore. Mais si vous réfléchissez, vous verrez combien il m'est impossible de chercher à lutter contre le courant de l'opinion publique, en continuant à vous recevoir. Si vous étiez plus explicite sur ce qui vous concerne, ce serait différent. Si j'étais à votre place, monsieur Lydney, ajouta-t-elle en se levant tout à coup et en lui tendant la main, comme pour indiquer qu'il était temps de se séparer, je ne resterais pas plus longtemps à Danesheld.

— Cela prouve combien vous partagez le préjugé général. Je ne vous blâme pas, miss Bordillion, et je ne veux pas vous importuner plus longtemps; mais permettez-moi d'espérer qu'un jour viendra où vous m'accueillerez de nouveau et aussi cordialement que par le passé. »

Il lui serra la main et sortit. Miss Bordillion sembla respirer plus à l'aise. Sans y prendre garde, elle poussa le verrou de la porte du salon et s'appuya contre le mur avec un soupir de soulagement. Une chose

dominait tout le reste dans sa pensée : c'est qu'il n'a-
vait pas prononcé un seul mot pour se disculper, c'est
qu'il n'avait pas trahi le plus léger embarras, et qu'au
contraire, jamais il n'avait paru plus libre et plus
dégagé dans ses manières.

Comme Lydney sortait du cottage, il trouva miss
Lester arrêtée devant la porte d'entrée, écoutant la
domestique, qui lui racontait ce qui venait de se passer.
Il l'accosta sans hésiter, lui demanda un moment
d'entretien, et sans lui laisser le temps de répondre,
l'entraîna, avec une sorte d'autorité, dans une petite
pièce où autrefois Edith et elle prenaient leurs
leçons.

« Maria, commença-t-il, l'appelant par son nom
de baptême, ce qu'il n'avait jamais fait jusqu'alors,
je vais mettre votre amitié, votre confiance en moi à
l'épreuve. Il court sur moi des bruits injurieux. On in-
sinue que je ne suis pas ce que je parais être, un gentleman, que je suis au contraire un homme suspect,
un aventurier même. Le croyez-vous ?

— Non, répondit-elle tranquillement, en levant sur
lui un regard plein de confiance.

— Merci. Si je dois à quelqu'un la réfutation de ces
bruits, c'est à vous plus qu'à personne ; et cependant
je ne puis me disculper, le moment n'en est pas venu.
Voulez-vous attendre encore un peu de temps, sans
douter de moi ? »

Elle le regarda de nouveau, sans répondre cette
fois ; mais il y avait dans ses yeux une telle expression
d'espérance et de confiance, qu'il lui prit les deux
mains dans les siennes et les serra, profondément ému.

« On m'accuse, entre autres choses, de chercher à
gagner l'affection de miss Lester afin de m'emparer
de sa fortune. Je ne puis préjuger de l'affection de
miss Lester, mais je puis honnêtement avouer qu'elle

possède la mienne. Je n'en saurais dire davantage aujourd'hui. J'ajouterai seulement qu'en me présentant — quand il en sera temps — devant M. Lester pour lui demander la main de sa fille, il verra que sous le rapport de la fortune et de la naissance, je suis au moins son égal... Je ne vous offense pas en vous parlant ainsi ?» dit-il vivement, car elle s'efforçait de dégager ses mains.

Non, il ne l'offensait pas. Loin de là. Seulement elle avait peine à contenir son émotion et les battements' de son cœur devant l'aveu qu'elle venait d'entendre, et ses paupières humides restaient baissées sur ses joues brûlantes.

Il était là, cet aventurier, — comme tout le monde l'appelait, — lui offrant de se lier à jamais à lui, et elle ne sentait que trop qu'elle l'aimait et l'aimerait toujours, quel qu'il pût être.

« Jusque-là, vous croirez en moi, n'est-ce pas ? » lui murmura-t-il du ton de la plus vive tendresse.

De nouveau, un regard fut sa seule reponse, mais il disait plus que toutes les paroles.

« Que Dieu vous bénisse, Maria! Le ciel s'éclaircira bientôt. »

La domestique, qui attendait discrètement à la porte d'entrée et n'avait pas averti sa maîtresse, — comme elle aurait dû certainement le faire, — crut convenable de s'excuser auprès de M. Lydney, quand elle le vit sortir du cottage.

« Vraiment, monsieur, j'ai été forcée d'agir ainsi, dit-elle.

— Sans aucun doute; rassurez-vous, je ne vous en veux pas. Vous ne pouviez qu'obéir aux ordres de votre maîtresse, » répondit-il avec bienveillance, en lui glissant une pièce d'argent dans la main. « Quel est ce monsieur? » demanda-t-il brusquement.

La question avait pour objet un étranger qui passait en ce moment devant le cottage, un gentleman qui se retourna plusieurs fois en regardant M. Lydney avec attention, — et même avec une grande attention, pensa celui-ci, — quoique pourtant il n'y eût rien de désobligeant dans son regard, mais seulement un vif désir de se rendre exactement compte des moindres détails de sa personne.

« J'espère qu'il me reconnaîtra, celui-là! s'écria le jeune homme d'un ton de bonne humeur. Qui diable peut-il être?

— C'est le banquier de lord Dane, monsieur, répondit Mary. Un des domestiques du château vient de passer avec un sac de nuit qu'il rapportait de la station, et il m'a dit qu'il appartenait au banquier de mylord, en visite au château. Au même moment, il passait par ici, et le domestique m'a dit que c'était lui... Je vous remercie mille fois, monsieur. Adieu, monsieur Lydney. »

Ces derniers mots, prononcés assez haut, — car M. Lydney était déjà presque hors de vue, — arrivèrent jusqu'aux oreilles du *banquier*, qui, revenant sur ses pas, accosta la domestique.

« Ne vous ai-je pas entendue nommer ce monsieur : Lydney ?

— Oui, monsieur, c'est M. Lydney. »

M. Blair le suivit des yeux jusqu'à ce qu'il eut disparu à un tournant de chemin. Peut-être M. Lydney ne répondait-il pas à l'idée que M. Blair s'en était formée.

« Il a tout à fait l'air d'un gentleman. »

Ces mots lui échappèrent involontairement.

« Et c'en est un, en effet, s'il en fut jamais! s'écria la servante avec conviction.

— Ah! ah! se dit M. Blair en lui-même, c'est bien

là un homme à s'emparer de vive force de tous les
les cœurs de ces bons provinciaux, que sa bonne mine
soit trompeuse ou non... Bent est dans le vrai. Il y a,
ma foi, en lui, quelque chose de lord Dane. Je me demande... »

Ce que M. Blair se demandait, il n'osa pas le dire
même à lui-même, et il chassa loin de lui cette pensée,
comme par trop invraisemblable.

———

CHAPITRE XI

L'ATTAQUE DE NUIT

M. Blair prolongea son séjour au château, et le *banquier de Londres* sut se rendre populaire à Danesheld. Il y connut bientôt tout le monde, et il y eut
peu de maisons où il ne fût reçu cordialement; il pénétra même dans la chaumière hospitalière de la mère
Bean, où il parvint à gagner le cœur de cette estimable vieille pécore par un gros cadeau de tabac dont
il consentit à fumer une pipe avec elle. L'horrible
sorcière ne tarda pas à se laisser aller à un doux
commerce d'amitié avec un homme aussi aimable,
et à lui faire part de ses impressions personnelles
sur une foule de gens du pays, et en particulier sur
Lydney et Wilfrid Lester, qu'elle appelait « des diables ».

M Blair devint aussi intime avec Ravensbird et sa
femme. Le *Rendez-vous des Marins*, situé à mi-che-
min du château et de la ville, était l'endroit le plus

convenable où un homme toujours par monts et par
vaux pût entrer se reposer un instant, et M. Blair
prit goût à certaine liqueur française de la composi-
tion de Sophie... Il ne se passait pas de jour qu'il
n'entrât trois ou quatre fois pour s'en faire servir un
petit verre, tout en causant tantôt avec Ravensbird,
tantôt avec madame. La conversation tombait souvent, de la façon la plus naturelle du monde et toujours dans les termes les plus amicaux, sur l'hôte de
l'auberge, le jeune M. Lydney. M. Blair, cependant,
malgré toute son habileté, n'avait réellement rien découvert qui pût éclaircir ses doutes, ni pour ni contre
ce jeune homme.

« Mylord Dane avait désiré que je chassasse Lydney
de mon hôtel, dit un jour Ravensbird en confidence ;
mais pourquoi l'aurais-je fait ? Aussi longtemps que
cet Américain me payera ses dépenses et se conduira
convenablement chez moi, pourquoi me priverais-je
d'un locataire excellent ? »

En fin de compte, M. Blair n'obtint nulle part de
renseignements vraiment utiles, et force lui fut d'attendre patiemment que Lydney se jetât lui-même dans
la gueule du loup.

De son côté, M. Lydney paraissait possédé d'une
sorte de fièvre à propos du retour de l'avocat Apperly.

Il ne se passait pas un jour, une heure, pour ainsi
dire, sans qu'il se rendît à son bureau, demandant
si on avait reçu des nouvelles de l'homme de loi, et
quand il reviendrait à Danesheld, — et toujours sans
résultat.

Un samedi matin, cependant, — le samedi de la semaine où M. Blair était arrivé au château, — des nouvelles de M. Apperly parvinrent à son office, et personne n'en fut plus heureux que son commis, le jeune

Crofts, car il commençait, comme il l'avouait à ses amis, à être fatigué et horriblement agacé de voir à tout instant cet insupportable Lydney.

« Il sera de retour ce soir ou demain, dit le clerc ; en tous cas, vous le trouverez sûrement, pour affaires, lundi matin.

— En êtes-vous absolument certain ? s'écria vivement M. Lydney ; le savez-vous de M. Apperly lui-même ?

— De qui pourrais-je le savoir, si ce n'est de M. Apperly ? répliqua le jeune Crofts, impatienté. — Peut-être, continua-t-il ironiquement, faudra-t-il vous montrer la lettre qu'a reçue M. James ? »

M. Lydney s'empressa d'aller annoncer la nouvelle à Wilfrid Lester. Wilfrid y sembla indifférent. Ce désir si ardent qu'il avait, dans les premiers temps, manifesté pour le retour de l'avocat, s'était peu à peu calmé : de quelle utilité pouvait lui être Apperly — ou tout autre homme de loi — tant que son père refuserait de donner communication du testament ?

Depuis huit jours, Lydney remarquait que Wilfrid Lester l'évitait. La manière d'être de Wilfrid à son égard l'avait même tellement frappé, qu'il en était à se demander si *lui* aussi s'était laissé influencer par les bruits qui couraient sur son compte. Peu lui importait, après tout ; et il n'en tenait pas moins sa promesse à Maria de ne pas perdre son frère de vue ; et les trois quarts de son temps, nuit et jour, il les passait à surveiller les allées et venues de Wilfrid. Mais les braconniers semblaient avoir renoncé, pour le moment, à leurs expéditions. Rien ne bougeait.

Rien, non plus, n'était venu confirmer les projets d'attaque contre le château. Chaque nuit, quand les domestiques étaient couchés, Bruff, le seul qui eût été mis dans le secret, introduisait au château une petite escouade de policemen en bourgeois, et les faisait sortir le lendemain matin, sans que personne les vît.

M. Blair commençait à craindre d'avoir fait inutilement le voyage de Londres à Danesheld, et lord Dane était sur de véritables charbons ardents.

Un dimanche soir, ces deux gentlemen étaient dans la salle à manger, après le dîner, dégustant tranquillement leurs vins de dessert, quand ils entendirent un léger coup frappé avec précaution à l'une des fenêtres. Lord Dane se leva, écarta les rideaux blancs, et aperçut le jeune Shad, la figure collée aux carreaux. Il avait grimpé le long des barreaux de fer, et se tenait sur les pointes de la galerie supérieure, le corps penché en avant, et s'appuyant contre le rebord de la fenêtre.

« Sacré petit diable ! s'écria lord Dane, en ouvrant la croisée, qu'est-ce qui t'amène ici ? »

Shad, agile comme un chat, sauta lestement dans la chambre, et resta un moment à reprendre haleine. L'agitation, la course, le saut périlleux semblaient lui avoir positivement coupé la respiration.

« Ils vont venir cette nuit même, mylord ; ils... ils... ils l'ont décidé ! »

M. Blair assit Shad sur une chaise et parvint à lui faire raconter avec calme ce dont il s'agissait. Le récit du jeune drôle peut se résumer ainsi : il avait vu les conspirateurs dans le bois, et en avait assez entendu pour être convaincu que l'attaque devait avoir lieu cette nuit même. Au moment où il était parti pour venir avertir mylord, ils attachaient des voiles noirs à leurs chapeaux.

« Combien étaient-ils ? demanda M. Blair.

— J'en ai vu quatre : deux grands et deux petits. Sur les quatre, il y avait les trois dont j'ai déjà parlé à mylord; l'autre, qui est le plus grand d'eux tous, ressemblait... mais je n'ai pas vu sa figure... Il est resté tout le temps assis sur un tronc d'arbre, avec le voile noir devant son nez.

— A qui ressemblait-il? Voyons, parle!

— Eh bien... Mais je ne l'ai pas entendu parler... et je ne l'ai pas vu se lever... cependant je crois bien qu'il ressemblait à Wilfrid Lester.

— Quelle bêtise! s'écria lord Dane, comme si Wilfrid Lester était un homme à attaquer le château! Cet enfant est idiot, Blair... Il a toujours passé pour tel, du reste... c'est Lydney que tu as voulu dire, n'est-ce pas? »

Cependant l'enfant n'était rien moins qu'idiot; il avait, tout au contraire, une grande finesse et un art de dissimulation poussé à ses dernières limites : il lui était absolument indifférent que ce silencieux gentleman, se cachant sous un voile noir, fût M. Lydney ou M. Wilfrid Lester; il penchait à croire que c'était ce dernier; mais comme sa supposition parut contrarier lord Dane, qui, évidemment, aurait préféré l'entendre nommer Lydney, Shad, malin comme un singe, abandonna à l'instant sa manière de voir.

« Ah bien! je ne sais pas, moi! dit-il avec une admirable naïveté. Lydney est très-grand aussi; l'homme était très-large de poitrine, et Lydney l'est aussi. Oui, mylord, c'était plutôt Lydney. Ce sont les guêtres qui m'avaient fait croire que c'était Wilfrid Lester; mais je me rappelle maintenant en avoir vu aussi à Lydney, un jour.

— Soyez sûr que je ne me trompe pas, dit lord Dane tout bas à M. Blair; c'est bien Lydney. »

M. Blair fit un signe de tête d'assentiment.

« Qu'avez-vous entendu encore? demanda-t-il à Shad.

— Rien de plus, monsieur. Ils n'ont rien dit de plus, excepté une plaisanterie à propos de leurs voiles ; et je me suis sauvé pour venir avertir mylord. »

M. Blair et lord Dane causèrent quelques instants à voix basse. Ils hissèrent ensuite avec précaution le jeune Shad au sommet de la grille, puis lui ordonnèrent de sauter à terre. Cela fait, lord Dane lui donna ses instructions.

« Rentre à l'instant chez la mère Bean, Shad, et mets-toi au lit. Si tu restais à rôder près du château, tu pourrais recevoir un coup de fusil adressé à un des voleurs. Si tous ces gens-là peuvent être pris, si ton renseignement est exact, tu recevras une récompense comme tu n'en as jamais eu de ta vie. File jusque chez toi, sans t'arrêter en route. »

Shad détala, sans demander son reste. Mais quand il fut hors de vue du château, il fit un bond de côté et alla se blottir dans l'ombre projetée par le mur d'une petite ruelle qui lui servait souvent de cachette, et là le jeune drôle, sans se douter qu'il était presque tombé dans les bras d'un passant, donna, se croyant seul, un libre cours à l'excès de sa joie. Il se mit à gesticuler, à faire des cabrioles, à exécuter toutes sortes d'entrechats, et s'écria enfin à haute et intelligible voix :

« Va te coucher dans ton lit, mylord a dit !... Jamais. Je veux voir la petite plaisanterie... et puis elle est bien bonne, celle-là, comme si je ne connaissais pas mon Wilfrid Lester ; il avait beau avoir un voile noir sur sa frimousse ! Il... »

Shad se sentit tout à coup saisi à bras-le corps. Le passant, témoin de sa joie exubérante, n'était autre que M. Lydney, qui, après son dîner au *Rendez-vous des Marins*, flânait en fumant un cigare.

« Qu'est-ce que tu racontes de Wilfrid Lester et de voiles noirs, Shad ? »

Shad commença par pousser des hurlements plaintifs. Il retournait, gémit-il, se coucher chez la grand'mère Bean.

« Satané petit hypocrite! s'écria M. Lydney. Ah çà! est-ce que tu crois que je vais te tuer? Écoute-moi bien, Shad. Il est inutile de faire l'idiot avec moi; ainsi, cesse à l'instant toutes ces jérémiades. Je te demande ce que tu voulais dire en parlant d'un voile noir dont M. Wilfrid se couvre la figure, et il faut me répondre; sinon, je te conduis à l'instant à la station de police, où l'on te forcera bien à délier ta langue.

— Je n'oserai jamais le dire à personne, répondit Shad.

— Si fait, tu oseras. Tu peux me le dire, à moi. Quelle petite plaisanterie va se passer cette nuit? Je veux le savoir... Tiens! s'écria tout à coup M. Lydney, as-tu jamais vu une pièce d'or?

— Oui, quelquefois... de loin!

— Voudrais-tu en avoir une à toi?

— Oh! exclama Shad, avec un tremblement de joie, comme si l'eau lui en venait déjà à la bouche.

— Je t'ai dit, dans le temps, que je te donnerais dix sous si tu m'avouais la vérité à propos de ma caisse, et tu les as eus; eh bien, dis-moi la vérité, maintenant, sur ce qui doit se passer cette nuit, et je te donnerai une belle pièce d'or. »

Pour une pareille aubaine, Shad aurait vendu Danesheld et tous ses habitants, lui inclus. Un louis d'or — vingt pièces d'un franc chacune — semblait réellement à ce pauvre garçon une richesse inépuisable, suffisante pour acheter tous les lapins domestiques dont il connaissait l'existence. Cependant il se sentait embarrassé et inquiet. Si la grande expédition devait réellement avoir lieu cette nuit, du moment que

M. Lydney se promenait en flânant, son cigare à la bouche, il n'en était donc pas, alors, comme on l'avait supposé? Shad était trop fin pour ne pas se rendre compte immédiatement que M. Lydney n'avait rien à voir dans l'affaire, et qu'on suivait une fausse piste en l'y croyant intéressé. Cependant il hésitait encore, incertain si ses révélations n'auraient pas pour résultat de l'exposer au mécontentement et à la colère de lord Dane.

M. Lydney alluma une allumette, prit une pièce d'or dans sa poche, et la tint en pleine lumière. L'attraction en fut tellement irrésistible pour ses pauvres yeux avides, que Shad révéla le secret du premier mot au dernier, ou du moins tout ce qu'il en savait lui-même : le château devait être attaqué cette nuit, l'argenterie volée et mylord assassiné.

« Comment! voler l'argenterie et assassiner lord Dane? Qu'est-ce que tu me chantes là! s'écria Lydney. Wilfrid Lester, assassin et voleur! Ah çà! tu deviens fou !

— Je les ai vus. Ils attachaient des voiles noirs sur leurs figures à ce moment-là même, reprit Shad avec insistance. Il y avait Drake, Nicholson et Ben Beecher. Will Lester était assis à côté d'eux, j'en suis sûr. Mylord m'a tarabusté, en me disant que je devais me tromper, et que c'était vous.

— Lord Dane a dit que c'était moi !

— Du moins... » s'écria Shad en se rétractant aussitôt, de peur de se mettre tout à fait entre l'enclume et le marteau, il a dit « : Était-ce Lydney ou Wilfrid Lester, parce qu'ils sont de la même taille? » Alors, j'ai dit que je ne pouvais jurer lequel des deux c'était, et j'ai bien vu que ça le mettait en colère... comme si je ne connaissais pas Will Lester! »

Après quelques autres explications, M. Lydney rendit à Shad sa liberté. Son trouble et son inquiétude étaient extrêmes. Il se promena quelque temps de long en large, ne sachant à quoi se résoudre. Que Wilfrid Lester eût pris part à certaines expéditions de nuit contre le gibier, il n'en était que trop convaincu; mais qu'il se jetât ainsi follement dans une aventure criminelle, il ne pouvait le comprendre. De deux choses l'une : ou Wilfrid avait perdu le sens, ou bien il était devenu indifférent à tout.

Comment empêcher cette attaque, ou au moins empêcher Lester d'y participer? C'était là l'essentiel, non-seulement pour Wilfrid, mais encore pour l'honneur de sa famille; et Lydney sentit le rouge lui monter au visage en pensant à la honte qui rejaillirait sur Maria et au désespoir de la pauvre Édith.

Pendant qu'il réfléchissait ainsi, il aperçut tout à coup des hommes qui semblaient prendre la direction du château. Ils ne marchaient pas par groupes, mais séparément et avec précaution. Quoiqu'ils fussent en bourgeois, Lydney put reconnaître deux d'entre eux pour des agents de police; Shad l'avait mis au courant des veilles de nuit des policemen au château ; — le petit drôle les avait guettés chaque soir; — il comprit donc immédiatement de quoi il s'agissait.

Tout ce qu'il pouvait faire, c'était de les suivre. Il aurait été inutile de rechercher en ce moment Wilfrid dans les bois, et il se décida à se placer de manière à embrasser d'un coup d'œil les abords du château par devant et par derrière. Quand il eut trouvé un endroit convenable, il attendit, l'œil au guet.

Pendant ce temps, tout dormait au château. Les domestiques s'étaient couchés dans une parfaite ignorance de l'attaque qui les menaçait; ils ne se doutaient même pas que M. Bruff attendît du renfort.

M. Blair avertit les policemen de se préparer à la résistance; on éteignit les lumières et chacun se tint sur ses gardes.

On attendit. On attendit encore : les hommes, tous à leur poste de combat; M. Blair et lord Dane causant à voix basse et écoutant de toutes leurs oreilles les moindres bruits du dehors. Bruff était dans un état d'agitation indicible. Ils attendaient toujours. L'horloge du château sonna une heure.

« C'est bizarre „ murmura M. Blair, personne ne vient! » A ce moment, on entendit dans le bois, au loin, un coup de feu. Les policemen sortirent de leurs cachettes; lord Dane et Bruff, peu au courant de ces sortes d'expéditions, s'élancèrent vers la grande salle.

« A vos places, tous, dit tout bas M. Blair, d'un ton de commandement. La danse va commencer.

— Ils ont dû rencontrer quelque obstacle, et se battent dans le bois, s'écria lord Dane.

— A vos places, vous dis-je, tous, sans exception, reprit l'agent. Ce coup de feu n'est pas autre chose qu'une ruse pour détourner l'attention des gardes-chasse, et les attirer dans le bois, si par hasard quelques-uns d'entre eux se trouvaient près du château. Je m'attendais à quelque incident de ce genre. Ils vont être ici dans un instant. Quoi que vous puissiez entendre ou voir, ne bougez pas que je ne vous en donne le signal. »

Tous retournèrent à leurs places, et le silence se fit de nouveau. Ils attendirent encore. Rien ne vint troubler le calme du château.

M. Lydney attendait aussi, à son poste d'observation, trouvant, à part lui, que la nuit était fort longue et que les assaillants tardaient bien à paraître. Il entendit l'horloge sonner une heure; il entendit le coup de feu dans le bois. L'idée d'une ruse ne lui vint pas à l'esprit, comme à M. Blair. Il sentit au contraire son inquiétude augmenter. Il ne pouvait pas cependant abandonner son poste. La nuit était désagréable, humide et pénétrante; le brouillard commençait à devenir épais, — temps peu propice pour rester en plein air à faire le guet.

Tout à coup il crut entendre du bruit et prêta plus attentivement l'oreille. Cela ne ressemblait pas cependant aux mouvements d'hommes marchant avec précaution, mais plutôt aux pas précipités d'un enfant. M. Lydney fit un pas en avant et se heurta contre Shad.

« Ainsi, c'est encore toi ! Pourquoi n'es-tu pas couché ?

— Ne me retenez pas, s'il vous plaît, monsieur, bégaya Shad, hors d'haleine. Je vais au château avertir lord Dane. Je sais qu'il attend.

— L'avertir de quoi ?

— Ce n'est pas au château qu'ils en veulent. C'est au Hall.

— Qu'est-ce que tu dis ? cria Lydney.

— Ils y sont entrés. Ils y sont en ce moment. Je les ai épiés toute la nuit. Ils sont allés droit au Hall au lieu de venir ici. Ils ont fait sauter le carreau d'une des fenêtres. »

La lumière se fit immédiatement dans l'esprit de Lydney. Wilfrid Lester voulait s'emparer de l'*acte de donation* dont son père persistait à lui refuser communication. Le doute n'était pas possible. Jamais il n'avait été question d'attaquer le château, et Shad s'était grossièrement trompé.

M. Lydney avait deviné juste. Le pauvre Wilfrid Lester, démoralisé, désespéré, croyait faire la chose du monde la plus innocente, en s'introduisant de vive force, la nuit, dans la maison de son père, pour rentrer en possession de ce qui était sa propriété.

Si M. Apperly eût été à Danesheld, il aurait certainement, par ses bons conseils, donné un autre tour à aux idées de ce malheureux jeune homme ; mais M. Apperly était absent et, dans ses lettres, refusait péremptoirement de se charger de cette affaire. Wilfrid avait donc organisé son plan d'attaque et embauché les trois hommes nommés plus haut pour le mettre à exécution. Il s'était procuré des clefs, et dans le cas où il ne pourrait en faire usage, était décidé à emporter le lourd coffre-fort. De là la nécessité de ces trois complices, dont — il est à peine besoin de le dire — il ignorait les intentions de vol.

Le vol de l'argenterie avait été décidé par ces messieurs dans de petits conciliabules tenus en cachette de Wilfrid. Jamais ils n'avaient encore été si loin dans le crime, mais l'occasion leur semblait trop belle pour la laisser échapper.

Le premier mouvement de Lydney fut de s'élancer dans la direction du Hall ; cependant, à peine avait-il fait quelques pas qu'il s'arrêta, puis rebroussa chemin pour rattraper Shad.

« Tu ne dois pas aller au château, Shad. Il n'y a aucune utilité d'instruire lord Dane de ce qui se passe au Hall. Je ne le veux pas. »

Shad leva ses yeux rusés et avides.

« C'est qu'ils sont dans les transes pour eux-mêmes, là-bas ; et si j'y vais et que je dise à Sa Seigneurie qu'il n'y a rien à craindre pour le château, et que le lot ne vient pas l'attaquer, peut-être me payera-t-on pour ça ?

— C'est une jolie chose que tu ferais là ! répondit Lydney en lui rendant ruse pour ruse ; tu serais cause qu'ils ne resteraient plus sur leurs gardes, au château ;

et qui te dit que « le lot », comme tu l'appelles, ne viendra pas faire un tour par ici, après en avoir fini avec le Hall ? Dans ce cas-là, je voudrais bien savoir comment te récompenserait lord Dane ? »

Shad ouvrit des yeux démesurés. Cette idée-là ne lui était pas venue.

« Tiens-toi tranquille, Shad ; c'est ce que tu peux faire de mieux, et surtout garde un silence absolu sur ce qui se passe cette nuit, et principalement sur Wilfrid Lester. Si tu suis à la lettre ma recommandation, je te donnerai quelque chose de beaucoup mieux qu'une pièce de vingt francs. »

Et il s'élança de nouveau dans la direction du Hall. Shad sembla hésiter quelques instants, mais la tentation d'assister à la « plaisanterie » fut enfin la plus forte, et il se mit à courir vers les bois, sans perdre de vue M. Lydney.

Celui-ci, une fois arrivé devant le Hall, s'arrêta un moment pour se rendre compte de l'état des choses. Il regarda attentivement, écouta de toutes ses oreilles. Rien ! tout était silencieux et calme. Les jalousies abaissées comme à l'ordinaire. Toute la maison semblait dormir du plus profond sommeil. Lydney commençait à se demander si ce petit misérable Shad ne s'était pas moqué de lui, quand la détonation d'un pistolet, à l'intérieur du Hall, le fit tressaillir. Au même instant, un individu, que l'obscurité l'empêcha de distinguer, sortit vivement par la porte de devant, bondit, pour ainsi dire, jusqu'au bouquet d'arbres à droite, et disparut à travers les massifs.

Avec autant de rapidité, sans réfléchir, Lydney se précipita dans la maison, des pensées confuses d'en secourir les habitants et de protéger Wilfrid lui traversant l'esprit.

Shad avait dit la vérité. Un carreau avait été coupé,

et Drake, se glissant par l'ouverture, avait ouvert
la fenêtre et introduit dans la maison le reste de
la bande. Une fois entrés, les quatre hommes allu-
mèrent une bougie et s'arrêtèrent pour écouter...
et peut-être aussi pour comprimer les battements
de leur cœur; c'était leur première expédition de ce
genre, et il est probable qu'ils se sentaient légèrement
émus.

« Par ici, » murmura Wilfrid Lester, qui seul connaissait le chemin.

Il les conduisit dans l'antichambre, sur laquelle
s'ouvrait le cabinet de travail de son père. La clef
était sur la porte.

Ils purent donc entrer sans difficulté, et commen-
cèrent leur besogne, Wilfrid Lester essayant ses clefs
au coffre-fort, Ben Beecher tenant la bougie, Drake
près de la porte, de crainte de surprise, et Nicholson
ne faisant rien. L'une des clefs ouvrit facilement le
coffre; mais Wilfrid ne trouva pas de suite l'acte de
donation au milieu de l'encombrement des papiers, les
uns liés ensemble par des rubans, les autres cachetés,
ou en feuilles détachées.

Quoique tout fût rangé avec symétrie, il lui fallait
jeter un coup d'œil sur chaque en-tête, et l'opération
prit un certain temps. Il saisit avidement un petit
paquet portant cette suscription : Testament de
Georges Lester, esquire; il fut un instant tenté de
l'ouvrir et de s'assurer si son père l'avait bien réellement déshérité en faveur des enfants de son second
mariage; mais il le remit bientôt en place. « Non, se
dit-il; ce serait me déshonorer. » Il découvrit enfin
l'acte tant désiré !

Quand il le tint, quand il fut bien certain d'avoir
mis la main sur sa proie, un cri de triomphe s'échappa
malgré lui de sa poitrine.

« Allons ! tout est bien, mes braves ! J'ai mon affaire ! »

Les hommes avaient cru sans doute que la recherche durerait plus longtemps ; ils ne cachèrent pas leurs satisfaction. Pendant que Wilfrid replaçait tout en ordre dans la caisse, Drake et Nicholson cherchèrent à se glisser hors de la chambre.

« Où allez-vous ? dit Wilfrid. Restez où vous êtes.

— Ah ! ben ! vous n'allez pas nous empêcher de manger un morceau de pain et de fromage, maître ! s'écria Drake. Nous trouverons ça dans l'office, pendant que vous remettrez les choses en état ici. Ça ne les privera pas beaucoup. »

Wilfrid se retourna vers l'homme avec une colère sourde.

« Drake, vous connaissez nos conventions. Vous ne devez toucher à rien dans la maison ; à rien, entendez-vous, pas même à une croûte de pain. On ne pourra pas dire, au moins, que nous nous sommes introduits ici comme des voleurs, pour nous emparer de ce qui ne nous appartient pas.

— Je vais faire un tour dans la maison, tout de même, répondit Drake impudemment, et quant à ne pas toucher à un bon morceau de pain, si j'en trouve un sous ma main...

— Je tue le premier de vous qui touche seulement du doigt quoi que ce soit dans la maison de mon père, interrompit d'un ton résolu le jeune Lester, en tirant un pistolet de sa poche. Drake ! Nicholson ! vous voyez ceci, n'est-ce pas ? Vous connaissez nos conventions ; je vous avertis une fois pour toutes. Je vous ai promis de vous payer votre aide ; j'ai trouvé la donation ; je serai, par conséquent, parfaitement en mesure de tenir ma parole ; mais quant à vous laisser prendre, même une épingle, n'y comptez pas.

Les hommes ne s'attendaient sans doute pas à la scène du pistolet, et il est probable que Wilfrid n'était venu armé qu'en prévision d'une semblable éventualité; mais il était difficile de faire entendre raison à des misérables aussi endurcis et aussi entreprenants. Ils s'étaient aventurés dans cette expédition avec l'idée bien arrêtée d'en tirer un bénéfice personnel, et maintenant qu'ils se trouvaient au cœur même de la place, ils ne renonceraient pas volontiers à un butin qu'ils n'avaient qu'à étendre la main pour saisir. Drake et Nicholson se murmurèrent quelques mots à l'oreille pendant que Lester remettait les papiers en ordre dans le coffre-fort afin de ne pas laisser de trace de ses recherches.

« Et maintenant, dit-il en refermant la caisse à clef, filons aussi adroitement que nous sommes venus. »

C'était plus aisé à dire qu'à faire. Fermant la porte du cabinet, et laissant la clef dans la serrure, comme il l'avait trouvée, Wilfrid leur montra l'entrée principale du Hall, dans l'antichambre, juste en face d'eux.

« Allons-nous en par là, dit-il tout bas à ses complices, c'est plus près, et je connais la serrure et la manière de s'en servir. »

Il s'avança avec précaution jusqu'à la porte, et après en avoir tiré les verrous, l'entr'ouvrit doucement. En se retournant pour faire passer les trois hommes, il s'aperçut qu'aucun ne l'avait suivi. Ils étaient restés à la même place, Beecher s'occupant à placer la bougie sur un support accroché au mur. Drake, le plus hardi et le plus entreprenant des trois, fit alors un pas en avant, et jetant le masque, déclara d'un ton bref et décidé qu'il ne partirait pas les mains vides.

« Nous vous avons aidé à prendre ce que vous désiriez, maître Wilfrid; si vous ne voulez pas nous aider, vous, à prendre ce qui nous convient, contentez vous de fermer les yeux. Nous ne sommes venus qu'avec la résolution de nous payer par nos mains, et il est inutile de vouloir nous en empêcher. Vous avez fait votre petite affaire; nous allons tâcher de faire la nôtre. Je jure, quant à moi, que je ne sortirai pas d'ici sans emporter quelque chose, quand ce ne serait qu'une cuiller d'argent. »

Pour toute réponse, Wilfrid Lester leva son pistolet et l'arma, non pas avec l'intention de tirer sur eux, mais dans l'espoir que la peur les ferait reculer. Ben Beecher, le plus raisonnable de la bande, croyant sa vie en danger, s'élança vers Wilfrid et lui saisit le bras. Le mouvement fit partir le pistolet, dont la balle alla briser, avec un bruit épouvantable, une porte vitrée au fond de l'antichambre.

« Imbéciles! s'écria Wilfrid, d'un ton amer, sauvez-vous, vous n'en avez que le temps. Imbéciles! imbéciles! »

Il ne fit qu'un bond, par la porte ouverte, jusqu'au massif d'arbres à droite du Hall, d'où il pouvait facilement gagner la grande route en escaladant la grille du jardin.

C'est à ce moment-là que William Lydney arrivait devant la maison.

Beecher et Nicholson se préparaient à suivre Wilfrid, quand Drake les saisit par le bras.

« Ah çà! est-ce que vous allez être des lâches? Nous pouvons encore pincer les couverts. Si on dormait profondément dans la maison, il est possible que la détonation n'ait réveillé personne. Attendons un peu pour voir. Nous aurons toujours le temps de filer, et... »

Il n'acheva pas la phrase. La porte du Hall s'ouvrit toute grande et livra passage à un homme de haute stature qui se précipita dans l'antichambre. Au premier moment, les trois hommes crurent que Wilfrid Lester revenait les chercher. Mais quand la lueur de la bougie tomba sur lui, ils reconnurent M. Lydney.

« Satanés gredins! misérables! s'écria-t-il, où est Wilfrid Lester? »

Mais avant qu'ils eussent eu le temps de répondre, Nicholson avait aperçu dans l'escalier une forme humaine, enveloppée dans quelque chose de blanc, et dont la tête se penchait vers eux à travers la balustrade. De plus, la détonation du pistolet produisait son effet : on entendait s'ouvrir et se fermer des portes au premier étage.

« Allons! tout est fini! dit Drake en frappant du pied. Décampons vite, et du jarret, mes enfants!

— Wilfrid Lester? demanda Lydney au comble de l'émotion, est-il ou n'est-il pas dans la maison?

— Il n'y est pas, je vous le jure, répondit Beecher; je ne vous tromperais pas, monsieur Lidney; il s'échappait au moment même de votre arrivée. »

Un instant suffit à Lydney pour vérifier le fait, et il ressortit du Hall précipitamment, à la recherche de Wilfrid Lester. Les trois hommes s'enfuyaient aussi en désordre; Ben Beecher était resté le dernier pour éteindre la lumière. Il referma violemment la porte derrière lui; il venait d'entendre dans l'escalier une voix que, s'il n'avait pas été si ému, il aurait pu reconnaître pour celle de Tiffle, criant à tue-tête : « Au voleur! à l'assassin! » et poussant des hurlements de détresse.

———

CHAPITRE XII

L'ARRESTATION

Le grand *détective* de Londres, M. Blair, et son hôte, le noble lord, ne pouvaient s'expliquer comment cette nuit s'était passée, comme toutes les autres, dans la plus parfaite tranquillité. Leur étonnement—auquel se mêlait peut-être le sentiment de leur rôle légèrement ridicule vis-à-vis de leurs inférieurs — avait été en augmentant de minute en minute jusqu'à ce que le jour parut. Mais quand, à ce moment-là, ils apprirent que c'était au Hall que l'attaque avait eu lieu, et que jamais il n'avait été question du château, cet étonnement se changea en stupéfaction.

Lydney en était, on l'avait reconnu, disait-on. « Le misérable ! s'écria lord Dane sans hésiter, il s'est imaginé probablement que la caisse laquée a été transportée là en cachette, et c'est pour la voler qu'il a organisé cette expédition; car je ne suppose pas que son but ait été d'enlever miss Lester. »

M. Lester était fort embarrassé, depuis l'aventure de la nuit. Réveillé en sursaut par la détonation du pistolet, il était sorti de sa chambre et avait trouvé Tiffle hurlant dans l'escalier. Tiffle commença par déclarer avoir vu quatre assassins dans la maison, trois avec des figures noircies, et l'autre, sans rien sur le visage, qu'elle avait reconnu pour M. Lydney.

M. Lester, rejoint bientôt par les domestiques, visita la maison du haut en bas. Tout paraissait parfaitement en ordre, chaque chose à sa place, et, sans la vitre enlevée à la fenêtre, on n'aurait pu se douter de rien. Le vol n'avait donc pas été le mobile de cette effraction; M. Lester ne conserva aucun doute à cet égard; mais alors, qui avait poussé ces hommes à s'introduire de nuit chez lui? Que signifiait cette criminelle tentative? Pourquoi ce coup de feu? Squire Lester s'adressait toutes ces questions avec un profond étonnement.

Lord Dane était encore plus embarrassé que lui. Malgré la pluie, il vint, dans le courant de la matinée, à Danesheld-Hall et se fit rendre compte des détails de l'affaire, ou plutôt de ce que M. Lester en savait lui-même. Il ne dit pas un mot de Lydney, pas plus que de son prétendu projet d'attaque contre le château. Il était d'ailleurs inutile d'en parler, car M. Lester n'ayant pas été mis dans la confidence, toute cette affaire aurait été de l'hébreu pour lui.

M. Blair eut, de son côté, un long entretien avec M. Bent, qui, aux premiers mots, secoua la tête d'un air de doute et refusa absolument de croire à la complicité de Lydney. Il l'avait vu et lui avait parlé le matin même. M. Blair ne se prononça ni pour ni contre. A dire le vrai, cet estimable détective n'était pas moins embarrassé que M. Lester et que lord Dane. Sur la demande formelle de ce dernier, il avait été convenu que l'on garderait le silence, quant à présent, sur les craintes d'attaque contre le château et la nuit blanche passée dans une fiévreuse attente. Lord Dane avait fait remarquer avec raison qu'aucune corrélation n'existait entre les deux affaires. Il s'opposa également à ce qu'on arrêtât les trois coupables. Il parla avec toute l'autorité d'un lord-lieutenant de comté, et il fallut bien lui obéir. La chose, du reste, ne tirait pas à conséquence, car la police, en se mettant, pour sa satisfaction personnelle, à la recherche de ces messieurs, apprit qu'ils avaient disparu du pays le matin même. Lord Dane les aurait volontiers épargnés, pourvu que, par compensation, Lydney eût été pendu.

L'avocat Apperly ne tint pas sa parole, et le lundi arriva sans qu'on entendît parler de lui. M. Lydney ne dissimulait pas son mécontentement et, suivant l'expression du jeune Crofts, ne cessait ses allées et venues dans le bureau, agité comme un chien dans une foire.

Dans l'après-midi, il y eut une espèce de conférence à Danesheld-Hall. M. James, agissant, au lieu et place de l'avocat Apperly, en qualité de clerc des magistrats, avait été requis de venir entendre la déposition de Tiffle.

Lord Dane, qui se trouva être au Hall avec son ami le banquier de Londres, au moment de l'arrivée de M. James, fut prié d'assister à l'audition, et Squire Lester envoya avertir M. Bent que sa présence ne serait peut-être pas inutile. L'inspecteur ne se fit pas attendre. William Lydney l'accompagnait. M. Lester devint rouge de colère.

« J'ai pensé que sa présence serait au moins aussi utile que la mienne, monsieur, et je l'ai prié de venir avec moi, dit Bent à demi-voix. Tout homme soupçonné a le droit de savoir ce dont on l'accuse. Et puis, j'ai mes raisons.

Squire Lester fut donc obligé, bon gré mal gré, d'admettre M. Lydney, quoiqu'il trouvât la manière de procéder de M. Bent un peu précipitée, et en opposition avec la marche qu'il aurait voulu suivre.

Quant à Lydney, il n'avait pas plus l'air d'un voleur avec effraction que mylord Dane lui-même. Il était impossible d'être plus calme, plus maître de soi, plus digne et plus noble ; et M. Blair, qui, assis dans son coin, silencieux, ne perdait pas de vue un seul des détails de cette scène, tout en paraissant ne faire attention à rien, ne put s'empêcher d'en être frappé.

Lady Adélaïde était présente. Étrange, surexcitée, pour ne pas dire terrifiée, par l'attaque de la nuit, elle éprouvait une intense curiosité d'en connaître la cause, et elle se croyait autant de droits que qui que ce fût d'assister à la déposition de Tiffle. Squire Lester insinua que peut-être ferait-elle mieux de se retirer, mais elle s'y refusa absolument. Maria se tenait assise à un bout du salon, sans que lady Adélaïde et son père — qui cependant n'avaient pas pour habitude de lui accorder jamais une attention exagérée — la quittassent des yeux un instant. Penchée sur sa broderie, ses doigts tremblants ayant à peine la force de tenir son aiguille, elle se sentait à tout moment près de s'évanouir. La pauvre enfant avait son idée sur l'aventure de la nuit, et cette idée, cette conviction la remplissait d'épouvante.

Lady Adélaïde, à demi renversée dans un fauteuil, tenant à la main un écran pour garantir du feu ses traits délicats, échangeait de loin en loin une parole ou deux avec lord Dane, tout en surveillant sa belle-fille. Tous les autres assistants étaient restés debout, excepté M. James, qui, assis devant la table, prenait notes sur notes, fort occupé à ne rien omettre de ce qui frappait son attention.

Tiffle entra en trottinant et en faisant force révérences. Tout le temps que dura sa déposition, elle ne cessa pas un instant de frotter ses deux mains l'une contre l'autre.

« Je m'étais retirée dans ma chambre, la nuit dernière, monsieur, commença-t-elle, en s'adressant plus particulièrement à son maître; mais je ne pouvais m'endormir. Plus j'essayais de fermer les yeux et de goûter le sommeil, plus, comme un fait exprès, je restais éveillée. Un peu après une heure du matin,

il me sembla entendre du bruit au rez-de-chaussée; je
l'entendis deux fois : alors je me mis sur mon séant,
dans mon lit, et j'écoutai pendant quelques minutes.
Mais ça ne recommença pas une troisième fois, de
sorte que je crus m'être trompée. C'est bien vingt
minutes après, pour le moins, j'en suis sûre, que je fus
effrayée de nouveau; et si jamais j'ai entendu des voix,
c'est bien à ce moment-là. Ah! si vous saviez dans
quel état ça m'a mise! J'ai cru d'abord que c'étaient
les domestiques qui se relevaient pour faire quelque
extravagance, car je les tiens serrés, monsieur, et ils
ne sont jamais plus heureux que quand ils peuvent me
jouer un tour; je sautai donc à bas du lit, je me
glissai doucement dans l'escalier et me penchai, la
tête à travers la balustrade, pour tâcher de voir dans
l'antichambre. J'ai pensé tomber à la renverse. Le
cœur me vint aux lèvres...

— Peu importe... peu importe ces détails, interrompit M. James, qu'avez-vous vu?

— Messieurs, voici ce que je vis. Je vis trois horribles voleurs dans l'antichambre, la figure toute noire;
et puis tout à coup un pistolet partit, m'aveuglant de
fumée et de frayeur. La première chose que je vis ensuite fut un quatrième voleur s'élançant par la porte,
dans le jardin; du moins je vis les pans de sa redingote.
Si jamais quelqu'un a été près de perdre connaissance,
c'est bien votre servante, messieurs; mais je me roi-
dis; je ne voulais pas m'évanouir; je pensai à cette
pauvre famille qui n'avait que moi pour la protéger,
et ça m'a donné du courage. Je regardai encore, et
alors, je vis l'homme rentrer comme un fou dans l'antichambre, — tant il se pressait, — et je suis bien
fâchée d'être obligée de l'avouer, — Tiffle toussa et
baissa la voix, — c'était M. Lydney. »

Il y eut une pause.

« Après? demanda lord Dane avec une certaine vivacité.

— Mylord, rien du tout. Excepté que M. Lydney resta un moment à parler avec les trois autres ; et alors ils partirent tous les quatre ensemble, à qui courrait le plus vite, et l'un d'eux éteignit la bougie, de sorte que tout rentra dans l'obscurité. Ça s'était passé en moins d'une minute. »

M. Lydney jeta un coup d'œil sur Maria ; elle avait laissé tomber son ouvrage sur ses genoux, et semblait absorbée dans le récit de Tiffle. Il lui sourit doucement.

« Vous avez entendu ! s'écria Squire Lester en se tournant vers lui avec un mouvement d'impatience.

— J'ai entendu.

— Et vous n'avez rien à dire?

— Je jure que c'était lui ! continua Tiffle sans lui laisser le temps de parler. S'il le nie, il se parjurera. Je l'ai vu aussi distinctement que je le vois en ce moment. Je n'ai pas reconnu les autres, parce que leurs figures étaient noircies, mais la sienne ne l'était pas.

— Je suis en effet entré dans votre maison, la nuit dernière, monsieur Lester, mais une fois seulement, dit Lydney avec le plus grand calme ; si un homme venait d'en sortir avant mon arrivée, comme l'atteste votre domestique, ce n'était pas moi. »

Tous se regardèrent, étonnés. On ne s'attendait certainement pas à un aveu aussi complet. M. James fit une espèce de grimace moqueuse.

« Je me trouvais par hasard près du Hall à cet instant-là même, continua Lydney. J'entendis la détonation d'une arme à feu, je vis la porte d'entrée toute grande ouverte, et dans l'impulsion du premier moment, je me précipitai dans la maison, où je me trouvai face à face avec des hommes qui allaient en sortir. Mon unique pensée fut de porter secours... de m'assurer si on n'avait pas besoin d'aide.

— Si c'est là ce que vous avez de mieux à dire, je ne vous en fais pas mon compliment, répliqua M. Lester durement. N'avez-vous pas à donner une explication plus plausible ?

— Veuillez m'accorder cinq minutes d'entretien en particulier, et je consentirai à me justifier. Ce que j'ai à vous confier vous satisfera entièrement, soyez-en certain, monsieur Lester. »

M. Lester rejeta avec indignation une pareille requête. Il n'avait pas l'habitude, dit-il, d'accorder des entretiens particuliers aux gens de son espèce. S'il avait des révélations à faire, qu'il les fît à haute et intelligible voix. Nous n'avons pas besoin de demi-aveux, ajouta-t-il. S'il ne vous plaît pas d'avouer publiquement pour quel motif vous vous trouviez près de ma maison à cette heure de nuit et pourquoi, étant entré chez moi, vous ne m'avez pas de suite donné l'éveil, je saurai ce que je dois penser. Dites tout, sans réticences, devant mylord Dane et devant ces messieurs, sinon, taisez-vous.

— Puisqu'il en est ainsi... je pense... je n'ai pas d'autre ressource que de garder le silence, répondit M. Lydney en hésitant, comme s'il réfléchissait. Cependant je suis innocent de ce dont vous m'accusez. Oui. Quant à présent, je ne puis que me taire. »

Lord Dane fit un pas vers lui. « Vous avez prétendu être un gentleman ! dit-il, d'un ton d'ironie amère qui sembla irriter le jeune homme.

— Je suis, pour le moins, tout aussi bon gentilhomme que Votre Seigneurie, s'écria-t-il en le regardant en face, et quand nous en viendrons à examiner nos rangs et nos titres, il pourrait se faire que j'eusse la préséance sur vous. »

Lord Dane ne répondit à cette impudente assertion que par un sourire de mépris, et les assistants, scandalisés, regardèrent Lydney avec un étonnement mêlé de stupeur. C'était là, décidément,— il n'y avait plus à en douter,— un homme tout à fait dangereux !

Pendant ce temps M. James écrivait, sous la dictée de Squire Lester, un ordre d'arrestation contre William Lydney, prévenu de s'être introduit, la nuit, de vive force, dans Danesheld-Hall.

« Je suis peiné d'en agir ainsi, si vous n'êtes pas coupable, lui dit M. Lester, d'un air de suprême raillerie. Il y aura demain une enquête officielle devant les magistrats mes collègues. Jusque-là, vous resterez en prison.

— En prison... où? s'écria M. Lydney en reculant de deux pas.

Le Squire répondit avec la plus grande politesse :

« M. Bent prendra soin de vous; il y a au bureau de police une salle pour les prévenus.

— Pardon, monsieur Lester, mais ceci passe la plaisanterie. Vous ne pouvez sérieusement supposer que j'aie voulu piller votre maison.

— En tous cas, vous n'avez pas encore prouvé que telle n'ait pas été votre intention. Bent, le prisonnier est, dès maintenant, à votre garde.

— Mais, monsieur Lester...

— Taisez-vous, monsieur ! je refuse d'en entendre davantage. »

M. Lydney garda le silence, non pas précisément par obéissance à cet ordre, mais par respect de lui-même. Et puis il venait de réfléchir qu'il lui serait impossible de se tirer d'affaire sans trahir Wilfrid Lester.

— Vous accepterez caution, au moins ? observa-t-il.

— Non, dit tranquillement M. Lester. Nous avons terminé, Bent. »

C'était faire comprendre à l'inspecteur de police qu'il était temps de sortir et d'emmener avec lui son prisonnier. Lui, cependant — le prisonnier — s'avança tout à coup vers lady Adélaïde et miss Lester.

« Les apparences semblent être contre moi, en ce moment ; mais je vous prie de croire que j'ai un motif honorable pour ne pas parler maintenant, de manière à me justifier. Encore un peu de temps, et tout s'expliquera. Je vous demande seulement de ne pas douter de moi. »

Il s'était adressé à toutes deux collectivement ; mais Maria comprit que ces derniers mots ne regardaient qu'elle, et elle leva sur lui des yeux pleins de confiance.

« Je suis prêt, monsieur Bent. Il est inutile de m'appréhender. Je vous accompagnerai sans faire la moindre résistance. »

Ils sortirent tous deux, côte à côte, au milieu d'un silence glacial. Les accusateurs semblaient plus mal à l'aise et plus émus que l'accusé. Lady Adélaïde releva la tête, comme se réveillant d'une rêverie.

« Je déclare qu'il m'effraye, s'écria-t-elle.

— Qui vous effraye, lady Adélaïde ? demanda lord Dane.

— Ce jeune homme, Lydney. Quand il s'est avancé vers vous, et vous a lancé ce coup d'œil si fier et si calme, il ressemblait tellement aux Dane que j'ai reculé d'effroi... vous m'avez vue, peut-être. C'était tout à fait le maintien de lord Dane, et aussi de Harry, quoique moins frappant.

— Il a plus d'assurance à lui seul que tous les Dane ensemble ! répondit lord Dane. A-t-on l'idée d'une pareille insolence ? s'adresser particulièrement à vous et à miss Lester ? Je ne sais ce qui m'a retenu de le souffleter. »

M. James, en rentrant à son bureau, fut agréable-
ment surpris d'y trouver son chef; l'avocat était de
retour depuis une heure, et la nouvelle s'en répandait
déjà dans Danesheld. M. James, en lui rendant compte
des affaires les plus pressées, n'eut garde, on le pense
bien, d'omettre l'histoire des méfaits antérieurs de
M. Lydney, et le récit détaillé de l'événement de la
nuit précédente.

L'entretien fut brusquement interrompu par
Mme Ravensbird, qui, avec son sans-façon ordinaire,
sans prêter la moindre attention aux remontrances
du jeune M. Crofts, affirmant que ses chefs étaient
occupés d'affaires trop sérieuses pour être dérangés,
ouvrit la porte du cabinet et entra librement. Ces deux
messieurs étaient en train de rire à ce moment-là même.

« C'est bien ce que je pensais !... Elles sont jolies
vos affaires sérieuses ! Rire et bavarder, pas autre
chose ! va !... Monsieur Apperly, vous allez mettre
votre chapeau, s'il vous plaît, et venir avec moi.

— En êtes-vous bien sûre ? répliqua l'avocat, qui,
à l'occasion et quand il avait du temps à perdre, ne
détestait pas le commérage de Mme Ravensbird. Aujourd'hui, je suis trop pressé, chère madame.

— Mais je suis venue exprès pour vous, s'écria
Sophie en frappant du pied, et il ne s'agit pas de
flâner; ce gentleman, notre locataire, vous attend
comme le Messie, depuis votre départ, et maintenant
qu'il a appris votre retour, il n'attendra certainement
pas un instant de plus. Il est très-malade... et puis,
tellement colère, qu'il pourrait avoir une attaque,
vous savez.

— Qu'est-ce qu'il me veut ?... est-ce pour son testament ? Je ne peux pas aller à l'hôtel par cette pluie,
dit M. Apperly en souriant.

— Vous viendrez, qu'il pleuve ou qu'il grêle, monsieur, continua Sophie d'un ton d'autorité qui surprit M. Apperly ; c'est plus important que vous ne supposez, et il n'y a pas à refuser ou à hésiter. Il a appris votre arrivée comme la pendule sonnait une heure, et voilà déjà deux heures qu'il a envoyé le jeune M. Lydney s'informer si vous étiez chez vous.

— Envoyé le jeune M. Lydney, vraiment ? ah ! ah! Le jeune homme a eu suffisamment à s'occuper de ses propres affaires, cette après-midi. M. Bent vient de le conduire en prison, au bureau de police.

— M. Bent a conduit M. Lydney en prison ?... Qu'est-ce que vous me chantez là ?

— Je ne chante pas, madame Ravensbird. Ce jeune Lydney est un de ceux qui ont forcé la maison de Squire Lester, la nuit dernière, et ce n'est pas pour autre chose qu'on l'a emprisonné. »

Madame Ravensbird tourna les talons sans cérémonie, en poussant des exclamations et des petits cris d'étonnement, et s'élança dans la direction du *Rendez-vous des Marins*, par la pluie battante. M. Apperly prit son parapluie et la suivit.

Maria Lester, elle aussi, était dehors, cette après-midi, malgré la pluie. Elle avait deviné que son malheureux frère se trouvait mêlé aux événements de la nuit précédente, et que William Lydney, fidèle à sa promesse, se dévouait pour le sauver. Quant à ce qui avait pu entraîner Wilfrid dans une pareille aventure, elle ne se l'expliquait pas. Ses craintes étaient vagues, indéfinissables, mais presque intolérables.

Elle s'échappa du Hall quand le jour commença à tomber et qu'elle pensa pouvoir s'absenter sans inconvénient; elle courut tout d'une traite jusque chez son frère. Avant qu'elle y arrivât, le temps sembla s'éclaircir tout à coup; la pluie cessa et une longue traînée d'or illumina l'horizon.

Édith était seule dans son petit salon, assise devant la cheminée.

Un feu ardent de charbon de terre éclairait en plein son visage, moins altéré que d'habitude. Maria jeta un regard inquiet autour d'elle.

« Où est Wilfrid ? demanda-t-elle.

— Il est parti pour la Grande-Croix.

— Parti pour la Grande-Croix ! répéta Maria d'un air de désappointement. Je... je désirais lui dire un mot.

— Oh ! il reviendra, soyez tranquille ; ne restez-vous pas un instant avec moi, Maria ? Asseyez-vous.

— Quel beau feu ! Edith, fit Maria d'un air distrait, en prenant place à côté de sa belle-sœur.

— Comment Sally parvient à se procurer du charbon, je n'en sais absolument rien, dit Edith ; elle en vide de pleins seaux, comme si nous en avions une mine inépuisable ; j'ai beau faire des observations, on ne m'écoute pas. Vous connaissez Sally, n'est-ce pas ? Pour ma part, je ne saurais m'imaginer comment elle s'arrange pour fournir la maison de la moitié seulement de ce qui y entre, à moins que, — je suis quelquefois tentée de le croire, — à moins que ma tante Marguerite ne lui donne de l'argent. Mais, d'un autre côté, je ne vois pas trop d'où ma tante Marguerite le tirerait elle-même.

— Pourquoi Wilfrid est-il allé à la Grande-Croix ? demanda Maria, de plus en plus distraite.

— Pour voir un avocat, m'a-t-il dit. Il me semblait tout étrange, au moment de partir. Il m'a parlé par énigmes, — que nous serions bientôt riches... je ne sais plus quoi. Du reste, il n'a pas été dans son assiette ordinaire depuis ce matin. Je ne crois pas qu'il soit très-bien.

— Qu'est-ce qu'il avait ? s'écria Maria avec un battement de cœur.

— Il était agité... si nerveux, dirais-je, s'il s'a-
gissait d'une femme. Au moindre bruit, ce matin, il se
précipitait à la fenêtre et écartait les rideaux avec
précaution pour regarder sur la route. Deux fois, il a
fermé la porte de la maison au verrou et s'y est tenu
le dos appuyé, comme s'il voulait empêcher qu'on n'entrât. Je lui ai demandé ce qu'il craignait, ce qui l'agitait ainsi, mais je n'ai pas pu tirer un mot de lui. On
aurait dit qu'il avait peur de son ombre. »

La pauvre Maria n'avait pas besoin d'en entendre
davantage. C'était la plus terrible confirmation de ses
doutes.

« Sally, elle aussi, m'a semblé toute drôle aujourd'hui.
Quand on sonnait, elle n'ouvrait pas, et répondait de
la fenêtre. Et puis, je l'ai entendue parler à Wilfrid,
ce matin, d'un ton si bougon. S'il est malade, le pauvre
garçon, pourquoi le malmener ?

— Peut-être Wilfrid aura-t-il passé une mauvaise
nuit ; c'est probablement là la cause de son agitation
d'aujourd'hui, bégaya Maria, qui s'étonnait que madame Lester ne fît aucune allusion aux événements
de la veille. S'est-il couché de bonne heure ?

— Ah ! quant à cela, Maria, je n'en sais rien. Je
suis montée dans ma chambre à neuf heures, et me
suis endormie immédiatement. Je n'ai fait qu'un somme
jusqu'à ce matin. Sally prétend que c'est excellent
pour moi, et que ça me redonne des forces. »

Maria ne se sentit pas le courage de rester plus
longtemps dans une pareille incertitude. Elle dit adieu
à Edith, mais au lieu de sortir du cottage, elle s'arrêta
pour parler à Sally, dont elle espérait tirer quelques
renseignements plus précis.

« Mme Lester semble un peu mieux, Sally.

— Hum ! grommela Sally, elle irait certainement
mieux, si on ne l'agitait pas.

— Où est mon frère?» demanda Maria, qui ne savait réellement pas ce qu'elle devait croire du voyage à la Grande-Croix.

Sally fut frappée de l'expression de frayeur de sa voix, elle lut dans ses yeux sa profonde anxiété.

« Si nous n'y mettons pas bon ordre, nous sommes tous perdus sans ressource. Il devient fou... absolument fou; et à moins qu'il ne quitte Danesheld, eh bien... »

L'hésitation de Sally à continuer sa phrase était plus effrayante que tout ce qu'elle aurait pu dire.

« Oh! Sally, ne me cachez rien! Cette incertitude est au-dessus de mes forces. Est-il sorti la nuit dernière?

— Oui, il est sorti, miss Lester, et je ne vous l'avouerais pas s'il n'était nécessaire que quelqu'un sût enfin toute la vérité; il est temps de prendre un parti. J'ai fermé les yeux, pour ainsi dire, sur son braconnage; je n'en ai jamais parlé qu'à miss Bordillion; mais ça n'a avancé à rien; et maintenant les choses n'ont fait qu'empirer. Il est sorti hier soir pendant que j'étais en haut, occupée à déshabiller miss Edith, car elle est encore bien faible, — pauvre enfant! Quand je suis descendue, plus personne!... Il était à peu près neuf heures. J'ai attendu ici, grelottant de froid, sans feu dans la cuisine, jusqu'à deux heures du matin; alors il est rentré avec M. Lydney. J'ai vu son chapeau, ce matin, et ça m'a suffi pour savoir où M. Wilfrid avait été... quand j'ai appris ce qui s'était passé cette nuit.

— Son chapeau!

— Ce vieux chapeau de feutre qu'il portait dans le temps... c'est celui-là qu'il avait mis. Il y avait attaché à l'intérieur un voile noir. Il a eu beau le déchirer avant de rentrer, j'ai bien vu l'épingle et le morceau qui en restait à l'un des bords. »

Maria se cacha la tête dans les mains en fondant en larmes. Voilà donc où en était arrivé Wilfrid... son frère tant aimé, son frère pour lequel elle aurait volontiers sacrifié sa vie !

« Je retirai l'épingle et brûlai ce maudit bout de crêpe, continua Sally ; ah ! je vous jure que je ne sais pas comment j'ai vécu aujourd'hui. A chaque coup de marteau à la porte, je tombais presque à la renverse, croyant que les officiers de justice venaient l'arrêter. Si le malheur voulait que la chose arrivât, c'en serait fait de ma pauvre maîtresse, miss Lester ; elle serait morte avant huit jours !... elle n'a encore entendu parler de rien.

— Est-il réellement allé à la Grande-Croix ?

— Oui ; je pense que oui. Il n'aurait pas osé se promener dans Danesheld, j'imagine. Si vous saviez dans quel état de frayeur il a été toute la journée ! je ne lui ai pas adressé la parole ; c'est trop sérieux pour moi maintenant.

— Pourquoi M. Lydney revenait-il avec lui, cette nuit ? » demanda Maria, en hésitant.

Sally renversa la tête avec un petit rire sec.

« Et ils l'ont arrêté, à ce que j'ai appris, pour s'être introduit dans le Hall ! Les idiots ! Ne pas voir que M. Lydney est incapable de ça. Je pourrais leur raconter quelque chose, si je voulais bien. Un si brave garçon ! Il a été l'ange gardien de mon maître jusqu'à aujourd'hui, ne le perdant de vue ni jour ni nuit pour l'empêcher de mal faire ! M. Lydney est resté ici avec lui une bonne heure au moins après l'avoir ramené. Il n'est reparti qu'à près de trois heures. Il le surveillait, la nuit dernière, mais il n'a pu découvrir de quoi il s'agissait que quand la chose était faite. Oui, M. Lydney est entré au Hall, ajouta Sally d'un ton emphatique, comme si elle s'adressait à un auditoire imagi-

naire devant elle, mais c'était pour en faire sortir
mon maître!

— Il m'avait promis de prendre soin de lui, dit doucement Maria.

— Et il a tenu sa promesse. Ah! si on savait tout,
on verrait qu'il y a peu d'hommes capables d'un semblable dévouement, s'écria Sally avec animation. Eh
bien, à quoi ça a-t-il servi? Nous sommes dans de jolis
draps!

— Que faire, Sally? M. Lydney ne peut *souffrir*
pour lui, vous devez le comprendre, n'est-ce pas?

— Est-ce que je sais, moi, ce qu'il y a à faire? Je
suis presque folle depuis que j'ai appris son arrestation: c'est le vieux Gand qui m'a annoncé la nouvelle. Je pense qu'il pousserait la générosité jusqu'à rester en prison plutôt que de dénoncer votre
frère; mais M. Wilfrid a sa générosité, lui aussi, miss
Lester; et je crains qu'en revenant de la Grande-
Croix, quand il apprendra la chose, il n'aille, tout
d'un trait, avouer la vérité à la police, pour faire
relâcher M. Lydney. Ah! je vois combien j'ai été
folle, maintenant!

— Folle?

— Eh bien, oui, miss Lester. J'ai été assez faible
pour les encourager tous deux dans leur projet de
mariage, leur disant que je resterais à leur service,
et que je travaillerais comme si j'avais quatre bras.
Enfin, j'ai pris leur parti contre la cruauté de Squire
Lester et de son aimable femme, et j'ai aimé M. Wilfrid autant que mon propre enfant. Ah! je n'ai que
ce que je mérite! mais je n'aurais jamais cru qu'il
finirait de cette façon-là!

— Sally, savez-vous pourquoi mon frère est entré
au Hall? quel était son but?

— Je n'en sais rien. Je suppose qu'ils voulaient tous

se partager l'argenterie et ce qu'ils pourraient emporter. Quand un gentleman tombe de mal en pire,
rien ne l'arrête plus. »

Tout semblait perdu, et perdu sans ressource. Maria reprit le chemin de Danesheld-Hall, le cœur rempli
d'épouvante. La nuit approchait. A chaque pas, la
malheureuse Maria s'arrêtait, frémissante. Derrière
chaque arbre, elle croyait voir un ennemi; à chaque
tournant de la route, une embûche. Les officiers de
justice cherchaient sans doute son frère, en ce moment. L'arrestation de William Lydney remontait
déjà à quelques heures, et la vérité était peut-être
connue !

Quand Maria arriva au Hall, un domestique en
tenait la porte ouverte pour laisser passer M. Lester,
qui paraissait être dans un état d'agitation indicible.
Maria ne l'avait jamais vu dans une telle colère,
excepté le jour où il avait chassé Lydney de chez lui.

« Mettre en liberté un prisonnier dont j'ai ordonné
l'incarcération, pour un crime d'escalade dans ma
propre maison! criait-il. Comment Bent a-t-il osé?
Ah! je vais le faire ramener pieds et poings liés! »

Il passa devant Maria, sans même s'apercevoir de
sa présence.

« Qu'y a-t-il donc? demanda-t-elle au domestique.

— Ma foi! miss, on est venu annoncer ici que cette
personne avait été mise en liberté... Ce Lydney, vous
savez. Mon maître est parti pour voir ce qui en est,
et faire remettre l'homme en prison. Mylord Dane et
lui avaient dit à Bent aujourd'hui qu'ils ne voulaient
pas entendre parler d'une caution. »

Maria, l'esprit bouleversé, en proie à une indicible
frayeur, courut après son père.

M. Lester, entendant des pas précipités derrière lui,
se retourna et s'arrêta court en voyant sa fille qui,

pâle, les yeux hagards, tendait les mains vers lui :

« Papa, papa! s'écria Maria, sachant à peine ce qu'elle disait ou ce qu'elle devait dire, écoutez-moi un moment seulement. Ne donnez pas suite à cette affaire.

— Relâcher M. Lydney! ne pas donner suite à l'affaire! répéta M. Lester, en regardant fixement sa fille; que signifie?

— Il n'est pas coupable, mon père; il n'est pas ce que vous pensez.

— Et tes raisons pour parler ainsi? répondit ironiquement M. Lester.

— Je... je n'en ai pas que je puisse donner, bégaya-t-elle avec un air d'angoisse, excepté la conviction de mon propre cœur.

— La conviction de votre folie! s'écria M. Lester. Vous devriez rougir de prononcer même le nom de cet homme. Je le poursuivrai... jusqu'à la mort!

— Oh! non! non! mon père! » elle lui saisit le bras en fondant en larmes, « ne faites rien! ne donnez pas suite à cette affaire, je vous en supplie à genoux. Vous ne savez pas à quoi vous vous exposeriez et quel terrible secret serait révélé. L'idée ne vous est donc jamais venue que quelqu'un d'autre que M. Lydney pourrait être compromis dans cette affreuse aventure?

— Quoi? que veux-tu dire? demanda-t-il, consterné plus encore de l'étrange surexcitation de Maria que de ses paroles mêmes. Deviens-tu folle?

— Ah! je n'aurai jamais le courage d'en dire davantage... Je n'ose pas, je n'ose pas. Mais, mon père, si vous avez le moindre souci de votre honneur... de votre bonheur, vous renoncerez à approfondir l'affaire de la nuit dernière. »

Et elle s'enfuit vers la maison, en sanglotant. M. Lester la suivit des yeux, irrité et inquiet.

Un douloureux soupçon s'emparait peu à peu de son esprit : sa fille était-elle donc réellement amoureuse de ce Lydney — de ce misérable aventurier ? Mais qu'elle pût craindre pour quelqu'un d'autre, ou que son propre fils Wilfrid eût pris part aux événements de la nuit, l'idée ne lui en vint pas un instant.

———

CHAPITRE XIII

LE MORT VIVANT

Dans la chambre de « l'*Infirme* », *au Rendez-vous des Marins*, — on avait pris l'habitude d'appeler ainsi l'appartement occupé depuis si longtemps par l'étranger malade, — M. Home, assis sur le canapé, semblait dévoré d'impatience. Ce n'était pas un homme habitué à être contredit ou contrarié, et il n'admettait pas de résistance à ses ordres. Il avait attendu avec une inquiétude fébrile le retour à Danesheld de M. Apperly, et maintenant qu'il savait l'avocat revenu, il demandait péremptoirement à le voir à l'instant.

M. Apperly arriva enfin, tout affairé ; ce fut Mme Ravensbird qui l'introduisit dans la chambre du malade. Elle avait été rejointe par lui au moment même où elle rentrait à l'auberge et, poussant un petit cri de satisfaction, l'avait mené tout droit au premier étage, sans prononcer une parole. Elle referma la porte et redescendit, sans entrer elle-même.

Ravensbird était debout près du canapé où le ma-

lade reposait. Tous deux tournaient le dos à la porte
l'entrée.

L'avocat — mandé au chevet d'un mourant avec
une telle précipitation et une telle hâte — ne pensait
pas à autre chose qu'à la rédaction de quelque testament ou codicille. Il s'avança, en faisant un demi-tour,
vers le canapé, et dit tout en marchant :

« Je suis peiné d'apprendre que vous êtes sérieusement malade, monsieur... monsieur Home, je pense. »

Le malade leva la tête et regarda M. Apperly. Ses
traits étaient nobles et hautains, quoique adoucis en
quelque sorte par la souffrance, ses yeux profonds,
ses cheveux blanc d'argent. Un bel homme, encore.
M. Apperly tint un instant les yeux fixés sur lui, et
recula de deux pas, étonné, ou plutôt terrifié.

« Grands dieux! murmura-t-il, en s'essuyant le
front, c'est... c'est... est-il possible? c'est le capitaine
Dane! le capitaine Dane vivant!

— Non, monsieur, ce n'est pas le capitaine Dane.
Je suis lord Dane, et je n'ai jamais cessé de l'être depuis la mort de mon père. »

L'avocat semblait profondément embarrassé. Ses
yeux allaient du malade à Ravensbird, de Ravensbird
au malade, comme pour les interroger tous deux.

« Est-ce un rêve? bégaya-t-il.

— Non, ce n'est pas un rêve, dit Ravensbird. C'est
bien là mon vieux maître, mon seigneur maintenant.
Je suis fier qu'il m'ait témoigné assez de confiance
pour se faire reconnaître de moi le lendemain même
du naufrage. »

C'était bien, en vérité, Harry Dane lui-même...
Harry Dane que sa chute n'avait pas tué, et qui avait
vécu depuis ce temps-là dans le nouveau monde, voya-
geant presque continuellement, tâchant d'oublier,
sans se douter jamais que le lord Dane possesseur du

titre et maître du vieux château, depuis la mort de son père, n'était pas son frère Geoffry.

« Comment ! mais vous... vous... tout le monde vous croit enterré dans les caveaux de Danesheld, monsieur... mylord ! s'écria M. Apperly. Dieu me garde ! si vous êtes bien réellement lord Dane... qui est-il, alors... l'autre lord Dane, au château ?

— Si je suis bien réellement lord Dane ! riposta le malade ; que voulez-vous dire, Apperly ? Ne suis-je pas le fils de mon père ?

— Oui, oui, certes ; mais un changement aussi brusque me trouble... Je ne sais plus où j'en suis. Alors, vous n'avez pas été tué, mylord... Eh bien, celui-là, au château, qu'est-ce qu'il est, maintenant ?

— Si j'ai été tué, Apperly, je suis ressuscité, voilà tout, fit lord Dane, en plaisantant. Quant à celui-là, au château, comme vous dites, il est tout simplement Herbert Dane, et n'a jamais eu le droit d'être autre chose. Je crains qu'il ne soit pas charmé d'être dépossédé de l'agréable position qu'il occupe, après en avoir joui si longtemps. Voyons, maintenant...

— Et comment avez-vous été sauvé ? interrompit l'avocat.

— Je fus sauvé par le colonel Moneton, qui me recueillit sur son yacht et m'emmena avec lui en Amérique ; et jusqu'au moment où la tempête me jeta sur cette côte, il y a quelques semaines, je n'ai pas eu le moindre soupçon de mes droits aux dignités de mes ancêtres ou de la mort de mon frère Geoffry. Mais c'est assez d'explications quant à présent, Apperly. Il est temps de nous occuper de nos affaires ; il en est grand temps, même. D'abord, pour commencer, prendrez-vous mon parti ou celui d'Herbert Dane, s'il y a des difficultés entre nous ?

— Cela ne peut faire question, s'il s'agit de vos

droits, mylord. Lord Dane — je veux dire M. Herbert — ne tiendrait pas une heure contre vous.

— Mais ce n'est pas de mes droits qu'il s'agit. Répondez catégoriquement à ma question, Apperly, voulez-vous ?... et rappelez-vous que chaque minute de notre temps est précieuse... Agirez-vous en qualité de mon conseil légal, ou de celui que vous appelez encore lord Dane ?

— Comme si vous en pouviez douter, mylord ! J'agirai pour vous, naturellement. C'est mon devoir. Avec lord... avec M. Herbert, je n'ai jamais été fort cordial, ou plutôt il ne l'a jamais été avec moi... et puis maintenant, il consulte principalement l'homme d'affaires de M. Lester.

— Parfait. Si vous en aviez décidé autrement, j'aurais pu éprouver des difficultés à arranger les choses comme il convient. Dites-moi, Apperly, cette boîte perdue, il faut la retrouver.

— La boîte du jeune Lydney ! Ah ! il a fait assez d'embarras, avec sa boîte, celui-là, à ce qu'on m'a raconté.

— Vraiment ! Mais elle n'est pas à lui, elle est à moi.

— A vous ! s'écria M. Apperly, après un instant d'étonnement. Je m'explique alors le mystère des vingt mille francs de récompense. Mais Danesheld a été fort étonné lorsqu'un gars comme ce Lydney les a offerts.

— Qu'entendez-vous par « un gars comme ce Lydney » ? dit sévèrement lord Dane.

— Eh bien, mais... il y a longtemps, sans doute, qu'on le soupçonnait d'être ce qu'il est réellement, — quoique le hasard en ait fait le compagnon de voyage de Votre Seigneurie, et qu'il ait été sauvé avec vous du naufrage ; — aujourd'hui, cependant, on a coupé court à ses exploits, et il est bel et bien en prison. Bent l'a conduit au bureau de police.

— M. Lydney, conduit au bureau de police ! » cria Ravensbird, pendant que lord Dane, par son regard sévère et dur, demandait à l'avocat d'expliquer ses paroles.

« On se doutait depuis longtemps, m'a-t-on raconté, qu'il était en relations suivies avec les braconniers ; mais l'affaire de cette nuit est tout à fait grave. Lui et trois autres individus à figure noircie ont forcé hier la maison de Squire Lester, pour voler l'argenterie. Ils ont heureusement été interrompus avant d'avoir pu l'emporter. Lydney est le seul qui ait été reconnu, et il est maintenant en prison.

— Comment osez-vous le diffamer ainsi en ma présence ? s'écria lord Dane, les yeux brillants de colère ; vous ne savez pas ce que vous dites, monsieur Apperly. Connaissez-vous seulement celui dont vous parlez ?

— Non, pas personnellement, mylord. Je ne sais rien de lui, excepté qu'il s'appelle Lydney, — à ce qu'il prétend. — Danesheld le considère comme un aventurier.

— Et il sera un jour le seigneur de Danesheld, monsieur ; je puis vous l'affirmer. Oh ! vous avez beau faire l'étonné, il le sera. C'est mon seul et unique héritier, c'est mon fils, et il sera lord Dane... avant peu, car je crains que mes jours ne soient comptés.

— Mystère sur mystère, alors ! murmura l'avocat de plus en plus stupéfait... Il disait s'appeler William Lydney.

— Il est mon propre fils, je vous le répète — l'honorable Geoffry William Lydney Dane. Geoffry est son vrai nom de baptême, mais nous l'avons toujours appelé William : ma femme, qui était Française,

prétendait né pouvoir prononcer : Geoffry. Et vous
dites qu'il a été conduit en prison! Allons, allons! je
vais y mettre bon ordre, dit lord Dane en se renversant sur le canapé et en se calmant peu à peu.

— Il se trouvait certainement avec les autres, cette
nuit, dans la maison de M. Lester, et il ne le nie pas,»
reprit M. Apperly, qui ne savait quelle contenance
prendre, et sentait augmenter son embarras.

« Alors, monsieur, il s'y trouvait dans un but
honorable et légitime. Je ne connais rien de cette
affaire; mon fils ne m'a pas mis dans la confidence; mais je puis prendre sur moi de vous répondre
de lui.

Quelle plaisanterie, monsieur! accuser William Dane
de s'introduire de vive force la nuit dans les maisons!
William Dane, le meilleur et le plus honorable des
hommes... et qui sera un pair d'Angleterre! C'est tout
simplement niais et absurde. — Voyons, occupons-
nous de choses sérieuses, maintenant, Apperly, et
écoutez-moi avec attention. Cette boîte, dont on a
tant parlé à Danesheld, appartenait dans le temps à
ma mère, lady Dane. Les initiales sur le couvercle
sont celles de son nom de demoiselle, Verena Vincent
Verner. Ma mère, vous devez vous le rappeler, était
nièce du général Vincent, qui voulut lui donner un de
ses noms. Il n'y a pas le moindre doute qu'Herbert
Dane n'ait reconnu la caisse sur la plage : il l'avait vue
mainte et mainte fois, jadis, et il n'ignorait pas que
le frère de ma mère, le jeune Verner, avait eu la fantaisie d'y faire clouer une croix de Malte. Lors dé
mon dernier voyage en Angleterre, je n'apportai pas
cette caisse avec moi. Je la laissai au Canada. Il est
évident qu'Herbert Dane, en la reconnaissant sur la
plage, a dû être assailli de quelque vague frayeur, de
quelque appréhension qui l'a décidé à la faire trans-

porter au château. Il a peut être pensé que sa victime allait reparaître tout à coup pour l'accuser.

— Sa victime! s'écria M. Apperly.

— Oui, sa victime. C'est lui qui m'a précipité du haut de la falaise; M. Herbert Dane lui-même; sans intention, je l'admets; mais il a souffert qu'on soupçonnât mon fidèle serviteur et ami que voici, » il prit la main de Ravensbird, « et il l'aurait certainement laissé condamner si l'alibi n'avait pas été prouvé! — Enfin! je ne sais pas quelles peuvent avoir été ses craintes; peu importe, du reste; le fait est qu'il a pris la boîte et qu'il la garde. Maintenant, Apperly, voici le point important : y a-t-il, à votre connaissance, des endroits secrets dans le château, où un objet de ce genre pourrait être caché?

— Oui, il y en a, dit sans hésiter l'avocat. Le vieux lord Dane — votre père — me les a montrés un jour. Dans le cabinet des tréteaux, près de la chambre du coffre-fort, la chambre de la mort comme nous l'appelions autrefois, il y a un ressort secret qui, si on le touche, fait glisser un panneau dans une rainure. On se trouve alors dans un couloir menant à différentes cachettes pratiquées dans le mur.

— C'est là qu'est ma boîte! s'écria lord Dane: Le jeune Beecher avait dit en effet à William que de telles cachettes existaient au château; mais je ne voulais pas y croire, et c'est pourquoi je vous attendais avec tant d'impatience. J'étais sûr que vous en saviez quelque chose. Il est étrange que mon père ne m'ait jamais parlé de ces endroits secrets.

— Je crois qu'il ne se souciait pas beaucoup que la chose fût connue : les vieilles gens du pays prétendaient qu'un des lords de Dane s'était mêlé autrefois de contrebande; et cette légende irritait votre père. C'est tout à fait par accident qu'il me mit dans la confidence de ce secret. J'ai moi-même montré l'endroit et le ressort au lord actuel quand il succéda au titre et devint maître au château.

— Très-bien. Maintenant, comment mettre la main sur cette boîte, Apperly ?

— Il l'a peut-être détruite.

— Je ne pense pas. Il n'aurait pu l'ouvrir. La serrure est bonne, et il n'avait pas la clef, qui, heureusement, n'a pas quitté la poche de William... Quant à la briser pour l'ouvrir, cela aurait fait trop de bruit, et il aurait certainement craint d'éveiller l'attention de ses gens.

— Qu'est-ce que contenait la boîte ? demanda M. Apperly.

— Au lieu de vous occuper de détails inutiles, pour le moment, si vous vous en teniez exclusivement à ce qui nous intéresse, Apperly, dit lord Dane d'un ton péremptoire. Comment puis-je rentrer en possession de ma caisse ? Je ne demande pas autre chose.

— Je ne vois qu'un moyen, mylord : déclarer qui vous êtes. Une fois que vous vous serez montré, dans le château, vous êtes le maître ; vous seul avez le droit d'y commander.

— Ah ! mais j'aimerais mieux avoir la boîte d'abord, si c'est possible. N'y a-t-il pas ici un « détective » habile ? Ces gens-là ont des moyens à eux. Ils trouvent toujours une solution à toutes les affaires.

— Nous en avons un justement en ce moment à Danesheld. Je ne sais pas trop ce qu'il y est venu faire ; mais je l'ai vu passer devant chez moi cette après-midi : je l'ai parfaitement reconnu ; j'ai eu besoin une fois de ses services et j'en ai été fort content. »

L'avocat parlait sans avoir la moindre idée que ce « détective » se trouvait au château depuis plus d'une semaine. Il ignorait complétement les récents événements de Danesheld, et Ravensbird, en l'écoutant, était loin de se douter qu'il faisait allusion à M. Blair, le grand banquier de Londres.

« Ne pourriez-vous pas me l'amener, Appèrly ?

— Je vais essayer, mylord. Il peut fort bien être déjà reparti ; je ne saurais vous dire ; s'il est encore à Danesheld, je ne sais vraiment pas où le chercher.

— Allez, et tâchez de le trouver. Il me faut cette caisse... Et mon fils en prison, accusé d'un crime ! Il ne manquait plus que cela ! Allez de suite, monsieur, ajouta lord Dane d'un ton d'autorité, et ne parlez de rien à cet agent ; ce soin me regarde. »

L'avocat ne pouvait qu'obéir. En descendant l'escalier cependant, sa curiosité fut plus forte que son devoir, et il ne put résister à la tentation d'entrer dans le petit parloir de Mme Ravensbird ; ce serait bien le diable, pensa-t-il, si je n'en tirais pas pied ou aile. Ce sentiment n'était ni bon ni noble ; il devait néanmoins recevoir sa récompense. Assis auprès de Mme Ravensbird, M. Blair, lui-même, causait amicalement, tout en dégustant la fameuse liqueur française. M. Apperly semblait destiné, ce jour-là, à marcher de surprise en surprise.

« Le banquier de mylord Dane, M. Blair, dit Sophie en lançant à l'avocat un coup d'œil significatif comme elle prononçait le mot : mylord, — en visite au château. »

M. Apperly avait entendu parler de l'arrivée du banquier de Sa Seigneurie à Danesheld ; mais... que voulait dire ceci ? Il regarda fixement le détective, qui, se voyant reconnu, fit un signe presque imperceptible et mit le doigt sur ses lèvres.

La mission de M. Blair à Danesheld était terminée. Du moment que Lydney, sur l'ordre — un peu précipité peut-être, dans l'opinion de M. Blair — de Squire Lester, avait été conduit en prison, Bent suffisait pour instruire l'affaire de cet aventurier. M. Blair, du reste, sentait qu'il n'aurait pas toute sa liberté d'action pour approfondir les choses ; il différait d'opinion avec lord Dane sur une foule de points secondaires, et ils s'étaient séparés froidement. En se dirigeant vers la station du chemin de fer, il était entré à l'auberge du *Rendez-vous des Marins* pour dire un mot d'adieu à Mme Ravensbird et savourer un dernier verre. L'avocat, le prenant à part, lui dit qu'un de ses clients, demeurant en ce moment à l'auberge même, réclamait les services d'un détective, et lui demanda s'il voulait le voir.

« Je dois d'abord vous prévenir que vous aurez à procéder contre lord Dane, quoique je ne sache pas précisément dans quel sens, observa M. Apperly. Vos sentiments personnels envers lord Dane vous permettent-ils d'agir contre lui ?

— Un officier de police ne doit pas avoir de sentiments personnels, répondit M. Blair. Lord Dane a demandé un détective à Londres, et l'on m'a envoyé. Mes affaires avec lui sont terminées ; et si je suis requis par une autre personne, je ne puis ni ne dois refuser mon ministère, quand bien même j'aurais à l'exercer contre lord Dane ou contre n'importe quel autre lord. Je suis à vos ordres, monsieur. »

Ils montèrent immédiatement au premier étage. Lord Dane était alors debout, devant le feu, causant avec Ravensbird, qui, par parenthèse, aurait pu être surpris à la vue de ce banquier se changeant tout à coup en agent de police, s'il eût été dans sa nature de s'étonner de quelque chose. M. Apperly fit gaiement observer à lord Dane avec quelle promptitude il avait trouvé son homme, et présenta M. Blair.

« Monsieur, dit le pair d'Angleterre, j'ai besoin de conseil et d'assistance. Je suis lésé par Herbert Dane, — lord Dane, comme on l'appelle ici, — chez lequel, m'apprend-on, vous venez de passer quelques jours en visite. Pouvez-vous me prêter main-forte ?

— Je ne sais pas. Je ne saurais vous donner mon avis et vous répondre d'une manière positive avant de connaître l'affaire dans tous ses détails... M. Home, je pense ?

— Non, monsieur, quand j'avais besoin de cacher mon vrai nom, j'ai pris celui de Home ; mais je puis me nommer maintenant. Je suis lord Dane. »

Le détective eut une espèce de petite toux sèche. Convaincu qu'il était en présence de quelque maniaque auquel un gardien aurait été plus utile qu'un agent de police, il jeta un coup d'œil de côté à M. Apperly.

« Sa Seigneurie dit vrai, dit l'avocat.

— Je suis William Henry lord Dane, le seul fils survivant du vieux lord Dane dont vous avez probablement entendu parler, monsieur. Vous paraissez étonné, monsieur Blair ; je croyais que les officiers de police ne s'étonnaient jamais de rien. Il est sans doute à votre connaissance, monsieur le détective, que le capitaine, honorable William Henry Dane fut précipité, un soir, du haut des falaises de Danesheld, soit par accident, soit traîtreusement, et fut tué par cette chute ; que son corps, rejeté sur le rivage par la mer quelques semaines après, fut enterré dans les caveaux de la famille Dane ?

— J'en ai, en effet, connaissance, dit M. Blair. Bruff, l'intendant du château, — un homme qui aime, à répondre quand on l'interroge, — s'est plu à me raconter en détail les événements remarquables de l'histoire de la famille, dans une bonne intention : il est fier de ses maîtres, et heureux de chanter leurs louanges.

— Eh bien, monsieur... mais soyez assez bon pour prendre un siége, pendant que vous m'écouterez, interrompit lord Dane en indiquant d'un geste un fauteuil en face le canapé, — moi, William Henry Dane, je ne fus pas tué par cette chute. Je fus sauvé et transporté en Amérique par le yacht d'un de mes amis : j'ai vécu dans le nouveau monde depuis cette époque, convaincu que le successeur de mon père, le maître du château de Dane, était mon frère aîné, Geoffry Dane. Monsieur, celui qui m'a précipité de la falaise, c'est Herbert Dane... lord Dane, comme on l'appelle maintenant. »

Le détective leva légèrement les yeux, mais n'interrompit pas autrement.

« Je lisais, de temps à autre, les journaux anglais, continua lord Dane. J'y appris la mort de ma mère et celle de mon père : j'y vis que Geoffry, lord Dane, — c'est ainsi qu'il était qualifié, — avait succédé aux titres et aux honneurs, et jamais la pensée ne me vint de supposer que ce n'était mon frère Geoffry. Si j'avais su qu'il s'agissait d'Herbert et que j'étais moi-même le véritable héritier, je serais revenu à l'instant en Angleterre. Je n'avais jamais vécu en fort bonne intelligence avec mon frère Geoffry ; cependant je crus devoir lui écrire après la mort de mon père. Je ne reçus jamais de réponse à ma lettre, et j'en éprouvai un amer ressentiment. Je n'écrivis plus de nouveau. Ah ! comme nous sommes prompts à nous laisser aller à de pareilles pensées ! Nous en sommes toujours punis tôt ou tard. Après de longues années, sentant ma santé chanceler, je me décidai à revenir dans mon pays ; je n'avais jamais entendu dire que mon frère se fût marié, et mon fils se trouvait être par conséquent, après moi, l'héritier direct. Nous prîmes passage sur le bateau à vapeur *le Vent*, et vous savez le reste. Mon pauvre domestique périt dans le naufrage ; mon fils et moi, nous avons été assez heureux pour nous sauver.

— Votre fils? interrompit M. Blair, qui jusque-là avait écouté dans le plus profond silence.

— Oui, monsieur, mon fils... Le gentleman dont Georges Lester a ordonné aujourd'hui l'arrestation et qu'il a fait conduire en prison, sous l'accusation de vol d'argenterie, c'est mon fils.

— Lui ! William Lydney ?

— Lui-même, monsieur ; lui, l'honorable William Dane, un de vos futurs pairs.

— Par Jupiter ! s'écria M. Blair, étonné pour la première fois de sa vie.

— William avait heureusement sur lui son porte-feuille au moment du sauvetage. Ce portefeuille contenait nos lettres de crédit et d'autres papiers ; nous n'avons donc pas été embarrassés pour nous procurer de l'argent. Et maintenant... vous vous étonnez naturellement que je ne me sois pas fait connaître de suite. Je vais vous dire pourquoi. Pendant quelques heures, je me sentis si faible, si épuisé que je ne pensai qu'à me reposer et à éviter tout sujet d'excitation. Le lendemain matin, encore sous le coup de l'ébranlement de la nuit, j'appris — je n'ai pas besoin de vous dire avec quelle stupéfaction et quelle inquiétude — que le seigneur de Danesheld était, non pas mon frère Geoffry, mais Herbert Dane. Je crus nécessaire de n'agir qu'avec la plus grande prudence ; de plus, je continuais à souffrir horriblement, et je craignais de m'agiter, — car avant tout ma maladie exige le calme le plus absolu ; et puis, j'espérais que la mer rejetterait un jour ou l'autre ma caisse sur le rivage ; et une fois en possession des papiers qu'elle contient, toutes les difficultés s'aplanissaient. Je me suis marié, étant encore un jeune homme, monsieur; et mon mariage a été secret. J'épousai au Canada, lors de mon premier voyage, la fille d'un négociant français qui y était établi. Je l'épousai en secret, à l'insu de son père, dont la haine contre les Anglais était si violente qu'il aurait été absolument inutile d'espérer obtenir son consentement. Ma femme continua à demeurer, sans éveiller de soupçons, dans la maison paternelle, trouvant des excuses plausibles pour faire de temps à autre des absences quelquefois assez prolongées. C'est pendant l'une de ces absences que naquit William, auquel je donnai les noms de Geoffry William Lydney. Mon beau-père mourut, laissant une fortune considérable, qui, après la mort de ma femme, presque à la même époque, passa tout entière à mon fils. Je ne vous mentionne que les faits principaux, monsieur le détective, dit lord Dane, en s'interrompant quelques instants ; je n'ai pas le temps d'entrer dans plus de détails.

Je n'avais pas de motif particulier de cacher mon mariage à ma famille; je n'ignorais pas cependant qu'on m'y adresserait de vifs reproches pour avoir épousé la fille d'un marchand. Quand je revins en Angleterre, à Danesheld, je fis ma confession à lady Adélaïde Errol, que je désirais alors épouser. Je lui avouai que j'étais veuf, mais ne lui parlai pas encore de mon enfant; je ne voulais déclarer la vérité tout entière, aussi bien à lady Adélaïde qu'à ma famille, que lorsque notre mariage aurait été tout à fait décidé — et de fait, le règlement des affaires d'argent ne m'aurait pas permis de me taire plus longtemps. Sur ces entrefaites, je fus jeté au bas de la falaise, c'est-à-dire que, me rencontrant un soir avec Herbert Dane sur le chemin au bord des rochers, nous nous disputâmes, nous

nous colletâmes, et, dans l'ardeur de la lutte, il fit un mouvement malheureux, me donna une forte secousse... que sais-je?... ou me porta un coup dont il ne prévoyait pas la conséquence, j'en suis sûr, et qui me précipita dans l'espace. Je fus recueilli en mer, par mon ami le colonel Moneton, qui me prit à bord de son yacht et me mena en Amérique. Mais tout cela est de l'histoire ancienne, et je n'ai pas besoin d'y insister. J'arrive au point important : cette boîte, une des épaves du naufrage, est, je le sais, au château de Dane. Comment puis-je me la faire restituer? »

M. Blair rapprocha son fauteuil du canapé où lord Dane était assis. Son rôle commençait.

« Herbert Dane a dû reconnaître la boîte, continua lord Dane. Ma mère m'en avait fait présent lors de mon premier départ pour le Canada avec mon régiment; et le jour même, j'y serrai mes papiers les plus précieux. Herbert Dane, je m'en souviens, alors enfant, — il avait à peu près dix ans, — était près de moi et m'aida à remplir la caisse. Je me souviens aussi que la croix de Malte et les trois V sur le couvercle attirèrent particulièrement son attention, et que ma mère, répondant à ses questions, lui dit qu'ayant prêté une fois la boîte à son frère, celui-ci la lui avait rendue plus tard ainsi décorée. Monsieur, la caisse en question, quand bien même elle n'aurait pas d'autre valeur, me serait précieuse comme relique de famille ; mais ce qu'elle contient maintenant est pour moi sans prix, par rapport à mon fils.

— Permettez-moi, dit M. Blair, de procéder par ordre. Je voudrais que Votre Seigneurie m'indiquât le contenu de la boîte au moment du naufrage.

— Des papiers et des documents, monsieur, relatifs à mes propriétés en Amérique et à celles de mon fils. Mon testament s'y trouvait aussi. Tout cela pourrait

se remplacer sans difficulté; mais il serait moins aisé
de reconstituer les actes concernant mon mariage et
la naissance de mon fils, et remarquez-le bien, monsieur, si la légitimité de William était mise en question et que je ne pusse pas la prouver, M. Herbert
Dane deviendrait mon héritier légal et continuerait
à occuper la haute position dont il jouit injustement
depuis si longtemps. C'est la perte de cette caisse qui
m'a décidé à rester chez Ravensbird en gardant le
plus strict incognito, continua lord Dane. Je n'avais
jamais eu la pensée, soyez-en certain, de revenir à
Danesheld autrement qu'à visage découvert et en
me donnant pour ce que je suis réellement. Mais au
moment même où le bateau de sauvetage nous dépo-
sait sur la plage — grâce au courage du jeune Lester
— j'appris que nous nous trouvions à Danesheld
même. Je fis comprendre en deux mots à William qu'il
devait garder le silence : je me sentais si épuisé ! Le
lendemain, comme je vous l'ai déjà dit, je sus la mort
de mon frère Geoffry et la présence d'Herbert au château; puis ce fut le vol de la caisse...

— Il n'est pas possible alors qu'il ait connu le
contenu de la boîte, observa M. Blair, rêveur. Je
cherche à comprendre son motif pour s'en être emparé.

— Je ne sais. Ma théorie est celle-ci : la vue de la
caisse a dû l'effrayer. Quelque crainte vague l'a saisi,
probablement, de voir la lumière se faire sur le passé,
je veux dire sur la part qu'il a prise à ma mort supposée. Je ne puis m'expliquer sa conduite que de cette
façon : un homme dont la conscience n'est pas tranquille est toujours sur le qui-vive, plus ou moins, et
en apercevant la boîte sur la plage, sa pensée s'est
nécessairement reportée vers moi. Peut-être aussi lady
Adélaïde lui avait-elle confié le secret de mon premier

mariage, et a-t-il craint qu'un héritier n'arrivât tout
à coup du nouveau monde pour le déposséder.

— Votre Seigneurie a parlé tout à l'heure d'une
lettre écrite par elle à son frère? Pensez-vous que
M. Herbert Dane l'ait reçue et ait su, par conséquent,
que vous n'étiez pas mort?

—Je ne saurais vous le dire. Êtes-vous prêt, monsieur, maintenant que vous connaissez mon histoire,
— et ces témoins, il montra du doigt Ravensbird et
M. Apperly, en corroboreront l'exactitude,—êtes-vous
prêt à m'aider à rentrer en possession de cette caisse?

— Certainement, oui.

— Très-bien. Voulez-vous aussi vous charger de
faire relâcher mon fils ?

— Oui, je pense que je le puis, sous la condition
qu'il me rendra compte — à moi seul et en confidence
— de sa présence, la nuit dernière, avec ces trois individus, dans la maison de M. Lester. »

Lord Dane releva fièrement la tête. « Je ne sais
rien de cette affaire, dit-il ; mais je sais une chose,
c'est que William est le meilleur et le plus honorable
des hommes. Depuis quelques jours, il passait la plus
grande partie de son temps à surveiller ce fils si maltraité de M. Lester, et faisait tous ses efforts pour
maintenir dans le droit chemin ce malheureux garçon.
Je ne crois pas m'avancer beaucoup en vous affirmant
qu'il devait s'agir de lui la nuit dernière. Je vais vous
donner un mot pour William, en le priant de tout vous
dire. Il le peut, sans inconvénient, n'est-ce pas ? continua lord Dane, je veux dire sans que vous vous
fassiez une arme de sa confidence contre le jeune
Lester?

— En toute sécurité. Je l'écouterai comme un ami,
et non comme un agent de police. Peut-être ferais-je
mieux d'aller le trouver de suite. Je penserai en che-

min à notre autre affaire, et à mon retour, j'espère pouvoir donner mon avis à Votre Seigneurie. »

Pendant ce temps, William Lydney attendait patiemment dans la salle des prévenus, au bureau de police. Craignant d'inquiéter son père par la nouvelle de son incarcération, il s'était contenté d'envoyer prévenir M. Apperly. Quand il entendit la porte s'ouvrir, il crut que l'avocat arrivait enfin. C'était seulement le banquier de lord Dane, M. Blair.

« Je vous apporte un mot de la part de lord Dane, lui dit M. Blair, en lui remettant le billet.

— De la part de qui, dites-vous ? fit William en regardant tour à tour le papier et le visiteur.

— De la part du véritable lord Dane, répondit à voix basse M. Blair ; je sais que j'ai en ce moment l'honneur de parler au futur lord. Votre père vous demande dans ce billet de vous confier à moi. Il m'a tout dit, tout raconté. Peut-être sera-t-il en mon pouvoir de vous faire mettre en liberté.

— Mais comment cela vous serait-il possible ? s'écria le prisonnier. Vous êtes l'ami de... de celui du château... son banquier...

— Vous vous êtes fait connaître à Danesheld sous de fausses couleurs, monsieur Dane. Moi de même, Je ne suis pas le banquier de lord Dane. C'est là un titre dont je ne dois pas me parer plus longtemps, et je vous avouerai même que j'ignore comment on m'en a affublé. Je suis l'un des principaux « détectives », officiers de la force publique, à Londres. Votre père a fait appel à mon aide et à mes services, et je suis disposé à vous prêter assistance. Et d'abord, pourquoi vous trouviez-vous dans la maison de M. Lester, la nuit dernière, en si mauvaise compagnie ?

— Je ne puis m'expliquer. Je ne saurais rien dire à ce sujet.

— Vous n'étiez pas avec eux?...Vous ne les accompagniez pas?

— Moi! s'écria William Dane d'un ton de suprême fierté; et vous venez, il n'y a qu'un instant, de m'avouer que vous connaissiez mon rang! Je n'ai jamais oublié ce que je me dois à moi-même, vous pouvez en être certain, et n'ai à rougir d'aucune de mes actions.

— Quelles raisons vous empêchent. de vous confier à moi? Voulez-vous me les dire?

— Je n'y vois pas d'inconvénient. Je me tais, parce qu'en avouant la vérité, je compromettrais une autre personne.

— C'est bien cela. Vous faites allusion au jeune Lester, monsieur Dane. Voyons, je vous donne ma parole, quoi que vous puissiez m'apprendre, de ne pas le poursuivre. Je ne suis pas, depuis mon arrivée à Danesheld, sans avoir mis le nez dans les petites affaires et les commérages du pays. C'est mon métier. J'en sais et j'en soupçonne autant, sinon davantage, que vous ne pourriez m'en dire sur ce malheureux jeune homme. J'imagine qu'il était le principal acteur dans le drame de la nuit dernière, et que vous, vous n'aviez rien à y voir, quoique je sois surpris qu'un gentleman, comme lui, soit tombé assez bas pour aller voler l'argenterie de son père. »

William Dane comprit que le meilleur plan était encore de confier la vérité tout entière à un homme aussi expérimenté. Il raconta donc l'histoire du premier mot au dernier, sans en rien cacher.

« Ces faits doivent être portés à la connaissance de M. Lester, observa M. Blair ; par considération pour son fils, il ne peut donner suite à cette affaire.

— Je ne suis pas certain que ce ne soit pas là une raison de plus pour Squire Lester de la poursuivre, au contraire. Il est à couteaux tirés avec son fils, et fortement excité contre lui. Non. Je resterai où je suis plutôt que de trahir Wilfrid Lester. Je lui dois la vie de mon père et la mienne.

— Vous semblez admirablement supporter votre captivité, remarqua M. Blair, étonné du calme et de la sérénité de ce prisonnier par amitié.

— Un homme dont la conscience est pure est, en général, à l'aise, dans quelque situation qu'il se trouve. Quant à ce dont je suis accusé, cela m'inquiète peu. Je n'ai qu'à déclarer la présence, au *Rendez-vous des Marins*, du véritable lord Dane, revenu en Angleterre pour reprendre la place qui lui appartient, me faire reconnaître pour son fils, et Danesheld ne sera pas long à faire bonne justice de la plaisanterie — un peu trop prolongée peut-être — de M. Lester.

— Je puis me charger de ce soin moi-même, je pense, au moins pour ce qui est de votre détention, répondit M. Blair. Venez avec moi. »

Il le conduisit, en le précédant, dans le bureau de police, où M. Bent, assis devant une table, écrivait. L'inspecteur se leva vivement en voyant sortir son prisonnier. Il éprouvait, il est vrai, une secrète sympathie pour le jeune Lydney ; mais sa bienveillance n'allait pas jusqu'à le laisser échapper, maintenant qu'on avait ordonné son incarcération.

« Je vais vous débarrasser de votre prisonnier, Bent, lui dit tranquillement M. Blair. Ce gentleman m'a donné les preuves de son innocence, et il faut le mettre en liberté.

— Où est l'ordre de le relâcher ? demanda Bent, après un instant de stupéfaction.

— L'ordre est celui que je vous donne et auquel vous devez obéir.

— Mais comment pourrai-je répondre à lord Dane

et à Squire Lester ? » s'écria le malheureux inspecteur,
qui craignait de se trouver pris entre l'enclume et le
marteau. » Ils vont m'accabler de toutes sortes de dé-
boires et de punitions.

— Vous leur direz de s'adresser à moi. Passez, monsieur. »

M. Blair ouvrit la porte en disant ces mots, salua
l'ex-prisonnier, et se rangea pour le laisser sortir le
premier. Il y eut dans son salut quelque chose de res-
pectueux qui attira l'attention de l'inspecteur. Le
pauvre homme ouvrait des yeux démesurés. Lydney
se retourna en riant.

« Tout va bien, Bent, et le temps approche où vous
serez aussi de cet avis-là. »

CHAPITRE XIV

DANS LE CABINET DES TRÉTEAUX

La nouvelle de l'arrestation de M. Lydney s'était
rapidement répandue à Danesheld. On ne parlait pas
d'autre chose dans toute la ville; ce fut donc avec une
profonde surprise qu'on vit passer le jeune homme
par les rues, bras-dessus bras-dessous avec le banquier
de lord Dane. On s'imagina immédiatement que le
riche financier devait avoir déposé pour lui une caution importante, et une véritable « queue » se forma
bientôt sur leur passage et les suivit jusqu'à l'hôtel. Un
ami officieux courut de toute la vitesse de ses jambes
annoncer l'événement à squire Lester.

Au moment où M. Blair et son compagnon de route tournaient l'angle de la rue, près du *Rendez-vous des Marins,* ils se trouvèrent presque face à face avec lord Dane.

Il serait difficile de peindre la stupéfaction de Sa Seigneurie à la vue de Lydney en liberté. Il n'en croyait pas ses yeux. Il fit signe de la main à M. Blair, dont la présence à Danesheld ne le surprenait pas moins. Lord Dane n'était pas dans un de ses jours de bonne humeur. Il avait sur le cœur le fiasco de la visite du détective au château, et il se sentait ridicule d'avoir fait tant de bruit pour rien.

« Que signifie ceci? demanda-t-il d'un air hautain; qui a osé ordonner la mise en liberté de cet homme? »

M. Blair fit quelques pas vers lui, et Lydney, soulevant légèrement son chapeau, — lord Dane prit ce geste pour une raillerie, — continua lentement son chemin.

« J'ai eu connaissance, lord Dane, depuis l'interrogatoire chez Squire Lester, de certains faits qui ne permettent pas de laisser M. Lydney en prison, et j'ai cru de mon devoir d'ordonner son élargissement.

— Que voulez-vous dire? certains faits?

— Oui, en vérité : M. Lydney n'est pas coupable.

— Vous perdez la tête, je crois, monsieur. Pas coupable! Comment! Mais jamais les preuves de la culpabilité d'un criminel n'ont été plus concluantes! Savez-vous bien qu'en relâchant ainsi cet homme, c'est un défi que vous nous adressez, à nous tous? à moi, à M. Lester, à la police... à la loi elle-même?

— Je suis peiné d'avoir eu à agir ainsi. Quand les faits dont je parle seront expliqués...

— Les faits expliqués! interrompit lord Dane, trop irrité pour en écouter davantage, quels faits peuvent excuser le mépris des ordres de la justice... la mise en liberté d'un coupable? Comment Bent a-t-il osé tolérer...

— Bent n'avait pas le choix. Quand je lui donne un ordre, son devoir est d'obéir.

— Nous verrons bien s'il a le droit de me désobéir, à moi! écuma lord Dane. Je vais lui ordonner de ressaisir à l'instant ce criminel, sous peine de destitution.

— Je ferai observer à Votre Seigneurie — avec tout le respect que je lui dois — que ce serait là une perte de temps inutile. Aussi longtemps que je resterai à Danesheld, j'y suis chef de la police, et Bent est sous mes ordres. »

Lord Dane se sentit battu. Jamais, depuis qu'il était lord Dane, on ne lui avait résisté aussi ouvertement. Il restait là, abasourdi, ne sachant que répondre.

« Que faites-vous maintenant à Danesheld? demanda-t-il enfin. Vous avez quitté mon château, il y a une heure, pour prendre le chemin de fer.

— C'est vrai. Mais, comme je me rendais à la station, je rencontrai un homme de loi de cette ville, nommé Apperly, qui m'a prié de m'occuper d'une certaine affaire. Lord Dane, croyez-moi, je n'ai pas ordonné la mise en liberté de ce jeune homme pour vous contrarier ; — pourquoi aurais-je eu une pareille intention ? J'ai appris que les raisons de cet ordre d'incarcération ne reposaient sur rien de fondé. Quelques-uns de nous auraient pu même avoir à se repentir de l'avoir donné. Mais je suis obligé de souhaiter le bonsoir à Votre Seigneurie, car des affaires pressantes demandent tout mon temps, en ce moment. »

Il salua et s'éloigna, laissant lord Dane tout décontenancé. Le narguer, lui, le seigneur et le chef du pays! c'était à croire à l'écroulement de toutes les institutions sociales!

Sa Seigneurie marcha à grands pas vers la station de police, et rencontra Bent qui en sortait : « Je ne suis absolument rien, tant que M. Blair est à Danesheld, » dit le malheureux agent. Et ce fut là la meilleure excuse qu'il put lui donner.

Un dîner politique, depuis longtemps décidé, avait lieu ce soir-là même à Danesheld, sous la présidence d'un des magistrats du pays. Les deux vice-présidents, lord Dane et Squire Lester, n'étaient ni l'un ni l'autre dans une disposition d'esprit à faire honneur à leur fonction. La mise en liberté du prisonnier Lydney était désormais un fait acquis, et M. Lester, au moins, sinon lord Dane, n'ayant pu rencontrer Bent, ne comprenait absolument rien à l'événement de la journée.

Pendant qu'ils se trouvaient à table, on aurait pu voir sur la route M. Apperly marchant d'un pas pressé. Son but était de rendre une petite visite à M. Bruff, et la Providence, comme pour faciliter sa politesse, le lui fit trouver, à l'instant même de son arrivée devant le château, prenant l'air sur le pas de la porte, suivant son habitude, et nu-tête.

« Bonsoir, monsieur; je savais votre retour, dit l'intendant gaiement; vous ne venez pas pour voir mylord, j'espère, monsieur Apperly? Il est à ce grand dîner, vous savez... le dîner politique.

— Non, c'est pour vous que je viens, Bruff; voulez-vous faire un bout de promenade avec moi ?

— Un bout de promenade !

— Par ordre de lord Dane. Prenez votre chapeau, et je vous dirai de quoi il s'agit, tout en marchant. Pas un mot aux domestiques ni à qui que ce soit au château. »

Bruff alla chercher son chapeau et rejoignit l'avocat, qui se dirigeait de nouveau vers Danesheld. Il marchait si vite que le majestueux et gros intendant avait peine à le suivre.

« Mylord n'est pas malade, au moins! s'écria tout à coup Bruff, pensant que, si ce n'était pas pour gagner un pari, une telle allure ne pouvait avoir d'autre motif qu'un accident arrivé à lord Dane. Que me veut-il?

— Il est très-malade, répondit gravement M. Apperly. Je... je crains, Bruff, qu'il ne se rétablisse jamais. »

Bruff s'arrêta — s'arrêta court, une idée lui traversant tout à coup l'esprit.

« Pour l'amour de Dieu, ne me cachez rien, monsieur Apperly! Il n'est pas mort, n'est-ce pas?

— Non, non, non. Venez, il est aussi vivant que vous et moi. Il vous demande, voilà tout, Bruff; et il n'y a pas de temps à perdre. J'ai dit malade, et non pas mort.

— C'est en pensant à l'autre nuit que la crainte de sa mort m'a saisi, répondit Bruff en pressant le pas de son mieux. Mylord avait été faire un tour sur les hauteurs, — par un beau clair de lune, il y a environ huit jours, — et il passa devant moi en rentrant au château. Monsieur Apperly, si vous avez jamais vu un cadavre, vous auriez pensé que c'en était un, à ce moment-là! Sa figure était bleu livide, si épouvantée et si étrange que je n'ai pas osé l'aborder. Il avait l'air d'un homme qui...

— Qui a vu un revenant.

— Un revenant!... Ah bien oui! comme un homme atteint de quelque maladie mortelle, allais-je dire. Peut-être est-ce la même chose ce soir. Dieu veuille que ça n'ait pas de suites.

— Je m'imagine que vous n'avez pas un fol amour pour Sa Seigneurie.

— Pas comme pour l'ancienne famille, dit Bruff

avec une certaine émotion; j'aimais tant le vieux lord
Dane surtout, et M. Harry. Je n'ai jamais rien éprouvé
de pareil pour M. Herbert. Mais, que voulez-vous?
les autres sont morts, et il est lord Dane, et puis, c'est
un bon maître.

— Dites donc, Bruff, si l'ancienne famille — ou l'un
de vos anciens maîtres — sortait de son tombeau et se
trouvait revivre tout à coup, est-ce lui que vous ju-
geriez de votre devoir de servir ou le présent lord?

— Quelle bêtise! Mais le présent lord ne serait
plus lord Dane, dans ce cas-là, répondit l'intendant
après une minute de profonde réflexion; à quoi ça
sert-il, du reste, de discuter des impossibilités, monsieur Apperly? Comme si je pouvais servir d'autres personnes au monde que mes vieux maîtres, si le bon
Dieu les avait laissés vivre! »

Ils étaient arrivés au *Rendez-vous des Marins*.
M. Apperly s'arrêta.

« Mylord est-il donc si malade qu'on l'ait porté
ici? s'écria Bruff effrayé. Pourquoi ne pas l'avoir
conduit au château? Ce n'est pas beaucoup plus loin.

— Voyons! entrez et ne récriminez pas,» dit l'avocat.

Il montra le chemin à Bruff jusqu'au premier étage,
et là le fit entrer dans la chambre du malade. Bruff
jeta de tous côtés des regards impatients et inquiets.
Il vit le jeune Lydney, Ravensbird, M. Blair et, sur
le canapé, une autre personne, à laquelle il fit à peine
attention. La présence de deux de ces messieurs, dont
il croyait l'un en prison et l'autre en route pour Londres, ne pouvait qu'augmenter sa stupéfaction.

« Où est mylord? s'écria-t-il.

— Là, » dit M. Apperly.

Lord Dane se leva en souriant. Bruff le regardait
d'un air hébété.

« Ne me reconnaissez-vous pas, Bruff? C'est bien moi, en chair et en os.

— C'est... c'est la vivante image de M. Harry, excepté les cheveux! » bégaya le malheureux intendant dont les yeux allaient de l'un à l'autre des assistants avec une expression d'indicible perplexité et de frayeur aussi ; «mais ce ne peut pas être !

— Cela est, cependant, Bruff. M. Harry n'a pas été tué en tombant des falaises, et M. Harry est encore vivant. Je croyais que vous auriez moins hésité à me reconnaître, Bruff. »

Ah! cette voix! Il n'y avait plus à douter. C'était bien la voix de son ancien maître. Il l'aurait reconnue entre mille.

Ses yeux se remplirent de larmes, ses mains tremblèrent d'émotion, et il plia le genou devant lord Dane.

« Mon maître! mon seul véritable maître! Je vous reconnais, murmura-t-il, la voix pleine de sanglots ; le vieux Bruff a assez vécu, puisqu'il lui est permis de vous voir régner de nouveau dans le château de vos ancêtres! »

Lord Dane, lui prenant la main, le releva. « Je n'y régnerai pas longtemps, Bruff, et dans peu, je reposerai là où l'on me croit depuis dix ans... dans le caveau de ma famille ; mais, » ajouta lord Dane en faisant signe à son fils d'approcher et en lui posant la main sur l'épaule, «j'espère que vous servirez celui-là aussi loyalement et aussi fidèlement que vous m'avez servi moi-même. C'est votre futur seigneur.

— Il est...?

— Un autre Geoffry, Bruff. L'honorable Geoffry-William Lydney Dane, mon fils unique. Soyez-lui dévoué, en souvenir de son père et de son grand-père.

— Je disais bien qu'il avait l'air d'un chef! s'écria

Bruff, les yeux brillants, de joie. La première fois qu'il vint au château, je le reconnus pour un maître. Miss Dane déclara qu'il ressemblait à milady... oui, en vérité, elle l'a dit.

— Qu'il ressemblait à ma mère? C'est vrai. La ressemblance m'a toujours frappé; mais il a les traits des Dane. Bruff, j'ai un service à réclamer de vous. Êtes-vous prêt à me le rendre?

— Ah! mylord. Tout pour vous et pour les vôtres. Ma vie vous appartient.

— Comprenez-moi bien, d'abord, Bruff. Vous serez obligé d'user de ruse envers votre maître actuel. Y consentez-vous?

— Tant pis!... quant à être mon maître... j'espère que vous ne me croyez pas capable de reconnaître d'autre maître que vous, mylord, tant que vous vivrez.

— Très-bien. Le mensonge et la perfidie me font horreur; mais peut-être suis-je excusable d'y avoir recours en cette circonstance. Il en a usé assez longtemps envers moi. Vous ne me demandez pas qui m'a précipité du haut de la falaise?

— Mylord!...» dit Bruff en hésitant.

Il craignait de comprendre.

« C'est Herbert Dane; non par trahison, cependant. Sa seule trahison, dans cette affaire, fut de garder le silence, de se faire passer pour innocent et de laisser accuser Ravensbird. Mais tout cela est de l'histoire ancienne. Il y a autre chose : où est cette boîte, Bruff?

— La boîte perdue? dit le vieil intendant en secouant la tête. Mylord, je n'en sais rien. Je ne l'ai jamais su.

— Cette boîte m'appartient, Bruff. J'ai des raisons de croire que M. Herbert Dane l'a cachée au château.

M. Blair croit qu'il vous sera possible de l'enlever, ce soir, pendant l'absence de votre maître. Son avis doit être pour nous d'un grand poids, Bruff; un officier de la police métropolitaine est meilleur juge que nous dans ces sortes d'affaires. »

Le malheureux Bruff rougit jusqu'aux oreilles. — « Comment! pensait-il, cet affable banquier de Londres, qui s'est fait de moi un ami et m'a si souvent excité à parler, un détective! Que ne me suis-je pas laissé entraîner à lui raconter! Et cette boîte?... N'ai-je pas répété cent fois qu'elle n'était pas au château? »

M. Apperly le mit en quelques mots au courant de ce dont il s'agissait, en lui révélant l'existence de cachettes au château; Bruff, de plus en plus stupéfait, sentait la sueur lui couler à grosses gouttes sur le front.

Il n'y avait pas de temps à perdre, cependant, si l'on voulait mener à bonne fin le complot.

L'intendant et M. Apperly partirent donc de suite pour le château, et Ravensbird les suivit à distance, avec une voiture à bras. Au point où en étaient les choses, il valait mieux ne se faire aider d'aucune personne étrangère.

Une fois arrivés au château, Bruff ayant pris la clef de la chambre « de la mort, » conduisit M. Apperly, par le passage de pierre, derrière le château, rarement fréquenté. Personne ne les vit entrer et ne se douta même de leur présence, et Ravensbird, s'asseyant sur la petite voiture, attendit tranquillement dans un coin obscur.

M. Apperly découvrit sans difficulté, sur le mur du cabinet des tréteaux, le ressort que lui avait montré jadis le vieux lord Dane, et le panneau glissa lentement sur ses rainures, donnant accès dans une petite chambre de sept pieds carrés environ. Rien d'autre dans la pièce qu'un objet posé à terre, à quelques pas du panneau, — la boîte perdue.

« Ah ! » s'écria M. Apperly.

Bruff, tout en examinant la boîte, — il était resté jusqu'à ce moment quelque peu sceptique au sujet des probabilités de la trouver là, — se jurait à lui-même de ne plus se croire certain de rien à l'avenir.

« Ah ! je m'explique tout maintenant, dit-il à M. Apperly ; il faut qu'il l'ait traînée ici, au moment même de son arrivée, pendant les quelques minutes où je me suis absenté pour surveiller le départ des garçons meuniers. Comment diable a-t-il eu la force de la remuer ? C'est ce que je ne puis concevoir.

— Je me demande où peut conduire cette porte ! s'écria l'avocat en indiquant du doigt un coin de la chambre ; aux caveaux, je suppose, sous le château. »

Près de Ravensbird et de la voiture à bras se tenait M. Blair, en cas où une surprise des agents de police de Danesheld eût rendu son autorité nécessaire.

Rien cependant ne vint les troubler. La caisse fut déposée sur la voiture, soigneusement recouverte d'une toile, de crainte des regards indiscrets de quelques passants, et l'on se mit en marche vers le *Rendez-vous des Marins*. Bruff resta au château. Il était encore, réellement, au service de Herbert Dane.

Quand la boîte, toujours soigneusement recouverte, fut montée au premier étage de l'auberge et déposée dans la chambre de lord Dane, et que celui-ci la vit devant lui intacte, le cœur rempli de reconnaissance, il regarda son fils véritable héritier désormais de l'antique race des Dane, et que rien ne s'opposait plus à faire reconnaître comme tel.

« Mais, je t'en prie, William, garde encore le silence. Je désire te présenter moi-même et choisir

mon moment, dit lord Dane. Pour ce soir, au moins,
sois encore William Lydney.

— Très-bien, répondit le jeune homme en riant.
Toute une semaine, si cela vous fait plaisir. Quant à
moi, la plaisanterie ne me déplaît pas. »

Il prit son chapeau et sortit à la recherche de
Wilfrid Lester, qu'il n'avait pas vu de la journée, et
au sujet duquel il ne pouvait s'empêcher d'éprouver
une vague inquiétude.

Il suivit la route de Danesheld-Hall, quoiqu'elle
fût la plus longue pour se rendre chez Wilfrid ; mais
elle avait pour lui un charme auquel il ne savait pas
résister. En entrant dans le sentier du bois, il entendit des voix, des voix irritées, comme une dispute ; il
pressa le pas, et reconnut Wilfrid et sa sœur. Maria,
de plus en plus inquiète, était de nouveau sortie à la
recherche de Wilfrid, qu'elle avait enfin trouvé de
retour de la Grande-Croix. Elle lui offrait un peu
d'argent... tout ce qu'elle avait pu réunir, et le sup-
pliait de quitter le pays jusqu'à ce que tout danger
fût passé. Wilfrid répondait d'un ton brusque et
irrité. Il adorait sa sœur et aurait donné tout au
monde pour qu'elle ne soupçonnât rien de sa conduite. Il opposait à ses supplications des dénégations
furibondes, et la pauvre Maria, à bout d'arguments, murmurait, en fondant en larmes, qu'il serait
peut-être moins dur pour elle s'il savait que pour le
sauver, elle se serait sacrifiée et aurait épousé lord
Dane.

« Oh! en vérité! » disait Wilfrid, au moment où
M. Lydney parut.

Tous deux se turent. Wilfrid ignorait son arrestation, et Maria supposa qu'on l'avait relâché sous caution. Elle eut honte d'être surprise ainsi tout en
larmes, et M. Lydney, ne s'expliquant pas la cause de

ce désespoir, gardait le silence, en regardant tour à tour le frère et la sœur.

« Oui, oui, vous avez raison d'être étonné! s'écria Wilfrid avec agitation. Voilà qu'on lui ordonne maintenant d'épouser lord Dane. C'est fort bien combiné! De cette façon, le Hall se trouvera débarrassé de nous deux...

— Oh! Wilfrid! interrompit Maria, rouge de confusion.

— J'allais chez vous, Lester, interrompit à son tour M. Lydney; j'ai besoin de causer avec vous.

— Très-bien; nous pouvons retourner ensemble à la maison, répondit-il vivement, enchanté d'être débarrassé de Maria et de ses questions. Seriez-vous seulement assez aimable pour reconduire ma sœur jusqu'au tournant de la route, Lydney? Je ne me soucie pas d'aller plus avant. Je vous attendrai ici. »

Maria, ainsi congédiée, — de cette façon sommaire, — n'avait qu'à partir. M. Lydney la suivit.

« Laissez-moi partager vos chagrins, lui dit-il à voix basse. Peut-être serai-je capable de les adoucir, quels qu'ils puissent être. »

Elle ne pleurait plus; mais elle sentait renaître toutes ses craintes; elle était trop émue pour répondre; elle respirait à peine; ses mains tremblaient.

« Vous êtes malade... ou étrangement surexcitée, continua-t-il, qu'y a-t-il?

— Oh! dites-moi la vérité sur ce qui s'est passé la nuit dernière, bégaya-t-elle. Cette incertitude me tue!

— La vérité, pour ce qui me concerne?

— Non, non. Je n'ai jamais douté de vous. Je sais que vous êtes le meilleur et le plus dévoué des amis et que vous avez supporté aujourd'hui, dans un généreux silence, la faute d'un autre, pour qu'il ne pût pas

être soupçonné. C'est Wilfrid, je le sais, qui a pénétré,
la nuit dernière, dans le Hall, et Tiffle vous a pris
pour lui.

— Pas tout à fait exact! Les yeux de Tiffle sont trop
perçants pour la tromper. C'est moi-même qu'elle a vu.

— Oh! si vous pouviez vous douter combien mon
inquiétude et ma frayeur sont horribles, vous ne vous
joueriez pas de moi, monsieur Lydney. Vous m'avez
demandé, un jour, d'avoir confiance en vous, et j'ai
cru en votre loyauté, en votre honneur, entièrement,
sans réserve, comme si vous étiez mon frère. Ne m'ac-
corderez-vous pas un peu de confiance, à votre tour?
Wilfrid était un de ceux qui sont entrés, je le sais.
Quel a pu être son motif? »

Voyant qu'elle en savait si long, il lui raconta les
événements de la nuit tels qu'ils s'étaient passés. Elle
l'écouta avec de terribles battements de cœur.

« Mais son motif, son motif? demanda-t-elle. Il est
impossible que ce fût pour l'argenterie!... à moins que
Wilfrid ne soit devenu absolument fou.

« Non, pas pour l'argenterie, bien certainement.
C'est, au contraire, parce qu'il s'opposait à ce que ses
compagnons touchassent à rien dans la maison que
tout s'est découvert. Avez-vous oublié une certaine
réclamation de Wilfrid à laquelle votre père a toujours
refusé de faire droit?

— La donation! s'écria Maria, comprenant tout à
coup. C'était pour cela!... A-t-il pu l'avoir?

— Oui. M. Lester ne se doute encore de rien, —
heureusement, car il devinerait alors qui est le vrai
coupable.

— Oh! tout s'explique maintenant! murmura-t-elle,
et vous, vous supportez tout sans vous plaindre, pour
le sauver! Comment pourrons-nous jamais nous acquitter envers vous? »

Un sourire effleura les lèvres de M. Lydney. « Je vous demanderai peut-être un jour ma récompense, dit-il, mais en attendant, laissez-moi vous supplier d'être calme et de ne plus vous effrayer de l'avenir. Il y a quelqu'un de tout aussi puissant que votre ami lord Dane, qui a pris à cœur les intérêts de Wilfrid ; son intention est de le mettre désormais à l'abri de tous ses embarras, en général, y compris celui-ci ; et soyez sûre qu'il y réussira.

« Vous voulez parler de vous ?

— Non ; je ne suis, moi, que l'exécuteur de ses volontés. Croyez-moi, miss Lester, tout ira bien... Maria, je ne vous donnerais pas une telle assurance à la légère.

— Mais, comment vous tirerez-vous, vous-même, de cette affreuse affaire ? Vous ne pouvez être jugé à sa place. On vous a seulement mis en liberté sous caution !

— Non. Rassurez-vous, dit-il en riant. C'est beaucoup mieux que cela, et je suis libre, entièrement libre, sans conditions. Mais n'oubliez pas une chose, Maria : tout le monde ignore encore à Danesheld la part prise par Wilfrid dans l'affaire de cette nuit. Soyez donc prudente, et ne laissez pas échapper un seul mot qui puisse éveiller les soupçons. Ce que vous auriez de mieux à faire serait encore de tout oublier vous-même. Croyez-vous que cela vous soit possible ?

— Je le voudrais...

— Non ? vous n'en êtes pas sûre ?... Voyons ! est-ce donc si difficile, quand je vous affirme que vous le pouvez sans crainte ! lui murmura-t-il tendrement. Vous aurez par la suite, j'espère, des occasions plus sérieuses que celle-ci de me prouver votre confiance en moi. »

Ces paroles la appelèrent brusquement à la triste réalité, et ses joues se couvrirent d'une vive rougeur. La pauvre enfant ne se rendait que trop compte des reproches et du mépris auxquels elle s'exposait, rien qu'en se promenant ainsi avec lui, si le hasard voulait qu'on la rencontrât. Elle ne savait rien de lui ni de sa famille. Elle ignorait qui il était et n'avait pour guide que sa propre conviction de sa droiture et de son honneur. Mais Maria Lester n'était pas de celles qui bravent l'opinion du monde et se donnent publiquement en spectacle.

« Dans bien peu de temps, maintenant — dans quelques heures peut-être, — je serai en mesure de parler à M. Lester. Voulez-vous m'autoriser à le faire ?

— De lui parler ? reprit-elle, ne comprenant pas.

— De lui parler à votre sujet. Puisque lord Dane — votre frère le disait tout à l'heure — veut hâter sa demande, il faut bien que je le devance et vous mette à même de choisir entre nous deux. »

Il lui prit la main. Maria, en dépit de ses inquiétudes et de ses doutes, sentit tout son être frémir d'une indicible sensation de bonheur. Elle porta la main à son cœur, pour en comprimer les battements. Un bruit de pas, derrière elle, lui fit vivement retourner la tête.

C'était lord Dane.

Sa Seigneurie avait profité du moment où l'on se levait de table pour s'échapper sans attirer l'attention. Il était mal à l'aise et avait choisi cette route solitaire du bois pour rentrer au château.

Il serait impossible de dépeindre sa stupéfaction et son indignation quand il reconnut dans l'homme qui se retournait, le regardant avec un calme affecté, cet ex-prisonnier, ce misérable drôle, et dans la jeune femme à ses côtés, miss Lester. Maria bégaya, en rougissant, une explication embarrassée : elle venait à l'instant, dit-elle, de quitter Wilfrid; et lord Dane exprima, d'un ton hautain, son intention de la reconduire jusqu'au Hall. Mais au moment même où il avançait le bras pour le lui offrir, M. Lydney, sans plus de cérémonie, l'en empêcha en prenant lui-même la main de Maria.

« Mille pardons, lord Dane; je suis tout à fait capable de veiller sur miss Lester.

— Ne touchez pas miss Lester, monsieur! s'écria lord Dane, blême de colère. — Maria, savez-vous bien que vous vous avilissez vous-même? »

Maria comprit combien sa situation était fausse entre ces deux hommes, et, en proie à une violente agitation, elle s'efforça de dégager sa main de celle de Lydney.

« Je commence à croire, continua lord Dane, à la vérité de ces bruits honteux qui courent depuis quelque temps à Danesheld. Ne dit-on pas que cet homme, cet aventurier, ce voleur avec effraction a gagné la confiance de miss Lester au point de lui faire oublier toute convenance et toute pudeur, et de se déshonorer en s'alliant à lui?

— Puisque Votre Seigneurie aborde cette question, je dois avouer que le plus doux espoir de ma vie serait, en effet, d'obtenir la confiance de miss Lester... et son cœur... et sa main, répondit Lydney avec le plus grand sang-froid. Si j'y réussissais, elle trouverait au moins le bonheur. Il pourrait se faire qu'entre Votre Seigneurie et moi, elle n'eût pas besoin d'hésiter longtemps.

— Maria! cria lord Dane, la voix frémissante, les yeux étincelants, supporterez-vous donc, sans la relever, une pareille insolence? Je ne le puis, moi. Permettez-moi de vous rappeler que c'est là une grossière insulte pour vous, la future lady Dane.

— Non, ce n'est pas une insulte, dit William Lydney. Quant à vous voir un jour lady Dane, miss Lester, c'est ma plus ferme espérance. »

Maria tressaillit. Lord Dane ne considéra ces paroles que comme une insolente raillerie; il aurait volontiers fait mordre la poussière à ce misérable; mais on était arrivé devant le Hall, et Maria, en voyant la porte toute grande ouverte, dégagea son bras de l'étreinte de Lydney et se précipita dans l'antichambre.

M. Lydney traversa rapidement la route qui, par le bois, conduisait au *Rendez-vous des Marins*, sans souci de faire attendre Wilfrid Lester : il avait hâte de parler à son père.

Pour lord Dane, il se dirigea vers le château, écumant de colère et se jurant à lui-même de débarrasser, le lendemain, coûte que coûte, Danesheld de cet homme dangereux.

CHAPITRE XV

SEMANT ET RÉCOLTANT

Comme Maria se précipitait dans l'antichambre du Hall presque affolée, elle se heurta contre lady Adélaïde et M. Apperly.

L'avocat était venu, chargé d'un message urgent et quelque peu mystérieux, prier lady Adélaïde de l'accompagner au *Rendez-vous des Marins*, où un gentleman malade désirait la voir ; « un de vos vieux amis », avait-il dit.

Lady Adélaïde, quoique fort étonnée au premier moment, avait cependant fini par consentir, un soupçon lui ayant tout à coup traversé l'esprit que ce mystérieux étranger devait être son frère, lord Irkdale, conduit par ses folies à quelque situation désespérée.

Elle reprocha aigrement à Maria de rentrer si tard de chez miss Bordillion, lui demandant qui l'avait ramenée.

La question était faite d'un ton si péremptoire que Maria ne pouvait se dispenser d'y répondre, et n'osant pas prononcer le nom de Wilfrid, elle dit simplement : « M. Lydney. »

Lady Adélaïde se contenta de froncer les sourcils d'un air de méprisante pitié et sortit.

« Si miss Lester était ma fille, je saurais mettre bon ordre à une pareille conduite, dit-elle à M. Apperly ; mais je n'ai aucune autorité sur elle, et je m'en lave les mains. S'il lui plaît d'oublier ce qu'elle doit à sa naissance et à son rang, comme a fait son frère, libre à elle ! — Comment vous, avocats et gens de police, avez-vous pu permettre à cet homme de donner caution ? je ne puis vraiment le comprendre.

— Il y avait de graves doutes, m'a-t-on assuré, sur sa culpabilité, lady Adélaïde ; quant à ce qui est de ce bruit... qu'il recherche la main de miss Lester...

— Moins vous parlerez de cela en ma présence, M. Apperly, et mieux ce sera, je pense, interrompit lady Adélaïde avec hauteur.

— Je vous demande bien pardon, lady Adélaïde ; je voulais seulement vous dire que miss Lester pourrait tomber plus mal.

— Pourrait... quoi ?

— Tomber plus mal. »

Lady Adélaïde, s'enveloppant de son châle avec un mouvement d'impatience, dédaigna de répondre.

« J'ai idée que c'est mon frère, lord Irkdale, qui me joue un tour de sa façon, en m'obligeant de sortir à une heure aussi indue, reprit-elle quelques instants après ; cela lui ressemblerait bien de s'être fourré dans quelque guêpier et de n'oser se montrer... et pour cause. »

La seule personne qu'aperçut lady Adélaïde, en entrant dans la chambre du malade au *Rendez-vous des Marins*, fut William Lydney. En le voyant s'avancer vers elle pour la recevoir, elle s'écria, indignée d'une telle audace :

« Ainsi ! c'est vous, monsieur ? Vous avez osé...

— C'est moi qui vous ai fait demander, lady Adélaïde. »

Lady Adélaïde tressaillit au son de cette voix. Elle crut que le fantôme d'Harry Dane se dressait tout à coup devant elle, et poussant un cri d'angoisse, éperdue, elle serait tombée à la renverse si Lydney ne l'avait soutenue. Il la fit asseoir et sortit immédiatement de la chambre.

Courbée sous le poids de la honte et du remords, se cachant le visage contre le coussin du canapé, lady Adélaïde, d'une voix entrecoupée de sanglots, demandait grâce à lord Dane. Dans la surprise et l'épouvante des premiers moments, elle avait laissé échapper quelques mots qui lui avaient révélé ce qu'il soupçonnait déjà, d'après les récits de Ravensbird et de Sophie : qu'elle les avait reconnus tous les deux, lui et Herbert Dane, cette fatale nuit, et que le solennel serment prêté par elle devant lord Dane était faux.

« Ma vie, depuis ce moment, n'a plus été que tourment et que misère! L'horrible terreur qu'on ne découvrît la vérité a toujours pesé sur moi. Ah! condamnée pour crime de parjure et envoyée au bagne, je n'aurais pas plus souffert! Toujours cette affreuse pensée présente à mon esprit, le jour, la nuit dans mes rêves... toujours! »

Lord Dane, assis à quelques pas d'elle, écoutait.

« Et ce n'était pas tout. Je me considérais, moi aussi, comme coupable, en quelque sorte, de votre mort; car si j'avais dit à l'instant la vérité, on aurait pu vous porter secours. Mais, dans mon amour insensé pour Herbert Dane, je gardai le silence. Ah! une heure ne s'était pas encore écoulée que mon infamie m'apparaissait tout entière. Hélas! il était trop tard, alors, et je n'eus d'autre ressource que de me parjurer.

— Un lourd secret à porter, Adélaïde!

— Un secret qui a fait de moi la plus misérable des femmes... une créature maudite! Ah! ce que j'ai souffert, vous ne le saurez jamais!... Comprenez-vous ce qui m'aurait été réservé si la vérité avait éclaté tout à coup... à moi, la complice du crime? Cette pensée-là me torturait le cœur sans trêve, sans relâche. Je voulais la fuir, je ne pouvais pas. Au moindre bruit, je frémissais. J'ai essayé de m'étourdir, d'oublier; j'ai couru les plaisirs, les fêtes; ce fut en vain. Oh! Harry, quel supplice! savez-vous ce qu'est une terreur secrète... une terreur permanente... incessante d'être reconnue coupable d'un horrible crime? La nuit, je m'éveillais brusquement, poussant des cris perçants et comme oppressée d'un rêve affreux. Dans la maison, on disait que j'étais sujette aux cauchemars; mon mari le croyait aussi. Ah! le passé a pesé sur moi d'un poids bien lourd! Ce secret...

— Herbert vous forçait de le garder.

— Jamais. A l'heure présente même, il ignore que je vous avais reconnus tous deux. Peut-être l'a-t-il soupçonné; je ne saurais le dire; mais il ne l'a jamais su de moi. Du reste, je l'ai à peine vu depuis ce moment-là.

— Alors, ma mort supposée n'a pas même servi à vous rendre heureuse, Adélaïde? »

Un gémissement de douleur s'échappa de sa poitrine. Heureuse! la pauvre femme! Ses jours n'avaient été — comme elle venait de le dire — qu'une longue suite de misères, et ses incessantes frayeurs, ses remords (ce n'était pas du repentir) avaient fait d'elle une misérable créature, — froide cruelle, égoïste et sans cœur.

« A qui la faute, si ce n'est à vous, Adélaïde? Sans votre perfidie, je n'aurais pas...

— Harry, par pitié, interrompit-elle, pourquoi revenir sur le passé? par pitié!

— Oui, c'est le passé, et c'est pour cela que nous pouvons en parler, maintenant que notre roman a fait place aux réalités de la vie. Je suis plus vieux que mon âge, Adélaïde, et je me meurs lentement d'une maladie incurable; vous, vous êtes mariée et mère de famille... »

Elle leva la tête.

« Qui dit que vous êtes mourant?

— Moi, les médecins, mon épuisement, tout le dit. Rien n'est plus trompeur que ma force apparente... elle est trompeuse comme vous l'avez été jadis, Adélaïde. »

Elle fit un geste suppliant de la main, sans répondre.

« Pourquoi me trompiez-vous? Chacune de vos pensées, chacune de vos actions — je l'ai appris trop tard

— était une perfidie envers moi. Votre amour pour Herbert était donc bien violent!... Vous avez refusé, après tout, de l'épouser, et je ne m'en étonne plus, puisque vous le croyiez un assassin. Votre amour pour lui a-t-il cessé à partir de cette nuit?

— L'amour peut-il quitter notre cœur aussi rapidement qu'il y entre? Je ne sais même pas si je n'aimais pas encore Herbert quand il est revenu, après dix ans d'absence. C'est le seul sentiment vrai et pur que j'aie jamais éprouvé, et j'en étais l'esclave.

— Cependant, vous avez épousé Georges Lester.

— Avais-je le choix? Ça me semblait encore un avenir plus tolérable que d'aller m'ensevelir au fond de l'Écosse. Il a été un mari indulgent et bon.

— Beaucoup trop indulgent, m'a-t-on dit... plus indulgent qu'il ne l'a été pour les enfants de la pauvre Catherine Bordillion. »

Lord Dane, en disant ces mots, avait fixé sur elle un regard froid et sévère. Le visage de lady Adélaïde se couvrit d'une brûlante rougeur. Toute l'infamie de sa cruelle conduite envers les enfants de M. Lester lui apparaissait maintenant. Elle se sentait devant un juge.

« Ne me direz-vous pas comment vous avez été sauvé? demanda-t-elle, sans lever les yeux.

— Et comment j'ai découvert la perfidie, cause de la catastrophe, répondit-il, évidemment décidé à ne pas l'épargner. Pouvez-vous reporter vos souvenirs à ce temps-là?

— Comme si je l'avais jamais oublié... pendant ces dix mortelles années!

— J'appris que vous, — Adélaïde Errol, que j'aimais d'un amour si profond, — vous me trompiez ; que, me jurant de m'aimer et de n'aimer que moi, votre amour appartenait tout entier à Herbert Dane. On me dit que vous aviez l'habitude de courir chaque soir jusque sur les hauteurs pour vous rencontrer avec lui. Je ne le crus pas d'abord et je maltraitai le dénonciateur; mais en traversant les ruines, ce jour-là même, avec le colonel Moneton, je trouvai un nœud de ruban rose garni de perles que je reconnus pour vous l'avoir vu la veille au dîner. Il n'y avait plus à douter. Vous étiez venue là le soir avec Herbert Dane. A l'instant, mes yeux se dessillèrent, et je résolus de vous surveiller. Vous souvenez-vous de mon arrivée inattendue pendant le dîner, ce jour-là, lorsqu'on me croyait à bord de la *Perle?* Vous rappelez-vous mon silence? J'avais souffert le martyre toute l'après-midi, et je n'étais pas dans une disposition d'esprit à tenir compagnie à Moneton. Le dîner terminé, je quittai le château pour aller dire simplement adieu à mon ami, à bord du yacht; mais je me dirigeai d'abord vers les falaises, et là je fus accosté par un homme, un colporteur, qui m'importuna pour lui acheter quelques marchandises. Je refusai durement, trop durement, je l'avoue, car je n'étais pas en ce moment d'aimable humeur et porté à la patience. L'homme éleva la voix et devint insolent. Je le menaçai, s'il ne cessait, d'appeler les domestiques de mon père, et de le faire conduire en prison, lui et ses marchandises. Il parut effrayé et s'enfuit à toutes jambes. J'entrai alors dans les ruines de la chapelle : je voulais des preuves de ce qu'on m'avait raconté, et j'attendis. »

Lord Dane s'arrêta en la regardant. Elle avait de nouveau caché sa tête dans ses mains, et ne répondit que par un sourd gémissement.

« Il arriva... il arriva, se glissant avec précaution jusqu'aux ruines. J'étais tellement tremblant de colère, qu'un mouvement involontaire trahit ma présence. Ce n'était pas mon intention d'avoir une explication

avec lui en ce moment. J'avais résolu de la remettre
à plus tard, et c'est pour cela que je lui avais donné
rendez-vous à son cottage ce soir-là même. Il entendit le bruit et dit à voix basse : « Est-ce vous, ma
chérie? » Vous devez comprendre, n'est-ce pas, lady
Adélaïde, ce que je ressentis alors. Tout mon sang
afflua à mon cœur et, fou de rage, je m'élançai hors
de ma cachette, le reproche et l'injure à la bouche.
Je lui jetai à la face son infâme trahison; ce fut moi
qui portai le premier coup, je ne le nie pas; une lutte
s'ensuivit, et... il me poussa par-dessus la falaise.

— Le fit-il avec intention? » bégaya-t-elle, en soulevant à demi sa tête pâle.

« Non, je ne pense pas. Nous étions tous deux
trop excités, pour nous apercevoir que nous nous
trouvions si près du bord. Je tombai, complétement
privé de sentiment. Lui, sans doute, s'enfuit de toute
sa vitesse.

— Mais comment avez-vous été sauvé? Michel, le
douanier, vous laissa pour mort, et la marée montait!

— Je fus sauvé par une de ces circonstances provi-
dentielles où il faut bien reconnaître le doigt de Dieu,
lady Adélaïde, répondit lord Dane d'un ton pénétré.
Le colonel Moneton, désappointé de n'avoir pu me dire
adieu, fit, quand il fut en vue des falaises, stopper son
yacht, et montant dans le canot du bord avec un matelot, aborda, dans l'intention de pousser jusqu'au
château pour me serrer une dernière fois la main. Il
aborda à l'endroit même où j'étais étendu sans mouvement. N'est-ce pas étrange, dites? Ne connaissant
que très-superficiellement nos côtes, il avait pris cette
petite anse de la plage pour une autre plus profonde
que je lui avais indiquée le matin. Nous y étions
descendus ensemble en venant des falaises.

« Il me trouva donc gisant là, dans un état d'insensibilité complète, et au lieu de perdre son temps à chercher le chemin pratiqué dans le roc qui aurait pu le mener au château, il me déposa, avec l'aide de son rameur, dans le canot et regagna le yacht. Le mouvement me fit reprendre connaissance, et Moneton allait donner l'ordre de retourner à Danesheld ; mais moi, je ne me sentis pas le courage de me retrouver en votre présence et je préférai partir. « Pas à Danesheld ! pas à Danesheld ! répétais-je à chaque instant. Continuez votre route, continuez, pour l'amour de Dieu ! » Ma tête était horriblement contusionnée, j'étais grièvement blessé au côté et au bras ; Moneton hésitait à m'emmener en Amérique dans une position aussi grave ; il se laissa enfin toucher par mes prières, par ma douleur, et mit à la voile. Je refusai absolument, pendant la route, qu'on relâchât nulle part pour moi. Je ne consentis même pas à ce que Moneton écrivît en Angleterre. « Laissez-les croire que je suis mort », lui dis-je.

— Mais pourquoi ?

— Ah ! pourquoi ? Le sais-je moi-même ? Pourquoi la passion et la colère nous font-elles déraisonner ? Je croyais le monde entier ligué contre moi ; je me croyais abandonné de tous, de Dieu lui-même ; et, dans mon amertume, dans mon égoïsme, si vous voulez, il me semblait juste de faire souffrir à mon tour.

— Mais disparaître ainsi... murmura-t-elle d'un ton de reproche.

— Cette nuit-là a décidé de ma vie, comme elle a décidé de la vôtre, Adélaïde. Cette nuit-là, j'appris que la femme pour qui j'aurais tout sacrifié ici-bas se jouait de moi ; que, me raillant, me tournant en ridicule, elle riait de mes sentiments, et que son cœur appartenait tout entier à Herbert Dane. Herbert s'en était vanté pendant notre querelle. M'expatrier me sembla la seule résolution raisonnable à prendre. Peut-être aussi étais-je romanesque en me réjouissant de l'angoisse momentanée que l'annonce de ma mort pourrait faire éprouver à lady Adélaïde; quant à moi, l'Angleterre m'était tout à coup devenue odieuse. »

« Mais comprenez bien, Adélaïde, continua lord Dane; j'étais convaincu qu'on devait avoir vu le yacht me recueillir à son bord, et que, par conséquent, on me savait sauvé. Je ne craignais donc pas de laisser mon père et ma mère dans l'inquiétude sur mon sort, et ils pourraient attendre mes lettres. Quand nous arrivâmes au terme de notre voyage, j'étais dans un état de prostration indicible, malade de corps, malade d'esprit, consumé d'une fièvre ardente, incessante. « J'écrirai à Danesheld quand je serai rétabli », dis-je à Moneton, en lui défendant de donner de mes nouvelles. Pendant des mois je fus entre la vie et la mort, et lorsque j'entrai en convalescence, soit bizarrerie de malade, soit découragement, je remis chaque jour au lendemain. « Ils ne m'écrivent pas, me disais-je, je ne leur écrirai pas ». Je fus coupable d'agir ainsi, mais je fus durement puni. Une nuit — bien des semaines déjà s'étaient écoulées — je rêvai de mon père et de ma mère. Quand je me réveillai, le matin, je réfléchis à ma conduite passée et je fus frappé de mon injustifiable ingratitude. Je résolus d'écrire ce jour-là même. J'écrivis en effet; c'est-à-dire j'en étais au milieu de la première page de ma lettre, quand un de mes amis entra dans ma chambre, un journal hebdomadaire de Londres à la main. « Je crains qu'il n'y ait là quelque chose qui vous concerne, Dane », me dit-il en me remettant le journal. On a vu souvent de ces curieuses coïncidences, Adélaïde : les nouvelles de ceux qu'on aime suivant de près les rêves qu'on a faits d'eux. Le paragraphe que m'indiquait mon ami m'apprit la mort de mon père et de ma mère.

— De tous deux ? Ils ne moururent pas en même temps.

— De tous deux. L'article du journal n'avait rapport qu'à la mort de lord Dane, mon père, mais il contenait quelques commentaires sur la rapidité avec laquelle elle avait suivi celle de sa femme. Il terminait, en deux ou trois mots, par l'annonce de la succession dévolue à Geoffry, actuellement baron Dane. Je crus, cela va sans dire, que c'était mon frère. Je lui écrivis à l'instant même, et ne reçus jamais de réponse. »

Lady Adélaïde leva vivement les yeux.

« Non ; je ne reçus pas de réponse. Cela m'irrita. Je supposai que Geoffry conservait toujours le souvenir de nos dissensions fraternelles, et, pour dire la vérité, je ne m'en préoccupai pas davantage. A son aise, pensai-je, je m'en lave les mains. De plus, il m'était complétement indifférent de recevoir ou de ne pas recevoir de nouvelles d'Angleterre, et je n'écrivis plus jamais à personne. »

« Ma vie se passa, pendant ces dix années, à visiter les contrées les plus reculées du nouveau monde, à voyager partout, sans me douter un instant que M. Herbert Dane, devenu chef de famille, régnait paisiblement à Danesheld... Il a dû bien souvent être agité à mon souvenir, » dit en terminant lord Dane, après s'être arrêté un moment, pensif.

Lady Adélaïde secoua la tête. « On se demandait souvent pourquoi il avait quitté le pays, après son héritage ; on s'étonnait qu'il fût resté dix ans absent. J'aurais pu dire à ceux-là... qu'il ne se sentait pas la force de supporter la vue de cette vieille falaise.

— Oui, répondit lord Dane, et puis il est possible

qu'il se soit cru plus en sûreté à l'étranger, hors de l'atteinte de la justice anglaise. La crainte de la découverte de la vérité, la terreur d'être reconnu comme coupable, comme l'assaillant de Harry Dane, doit lui avoir causé bien des sueurs froides. Le verdict du coroner fut : Meurtre avec préméditation. »

Il y eut quelques minutes de silence. Il semblait être au-dessus des forces de lady Adélaïde de surmonter son angoisse.

« Herbert a-t-il reçu cette lettre, — celle que j'écrivis à Geoffry ? — Elle était adressée à lord Dane.

— Je n'en sais absolument rien. A peine si je lui ai parlé depuis cette nuit-là ; oui, en vérité, à peine. Mais je croirais plutôt qu'il ne l'a pas reçue.

— Pourquoi le croiriez-vous ?

— Parce que... à juger de ses sentiments par les miens, — la certitude de votre existence aurait été pour lui un immense soulagement... un bonheur inespéré ; et il se serait hâté de réparer le passé. Du moins, je le sens ainsi. — Quand êtes-vous arrivé à Danesheld ? Aujourd'hui ?

— En septembre, quand ce naufrage me jeta sur la côte, en face même de mon château. C'est curieux, n'est-ce pas ? Mais sans les efforts de votre beau-fils, sans son énergie dans le bateau de sauvetage, jamais je n'aurais revu Danesheld.

— En septembre ! répéta-t-elle, stupéfaite. Comment ! c'est vous qui avez été sauvé ! c'est vous le vieux passager qui demeurait ici sous le nom de Home ?

— Moi-même.

— Mais pourquoi avoir ainsi gardé l'incognito ?

— J'avais mes raisons. Peut-être voulais-je pousser la délicatesse jusqu'à ne pas priver trop brusquement mylord Dane de son titre et de ses revenus. »

Son visage, comme il disait ces mots, prit une expression d'effrayante raillerie. Son sourire était féroce. Lady Adélaïde Lester eut un léger tressaillement. La gravité de la situation la frappait maintenant. Elle n'avait pas encore pensé à cette conséquence.

« Oui, c'est vrai. Du moment que vous êtes ici, Herbert ne peut pas rester le légitime possesseur... Vous... évidemment... vous... êtes lord Dane!

— Sans aucun doute. Herbert ne l'est pas et ne l'a jamais été.

— Alors, pourquoi ne pas être revenu reprendre votre titre?

— J'ignorais que j'eusse un titre à reprendre. N'avez-vous donc pas compris ce que je vous ai dit?... Je pensais que le lord Dane était mon frère Geoffry.

— Oui... oui. Je vois. Mon esprit est plein de confusion. Ah! quel coup ce sera pour lui!

— C'est à craindre... J'ai... vaguement entendu dire qu'il recherche la main de Maria Lester. Charmante fille, n'est-ce pas? Du moins autant que je me la rappelle quand elle était enfant.

— Comment pouvez-vous avoir entendu parler de cela? s'écria lady Adélaïde.

— Oh! j'ai entendu parler de bien des choses depuis mon arrivée ici, dit négligemment lord Dane. Favorisez-vous ses espérances?

— Je ne les favorise ni ne les décourage. Je ne voudrais me mêler d'aucun projet de mariage pour Herbert Dane. Du reste, Maria ne l'aime pas. Elle s'est avilie, comme son frère et n'a pas craint de se lier avec ce Lydney... Mais, au fait, vous le connaissez... il devait être à bord avec vous, et à ce propos, Harry, défiez-vous... soyez prudent. Je l'ai vu ici, dans cette chambre, à mon arrivée. C'est, paraît-il, un triste sire, un aventurier, un braconnier, tout simplement un voleur, et il ne recherche Maria que pour sa fortune. Il s'est introduit avec effraction la nuit dernière dans notre maison.

— En vérité! ce sont là de bien graves accusations à porter contre un Dane.

— Contre un Dane!... Mais ce n'est pas d'un Dane que je vous parle.

— Moi, je vous en parle. William Lydney est un Dane. »

Lady Adélaïde resta la bouche ouverte, stupéfiée. Lord Dane, se penchant vers elle, lui prit la main.

« Vous devez vous rappeler que je vous confiai un jour le secret de mon premier mariage. Je ne vous avouai pas alors qu'un fils en était né, mais mon intention, Adélaïde, était de tout vous dire, avant de faire de vous ma femme. C'est lui qui passe aux yeux de Danesheld pour un aventurier, et tout ce qui s'ensuit. C'est mon propre fils — Geoffry William Lydney Dane.

— Quoi!... alors, il... il... sera... il sera un jour... lord Dane!

— Oui... au moment même où je rendrai le dernier soupir, il sera le seigneur de Danesheld.

— Grand Dieu! et je l'ai appelé—ah! je ne sais plus de quels noms je ne l'ai pas appelé! Tout le monde est dans mon cas, du reste, à Danesheld.

— Précisément. Mais ses moyens lui permettent de rire de la calomnie, n'est-ce pas?... Vous ne devez plus vous étonner maintenant que la police ait fait peu de cas de l'ordre d'emprisonnement donné par votre mari, et ait relâché le *grand coupable!*

— Comment! c'est vraiment votre propre fils? Mais quand vous m'avez confié le secret de votre premier mariage, vous ne m'avez pas dit avoir un fils.

— J'ai cru plus prudent de ne pas vous effrayer tout! d'abord par des aveux trop complets; j'ai jugé plus politique de ne vous découvrir la vérité que petit à petit. Bien certainement (c'eût été même une nécessité pour moi), je vous aurais tout dit avant notre mariage. Pour les affaires d'intérêt, cependant, l'existence de mon fils n'avait aucune importance. L'enfant jouissait, de son côté, d'une très-grande fortune, et j'étais libre de disposer entièrement de la mienne. Je n'avais jamais compté succéder au titre de mon père; je n'avais même jamais eu l'idée que cela pût arriver. Mon frère — pauvre garçon! — était d'une aussi vigoureuse santé que moi-même, et avait l'intention de se marier bientôt.

— Votre fils est riche, alors?

— Très-riche personnellement, et en dehors de ma fortune à moi. Il serait un meilleur parti que le cousin Herbert pour Maria Lester.

— Le poursuivrez-vous? demanda-t-elle en baissant la voix.

— Pour quel crime?... pour braconnage ou pour vol avec effraction?

— O Harry! ne plaisantez pas ainsi! Vous semblez vous moquer de mon malheur. Je voulais dire... mais n'importe, n'importe! »

C'était à Herbert qu'elle avait fait allusion.

« En fin de compte, et tout bien considéré, Adélaïde, notre existence n'a pas été précisément parsemée de fleurs. »

Parsemée de fleurs! Tout bien considéré, — comme disait lord Dane, — sa vie avait été maudite. L'horrible crainte que la vérité ne fût connue avait sans cesse pesé sur elle comme sur Herbert Dane! La malheureuse femme se cacha de nouveau le visage

dans les mains, et éclata en sanglots, pour la première fois depuis le commencement de cette entrevue.

« Nous ne récoltons jamais que ce que nous avons
semé, dit lord Dane. La perfidie, tôt ou tard, finit
toujours par recevoir son châtiment. »

Elle se leva tout à coup et se précipita à genoux
devant lui, les yeux aveuglés de larmes :

« Harry, vous me garderez le secret ! vous ne me
trahirez pas ! Je vous implore ! Je vous en conjure,
par l'amour que vous avez eu jadis pour moi !

— Le secret ? reprit-il, la comprenant à peine.

— Que je vous avais reconnu, vous et Herbert, cette
fatale nuit. Hélas ! j'avais saisi quelques-unes de vos
paroles, et je savais que moi seule étais cause de votre
querelle ! Dieu est compatissant ; ne le soyez pas moins
que lui ! Je préférerais mourir ici, à vos pieds, que
de supporter l'angoisse et la honte de la révélation de
mon faux serment. »

Elle ne se releva pas avant d'avoir reçu sa promesse.

« Tout est, de ce moment, oublié, dit-il. Laissons
le passé à jamais enseveli dans le silence. »

Elle s'enveloppa de son châle, mit son chapeau et
se disposa à partir. Lord Dane voulait que son fils la
reconduisît jusqu'au Hall, mais elle refusa. Elle préférait être seule.

« Voulez-vous m'obliger en une chose, Adélaïde ?
Pour quelques heures, ne dites à personne ce que je
viens de vous apprendre. Je désire ne me faire reconnaître à Danesheld qu'à mon heure et comme je l'entends. Jusque-là, je suis toujours monsieur Home.
C'est convenu, n'est-ce pas ? »

Elle fit un signe de tête affirmatif, et descendit
l'escalier en couvrant de son voile son visage boule-

versé. Mme Ravensbird l'attendait devant la porte, au rez-de-chaussée.

« Oh ! Milady ! je vous aurais avertie, si j'avais osé, lui dit-elle tout bas. J'espère que la secousse n'a pas été trop violente pour vous.

— Vous saviez donc tout, Sophie?

— Depuis la seconde nuit de son arrivée ici, milady. Il ôta son abat-jour — il n'avait pas mal aux yeux du tout, vous savez ; c'était tout simplement pour cacher sa figure — et se fit reconnaître de Ravensbird. Naturellement, comme j'aurais bien fini par le reconnaître moi-même, on me mit dans le secret. Et dire que je me creusais la tête pour trouver à qui ressemblait, de mes connaissances en France, ce jeune M. Dane! Ce sont les choses les plus simples auxquelles on ne songe jamais. »

Lady Adélaïde s'arracha aux bavardages de Mme Ravensbird et se dirigea vers le Hall, seule... seule avec son humiliation, sa douleur et ses inquiétudes.

CHAPITRE XVI

ON NE PEUT ÉPOUSER SA GRAND'MÈRE

Herbert Dane était avec sa sœur dans la salle à manger du château, après le déjeuner, depuis longtemps terminé déjà. Il semblait préoccupé, indécis, inquiet. Il réfléchissait aux moyens de se débarrasser de Lydney.

Miss Dane, vêtue, selon son habitude, d'une robe

de couleur voyante, des rubans roses dans les cheveux,
jetait des regards à la dérobée sur son canari, dont la
cage était posée sur la fenêtre. Cecilia avait elle-même
sa petite préoccupation en ce moment, car elle s'était
laissé entraîner à une démarche qui pouvait ne pas
plaire à son frère, et il lui fallait maintenant en faire
l'aveu.

« Cher Geoffry, je voudrais te dire quelque chose.
Tu ne seras pas fâché ? Tu ne me gronderas pas ?

— Quand t'ai-je grondée, Cely ?

— Eh bien, alors, j'ai écrit à M. Lydney pour lui
demander de venir au château.

Herbert se retourna vivement. « Tu as écrit à
Lydney pour lui demander de venir au château ?
répéta-t-il d'un ton de surprise et d'incrédulité.

— Mais oui. Hier soir, Geoffry. Quand j'ai appris
que la police, l'ayant reconnu innocent de cette horrible
accusation, l'avait mis en liberté, je lui ai écrit
et je lui ai demandé de me rendre visite, ce matin,
aussitôt qu'il le pourrait. Oh ! cher Geoffry, si on
l'avait gardé en prison, j'aurais été en voiture à la
station de police, pour le voir, afin de lui prouver mon
estime, et de montrer à Danesheld combien je ressens
l'injure qu'on n'a pas craint de lui faire. Je lui ai
demandé un jour s'il était riche — assez riche pour
se marier; et il m'a répondu en riant : « oui; assez
même pour conduire ma femme en voiture dorée et à
six chevaux.» Il a droit à de la considération, Geoffry,
et je veux en avoir pour lui. »

Elle avait débité très-vite son petit discours, et
Herbert n'avait pu l'interrompre. Il lui dit d'un ton
résolu :

« Vous ne recevrez certainement pas cet homme
dans ma maison, Cecilia !

— Ah ! mais, je ne puis faire autrement, cher

Geoffry; le voilà qui vient. Je le vois sur la route. Tu entendras son coup de sonnette dans une minute. »

Un instant après, en effet, on sonna à la porte du château. Herbert sortit de la salle à manger en marmottant entre ses dents quelques paroles peu flatteuses à l'adresse de sa sœur,—qu'il traita, ou peu s'en faut, de « vieille folle », — et descendit l'escalier quatre à quatre. William Lydney était déjà dans la grande salle, et Herbert arriva juste assez à temps pour voir Bruff s'inclinant devant lui. Ce fut là une première surprise pour le seigneur de Danesheld. Bien d'autres lui étaient réservées ce jour-là.

« Que faites-vous ici, monsieur? demanda-t-il en s'avançant vers lui.

— Je suis venu pour répondre à l'appel de miss Dane, répondit courtoisement Lydney. Ma visite n'est pas pour Votre Seigneurie.

— Je suis le maître, dans ce château, monsieur. Voici la porte. Sortez! »

Et d'un geste hautain, il étendit la main pour donner plus de force à ses paroles. Bruff, dans un état d'agitation indicible, se jeta vivement entre eux deux.

« Oh! Mylord, ne faites pas cela! ne faites pas cela! je vous en conjure, dit-il d'un air suppliant, vous en auriez regret plus tard. Ce gentleman peut avoir autant de droits que Votre Seigneurie de... de... d'entrer dans les châteaux. »

Avant que Herbert ait eu le temps de repousser Bruff, M. Blair entra. Il avait suivi Lydney au château, et comprenant la scène d'un coup d'œil, il s'avança tout près d'Herbert.

« Monsieur, fit-il très-bas, voulez-vous m'accorder un instant d'entretien, avant d'aller plus loin avec ce gentleman?

— Monsieur ! — *Monsieur !* » répétait Herbert, étonné de ce mot dont, depuis quelque dix ans, on ne se servait plus en s'adressant à lui.

« Je sais ce que je dis, et j'ai pesé mes expressions, répondit M. Blair. J'ai d'étranges nouvelles à vous communiquer. »

Herbert jeta de rapides coups d'œil autour de lui. Ses regards allaient vaguement de l'un à l'autre des assistants, comme s'il était saisi d'une terreur panique : l'agent de police était calme, impassible ; Lydney, froid et digne, quoique cependant sa contenance trahît une sorte de pitié ; Bruff, terriblement agité et troublé, mais dans l'attitude du plus profond respect envers ce jeune homme. Rien de tout cela n'échappa à Herbert, et cette fois son sang-froid l'abandonna. Il eut un affreux pressentiment que quelque malheur le menaçait, mais il n'en devina pas la nature.

« Entrez ici, dit-il à M. Blair, en faisant signe à Bruff d'ouvrir la porte de la salle à manger ; et comme le vieil intendant se hâtait d'obéir, il vit sur le visage de son maître la même expression de terreur que cette nuit où il avait passé devant lui en revenant des ruines de la chapelle. »

Quand la porte se fut refermée sur eux, Herbert indiqua de la main un siége à l'agent de police.

« Je suis venu ici pour vous préparer à la plus fâcheuse des surprises, » commença M. Blair, quelque peu embarrassé, et ne sachant pas trop comment annoncer ces étranges nouvelles ; « et je n'ai qu'une ou deux minutes pour le faire, car quelqu'un, dont la présence pourra vous impressionner désagréablement, me suit et sera ici dans un instant. Mais vous vous trouvez mal !

— Non, répondit Herbert, en mordant ses lèvres blêmes et tremblantes. Continuez.

— Vous avez été étonné de m'entendre vous appeler monsieur, et je le comprends. Je regrette qu'à moi soit échue la mission de vous informer du changement imminent de votre situation ; mais je dois remplir mon devoir, quelque pénible qu'il soit. Quand j'ordonnai la mise en liberté de William Lydney, vous me questionnâtes sur mes motifs, sur mon droit, vous auriez pu dire, je pense, mes sentiments bienveillants envers vous. Je ne pus vous donner d'explications, alors. Je viens vous les apporter maintenant. Et je ne puis que vous demander de vous armer de courage et de m'écouter en homme. »

Herbert ne répondit pas. Il restait debout, les bras croisés sur sa poitrine, son pâle visage tourné vers M. Blair. Il était évident qu'il faisait un suprême effort sur lui-même pour conserver son calme.

« Il y a quelque dix ans, continua M. Blair, une catastrophe eut lieu dans la famille Dane. Le capitaine Henry Dane fut tué — on le crut — en tombant du haut des falaises pendant une lutte avec un homme qui l'avait attaqué. Jusqu'à hier ou avant-hier, on ignorait — on ne soupçonnait pas qui avait été cet homme ; mais on a enfin découvert que c'était vous. »

M. Blair s'arrêta, effrayé de l'altération des traits d'Herbert, qui, le front couvert de larges gouttes de sueur, les yeux pleins d'une mortelle angoisse, tendait vers lui ses mains suppliantes :

« Ce ne fut pas un meurtre prémédité, murmura-t-il avec un gémissement douloureux ; si vous m'arrêtez pour un tel crime, vous commettrez une criante injustice, car je suis innocent. Nous nous querellâmes, nous en vînmes aux coups... Il me frappa le premier, et j'avais ma vie à défendre ! C'est lui qui m'a attaqué... Nous étions trop près du bord de la falaise... vous comprenez... dans la lutte, nous n'y avions pas pris garde... et il tomba... mais je n'avais pas eu l'intention de le pousser... je le jure! Je suis aussi innocent d'avoir eu l'intention de le tuer que je le suis en ce moment de vouloir votre mort... Si Harry Dane pouvait sortir de la tombe... s'il pouvait parler, il témoignerait que c'est là la vérité.

— Je ne dis pas non. Mais votre violente agitation n'a pas de raison d'être; si vous aviez bien voulu m'entendre jusqu'au bout...

— J'avais le pressentiment que quelque malheur de ce genre allait m'accabler,» continua Herbert, comme dans une rêverie, et sans prêter attention à l'interruption de M. Blair. «Il y a quelques nuits, Harry Dane m'est apparu.

— Ah!... vraiment?... vous l'avez vu! Son fantôme, je présume? Où cela?

— Oui, moquez-vous! raillez!... Moi aussi, j'ai toujours tourné en ridicule les apparitions, les revenants dont on effraye les enfants et les femmes. Eh bien, je vous le dis cependant, moi, Geoffry, baron Dane, je vous l'affirme, — et nous sommes en plein jour... et je suis en pleine possession de moi-même, — j'ai vu mon cousin Harry m'apparaître. Je traversais les ruines, là-bas, et j'ai vu, à travers une des fenêtres, Henry Dane qui me regardait fixement... Il faisait clair de lune. J'ai reconnu les traits d'Harry... sa grande taille... aussi distinctement que je les aurais reconnus pendant sa vie. »

Herbert s'arrêta brusquement. Un bruit dans la grande salle — un bruit de pas, un bourdonnement de voix — lui fit vivement retourner la tête. Il s'imagina que les officiers de justice venaient l'arrêter, et avant que M. Blair eût lui expliquer ce dont il s'agissait, il entr'ouvrit la porte et jeta un coup d'œil furtif dans le Hall.

Il resta comme pétrifié. Là, au milieu de l'immense salle, s'avançait, la main gauche affectueusement appuyée sur l'épaule de William Lydney, un homme de haute stature, dont les traits nobles et beaux rappelaient d'une manière frappante ceux de Harry Dane. A ses côtés, marchaient Ravensbird et l'avocat Apperly ; derrière, venait Bruff, les joues sillonnées de larmes.

« Comprenez-vous, maintenant? lui murmura à l'oreille M. Blair. Ce n'est pas le fantôme de votre cousin que vous avez vu l'autre nuit ; c'est lui-même. Il n'est pas mort en tombant de la falaise. Il fut recueilli par le yacht de son ami le colonel Moneton, et il a vécu depuis ce temps en Amérique, ignorant qu'il était devenu le seigneur de Danesheld à la mort de son frère. Personne ne vous accuse d'être un assassin, monsieur Dane ; mais il faut vous préparer à la perte de votre titre, de votre rang, car lui, lord Dane, revient pour en prendre possession. »

Herbert Dane poussa un profond soupir.

« Et lui? dit-il en montrant Lydney.

— Son fils : l'honorable Geoffry William.

— Son fils !... son fils ! »

Alors, et comme sous l'impulsion d'une résolution soudaine, il ouvrit la porte toute grande, et s'avança d'un pas ferme vers lord Dane. Ils restèrent un moment face à face, se regardant en silence.

« Herbert ! — Harry ! »

Ils se jetèrent dans les bras l'un de l'autre ; tous se retirèrent discrètement. Chacun sentait que ces deux hommes avaient besoin d'être seuls.

« Avant tout, Herbert, laissez-moi vous dire que je vous pardonne...

— Je ne voulais pas vous tuer, interrompit Herbert profondément ému ; je ne vous poussai pas avec intention : je ne vous savais pas si près de l'extrémité de la falaise. C'est seulement en vous voyant tomber... Je vous le jure, Harry !

— Ce n'est pas notre combat que j'ai à vous pardonner. Pour cela, j'aurais plutôt besoin de votre pardon, car je fus l'agresseur, je pense. Mais vous auriez pu, Herbert, vous inquiéter de moi, me secourir vous-même, ou m'envoyer de l'aide quand vous me vîtes étendu sans mouvement sur la plage.

— Je n'ai pas supposé un instant que vous ne vous fussiez pas tué sur le coup, et dans ma lâcheté, je craignis d'être découvert et condamné comme assassin. Quant à vous abandonner sans secours, j'avais vu un des douaniers sur le rivage, près de l'endroit même où vous étiez tombé.

— Ce que je vous pardonne, Herbert, c'est la *provocation*... la perfidie dont vous et Adélaïde avez été coupables envers moi. Vous rendez-vous compte de ce que j'ai souffert?... Je vous pardonne comme je lui ai pardonné.

— Elle n'était digne ni de vous ni de moi, Harry; moi aussi, j'ai fait la triste expérience de sa perfidie. Elle s'est jouée de moi, par la suite, comme elle s'était jouée de vous. Que de fois, que de fois n'ai-je pas amèrement regretté, plein de douleur et de remords, de ne vous l'avoir pas laissé épouser. Ah ! que de malheurs auraient été évités !

— Avez-vous jamais su ou soupçonné mon existence ?

— Jamais. Comment l'aurais-je pu ?

— Vous n'avez pas reçu une lettre de moi? J'en écrivis une à lord Dane, après la mort de mon père, supposant, naturellement, que le lord Dane était mon frère Geoffry. Cette lettre a dû vous prouver que je vivais.

— Je ne l'ai jamais reçue; je n'ai jamais entendu

parler d'une pareille lettre. Elle n'est pas, à ma connaissance, arrivée au château. Après mon départ pour l'étranger, il y eut, au commencement, quelques irrégularités dans l'envoi de mes lettres, dont, je me le rappelle, deux ou trois furent perdues. J'en fis des reproches à Cecilia, qui rejeta le blâme sur Mme Knox. Harry, si j'avais eu le moindre soupçon que vous fussiez vivant, si un indice quelconque avait pu me faire supposer que je n'étais pas un meurtrier, ah! quel poids de moins sur ma conscience, et comme j'aurais remercié Dieu! »

Il y avait un tel accent de vérité dans le ton d'Herbert, que lord Dane ne conserva aucun doute.

« Mais vous m'avez joué un mauvais tour, Herbert, avec cette boîte, reprit-il. Pourquoi vous en être emparé et l'avoir cachée?

— Je ne saurais le dire. Je n'en sais rien moi-même. Quand je vis la caisse sur la plage, — votre caisse, — j'éprouvai une frayeur sans nom. Ce que je craignais, je ne m'en rendais pas compte. Depuis dix ans, j'ai vécu dans des transes continuelles. A tout instant, je frissonnais à la pensée que tout allait peut-être se découvrir, et dans la terreur dont je fus tout à coup saisi à la vue de cette boîte, sans réfléchir, j'ordonnai son transport au château et je la cachai. Quand le jeune Lydney vint la réclamer, je me dis que je n'étais qu'un fou, mes frayeurs me semblèrent ridicules; mais il était trop tard alors pour la rendre. J'avais soutenu ne pas l'avoir vue au château, force me fut de persévérer dans mon mensonge. Jamais l'idée ne me vint que Lydney eût le droit de la réclamer. Je vous rendrai cette boîte, Harry. Elle est encore au château, et intacte.

— Maintenant, Herbert, une autre question : Pourquoi avez-vous ainsi persécuté mon fils?

— Je ne savais pas qu'il fût votre fils. Comment aurais-je pu deviner que vous aviez un fils de cet âge ? Je l'ai pris pour ce qu'il paraissait être... un mauvais garnement, associé des braconniers...

— Oui, oui... je sais. Vous doutez-vous maintenant d e ce qui l'attirait dans cette aimable société ? Ce fut d'abord pour retrouver la boîte qu'il s'adressa à Ben Beecher. Il supposait que ces mauvais garnements, comme vous dites, l'avaient volée ; et ce fut ensuite pour surveiller le malheureux Wilfrid Lester, pour l'empêcher de se perdre tout à fait, qu'il continua à les fréquenter. Il ne vous est pas venu à l'esprit que Wilfrid Lester était le meneur de cette affaire d'escalade et d'effraction dans la maison de son père ? Mon fils William arriva trop tard pour le tirer du guêpier.

— Wilfrid Lester !... s'introduire avec effraction dans la maison de son père ! Il a fait cela ?

— Lui-même, en personne. Non pas pour voler cependant ; tout simplement pour s'emparer de je ne sais quel acte dont son père lui refusait communication. »

Herbert Dane garda le silence. Petit à petit, la lumière se faisait dans son esprit.

« Herbert, je suis revenu à Danesheld pour ne plus le quitter, continua lord Dane. Je reprends dès aujourd'hui possession du château de mes ancêtres. Vous y serez mon hôte honoré... mon meilleur ami, Herbert. Maintenant, laissez-moi vous présenter mon fils. »

Il ouvrit la porte pour appeler William ; mais ce qu'il vit le fit tout à coup changer d'idée, et il s'avança dans la grande salle. Presque tous les vassaux du château y étaient réunis. Les plus vieux le reconnurent et l'accueillirent par un murmure de joie. Quelques-uns fléchirent le genou; tous avaient les yeux remplis de larmes.

« Je disais bien que vous me reconnaîtriez, fit-il en souriant et en serrant les mains de tous ces fidèles serviteurs de son père. Je serais revenu depuis longtemps parmi vous, mais je croyais mon frère Geoffry le maître ici. »

Le Hall retentit d'acclamations : « Vive lord Dane ! que Dieu le protége et le bénisse ! Vive lord Dane !

— Ah! mes chers vieux amis, je n'ai pas longtemps à vivre, je le crains; car notre implacable ennemie, à nous tous, a déjà mis la main sur moi. Mais tout ne mourra pas en moi, ajouta lord Dane, en plaçant sa main sur l'épaule de son fils : mes amis, à qui ressemble-t-il?

— C'est le portrait vivant des Dane! crièrent-ils tout d'une voix.

— Oui. Il ressemble aux Dane. Il n'était pour vous, jusqu'à ce moment, que William Lydney; vous l'avez certainement entendu traiter d'aventurier, mes braves amis; Danesheld se doutait peu de ce qu'était réellement celui qu'il accusait ainsi : mon fils unique, votre futur seigneur, l'honorable Geoffry Dane. »

Geoffry Dane leur tendit la main; et ils la serrèrent comme ils avaient serré celle de son père. « Mais je m'appelle aussi William Lydney, leur dit-il en riant. Je ne m'étais pas présenté à vous sous un faux nom.

« Il n'y a rien de faux en lui, continua lord Dane avec émotion. C'est un pur et véritable Dane, de la vieille race : honnête, franc, intègre. Soyez-lui fidèles et dévoués, comme il le sera lui-même pour vous. Servez-le de tout votre cœur, et vous trouverez en lui un protecteur et un ami. Herbert, continua lord Dane en se retournant, le voilà! comment ne l'aviez vous pas reconnu

— Cecilia disait qu'il ressemblait aux Dane, dit Herbert en prenant la main de Geoffry Dane, et je me moquais d'elle. Mais j'espère que le passé est oublié maintenant.

— Alors, vous me permettez de lui faire ma visite, n'est-ce pas? demanda le jeune homme en riant gaiement.

— Oh! parfaitement. Mais prenez garde à vous! Cecilia est fort portée à croire, je vous en avertis, que vous êtes amoureux d'elle.

— Ah! en vérité! dit lord Dane. Très-bien. Ce sera à Maria Lester à régler cette question-là avec elle. Pauvre et inoffensive Cecilia! »

Ils furent interrompus par l'arrivée de miss Dane elle-même, qui entr'ouvrait timidement la porte pour se rendre compte de ce qui se passait réellement dans le Hall. Pendant qu'elle était dans sa chambre, toute troublée à la pensée de la querelle qui lui semblait imminente entre son frère et M. Lydney, Bruff s'était souvenu d'elle et avait été lui annoncer l'incroyable nouvelle.

« Puis-je entrer? Je ne sais vraiment que penser. J'ai l'esprit sens dessus dessous. On me dit qu'Harry est vivant et redevient seigneur de Danesheld! Harry, est-ce bien vous? »

Il alla vers elle les mains tendues, et l'embrassa tendrement. La pauvre fille fondit en larmes. Elle et Harry avaient été liés jadis d'une amitié toute fraternelle.

« Et William Lydney? dit-elle en se remettant de son émotion et en regardant de tous côtés. Bruff prétend qu'il... mais je ne comprends pas; Bruff doit avoir rêvé...

— William Lydney n'est pas ce qu'il paraissait être, mais quelqu'un d'autre, n'est-ce pas? dit-il en s'avançant, le sourire sur les lèvres. Permettez-moi de me présenter moi-même comme votre cousin, miss Dane.

— Oh ! mon Dieu ! cousin ! s'écria Cecilia d'un air confus, mais... oui... en effet, nous sommes cousins, si Bruff m'a dit la vérité... si vous êtes le fils d'Harry... seulement petits-cousins, ou quoi ? »

Et murmurant quelques mots d'excuse — à peine intelligibles — où il était question de son canari dont elle avait oublié de fermer la cage, miss Dane quitta précipitamment le Hall, monta à sa chambre, et comme si son esprit eût été agité d'une grave question difficile à résoudre, elle saisit son livre de prières et l'ouvrit à la page commençant par ces mots : « Un homme ne peut épouser sa grand'mère. »

Pendant qu'avait lieu, au château, la reconnaissance des deux cousins, M. Blair s'était dirigé vers Danesheld-Hall, et faisait demander un moment d'entretien à Squire Lester.

« Le banquier de lord Dane ! Oui, certainement, qu'il entre. »

La permission semblait inutile, car le banquier était déjà dans le cabinet avant que Squire Lester ait eu le temps d'achever sa phrase.

« Je viens vous déranger de bonne heure, monsieur Lester, mais l'affaire dont j'ai à vous entretenir ne peut souffrir de retard. C'est là mon excuse. Avant de commencer, permettez-moi de vous détromper sur un point ; je ne suis pas le banquier de lord Dane ; je ne suis pas même banquier du tout. Au point de vue financier, mon importance est fort peu de chose. Je suis tout simplement un des principaux chefs de la police métropolitaine.

— Par exemple ! s'écria M. Lester.

— Je suis venu à Danesheld pour surveiller quel-

ques affaires de ma compétence ; et dans de pareilles
circonstances, il est utile qu'on ne sache pas ce que
nous sommes réellement, vous comprenez. Mais pas-
sons. Je vous donne seulement ces détails pour vous
convaincre qu'en recevant de moi l'ordre de mettre en
liberté le jeune Lydney, Bent, contre qui vous êtes
si irrité, ne pouvait qu'obéir.

— Alors, vous ne le poursuivrez pas ?... pourquoi
l'avoir relâché ? qui a pu vous y décider ? demanda
vivement M. Lester. Cet homme est le drôle le plus
fieffé que j'aie jamais rencontré. Avez-vous donc l'intention de le soustraire aux conséquences de son
crime ?

— Ce n'est pas probable. Mon métier est de faire
punir les coupables, et non de les faire échapper. Écoutez-moi, monsieur Lester. Dans l'attaque de votre
maison, il y eut un meneur, un chef du complot qui
décida les autres à y entrer, — pauvres malheureux
braconniers que ses promesses entraînèrent à sa suite.
Dans mon opinion, presque toute la faute pèse sur lui.

— C'est là précisément aussi mon opinion. Ce chef
est seul coupable, et c'est M. Lydney.

— Monsieur Lester, veuillez me croire certain de
ce que j'avance. Si les faits ne m'étaient pas connus,
je ne serais pas venu vous trouver. Le chef du complot n'était pas Lydney. »

M. Blair avait tout à coup baissé la voix, et pris un
ton solennel. Dans sa contenance — il était assis, les
mains appuyées sur ses genoux, la tête penchée en
avant, le regard sévère — il y avait un air d'austère
compassion dont Squire Lester fut frappé.

« Celui qui a mené toute l'affaire, c'est Wilfrid
Lester. »

M. Lester se leva en sursaut — renversant l'encrier
sur la table devant lui — et prit hautement, avec co-

lère, la défense de son fils, sans savoir au juste ce qu'il disait. M. Blair attendit, avec tout le sang-froid de sa profession, que l'orage fût passé.

« Je ne suis pas fâché d'entendre de votre bouche même, monsieur Lester, cet aveu que votre brouille avec votre fils l'a seule entraîné dans une mauvaise voie. C'est bien votre fils qui a pénétré de vive force dans votre maison. Cette expédition est sienne, et pour le plan et pour l'exécution ; et vous pourrez en acquérir la preuve irrécusable si vous voulez bien vous en donner la peine. Mais, soyez-en certain, — vous savez maintenant qui je suis. — je ne serais pas venu vous instruire du fait, si je n'avais été qu'à moitié édifié. »

M. Lester ne pouvait douter plus longtemps. Il se laissa retomber dans son fauteuil, accablé, honteux. Ainsi, son fils en était arrivé là !... un voleur avec effraction !

« Mais quel était son but ?... que voulait-il ? bégaya le malheureux homme... On ne m'a rien volé, cependant.

— Son but n'était pas le vol, en effet, dans le sens ordinaire du mot, et ce coup de pistolet — qui vous a donné l'éveil — a été tiré par lui sur un des hommes, qui semblait disposé à vouloir profiter de sa présence chez vous et à remplir ses poches pour sa satisfaction personnelle. Quelque chose cependant vous a été pris.

— Quoi donc ? demanda M. Lester en jetant autour de lui des regards inquiets, comme pour s'assurer que les meubles étaient encore à leur place.

— Avez-vous examiné votre coffre-fort ?

— Non. — Et il se retourna brusquement vers la la caisse.

— J'ai idée que son but était de s'emparer de certain acte relatif à une somme d'argent qu'il croit lui appar-

tenir et que vous avez toujours refusé de lui restituer ;
et je crois qu'il y a réussi. »

Après un moment d'étonnement, M. Lester tira à
la hâte plusieurs clefs de sa poche et ouvrit sa caisse.
L'acte de donation avait disparu.

« Vous comprenez maintenant, n'est-ce pas, le but
de votre fils ? Je ne le défends pas ; mais d'autres pourraient penser qu'il était dans son droit en vous demandant communication de cette donation, et que
vous, vous aviez tort de vous y opposer.

— Est-ce votre intention de l'arrêter? » demanda
M. Lester, d'un air piteux, comme un homme pris en
flagrant délit d'une action déshonorante. Depuis
longtemps déjà, il avait conscience de son infâme conduite envers Wilfrid.

« L'arrêter n'est pas de ma compétence. Si vous
désirez donner suite à cette affaire et faire punir le
coupable, adressez vos instructions et votre ordre
d'arrestation à l'inspecteur Bent. Votre fils pourra
être puni, mais ce n'est certainement pas pour lui que
sera le mépris... et encore, il ne se trouverait pas un
juge en Angleterre pour le condamner.

— Oh ! soyez tranquille, dit aigrement M. Lester ;
mon intention n'est pas de le faire arrêter. Vous
n'avez pas besoin de prêcher.

— Si je n'avais pas été convaincu que Squire Lester,
malgré son impitoyable dureté, — et il sait mieux que
personne quelle influence il a subie, — était, après
tout, un homme de cœur, répondit M. Blair en le regardant sévèrement en face, je ne lui aurais pas révélé le nom du vrai coupable. Je savais qu'il ne con-
sentirait jamais à livrer à la justice un malheureux
jeune homme... son fils, son héritier, et à donner un
aliment de plus aux médisances de Danesheld.

— Un aliment de plus !... Qu'est-ce à dire? Je n'ai

jamais fourni de prétextes aux médisances, monsieur.

— Mon brave monsieur, répliqua l'agent de police, si vous pouviez seulement vous douter de la sévérité avec laquelle on juge votre conduite d'un bout de la ville à l'autre, vous ne parleriez pas ainsi. Wilfrid, malgré tous ses méfaits, est populaire et respecté en comparaison de vous.

— Vous êtes dur, monsieur Blair.

— C'est la faute de ma profession. Mais si vous voulez bien réfléchir au passé avec moins de préventions que vous n'avez probablement l'habitude d'en avoir, vous en arriverez peut-être à la même conclusion que moi : si Wilfrid Lester avait reçu de son père un autre traitement, il n'aurait jamais déshonoré son nom. »

M. Lester commençait à s'échauffer.

« Et maintenant, j'arrive à la part de William Lydney dans les événements de la nuit...

— Oui, William Lydney, interrompit furieusement Squire Lester, comme si ce nom lui fournissait enfin un prétexte d'exhaler toute sa colère. Vous ne chercherez pas, j'espère, à pallier sa conduite. Il n'avait pas de donation à prendre, lui !

— Écoutez-moi, je vous prie, monsieur Lester. William Lydney apprit par hasard, dimanche soir, que votre fils était, à ce moment-là même, dans le bois en compagnie de deux ou trois braconniers, se livrant à la respectable occupation d'attacher des voiles noirs à leurs chapeaux. Certains faits lui firent croire qu'ils se préparaient à aller attaquer le château. Oui. Vous paraissez surpris, Squire Lester, mais je n'ai pas le temps d'entrer dans de plus amples explications. Lui, Lydney, attendit longtemps par le froid et le brouillard, espérant empêcher l'expédition et sauver votre fils.

«A onze heures on vint l'avertir qu'ils attaquaient le Hall, — qu'ils y étaient déjà entrés, — et il s'y rendit en toute hâte ; mais pas assez à temps pour rien empêcher. Il put seulement reconduire Wilfrid sain et sauf au cottage. C'est pour ne pas le trahir qu'il s'est laissé emprisonner ; c'est par amitié pour Wilfrid, pour le surveiller, pour le protéger, qu'il a depuis quelque temps frayé avec tous ces mauvais gars. Il aime beaucoup votre fils, vous le savez. Ils sont très-liés.

— Wilfrid a toujours eu un penchant très-prononcé pour la mauvaise société, dit Squire Lester avec dédain.

— S'il ne fréquente jamais plus mauvaise société que celle du jeune Lydney, il n'y aura pas grand mal, dit M. Blair en éclatant de rire.

— Comment ? Qui est ce Lydney ?

— Oh ! quant à cela, vous pouvez le lui demander vous-même la première fois que vous le verrez. Mais on ne trouve pas tous les jours un homme qui consente à endosser les fautes d'un autre, à en supporter l'opprobre, et même à aller en prison à son lieu et place.

— Lydney a eu certainement son motif pour un si beau dévouement, dit en raillant Squire Lester.

— Ou ses motifs, — je n'en disconviens pas. Wilfrid Lester lui a sauvé la vie, et il a peut-être agi par reconnaissance. On prétend aussi... on affirme qu'il aurait été capable de pousser plus loin encore l'abnégation pour le frère de miss Lester. »

Cette allusion mit le comble à l'irritation du squire.

« Lydney est un misérable, pas autre chose. Il a clandestinement détourné ma fille de ses devoirs. Le défendrez-vous aussi sur ce point-là, monsieur ?

— Je ferai mieux, je pense, de le laisser se défendre

lui-même, répondit M. Blair en se levant pour partir. Ma mission à Danesheld est terminée.

— Si j'étais lord Dane, je le tuerais.

— Si vous étiez lord Dane, je crois que vous ne le tueriez pas, dit M. Blair en riant. »

Il y avait dans le ton et les manières de l'agent quelque chose de tout à fait incompréhensible pour Squire Lester.

CHAPITRE XVII

L'ONCLE PAR ALLIANCE DE SALLY

Un instant à peine après le départ de M. Blair, trois gentlemen descendaient de voiture devant Danesheld-Hall.

Le domestique qui vint leur en ouvrir la porte, regarda de travers l'un d'eux, William Lydney. Le second était M. Apperly, l'avocat; le troisième, un homme de fière tournure, à l'air imposant, un étranger.

« Je désire voir M. Lester, dit ce dernier. »

Le domestique s'inclina et conduisit les visiteurs au cabinet de son maître. Au moment de mettre la main sur le bouton de la porte, il se retourna.

« Quel nom, monsieur?

— Lord Dane.

— Je... je vous demande pardon, monsieur. Je vous ai demandé quel nom?

— Lord Dane. »

En entendant ce nom, prononcé pour la seconde

fois d'une voix parfaitement distincte, le domestique pensa avoir affaire à quelque vieux maniaque; il ouvrit cependant la porte et annonça. M. Apperly entra après lord Dane. Quant à William Lydney, lorsque le domestique se retourna pour le laisser passer, il avait disparu.

Squire Lester, encore sous le coup de la communication peu agréable de M. Blair, se promenait avec agitation de long en large dans son cabinet. A l'annonce de la visite de lord Dane, il s'arrêta et, levant les yeux, vit devant lui un étranger. Il crut à quelque erreur de son domestique, ou que lord Dane allait entrer un instant après. Il regardait curieusement cet inconnu dont les traits et la physionomie semblaient lui rappeler quelque vague souvenir, et tout à coup :

« Je... je croyais avoir entendu annoncer lord Dane dit-il. »

Et lui, s'avançant les mains tendues :

« Vous ne vous êtes pas trompé. C'est bien lord Dane, en effet. Ne me reconnaissez-vous pas, George? »

M. Lester était comme pétrifié.

« Harry Dane n'est pas mort, George, et il est revenu à la onzième heure pour reprendre possession de ses droits. Allons! remettez-vous, George, asseyez-vous et écoutez-moi. »

Lord Dane lui expliqua tout en quelques mots rapides. Il avait hâte de lui présenter son fils.

« Votre fils vous a-t-il accompagné? est-il à Danesheld? demanda M. Lester.

— Il est ici avec moi, dans cette maison même. Je l'ai prié de m'attendre au salon pendant mon entrevue avec vous. Je dois vous avouer la vérité, Lester, — quoique ce soit peut-être un peu prématuré d'en parler, — il a vu votre fille et est devenu amoureux d'elle.

— Où peut-il l'avoir vue?

—Je donne mon consentement, et j'espère que vous
donnerez aussi le vôtre, malgré votre promesse à Herbert. Par ma foi! votre fille semblait destinée à vivre
au château. Eh bien! elle y vivra. Seulement, son mari
sera le vrai et non le faux lord Dane. »

Chose étrange! monsieur Lester ne se douta pas un
instant de la vérité. L'idée qu'il s'agissait de Lydney
ne lui vint pas à l'esprit. S'il eût été moins troublé, il
se fût probablement mieux rendu compte de la situation. Mais la distance qui séparait un braconnier, un
homme soupçonné d'effraction, d'un futur pair d'Angleterre, était trop grande pour que la pensée d'une
corrélation quelconque entre ces deux hommes lui
vînt en ce moment. Lord Dane sonna, et dit au domestique d'avertir le gentleman qui l'avait accompagné
au Hall de venir le rejoindre dans la bibliothèque.

Le domestique trouva M. Lydney assis, seul, au
salon. Mais à peine s'était-il acquitté de sa commission
que le jeune homme, en se levant pour obéir à l'ordre
de son père, aperçut Maria qui traversait le jardin
et entrait dans la serre. Il se précipita à sa rencontre.

« Oh! monsieur Lydney! qui vous amène ici? comment osez-vous vous y aventurer? Papa va vous
chasser encore.

— J'espère que non. Il chasserait peut-être William
Lydney, il ne chassera pas, soyez-en certaine Geoffry,
Dane. »

Elle le regarda, toute surprise. Il lui prit les deux
mains et l'attira tendrement vers lui.

« Lord Dane est en ce moment avec M. Lester,
lui demandant, — du moins je le pense, — lui demandant votre main. Voulez-vous me promettre d'être un
jour lady Dane, Maria? Promettez-le-moi, maintenant. »

Maria s'efforça de s'arracher de ses bras ; mais il la retint plus étroitement serrée.

« Vous me promettriez plus volontiers, n'est-ce pas, de devenir ma femme ? continua-t-il d'un ton de tendresse triomphante. Maria, c'est inutile ; je ne vous laisserai pas aller sans que vous m'ayez répondu, ma chérie ! Je ne veux pas vous tourmenter ou vous tromper plus longtemps. Vous avez eu confiance en William Lydney, inconnu, obscur, calomnié, accusé, et qui ne pouvait ni se disculper ni se faire connaître. Je vous ai dit que vous n'auriez pas à vous repentir de votre confiance. Je suis Geoffry Dane. Mon père, le capitaine Harry Dane, lord Dane à présent, que depuis dix ans on avait cru mort, est là avec votre père. Maria voulez-vous m'accorder cette promesse, *maintenant ?* »

Elle ne comprenait pas très-bien ; peut-être même ne comprenait-elle pas du tout ; mais il y avait dans la voix du jeune homme un tel accent de sincérité, une telle puissance de vérité, que Maria, comme enveloppée tout à coup d'une atmosphère d'ineffable bonheur, se laissa tomber toute frémissante entre ses bras ; et lui, prit sur ses lèvres ce baiser après lequel il soupirait depuis si longtemps ! — Ils ne se doutaient ni l'un ni l'autre que mistress Tiffle, cachée près de la porte de la serre, les dévorait des yeux, ne perdant pas un seul détail de la situation.

Ils ne restèrent qu'une minute dans les bras l'un de l'autre. Lady Adélaïde parut, et Maria se jeta vivement derrière une énorme plante verte, presque mourante de frayeur à l'idée de la scène de colère qui allait s'ensuivre.

Quel ne fut pas son étonnement, sa stupéfaction, de voir lady Adélaïde s'avancer les mains tendues vers son amant, de l'entendre l'appeler « Geoffry ».

Lord Dane, impatient du retard de son fils, sonnait de nouveau.

« Qui retient donc Geoffry ? demandait-il. Je veux vous le présenter. Quant à la fortune, votre fille n'aura pas à se plaindre. C'est un plus beau parti pour elle que ne l'aurait été Herbert. Geoffry a hérité une immense fortune de sa mère, et je n'ai pas dépensé la moitié de mes rentes depuis dix ans, de sorte que, sans parler même des revenus des Dane, mon fils sera colossalement riche.

— C'est la plus flatteuse et la plus magnifique offre pour elle, s'écria M. Lester enthousiasmé; et si Maria veut seulement être raisonnable... Nous avons eu ici, à Danesheld, ces temps derniers, un méchant drôle, un homme insidieux, qui...— Eh bien !» rugit le squire en se levant en sursaut, blême de colère à la vue de Lydney, qui entrait tranquillement, sans même se faire annoncer; « vous ici ! chez moi... Vous êtes bien audacieux ! Comment osez-vous vous hasarder à...
— Je vous demande pardon, lord Dane, mais c'est l'homme dont je vous parlais tout à l'heure, ce Lydney... »

M. Lester s'arrêta court — car lord Dane avait passé son bras sous celui de « l'homme audacieux. »

« Un instant, Georges Lester. Vous me direz ce que vous avez sur le cœur à propos de Lydney, quand je vous aurai présenté mon fils, Geoffry Dane. »

La stupéfaction de M. Lester avait quelque chose de burlesque. Il eut à peine la force de bégayer :

« Lui ! votre fils?
— Mon propre fils, mon fils unique, l'honorable Geoffry Lydney Dane. Ah! Lester! vous et Danesheld l'avez bien maltraité! Vous l'avez accusé d'un tas d'infamies ; mais Maria, elle, a deviné ce qu'il était... un homme de bien, un homme d'honneur. Je pense que

ce que vous avez de mieux à faire est de lui accorder
sa main, en dépit de la demande antérieure de M. Herbert Dane. »

M. Lester était trop troublé pour trouver un mot
de réponse. Il regarda Maria, que, malgré sa résistance, William avait entraînée dans la bibliothèque ;
il regarda Geoffry Dane. Comment avait-il pu jamais
se méprendre à ce noble visage ? Il faut être juste : sa
première impression lui avait été favorable ; les circonstances et Herbert Dane l'avaient seuls prévenu
contre lui.

« Maria fera son choix elle-même, dit-il enfin d'un
air radouci et tout à fait affable. »

Geoffry Dane sourit ; Maria baissa la tête en rougissant, et sourit bientôt elle-même aux paroles que lord
Dane lui disait tout bas. Quelques instants après,
celui-ci se leva.

« Maintenant que tout est convenu, il me faut partir.

— Pour aller où ? demanda M. Lester.

— Où ? N'ai-je pas à me montrer à Danesheld avec
mon fils ? J'ai aussi une ou deux visites à faire dans le
pays avant de tenir mon lever au château cette après-
midi. Si je n'agissais pas avec prudence, Lester, ce
brave peuple me prendrait peut-être pour un fantôme.
Herbert a bien cru que j'en étais un, l'autre nuit ?
C'est la seule fois que je me sois aventuré à sortir de
l'hôtel ; mais j'étais resté enfermé depuis si longtemps
que j'éprouvais un irrésistible besoin de respirer le
grand air, et j'allai me promener jusqu'aux ruines.
Là, en regardant par l'une des fenêtres, j'aperçus
Herbert, et sa mine effarée me prouva qu'il me prenait pour une véritable apparition. Pendant qu'il
s'élançait dehors, je me glissai, en faisant demi-tour,
par l'ouverture la plus proche, et me cachai derrière
un pan de mur couvert de lierre. S'il ne m'avait pas

vu depuis en chair et en os, il aurait, jusqu'à son dernier jour, cru aux revenants. — Es-tu prêt, William ? Nous irons d'abord chez Wilfrid Lester.

« Chez Wilfrid Lester! répéta involontairement le squire.

— Oui, monsieur, chez Wilfrid Lester, répondit lord Dane d'un ton sévère et dur, sans s'en douter peut-être. Si ses propres parents l'ont abandonné sans pitié à toutes les misères de la vie, il est temps que les étrangers lui portent secours. Je veux qu'il vienne avec sa femme aujourd'hui même habiter le château, et qu'ils y restent tous deux nos hôtes, à William et à moi, jusqu'à ce que *quelqu'un* leur ait donné de quoi vivre. Danesheld verra que Wilfrid a au moins un ami sur lequel il peut compter. Charmante petite Edith! qui était toujours prête, jadis, à embrasser le capitaine Harry... beaucoup plus que vous, Maria. J'ai entendu parler de famine, Georges Lester, j'ai entendu parler de... de... mais mieux vaut ne pas en dire davantage, fit lord Dane en s'interrompant brusquement. Dieu merci! je suis revenu pour réparer le mal. »

Il sortit pour ne pas éclater. A la porte du Hall, au moment où il remontait en voiture, il vit venir à lui miss Bordillion.

« C'est bien réellement vrai, alors, s'écria-t-elle, les yeux humides de larmes, comme son vieil ami Harry lui serrait la main avec effusion, je croyais à un conte de fées.

— Je vous l'avais dit, miss Bordillion, qu'un jour viendrait où vous me recevriez de nouveau dans votre maison. Votre porte, je l'espère, sera ouverte à Geoffry Dane, quoiqu'elle ait été fermée à William Lydney.

— Et... Maria? demanda-t-elle, encore toute troublée.

— Oh ! j'avais sérieusement pensé à m'enfuir avec elle, fit-il en riant, mais M. Lester a rendu inutile mon horrible projet. Il vient de me dire que je pouvais l'épouser sans enlèvement.

— Ah !... à l'avenir, je ne me laisserai jamais guider que par mes propres inspirations ! pensa-t-elle en regardant s'éloigner la voiture. Mon jugement ne m'avait pas trompée ; mon cœur m'avait bien dit qu'un si charmant jeune homme ne pouvait être un aventurier ! »

Lady Adélaïde ne s'était pas senti le courage d'assister à l'entrevue de son mari avec lord Dane. Encore sous l'impression de la honte de ses aveux, en proie à une frayeur qu'elle était incapable de dominer, elle était remontée précipitamment dans sa chambre, pour y chercher un peu de solitude. Tiffle, qui n'attendait que le moment favorable, l'y rejoignit bientôt.

« Croyez que je suis désolée d'avoir à vous instruire d'une pareille abomination, milady, commença-t-elle de sa voix la plus mielleuse ; mais mon devoir envers votre famille avant tout ! Je suis entrée tout à l'heure dans la serre. J'avais besoin de parler au jardinier, et je croyais le trouver là, quand je vis — mais c'est une chose vraiment difficile à dire, et je jure que j'en ai rougi jusqu'au bout des ongles.

— Voyons, Tiffle, pas de niaiseries ; continuez. Qu'avez-vous vu ?

— Milady, ce Lydney était dans la serre. C'était bien lui, lui et miss Lester. Et il la tenait dans ses bras, absolument serrée contre lui, et — que madame me pardonne de dire le mot — l'embrassait ; il l'embrassait sur les lèvres, milady, comme... comme un rien du tout. »

Lady Adélaïde leva ses yeux languissants.

« C'est très-fâcheux, certainement. Mais comme miss Lester doit être sa femme, je ne vois pas que la chose ait une si terrible gravité.

— Sa femme! s'écria Tiffle en ouvrant des yeux démesurés; comment! et s'en aller avec lui,— excusez-moi, milady, — avec lui!... un criminel, bon tout au plus pour Botany-Bay!

— Tiffle! dit lady Adélaïde d'un ton sévère, en lui montrant la porte du doigt, ayez la bonté de vous souvenir que vous parlez de miss Lester. »

Tiffle sortit à reculons, absolument anéantie et comme frappée d'un coup de foudre; elle se heurta dans l'escalier à l'une des servantes accourant l'avertir que Shad demandait à la voir.

« A me voir, moi?... L'audacieux petit serpent!... Cette grand'mère Bean n'aura donc jamais fini de quémander des remèdes pour ses rhumatismes? »

Elle alla cependant trouver Shad, qui l'attendait, humblement appuyé contre le mur des dépendances du Hall.

« Grand'mère m'a dit que je devais venir vous déranger ici, et ne pas perdre un instant. Lord Dane est revenu!

— Revenu d'où? où avait il été ?

— Pas celui du château : il n'est pas plus lord Dane que moi. C'est l'autre, qui est ressuscité... celui qui était tombé de la falaise... vous savez bien. Il s'est établi au château et a mis l'autre à la porte. Grand'mère disait que je devais vous avertir pour Lydney...

— Eh bien! s'écria Tiffle impatientée; parleras tu? dépêche-toi.

— Lydney était ici sous un faux nom; il surveillait les gens pour les empêcher de mal faire; mais il n'était pas d'accord avec eux, comme on le pensait. C'est le fils de l'autre, et il s'appelle Geoffry Dane ; il sera un jour lord Dane, après lui. »

Tiffle se rendit compte en un instant de la situation ; elle embrassa d'un coup d'œil toute sa politique passée et tomba à la renverse, presque évanouie. M. Shad ne se donna même pas la peine de lui porter secours, et s'enfuit en gambadant.

Dans l'après-midi lord Dane tint, comme il l'avait dit à M. Lester, son premier lever.

La nouvelle de la résurrection de Harry Dane s'était rapidement répandue à Danesheld, et en même temps celle de sa reprise de possession du château et des dignités de ses ancêtres. On sut bientôt aussi qu'une réception devait avoir lieu ce jour-là dans la grande salle, et que l'intention de mylord était d'y admettre tout le pays, sans distinction de classes, aussi bien les paysans que les bourgeois, aussi bien les pauvres que les riches. On disait même que les contrebandiers et les braconniers étaient spécialement invités à s'y trouver.

A l'heure indiquée, le château regorgeait de monde. Les domestiques, revêtus de l'élégante livrée des Dane, blanche et rouge rehaussée de galons d'argent, formaient la haie dans le Hall, et derrière lord Dane se tenaient Bruff et Ravensbird, aussi fiers l'un que l'autre de leur poste d'honneur.

La foule se pressait, se bousculait. C'était à qui arriverait le premier jusqu'au véritable seigneur de Danesheld pour le saluer et lui rendre hommage. Toutes les mains se tendaient vers lui ; il les serrait affectueusement, trouvant pour chacun de ces braves gens un regard aimable, un mot parti du cœur. Il présentait à tous son fils, debout à sa droite. Herbert Dane était aussi à ses côtés, avec Wilfrid Lester ; il l'avait voulu ainsi pour prouver à Danesheld l'estime et la considération dans lesquelles il les tenait, et la foule, toujours versatile, qu'un rien suffit pour porter d'un extrême à l'autre, en voyant Squire Lester donner une poignée de main à son fils, se précipita vers le jeune homme pour faire de même.

« Ah! mylord! s'écria M. Wild, le médecin, en offrant, lui aussi, ses compliments à lord Dane, ce n'est pas bien à vous d'avoir appelé un étranger au *Rendez-vous des Marins*. Le docteur Green n'est que depuis deux ans à Danesheld, et j'y ai été élevé, moi! Votre père me jugeait assez habile pour lui.

— Wild, dit lord Dane en riant, je vous nomme mon médecin ordinaire. Vous entrerez en fonctions dès aujourd'hui; non pas que je doive vivre assez longtemps pour vous donner beaucoup de besogne; mais si, après moi, mon fils tombait malade, je compte sur votre habileté et vos bons soins. Comment, Wild, vous ne comprenez pas pourquoi j'ai fait demander un étranger à votre lieu et place? Du premier coup vous m'auriez reconnu pour Harry Dane, et vous n'auriez pas eu la force de me garder le secret. Tout Danesheld aurait été bientôt mis dans la confidence; je ne pouvais en courir le risque. »

M. Wild secoua la tête. « C'est égal, ça m'a donné un coup, de penser que j'avais peut-être perdu votre confiance! »

Geoffry Dane avait profité de cette conversation pour se mêler à la foule. La première personne avec laquelle il se trouva face à face fut l'inspecteur Bent, l'air tout embarrassé.

« J'espère, Sir, que vous ne me garderez pas rancune pour le passé. Si j'avais su que vous fussiez l'honorable M. Dane, je vous aurais certainement traité avec moins de familiarité. Mais comment me douter...

— Vous garder rancune pour le passé! quelle idée! Je vous croyais plus de sens, Bent; ou du moins je pensais que vous m'auriez mieux jugé. Je vous ai, au contraire, beaucoup d'obligations. Vous auriez pu me mettre des bâtons dans les roues, et ne l'avez pas fait. »

L'inspecteur, ravi, serra avec reconnaissance la main qui lui était tendue. M. Blair avait quitté Danesheld par le train de midi, et M. Bent se sentait de nouveau un personnage. Geoffry Dane, continuant son chemin à travers la foule, avisa dans un coin obscur, derrière les domestiques, Ben Beecher qui n'osait pas se montrer.

« Ah! c'est vous, monsieur Beecher? Vous êtes venu me rendre visite dans ma propre maison? Nous sommes plus à l'aise ici, pour causer, qu'au *Rendez-vous des Marins*, n'est-ce pas? dit-il gaiement; mais pourquoi ne pas aller présenter vos devoirs à mylord? Votre père a déjà eu sa petite conversation avec lui.

— Sir, comme vous nous avez trompés, comme vous vous êtes moqué de nous! répondit Beecher d'un ton de reproche et de supplication. Si nous nous étions doutés que vous étiez lord Dane, — ou tout comme, — est-ce que nous vous aurions jamais confié nos secrets? Ah bien! maintenant, il n'y a pas de choses que vous ne connaissiez sur nous, même la plus mauvaise. »

William Dane partit d'un grand éclat de rire. — « J'en suis si heureux, Beecher! C'est là évidemment la meilleure de toutes les calamités qui aient pu fondre sur vous.

— Oui, oui, Sir, c'est peut-être drôle pour vous; mais, sur votre seule déposition, nous serions tous transportés demain.

— Et croyez-vous que ce soit mon intention?

— Oh! dans ce cas-là, moi, dit Beecher en baissant

la voix, je jurerais que nous avons été entraînés dans cette mauvaise affaire par le jeune Lester; il...

— Chut! chut! Beecher. Tout cela est de l'histoire ancienne, et on ne doit jamais y faire allusion. Il a été convenu de part et d'autre que les événements passés seraient oubliés.

— Tous? tous? monsieur Lydney?

— Monsieur Dane, fit d'un air bon enfant William, qui désirait mettre Beecher à son aise.

— Que le diable emporte ma mémoire! Je voudrais bien, malgré cela, que vous n'ayez jamais été monsieur Lydney. Voyez un peu, vous savez toutes nos malices pour le braconnage, Sir!... et nos cachettes! et... enfin tout!

— Je prétends ne me souvenir de rien, Beecher. Le passé est le passé. Mais il faut me promettre de rentrer dans la bonne voie, à l'avenir.

— Rentrer dans la bonne voie?

— Ecoutez, Beecher. Lors de notre première rencontre dans le bois — vous vous la rappelez certainement — je vous dis que je n'avais pas à m'occuper si vous rôdiez, le jour et la nuit, dans les réserves de lord Dane, un fusil d'une main et des filets de l'autre, puisque les terres ne m'appartenaient pas. Virtuellement, elles étaient à moi, — à mon père, du moins; mais elles se trouvaient alors en la possession de celui qu'on appelait lord Dane. Je vous dis aussi que, si j'en étais propriétaire, l'affaire serait toute différente. Vous rendez-vous compte de la situation, maintenant, Beecher? J'ai le devoir de protéger ma propriété, et je le remplirai. J'ai plus souci de la bonne conduite de mes vassaux que de tous les faisans d'Angleterre; cependant je respecte et ferai respecter les lois sur le gibier. Ne pouvez-vous, en les observant vous-même, vous efforcer de rester mon ami?

— Votre ami! répéta l'homme profondément ému.

— Oui, mon ami. Ce sera votre faute si vous ne l'êtes pas. Vous ne supposez pas, j'espère, que je profiterai de ce que le hasard m'a mis à même de connaître autrement que pour votre bien. Vous m'avez dit un jour, Beecher, que vous et vos camarades auriez mené une tout autre conduite, si on eût agi envers vous avec plus de bienveillance. Eh bien, qui vous empêche de rentrer dans le droit chemin dès aujourd'hui? Je vous y aiderai de tout mon pouvoir. Oh! Beecher, croyez-moi, je ne suis pas revenu pour nuire. Ce n'est pas en se montrant sévère et dur pour ses semblables qu'on peut les ramener au bien, et qu'on se rend agréable à Dieu! »

Beecher ne répondait pas ; une lutte se livrait en lui.

« Je vous trouverai de l'ouvrage... de l'ouvrage qui vous sera bien payé, continua William. Je vous mettrai tous ici en position de me servir de votre mieux, et de mon côté, je serai toujours pour vous un ami dévoué. Oui, Beecher, et je tiendrai ma promesse, soyez-en sûr. Je veux que nous soyons amis, dans la meilleure acception du mot; confondant nos intérêts, ayant un but commun. Ne voulez-vous pas me le promettre, Beecher? »

Le jeune homme avança timidement la main. « Oui, Sir, je vous le promets. Aussi bien, suis-je, depuis longtemps déjà, fatigué de cette vie que je mène; et mes camarades aussi... et puis, cette dernière affaire nous a tous effrayés. A partir de ce jour, je ferai comme vous le voulez.

— C'est convenu, Beecher, dit William Dane en lui serrant cordialement la main. C'est là un véritable marché, entendez-vous, et aucun de nous, j'espère, ne s'en dédira jamais. »

La réception tirait à sa fin, et Ravensbird se préparait à retourner au *Rendez-vous des Marins*, quand
Herbert Dane le croisa dans le Hall. Après lui avoir
parlé pendant quelques instants de choses insigni-
fiantes, il lui dit tout à coup : Vous » devez avoir été
bien étonné quand vous avez reconnu celui que le bateau de sauvetage ramenait au rivage?

— Étonné! monsieur; c'est-à-dire que j'ai été ren-
versé! c'était comme si on m'avait cassé bras et
jambes. Ma première pensée, en revenant de ma stupéfaction, fut que j'avais été un parfait idiot de prendre, dans le temps,—vous vous rappelez,—cet homme
noyé pour mon maître. La nuit qui suivit le naufrage,
il commença à me faire toutes sortes de questions, et
il apprit alors que c'était vous, et non son frère, le
maître du château. Tout d'un coup, il ôta son abat-
jour rouge, et s'assit sur son lit, en me demandant si je le reconnaissais. Ah! si vous m'aviez
vu! Je ne pesais pas une once! Il s'agit ensuite de
savoir si Sophie serait mise dans la confidence :
mylord craignait qu'elle ne pût garder le secret;
mais je compris qu'il n'y avait pas moyen de lui
cacher la chose, car elle l'aurait évidemment reconnu. Quant à ce qu'elle a dû souffrir pour tenir sa
langue et résister à ses tentations de bavardage, ce
sera pour moi un éternel sujet de plaisanteries à son
endroit; il est vrai que mylord l'avait effrayée par la
menace de châtiments inouïs si elle desserrait les
dents.

— Ravensbird, dit Herbert Dane, comme s'il
s'éveillait d'une profonde rêverie, aviez-vous été témoin de notre lutte sur la falaise?... Je présume que
lord Dane vous a tout raconté.

— Il m'a tout raconté en effet, monsieur, mais non
pas pour que j'en parle de nouveau, répondit respec-

tueusement Ravensbird. Je n'ai pas assisté à la lutte.
Je n'étais pas sur la falaise cette nuit-là.

— Et cependant vous avez refusé de dire où vous
aviez été pendant votre absence du *Rendez-vous des
Marins*...

— C'était de l'obstination de ma part, monsieur. Je
n'avais pas d'autre motif de me taire. Je faisais tout
simplement un petit bout de cour. Sophie m'avait
donné rendez-vous, et nous nous promenions derrière
les communs du château.

— Qui soupçonniez-vous à l'époque de l'événement ?

— Eh bien, monsieur, — s'il faut être franc, — je
n'ai jamais soupçonné que vous. Naturellement, je
n'étais sûr de rien. Mon opinion pour ou contre était
dans la balance, comme on dit. Je me croyais cependant certain que vous seul vous étiez querellé avec
lui près des ruines ; mais d'un autre côté, vous sem-
bliez positivement me soupçonner ; et puis vint l'affaire du colporteur. En fin de compte, d'une manière
ou de l'autre, je n'eus jamais que des doutes. Sophie,
elle aussi, vous avait soupçonné tout d'abord, et était
convaincue que mylady Adélaïde vous sauvait à mes
dépens ; mais je fis de mon mieux pour la détourner de
son idée... ça aurait pu amener quelque malheur ; et,
comme je vous le disais tout à l'heure, je n'étais sûr
de rien moi-même.

— Et moi, de mon côté, Ravensbird, j'ai toujours
cru que vous vous étiez trouvé sur la falaise au moment de la lutte et aviez tout vu. Ne parlons pas davantage de tout cela. Je suis plus heureux de le voir
vivant et de retour ici que je ne l'ai jamais été en
héritant de son nom et de ses titres. »

Le soir, un dîner de famille réunit au château les
Dane, les Lester et miss Bordillion. On s'abstint d'y
rappeler tout douloureux souvenir du passé. Mais Wil-

liam crut devoir donner à M. Lester et à sa femme un
aperçu des exploits de Tiffle. Aussi bien, lady Adélaïde
n'aurait certainement pas mis un tel acharnement à
persécuter Wilfrid Lester si cette misérable femme
ne l'y eût sans cesse excitée par ses perfides insinua-
tions.

Le premier soin de M. Lester, le lendemain matin,
fut d'envoyer chercher Sally. M. Lester se sentait
honteux maintenant de sa conduite envers son fils.
Il ne pouvait racheter le passé, mais il pourrait, peut-
être, aider à remédier au présent, et faire cesser le
scandale, s'il parvenait à se procurer un peu d'argent
comptant pour les fournisseurs de Wilfrid. Il fallait d'abord se renseigner auprès de Sally sur le montant des dettes. M. Lester la reçut dans la salle à
manger.

Elle entra avec son air refrogné et maussade, et
M. Lester aborda de suite la question d'un ton froid,
presque hautain, comme si ç'eût été une immense
faveur et une incroyable condescendance de sa part de
s'occuper d'une pareille affaire. Au fond, il s'efforçait
de ne pas trahir les sentiments qui l'agitaient. Sally
fit le compte des dettes, du moins autant qu'elle se les
rappelait ou en avait connaissance. Tout ce qu'elle
indiqua semblait remonter à une époque déjà éloignée.

« Depuis quelque temps, observa M. Lester, on ne
manquait de rien, au cottage, — paraît-il. — On y
buvait même du vin ; on me l'a assuré. Je ne puis
m'expliquer comment vous avez réussi à obtenir
crédit.

— Je n'achetais pas à crédit.

— Vous n'achetiez pas à crédit ?

— Non, monsieur, je payais comptant.

— Mais où preniez-vous l'argent ?

— Chez quelqu'un que, vous tous, vous vouliez

faire condamner comme vagabond et voleur; et ça me
mettait dans une telle rage que j'aurais donné je ne
sais quoi pour pouvoir vous réunir tous ensemble et
cogner dans le tas! Il m'a prise en amitié et m'a dit
qu'il fallait me joindre à lui dans un petit complot
pour le bien-être de mon maître et de ma maîtresse,
puisque M. Wilfrid refusait avec fierté de se laisser
aider au grand jour. Il me fournit l'argent, et moi,
alors j'inventai un oncle par alliance, auquel j'étais
censée emprunter. Aussi vrai que je suis devant vous,
monsieur, c'est grâce à lui que miss Édith est encore
vivante aujourd'hui.

— Et c'était...? » M. Lester s'arrêta, hésitant.

« William Lydney. Ah! du moment que son père
est le capitaine Harry Dane, ça ne m'étonne plus!
Naturellement, il devait être aussi du complot; mais
il n'y en a pas beaucoup qui l'auraient mené à bonne fin
aussi bien que ce jeune homme. M. Wilfrid, voyez-
vous, monsieur, n'était pas bon, à ce moment-là, à
prendre avec des pincettes... Il perdait tout à fait la
tête et aurait fait quelque malheur... Oui, monsieur,
quelque malheur irréparable! Vous êtes son père,
mais je ne vous mâcherai pas mes expressions. William Lydney l'a sauvé, et pour lui, a supporté le mépris et les soupçons... il s'est même laissé accuser.
On parle de la noblesse des Dane! je veux être pen-
due s'il y en a eu jamais un aussi noble que ce gar-
çon-là. »

Elle n'avait pas encore achevé sa phrase, qu'un
violent tumulte s'éleva derrière la porte de la salle à
manger. C'était comme une lutte entremêlée de cris
de fureur. M. Lester, supposant que ses enfants se
disputaient et se battaient, sortit pour mettre le holà.
A son grand étonnement, il se trouva en présence de
Tiffle et de Shad, engagés dans une vraie bataille

rangée, s'égratignant, se mordant, se déchirant à qui mieux mieux.

Voici ce qui s'était passé. Shad, dans un état de grande agitation, avait sonné à la porte des domestiques et demandé à voir mistress Tiffle. La fille qui lui ouvrit, peu disposée à être gracieuse envers Tiffle dont elle avait eu à supporter depuis longtemps la mauvaise humeur et les rebuffades, répondit d'un ton rogue : « Allez la chercher vous-même; » et Shad, plus hardi que d'habitude, s'avança dans les couloirs, regardant par-ci, par là, jusqu'à ce qu'il fût arrivé dans l'antichambre du Hall. Là, il aperçut Tiffle, lui tournant le dos et l'oreille collée au trou de la serrure de la porte de la salle à manger. La bonne âme, se sentant toute troublée, depuis la veille, de la tournure des affaires en général, n'avait pu résister au désir d'être en tiers dans les secrets de son maître et de Sally. Shad se glissa doucement jusqu'à elle et la saisit par derrière. Tiffle, effrayée au delà de toute expression, — c'en était fait d'elle, elle était enfin prise en flagrant délit ! — se retourna toute tremblante; mais quand elle vit qui lui causait cette horrible peur, elle ne sut pas se contenir et, oubliant toute prudence, commença par appliquer sur les joues du jeune drôle des soufflets qui se suivirent drus comme grêle, accompagnés d'arrachement de cheveux. Shad, peu préparé à une telle réception, s'empressa d'user de représailles, et il en résulta un véritable combat.

« Que signifie ceci ? demanda M. Lester. Tiffle! »

Tiffle s'adoucit comme par enchantement, en lançant un rapide coup d'œil sur lady Adélaïde, qui arrivait à ce moment même dans l'antichambre. Shad hurlait.

« Oh! je vous demande mille pardons, monsieur et milady. Ce petit misérable gueux de la mère Bean est

venu m'effrayer à me faire tomber à la renverse,
comme j'allais entrer dans la salle à manger à la recherche de mylady. La petite miss Ada...

— Vous n'alliez pas entrer, cria Shad furibond; non,
non, vous n'alliez pas entrer! Vous étiez arrêtée devant
la porte, à écouter.

— Il n'y a que ces petites créatures pour être toujours prêtes à mentir! s'écria Tiffle en levant les yeux
au ciel. Ça m'aurait encore été égal d'être effrayée;
mais ce qui m'a irritée, c'est de le voir, lui, impudent
petit vaurien! dans la maison d'un gentleman... Veux-
tu bien te tenir tranquille, misérable serp...

— Tenez-vous tranquille vous-même, Tiffle, interrompit M. Lester sévèrement. Shad, comment étiez-
vous entré ici?

— J'ai sonné à la porte et j'ai demandé à voir mistress Tiffle; et la jeune femme m'a dit d'entrer et de
la chercher.

— Me demander, vous! s'écria Tiffle avec indignation. Voyez un peu quelle impudence!

— Que pouvais-je faire? gémit Shad. Grand'mère est
morte... oui, elle est morte, et je n'ose pas rester seul
chez nous. A qui voulez-vous que je m'adresse? »

La colère de Tiffle se calma tout à coup. M. Lester
interrogea l'enfant.

« Oui, j'en suis sûr. Elle est bien morte, allez! Elle
est renversée dans son fauteuil, la figure toute bleue,
la bouche ouverte et les yeux fixes. J'ai fini par
trouver drôle qu'elle ne me grondât pas parce que
je restais couché; alors, j'ai sauté à bas du lit et
je l'ai trouvée dans cet état-là; et parce que je viens
ici dire ce qui est arrivé, on me bat et l'on m'arrache
les cheveux!

— S'il vous plaît, monsieur, je ferais mieux d'aller
avec lui jusque chez la mère Bean, et de voir ce qui

en est réellement, » dit Tiffle redevenue mielleuse, comme devant, et prenant un ton tout à fait confidentiel.

« Vous pouvez y aller si cela vous convient, répliqua M. Lester, mais venez ici pour un instant, Tiffle; — Shad, asseyez-vous, ajouta-t-il en lui montrant du doigt une des chaises de l'antichambre. »

Il fit entrer la vieille domestique dans son cabinet, où lady Adélaïde le suivit, et là, lui annonça à brûle-pourpoint que lui et sa femme avaient pris la résolution de se priver dorénavant de ses services. Elle pourrait quitter la maison dans un mois.

« Quit... quit... quitter la maison ! bégaya Tiffle en se retournant, consternée, vers lady Adélaïde; qu'ai-je donc fait?»

M. Lester ne condescendit à donner que fort peu d'explications, et lady Adélaïde garda un silence hautain. Elle avait reculé devant cette corvée et la laissait tout entière à son mari. Celui-ci se contenta de faire comprendre à Tiffle que son penchant à l'espionnage et ses mensonges avaient été découverts et que sa présence ne pouvait être tolérée plus longtemps à Danesheld-Hall ; puis, sans s'étendre davantage sur ce sujet, — et comme s'il n'y avait plus à y revenir il lui demanda tranquillement s'il existait quelque lien de parenté entre elle et Shad.

Cette question inattendue acheva de faire perdre à la vieille drôlesse le peu de calme que lui avait laissé l'annonce de son congé. Elle devint tout à coup furibonde. N'y trouvant rien à répondre — si ce n'est un vague démenti à peine intelligible au milieu de quelques paroles d'indignation burlesque — et n'osant pas s'attaquer à M. Lester, elle s'élança hors de la chambre et se précipita sur le malheureux Shad en lui enfonçant, pour commencer, ses ongles dans la figure.

M. Lester n'eut que le temps de l'arracher de ses griffes et, ouvrant la porte d'entrée du Hall, le jeta dehors, poussant d'affreux hurlements.

CHAPITRE XVIII

TOUT S'ARRANGE

Herbert Dane choisit Paris pour résidence. C'était la seule ville où il pût se distraire et oublier, et rien ne le retenait plus à Danesheld. Miss Dane retourna dans le petit cottage aux lierres, où Mme Knox vint habiter avec elle. L'immense bonheur qu'elle éprouva à combiner la plus charmante toilette que pût porter une jeune femme à la cérémonie d'un mariage lui fit promptement oublier son changement de position. Du moment, en effet, qu'elle ne pouvait pas être la femme de William Dane, quoi de plus séduisant pour elle que de servir de demoiselle d'honneur à Maria Lester ?

Wilfrid, par l'influence de lord Dane, — qui l'aida aussi largement de sa bourse sans en rien dire à personne, — obtint une excellente situation à Londres. Il ne devait en prendre possession qu'au printemps, et jusque-là, lui et sa femme restèrent les hôtes de lord Dane au château. M. Lester ne chercha pas à soutenir plus longtemps que les trente mille francs de la donation avaient été payés par lui, et les remboursa à Wilfrid.

« Si j'étais à votre place, je donnerais l'ordre à

Apperly d'insister aussi bien sur les intérêts que sur le capital, » remarqua lord Dane qui était porté à juger toute cette affaire avec une grande sévérité. « Il gardera les trois cent cinquante mille francs de Maria; William n'en a pas besoin; mais il doit vous payer, vous, jusqu'au dernier centime. »

Wilfrid se mit à rire. Il pouvait se montrer généreux maintenant, et ne suivit pas le conseil.

On pressa le mariage. Lord Dane sentait sa santé s'affaiblir de jour en jour, et il voulait voir son fils marié avant de mourir. Maria ne fit pas d'objection. Le jour où elle quitterait le Hall serait pour elle un jour de délivrance !

Il se leva enfin, ce jour bienheureux ! Sophie Ravensbird habilla la mariée : personne d'autre qu'elle n'en était capable à Danesheld, dit-elle avec le sentiment de sa supériorité en ces matières et un certain orgueil national. Lord Dane put se rendre à l'église, mais son état de faiblesse l'empêcha d'assister au déjeuner qui suivit la cérémonie nuptiale, — un grand et splendide déjeuner dans le Hall. Tous les parents, tous les amis étaient présents, excepté Herbert Dane, qui n'avait pas jugé à propos de quitter Paris.

Bruff, silencieux et solennel, dirigeait majestueusement le service, à la profonde admiration des domestiques de Squire Lester; et Ravensbird allait et venait des buffets à la table, surveillant tout, quoiqu'il fût là plutôt comme spectateur que comme serviteur.

Squire Lester présidait, de cet air fatigué et soucieux qui lui était habituel depuis quelque temps. Lady Adélaïde faisait de grands efforts pour paraître gaie; mais sa gaieté était trop bruyante et trop affectée pour qu'il fût possible de la croire sincère.

Le déjeuner allait finir; on en était au dessert, le gâteau de mariage avait déjà circulé autour de la table, et le révérend M. James, debout, prononçait le discours d'usage, quand la porte, s'ouvrant doucement, livra passage à un homme de haute stature, très-maigre, à l'air militaire, au visage bronzé, qui fit quelques pas dans le Hall, puis s'arrêta en examinant tout à son aise chacun des assistants. Personne ne le connaissait. Tous le regardèrent, surpris. On aurait dit le spectre de Banquo apparaissant tout à coup au milieu du festin.

« Laquelle est Édith? » demanda-t-il, sans bouger de place.

A cette interpellation, aussi curieuse qu'inattendue, il y eut un frémissement de stupéfaction parmi les convives; Édith, plus émue que les autres, se leva à demi, puis retomba sur sa chaise. Tout à coup, miss Bordillion poussa un cri de joie et se précipita vers l'étranger.

« C'est lui!... c'est bien lui, mon frère!... Oh! Henry, comme vous êtes changé!... Je suis Marguerite... »

Miss Bordillion ne se trompait pas. C'était en effet le colonel Bordillion, arrivant en droite ligne des Indes, sans avoir annoncé son retour.

Tous se pressèrent autour de lui, le félicitant, lui serrant les mains; Édith, confuse, embarrassée.

Elle voyait toujours son père avec ses yeux d'enfant, et rien en ce grand vieillard aux cheveux blancs ne le lui rappelait.

Le colonel Bordillion jetait des regards inquiets de tous côtés — cherchant peut-être la plus jeune et la plus charmante des femmes présentes, — et vint droit à Maria.

« C'est toi, Édith!

— Oh! papa, papa, non... c'est moi! » s'écria Édith dont le sourire qui illuminait le visage de son père réveilla les souvenirs. « C'est moi qui suis Édith! » Et elle éclata en sanglots d'émotion.

« Et vous ? » demanda à Maria le colonel Bordillion, après avoir tenu quelques instants sa fille serrée entre ses bras.

« Maria Lester.

— Non pas, non pas, fit le marié, vous êtes Maria Dane. »

Et tous de rire. Le colonel Bordillion semblait ne pas comprendre.

« Êtes-vous Wilfrid? dit-il à William Dane.

— Non, monsieur. Je suis Geoffry Dane, le fils de lord Dane.

— Ah! je vois... oui, vous en avez et le visage et la tournure. Mais je ne savais pas qu'il eût un fils... Et pourquoi ces airs de fête et cette nombreuse réunion? Votre costume ressemble fort à celui d'une mariée, ma chère. »

On le mit bien vite au courant, et Wilfrid s'avança pour se faire reconnaître et se présenta lui-même.

« Ah! je comprends maintenant ce qu'ils voulaient me dire à la station, tout à l'heure, avec leur : « Vous arriverez trop tard ». Ils auraient eu, ma foi, raison, — si j'étais revenu pour enlever la mariée ou être garçon d'honneur. »

Il s'assit à table avec eux. C'était un homme franc, ouvert, le cœur sur la main, et il se mit à raconter, sans cérémonie, ses propres affaires, comme il l'aurait fait dans l'intimité.

« J'ai définitivement quitté le service, dit-il, et me voilà de retour pour vivre tranquille jusqu'à ce que Dieu me rappelle à lui. Nous demeurerons ensemble, Marguerite.

— Oh! oui, certainement! » répondit-elle. Mais elle ne put réprimer un soupir, en pensant à la pauvreté de ses ressources.

« Une bien triste affaire que la faillite de cette banque, s'écria un des convives, elle vous a complétement ruiné, n'est-ce pas, colonel?

— Je l'ai cru, d'abord. On disait que nous n'en tirerions pas même cinq pour cent; mais elle a tourné ensuite tout différemment; et on nous a distribué plus de cinquante pour cent. J'ai retrouvé là, pour ma part, sept cent cinquante mille francs, et même davantage.

— Comment! plus de sept cent cinquante mille francs !

— Oui; et ce n'est qu'un premier dividende. »

Sept cent cinquante mille francs! Le pauvre, le ruiné colonel Bordillion! Squire Lester ne pouvait revenir de sa surprise. Il ouvrait de grands yeux ébahis. Marguerite lança un coup d'œil à Wilfrid et à Édith. La pauvre femme avait peine à contenir les battements de son cœur.

« Mais, alors, colonel, vous étiez donc riche de deux millions! s'écria un vieux gentleman qui avait connu dans sa jeunesse Henry Bordillion. Quelle immense fortune!

— Ah ça ! est-ce que vous croyez que nous irions nous ennuyer aux Indes et y user notre santé, si ce n'était pas pour faire fortune? Je vous jure qu'à l'instant même où j'ai touché mon dividende...

— Sept cent cinquante mille francs, avez-vous dit ?

— Un peu plus; et ce n'est que le commencement. A l'instant même où j'ai encaissé, j'ai pris mes arrangements pour mon retour; j'avais hâte de relever de sa faction mon ami et parent, Squire Lester. C'est à lui qu'est échue, jusqu'à ce jour, la charge de soutenir son fils et sa bru, et je pensais qu'il était grand temps pour moi d'en prendre soin à mon tour. »

Si jamais le visage d'un homme se couvrit d'une rougeur de honte, ce fut celui de Georges Lester, à ce moment. Tous se sentirent péniblement impressionnés, et lady Adélaïde, honteuse, jeta à Edith un regard suppliant qui semblait lui dire : « Par pitié ne me trahissez pas ! » Edith le comprit et répondit par un doux et rassurant sourire. Cecilia Dane sauva, sans s'en douter, la situation. Depuis quelques instants elle était rêveuse et, tout en lançant des regards à la dérobée sur le colonel Bordillion, elle se demandait si réellement il était trop vieux et trop cacochyme, ou si, ne s'arrêtant pas à ces défauts de peu d'importance, elle mettrait le cap sur lui.

« Vous ne vous souvenez pas de moi, alors ?... Vous ne me dites rien, fit-elle tout à coup en se décidant à l'aborder.

— No... non, répondit le colonel assez embarrassé. A moins que vous ne soyez... miss Harkaby. »

Cecilia laissa échapper un cri de douloureuse indignation. Miss Harkaby était une vieille jeune fille de trente-cinq ans, quand le lieutenant Bordillion partit pour les Indes, et elle comptait maintenant soixante ans bien sonnés. Le colonel n'avait pas calculé le temps écoulé.

« Oh ! comme vous êtes cruel ! Vous étiez bon et si charmant ! Je me rappelle bien Henry Bordillion, quoique je ne fusse alors qu'une petite fille. J'espérais que vous n'auriez pas oublié Cely Dane. »

Et la pauvre Cecilia fondit en larmes, au milieu des rires de l'assistance.

ÉPILOGUE

C'était le soir, une semaine seulement après le mariage. Le soleil couchant disparaissait à l'horizon, et ses derniers rayons éclairaient encore les hauteurs de Danesheld. Les paysans, revêtus de leurs habits des dimanches, s'étaient réunis le long de la route faisant face au château ; les enfants jouaient sur les falaises. Attiré autant par la curiosité que par l'affection, le peuple s'était assemblé là pour assister au retour du marié et de la mariée, que les progrès inquiétants de la maladie de lord Dane rappelaient brusquement de leur voyage de noces.

La voiture parut sur la route : une chaise de poste à quatre chevaux, aux armes des Dane. Comme elle tournait l'angle de l'avenue du château, William Dane aperçut cette multitude d'hommes, de femmes et d'enfants.

« Qu'y a-t-il donc ? s'écria-t-il dans la surprise du premier moment. Regardez, Maria ! »

Pendant qu'elle regardait, étonnée, un admirable bouquet de fleurs de serre fut jeté dans la voiture et tomba sur ses genoux ; elle avança la tête et vit Mme Ravensbird.

« Merci, Sophie, merci. William, ils sont tous venus pour nous faire une ovation, j'en suis sûre.

— Oui, et je leur en suis profondément reconnaissant.

— Reconnaissant, pour cela ! J'aurais préféré rentrer tout tranquillement et incognito.

— N'est-ce pas là une preuve que mon père va mieux... ou au moins qu'il est moins mal que je ne le craignais.

« — Ah ! oui, vous avez raison. Pardonnez-moi mon étourderie, William. Tenez ! voici votre ami Ben Beecher. »

William Dane regarda de tous côtés à la recherche de Ben Beecher. Quand ses yeux eurent rencontré les siens, il lui fit un signe de tête en souriant ; Ben Beecher rougit de plaisir et d'orgueil.

Un peu à l'écart de la foule, deux individus semblaient attendre le moment favorable pour entrer en scène : une femme en costume éclatant — châle rouge, nœuds roses sur un bonnet jaune — et un jeune gentleman tout flambant neuf dans un habillement complet de molleton, agrémenté d'une masse de boutons de métal. William toucha le bras de sa femme.

« Voyez donc là, Maria.

— Shad et Tiffle !... Oh ! mais, Tiffle, est-elle assez belle ! est-ce qu'elle aurait recueilli Shad, par hasard ?

— Quant à cela, j'ai de forts soupçons que Shad a plus de droits de vivre avec elle qu'avec n'importe qui.

— Pourquoi, William ? »

Il se contenta de rire, sans donner plus d'explications. La chaise de poste s'avança lentement jusqu'à la porte du château, et Tiffle la suivit d'assez près pour être présente à la descente des mariés. La mère Bean avait laissé une lettre léguant Shad à ses tendres soins ; l'ami qui écrivit cette lettre crut devoir révéler un fait que la vieille femme seule connaissait et lui confia avant de mourir : Shad était — ne mettons pas trop les points sur les *i* — *parent* de Tiffle. Danesheld saisit au bond la nouvelle, et Tiffle, après vingt-quatre heures de dénégations et d'injures, finit par tout avouer.

Au moment où M. Dane offrait la main à sa femme en descendant de voiture, le bonnet jaune de Tiffle ap-

parut. Jamais un sourire plus faux n'avait été gri-
macé par le visage sournois de la vieille mégère.

« Je souhaite toutes sortes de prospérités à Votre
Seigneurie, et de même à mylady ! s'écria impudemment Tiffle avec force courbettes. Quoique j'aie été
bien maltraitée, je ne suis pas femme à en garder rancune, et j'ai dit à Shad : Mettons nos plus beaux habits et allons offrir nos félicitations avec les autres,
dans une occasion si solennelle ; et c'est ce que je fais
en ce moment. Longue vie et bonheur à mylord et lady
Dane !

— Hurrah ! cria Shad. »

Ces derniers mots — les seuls dont il eût saisi le
sens — firent tressaillir William Dane.

« Je ne suis pas encore lord Dane, dit-il vivement,
le cœur serré d'angoisse.

— Ce ne sera pas long, en tous cas, répondit Tiffle.
Mais j'aurais dû dire le futur lord Dane et la future
lady. Nous leur souhaitons santé et bonheur.

— Nous vous remercions de vos vœux, » fit froidement William, en lui tournant le dos.

Tiffle cependant ne se tint pas pour battue.

« Et je me suis établie définitivement dans le cottage de la mère Bean, ayant mis de côté de quoi vivre
indépendante, et si je suis capable d'être utile en quoi
que ce soit à Votre Seigneurie et à mylady, ce sera
avec un bien grand plaisir.

— Shad habitera-t-il le cottage avec vous, et prendrez-vous soin de lui ? demanda M. Dane.

— Oui, Sir ; je ne rougis pas de reconnaître, à la
face de mes ennemis, qu'il y a une parenté entre lui
et moi.

— La meilleure chose pour Shad serait d'abord
d'être mis dans une maison de correction, et ensuite,
envoyé à une école sévère où on lui apprendrait sé-

rieusement un métier. J'ai promis à ce garçon de faire quelque chose pour lui, et je tiendrai ma promesse. Il faut avant tout l'arracher à sa vie de vagabondage.

— Je vous remercie de vos bonnes intentions, Sir, mais je n'aurai pas le plaisir d'en profiter, répondit Tiffle, furieuse des mots : « maison de correction ». Shad n'est pas plus un vagabond que les autres, maintenant, et je l'ai adopté pour... mon neveu et héritier ! »

William Dane étouffa un éclat de rire à cette annonce débitée d'un ton emphatique, et sans s'occuper davantage de Tiffle et de ses projets d'avenir, se retourna vers la foule qui se pressait autour de lui.

La scène était vraiment saisissante. Là, le vieux et solennel château, avec ses tours crénelées et son drapeau flottant au vent; ici, tous ces braves gens accourus pour offrir leurs hommages et leurs vœux de bonheur à ce jeune homme, leur futur seigneur, qui, l'air noble et franc, les yeux profonds et pensifs, tête nue, le visage éclairé par les derniers rayons du soleil couchant, pressait toutes ces mains tendues vers lui avec une cordialité et une bonté dont tous se sentaient profondément émus. Ah! du plus pauvre au plus humble, ils comprenaient qu'ils auraient désormais un véritable *ami* dans le maître de Danesheld! Maria s'appuyait sur son bras, rougissant de bonheur, les yeux humides de larmes.

Quand ils purent enfin entrer au château, ils trouvèrent lord Dane qui s'avançait pour les recevoir.

Il souffrait moins, ce soir-là ; il semblait que la nature lui eût rendu ses forces à l'arrivée de ses enfants, afin de lui permettre de leur faire fête ; mais William fut épouvanté du changement que ces quelques jours avaient produit en lui. La mort ne devait pas être loin, maintenant, et le jeune homme se reprocha amèrement, dans l'angoisse de son cœur, d'être resté absent, même si peu de temps.

Les Lester, miss Dane, le colonel Bordillion et sa sœur dînaient au château, où devait avoir lieu, le soir, une grande réception.

Lord Dane se sentant fatigué, se retira dans sa chambre pour se reposer quelques instants avant le dîner.

« Je pensais que Sa Seigneurie était ici, dit Bruff en regardant dans le salon, quand il vint annoncer qu'on était servi.

— Il n'est pas encore redescendu, Bruff, observa William. Vous feriez bien d'aller l'avertir. »

Bruff revint quelques instants après, et fit signe à William de sortir du salon.

« Je ne puis entrer dans la chambre de mylord, lui dit-il tout bas, la porte est fermée, et il ne répond pas. »

William se précipita. Comme l'avait dit Bruff, la porte était fermée — le verrou mis à l'intérieur. William appuya ses lèvres contre le trou de la serrure.

« Cher père, êtes-vous prêt? demanda-t-il en élevant la voix. Nous vous attendons pour dîner. »

Pas de réponse. William Dane, pâle d'émotion, se retourna vers Bruff.

« Est-ce qu'il s'enferme habituellement?

— Non, Sir, jamais. Peut-être, aujourd'hui, a-t-il mis le verrou pour qu'on ne troublât pas son sommeil; il peut avoir craint que vous ou son valet de chambre, ne le sachant pas endormi...

— Je vais forcer la porte, interrompit William. »

Ils trouvèrent lord Dane étendu évanoui sur son lit. On alla en toute hâte chercher des médecins, qui lui firent reprendre connaissance. Mais la mort approchait.

Peut-être n'en eut-on pas conscience tout d'abord,

cependant. Lord Dane sembla se remettre peu à peu et passa paisiblement la soirée. Lady Adélaïde, agenouillée auprès de son lit, accablée d'émotion et de douleur, cachait entre ses mains son visage hagard. Ses aveux à lord Dane n'avaient ni calmé son cœur ni rassuré son esprit, et il semblait que le remords de sa perfidie passée et la crainte que quelque hasard imprévu ne révélât son faux serment pesassent toujours sur elle. Il y avait, à la vérité, peu de probabilités qu'il en fût ainsi, mais la terreur de la conscience ne raisonne pas.

Un moment, elle se trouva être seule dans la chambre avec le mourant. Elle leva brusquement les yeux et murmura quelques mots suppliants, et dans un accès de violent désespoir, avec des sanglots dans la voix, elle lui dit ses anxiétés et ses tourments.

« Ah ! Adélaïde, à qui la faute, si ce n'est à vous ? répondit doucement et avec compassion lord Dane en posant sa main sur les siennes. Vous demandez la paix de l'âme... la paix ! Ah ! vous n'avez rien fait pour la posséder. »

Qui le savait mieux qu'elle-même ? Un profond et douloureux soupir s'échappa de sa poitrine...

« Ma chère... je vous l'ai déjà dit, je crois, — comme nous semons, nous récoltons... Il n'en est jamais autrement ; c'est la loi de Dieu. Jonchez de fleurs votre route, à mesure que vous avancez dans la vie, les fleurs pousseront autour de vous et vous serez bénie ; jetez-y des épines et des ronces, et jusqu'à votre dernier jour, vous serez meurtrie et torturée.

— Des fleurs ? » dit-elle, ne comprenant pas ces paroles obscures.

« Oui, des fleurs — les fleurs que Jésus-Christ nous a prescrites : l'amour, la bonté, l'abnégation. Adélaïde, il en est temps encore pour vous... Il n'est ja-

mais trop tard pour se repentir. Vous avez suivi une
mauvaise voie ; il faut en changer. Oh ! mon enfant !
comment oserez-vous espérer le repos et la paix dans
un monde meilleur, si vous ne cherchez pas à vous en
rendre digne sur cette terre ?

— Si je pouvais !... si je pouvais !... oh ! Harry, si
je pouvais !

— Pourquoi ne pas essayer, dès aujourd'hui ? cela
vous sera difficile, d'abord, je le sais ; il y aura lutte
en vous, et vous aurez besoin de beaucoup de patience ;
mais vous réussirez, à force de persistance et de volonté. Rejetez loin de vous votre cruel égoïsme ; soyez
à l'avenir bonne et douce, compatissante et secou-
rable envers ceux qui souffrent ; que la pitié entre dans
votre cœur, et vous ne serez plus malheureuse, alors !
Adélaïde, c'est la dernière recommandation que vous
fait un mourant. »

Quelques heures après, le drapeau qui flottait au-
dessus du château fut descendu à mi-mât. William-
Henry, dix-septième baron Dane, avait été rejoindre
ses ancêtres.

On l'enterra dans le caveau de famille, à côté de
cet inconnu déposé jadis à sa place. Herbert vint assister aux funérailles. Jamais pareille foule n'avait
escorté un convoi à Danesheld. Geoffry-William, dix-
huitième baron Dane, conduisait le deuil, marchant
seul derrière le corbillard ; Herbert et Squire Lester
le suivaient, séparés de lui de quelques pas ; et plus
loin encore, le reste des assistants.

Au retour de l'église, quand la famille et les amis
les plus intimes furent réunis au château, dans la
grande salle, M. Apperly ouvrit le testament. Lord
Dane n'y avait oublié personne. Il laissait à Herbert
vingt-cinq mille francs de rente, à Cecilia une pension
viagère de six mille francs, un souvenir à lady Adé-

laïde, et une somme de cinq cent mille francs à Wilfrid Lester « pour le remercier d'avoir sauvé ma vie et celle de mon cher fils Geoffry-William, plus précieuse encore que la mienne», disait le testament. Vingt-cinq mille francs devaient être comptés à Bruff, et cinquante mille francs « à mon ami et serviteur dévoué Richard Ravensbird. » Pareille somme — cinquante mille francs — était aussi à partager, par portions égales, entre les domestiques du château. Le reste de la fortune particulière de lord Dane revenait à son fils.

« Quel richard vient de mourir là ! » murmura M. Wild qui, lui non plus, n'avait pas été oublié.

« Quelque chose de mieux qu'un richard... un homme de bien ! »

M. Wild ne croyait pas qu'on eût entendu son observation, et la réponse le fit se retourner. Le jeune lord était à côté de lui, et le regardait les yeux remplis de larmes.

« Ah ! sans doute, fit le médecin, il fut un peu emporté et passionné dans sa jeunesse, mais il a vécu en sage, et a mérité le royaume de Dieu. Puissions-nous tous en être dignes avant de mourir !

— Amen, dit lord Dane. »

FIN DU DEUXIÈME VOLUME

TABLE

953 — Paris. Imp. Laloux fils et Guillot. 7, rue des Canettes,